쓸 수 있거나
쓸 수 없는

김 수 이   평 론 집

쓸 수 있거나
쓸 수 없는

창비

책머리에

평론을 쓰면서 늘 두 갈래의 길 앞에서 희망과 절망을 반복했다. 쓸 수 있는 가능성과 쓸 수 없는 불가능성. 개인적인 능력의 문제이기도 하고, 글쓰기의 본질에 관한 문제이기도 하며, 우리시대 비평의 방향성과 화법과 스타일에 관한 문제이기도 한 그것. 쓸 수 있는 가능성 앞에서는 설레고 부산하고 때로 허황되기도 하였으며, 쓸 수 없는 불가능성 앞에서는 위축되고 무기력하고 자주 캄캄하였다.

몇가지 방법들을 생각해보곤 했다. 쓸 수 없는 불가능성을 쓸 수 있는 가능성으로 획기적으로 바꾸기. 글 쓰는 사람이라면 누구나 갖고 있는 황홀한 꿈일 것이다. 쓸 수 있는 가능성을 최대한 펼쳐내기. 글 쓰는 사람이라면 누구나 성실하게 걸어가야 할 길일 것이다. 쓸 수 없는 불가능성을 그대로 보전하면서 그 불가능성을 내장한 가능성을 풍부하게 만들기. 가능성의 질적 도약 혹은 미적 도약이라고 할 이것은 별다른 자각 없이도

글 쓰는 사람들이, 특히 시인들이 오래전부터 해오고 있는 것이다. 그리고……

비평가로서 나는 우리시대 문학과 비평이 말하지 않거나, 말하지 않기로 하거나, 적게 말하는 것들에 마음이 갔다. 이미 충분히 말했거나 말할 필요가 없기 때문일 수도 있지만, 그 흐릿한 말들은 나에게 여전히, 때로는 전보다 더 필요하고 중요해 보였다. 비평이 수행해야 할 임무의 하나인 비판적 기능이 그러했고, 자본주의와 직결된 주체, 노동, 미학적 굴절 등의 문제들—하기는 우리시대에 자본주의와 관련되지 않은 문제들이 있을까마는—이 특히 그러했다. 비판이 상처와 자주 혼동되는 것이 안타까웠고, 선명한 발언과 좋은 비평 역시 다소 별개의 문제라고 생각했지만, 쓸 수 있는 가능성을 끊임없이 현실화하는 것으로써 나는 그 어긋남을 온전히 내 몫으로 끌어안고자 했다. 느릿느릿, 실은 별 뾰족한 대책 없이.

지금까지 미흡한 글이나마 쓸 수 있었던 것은 끝까지 독촉하고 격려해준 편집자들의 덕분이었다. 이 평론집 역시 창비 문학출판부의 인내와 노고가 아니었다면 나오기 어려웠을 것이다. 이 자리를 빌려 진심으로 감사드린다.

가족은 언제나 내가 딛고 서 있는 땅이며 머물 수 있는 집이다. 씩씩한 조카 태윤은 그 땅과 집을 비추는 가장 밝은 햇빛이다. 강의실의 인연으로 만나 평생 친구가 된 득용 민근 신애 용섭 은진 정임 지호 진아 혜란. 고맙고 사랑한다. 너희들이 아니었으면 이렇게 풍요로울 수 없었을 거야. 어릴적 친구와 선후배, 경선 덕남 미옥 보미 석환 시현 영애 예린 원균 원옥 철식 향인. 오래 묵은 우정과 감사를 받아 주시기를. 앞으로도 내내.

마지막 문장은 늘 벅차고 모자란다.

언제나 내 마음속에 살고 계신, 더없이 선하고 강인하게 사신 나의 아버님께 한없는 사랑과 감사를 드린다.

2011년 8월, 폭우가 잠시 멈춘 날에
모교의 연구실에서
김수이

1   부

자체제작 소리를 내는 상자¹들, 그리고
2010년대 시로 나아가기 위하여

1. '자체제작 소리를 내는 상자'들 앞에서

　전선들과 내부기관이 고스란히 노출된 건물 형태는 현대 도시의 낯익은 장식미학이지만, 작품의 제작 원리와 과정이 작품에 내재되는 것은 예술의 오랜 불문율이었다. 예술의 창조원리와 세부공정은 작품의 비가시적 차원과 작가의 무의식적 영역에 저장되어온 것이다(알다시피 그 탐구와 해명의 작업은 '비평'의 몫이었다). 이는 마치 인간이 자신의 기원과 형성에 내해 충분히 알지 못하거나 의식하지 못하면서, 그 원리와 구조를 살아내고 있는 것과 같다. 이런 맥락에서 예술의 기원은 자연과 인간에 대한 모방행위를 넘어, 피조물인 인간이 자신의 출현에 대한 해결할

---

1 로버트 모리스가 1969년에 만든 목재예술품의 제목인 「자체제작 소리를 내는 상자」(Box with the Sound of its Own Making)에서 따온 것이다. "이것은 특별한 목공 솜씨로 만들어진 것 같지 않은 목재 입방체로, 그 안에 제작시의 망치질과 톱질 소리를 들려주는 테이프가 들어 있다. 이 테이프는 자기 자신이 생겨나게 된 과정에 대한 상자의 기억과도 같으며, 이 작품은 적어도 마음과 몸의 문제에 대해 어떤 논평을 가하고 있다고 할 수 있다."(아서 단토 『예술의 종말 이후』, 이성훈 김광우 옮김, 미술문화 2004, 187면)

수 없는 의문을 역으로 자신이 주체가 되어 전개하는 '자기 재창조의 의식(儀式)'으로 변용한 것이었다고 할 수 있다.

"사회의 감성적 매트릭스를 해체하고 새롭게 조직화"[2]하는 시를 상상한 2000년대의 젊은 시인들은 시쓰기의 원리와 공정을 텍스트에 기입했다. 그 과정에서 철학과 비평의 사유와 언술을 시에 도입했고, 자신들의 시에 관한 별도의 비평문을 작성하기도 하였다. 말하자면 자체 이력발화 장치를 단 시를 창작한 셈인데, 이는 로버트 모리스(Robert Morris)가 나무로 만든 「자체제작 소리를 내는 상자」의 2000년대 산(產) 시 판본에 비유될 수 있다. 만들어질 때의 소리가 안에 든 테이프를 통해 '내면의 소리'처럼 흘러나오는 이 기묘한 상자는 자신의 탄생과 현재를 겹쳐놓는 발본적인 존재방식을 연출한다. '기원'을 '기관'으로, '원리와 공정'을 '작동'으로 변용하면서, 예술창조 원리의 선형적 분할선(작품 완성 이전과 이후의 시간)과 가시적 분할선(작품의 외형에 드러난 것과 드러나지 않는 것)을 지우는 것이다. 기원과 현재, 과정과 산물을 동일한 시공간에 배치함으로써, 이 지극히 단순한 모양의 상자는 예술의 발생과 지속을 교란하는 예술사적 사건이 된다. 이를 변주하기라도 하듯, 2000년대의 젊은 시인들은 자신과 세계와 시를 끊임없이 현재형으로 재창조하는 야심찬 시적 기획을 추진한다. 자신과 세계와 시의 기원을 사후적으로 재구성하는 제작자가 되어 제작 원리와 방법을 시에 적어넣은 것이다. "나는 사방에서 자꾸만 태어났습니다" "*이제부터 나는 기다란 수염을 달고/아무런 화면도 보여주지 않을 거야……*"(황병승), "감정의 동료들은 여전히 집이 되기를 거부하지요"(김언), "감각으로 사유하는 종(種)들이 잠들지 못하는 밤이네요"(유형진), "감각이 열릴 때, 세상 도처가 나의 거처다" "내 안에서 살던" "시를 낳을 저 몸"들(강정)…… 자기 자신 및 세계와 시의 재창조에

---

2 진은영 「감각적인 것의 분배」, 『창작과비평』 2008년 겨울호 80면.

대한 자의식으로 충전된 제작자-시인은 이질성들의 불협화음과 혼선 등의 '자체제작 소리들'을 시에 각인했다. 철학과 비평의 사유와 언술이 소용된 이유가 여기에 있었다.[3]

젊은 시인들의 비평적 시각이 담긴 시와, 시와 연동된 비평이 내는 '자체제작 소리'는 크게 세 가지 음(音)으로 논쟁적으로 해석되면서 증폭되었다. 세 유형의 음은 계기적 시간이 아닌 질적 시간의 차원에서 2010년대로 나아가기 위한, 이른바 2000년대 시의 출구전략을 비판적으로 모색하는 데 중요한 발화점이 된다.

첫째, 서정과 시의 종언을 겨냥한 반서정, 비서정, 탈서정, 비시, 시의 종언 등의 파열음. "문제는 서정이 아니다"(신형철)라는 진정 국면을 거쳐 '서정'을 '마지막' 어휘[4]로 호명하면서 잠정 봉합된 일련의 논쟁은 '미래파'를 독립된 시적 사건이 아닌, 시와 비평이 유례없이 협업한 동상이몽의 담론이자 사건으로 본 김홍중(金洪中)의 진단에서 가장 첨예화되었다. 김홍중은 미래파 시가 모든 문학적 대의와 책무를 폐기한 '오따꾸-동물 시인'이 쓴 "'실재'로부터 자유로운 시"인 반면, 미래파에 대한 비평은 정작 미래파 시에 없는 실재의 열정을 맹렬히 추적한 '실재의 열정에 대한 열정'(바디우, 지젝)의 산물이라고 본다. 두 개의 다른 역사적 시간에 속한

---

3 '자체제작 소리를 내는' 시의 생산자로서, 세계와 시와 자신의 형성에 전격 개입한 자립적인 제작자-시인은 이전에도 있었다. (탈)근대에 대한 사유를 독창적인 시의 스타일로 변주한 김수영, 황지우, 최승자, 김혜순 등이다. 이들의 시는 시의 본질에 대한 근원적 성찰과, 자신의 시와 언어, 미학에 대한 엄중(嚴重)한 비평적 시선을 뼈대로 한, '기원'과 '현재'가 동일한 지평에서 충돌하는 시에 속한다. 이들은 비평적 문제 설정과 철학적 사유를 시의 추동력으로 삼은 '자체제작 소리를 내는 시'의 생산자로, 이들의 시가 상대적으로 실패작이 될 때는 비평적 문제의식과 철학적 사유가 시를 추월할 때였다. 2000년대 젊은 시인들 역시 스스로를 기원으로 한 새로운 시쓰기를 꿈꾸며, 비평적 시선과 언술을 시에 융합하였으며, 이와 유사한 양상을 보여주었다.

4 조강석 「'서정'이라는 '마지막' 어휘」, 『경험주의자의 시계』, 문학동네 2010, 45~58면 참조.

시와 비평의 이접(離接)에 미래파 담론의 특이성이 있다는 것이다. 실재의 열정을 잃고 스칼라(방향 없는 크기—인용자)만 남은 운동이 된 시는 더이상 "자체의 미학과 서정성만으로는 그것의 사건적 성격을 충족시키지 못하며 비평이라는 담론과 결합할 때 비로소 하나의 문학사적 의의를 지닌 사건으로 발발하게 된다."[5] 이로써 미래파 담론은 시가 비평과 동업해서만 사건이 될 수 있음을 증명한 사건, 즉 진정성이 사라진 '포스트-진정성 시대'의 시의 종언이자 새로운 시의 출현의 징후가 된다. 그렇다면 오늘날 시는 사건의 주체로서의 자격을 일부 비평에 위임하고 '사건 미달'적 존재로 축소된 것일까. 혹 2000년대 시단의 특이성은 시와 비평의 담론적·사건적 연대에 앞서, 시와 비평(/철학) 장르의 구조적 융합에 있는 것은 아닐까. 젊은 시인들이 비평과 철학의 시적 전유를 통해 '자체제작 소리'를 생성했다고 할 때,[6] 문제의 핵심은 이들이 만들어낸 '자체제작 소리'의 성과와 한계를 따지는 일이 된다. 김홍중은 오따꾸-동물 시인의 시가 종래의 시적 원동력을 폐기한 것과는 별개로 "언제나 정치적이고 사회적인 효과를 산출할 것"임을 명시하는데, 시의 실재와 산출효과를 분리하는 이 해석학적 지점은 '시와 정치' 논쟁의 중요한 촉발점이 된다. 아이러니하게도, 이 논쟁에 가장 문제적인 비평을 제출한 것은 텍스트의 생산자인 시인 자신이었다.

둘째, 21세기를 여는 시단에 갑작스레 울려퍼진 이질적이고 파격적인 신생음(新生音). 그것의 문학적·정치적 의미에 관한 평가는 '시와 정치' 논쟁을 통해 쟁점화되었다. 2000년대 시의 신생음에 대한 가장 적극적인 평가자인 황현산(黃鉉産)은 최근 밝힌 소회에서 이 논쟁을 단적으로 가름

5 김홍중「실재에의 열정에 대한 열정」,『마음의 사회학』, 문학동네 2009, 411~25면 참조.
6 이와 함께, 흥미롭게도 2000년대 젊은 비평가들의 비평은 유례없을 정도로 '시적'이며 '미학적'인 것이 되었다. 신형철, 조강석, 허윤진 등 시에 필적하는 문체와 미학적인 태도를 지닌 비평들을 보라.

한다. 그에 따르면, 시와 정치 논쟁의 요체는 독재와 이념이 퇴조한 현실에서 "문학의 정치적 진정성과 효과에 대한 질문이 문학의 내재적 정치성에 대한 성찰로 바뀐 것"에 있다. 이 논쟁을 지켜본 소감을 황현산은, 소통과 소비에 휘둘리는 "근래의 문화계 판세에서, 새로운 구조, 새로운 이미지, 새로운 담론을 생산해내려고 애쓰는 사람들은 그 노력의 가치를 인정받지 못할 뿐만 아니라, 세속과 타협하지 않는다는 점에서는 낙원의 악마로까지 치부되어 뒷공론의 피해를 입게 마련이다"라고 격한 어조─그로서는 매우 이례적인─로 토로한다. 그가 보기에 젊은 시인들의 시가 도모한 '은유와 환유의 동시적 기능화'는 주체와 타자의 자리바꿈을 통해 삶을 바꾸는 정치적 행위로, "순결한 글쓰기가 누릴 수 있는 진정한 긍지"를 수호하는 길이었다.[7] 황현산은 김홍중과는 상당히 다른 각도에서 사태를 바라보는데, 젊은 시인들의 새로운 시가 글쓰기의 긍지를 담은 미학적·정치적 실천인지, 실체와는 무관한 효과만 남기고 시와 예술의 영역 밖으로 이탈한 문학사적 사건인지에 대한 관점의 차이는 현단계의 시와 예술 전체에 대한 입장의 차이와 연결되어 있어 우리 시의 앞으로의 전개와 연동된 논쟁의 여지를 남겨둔다.

셋째, 기존의 질서에 '감성적 불일치'를 일으키는 미학적＝정치적 소음. 세계를 건강하게 어지럽히는 소음으로서 '자체제작 소리'는 시인 자신이 직접 쓴 비평을 통해 밝힌 것이라는 점에서 별도의 항목을 요한다. 대표적인 예로, 진은영(陳恩英)의 비평은 미학과 정치의 새로운 결합방식을 추구하는 단화문(자기 세대의 선언문을 겸한)의 성격을 지니는데,[8] 진은영은 랑씨에르(J. Rancière)와 들뢰즈-가따리, 김수영에 기대어 미학적

---

7 황현산 「문학의 정치성과 자율성」, 『현대시』 2010년 10월호 99~109면 참조. 이 글의 마지막 구절은 다음과 같다. "문학이 정치를 넘어선다고 하더라도 문학하는 사람은 정치적이어야 하"며, "순결한 글쓰기가 누릴 수 있는 진정한 긍지도 거기 있을 것이다."
8 진은영, 앞의 글 참조.

자율성과 타율성의 치열한 왕복운동을 통해 전개하는, 유비나 재현이 아 닌 생성 차원의 '딴사람-되기' 및 '문학의 삶-되기'를 구체적인 방법론으 로 제시한다. 자신을 이루는 조건들인 미학적 타율성에 직접적 개입을 추 구하는 미학적 자율성은 타자를 살아내는 존재의 전환을 통해 '실천'에 이르게 된다.[9] 여기서 짚어볼 것은, '딴사람-되기'를 추구하는 '미학적- 감성적 체제'가 사회의 감성적 매트릭스를 구성하는 구조적 원리를 내면 화할 위험에서 어떻게, 얼마나 자유로울 수 있을까 하는 점이다. 저마다 분방한 차이를 추구하는 젊은 시인들의 시가 비슷한 주체성의 형식과 양 식모형(style matrix, 아서 단토)을 갖게 된 것은 이 문제의 실상에 관한 하나 의 증거로 채택될 수 있다. 현실의 질서에 가하는 미학적·정치적 균열로 서 '소음'의 진가에 대한 평가는 이들이 서명한 시와 비평에 담긴 '자체제 작 소리'가 얼마나 철저하게 발본적이고 전복적인가에 달려 있다.

파열음, 신생음, 소음을 키워드로 하여 2000년대 시단이 제기한 질문에 대해, 이 글은 또다른 각도의 질문을 구성함으로써 2010년대의 시가 나아 갈 방향을 모색해보기로 한다. 질문에 대한 답이, 대답이 아닌 또다른 질 문을 통해 지속되기를 바라면서.

2. "정교한 횡설수설"에 대한 주석과 질문

우리는 목숨을 걸고 쓴다지만
우리에게
아무도 총을 겨누지 않는다
그것이 비극이다

---

9 진은영 「한 시인의 진지한 고뇌에 대하여」, 『창작과비평』 2010년 여름호 20~29면.

세상을 허리 위 분홍 훌라후프처럼 돌리면서

밥 먹고

술 마시고

내내 기다리다

결국

서로 쏘았다.

　　　　　　―진은영 「70년대産」(『우리는 매일매일』, 문학과지성사 2008) 전문

　이 총이, 우주의 어느 종족이 갖고 다닌다는, 맞은 사람이 쏜 사람의 관점을 그대로 경험하게 되는 '모든-관점 총'(『은하수를 여행하는 히치하이커를 위한 안내서』)이었다면 좋았을 것이다. 그랬다면 '우리'는 목숨을 걸 필요가 없었고, 세상의 무관심에 낙담할 필요가 없었으며, 기어코 서로를 쏠 필요도 없었을 것이다. 모든 정치적·사회적 책무에서 탈출한 '오따꾸-동물 시인'과 '순결한 글쓰기의 긍지'를 간직한 미학적·정치적 전사(戰士) 사이에서, 소통의 즐거운 삐걱거림과 소통의 이데올로기 사이에서, 현실 정치에 미학적으로 개입하는 실천과 미학의 혁신 자체로 미시정치를 수행하는 실천 사이에서 관점들의 전쟁에 휘말릴 필요도 없었을 것이다. 그러나, 또한 그러므로 우리가 할 수 있는 것은 자신을 수많은 관점들-타자들로 미분하고 또 끝없이 연합하는 일이었다. 그 차이들의 무한행렬 어디쯤에서 불현듯 '……내……'가 마음에 드는 얼굴을 가질 수 있기를 소망하면서. '딴사람-되기'를 시도하기에 앞서, 우리는 이미 수많은 '띤사람'들(소년, 소녀, 다양한 성적 소수자, 유령, 동물, 사물 등)이었고, 그(것)들의 쿨렁이는 시시각각의 집합체였다. '나'는 태어났으나 살지 않았고/못했고, 사방으로 뿔뿔이 흩어졌으나 어찌어찌 실존했으며, 세계는 내게 처음부터 부정되었으나 그럼으로써 계속 내 앞에 존재할 수 있었다. 얼굴과 이름을 갖지 못하고, 보편적 정의(定義)가 아닌 특수한 지정(指定)의 진술

들을 마음껏 거느리는 '나'의 이합집산의 현장에서, '나'는, '그'는, '당신'
은, '우리'는, '나/그/당신/우리'는 즐거(…)웠는가. 혹은, 어쩌면 '그것'은.

내가 유령인 것은 중요하지 않아요
내가 어느 시대를 살고 있느냐, 그게 문제겠지요

그렇다면 얼굴이 생길 때도 되었는데
얼굴 다음에 표정이 사라집니다
윤곽이 사라진 다음에 드디어 몸이 나타났어요
내 몸이 없을 때 더없이 즐거운 사람
　　　　　—김언 「유령-되기」(『거인』, 랜덤하우스중앙 2005) 부분

나에게는 다섯 명의 시인이 있지
첫 번째 사람,
그는 아파,
모두가 떠나간 검은 빌딩의 불 켜진 한 층처럼
밤새
통증이 빛난다
눈먼 시간들이 부딪치는 어느 모서리에서
(…)
마지막 사람은 엉터리
서툰 시 한 줄을 축으로 세계가 낯선 자전을 시작한다
　　　　　—진은영 「앤솔로지」(『우리는 매일매일』) 부분

아무도 모르는

사이

조금씩 바닥에 가루로 흘러내린
그 시차의 이름을
이제 나는 쓸 것이다
—— 김경주 「개명(改名)」(『시차의 눈을 달랜다』, 민음사 2009) 부분

어느 쪽으로 가도 상관없어 어차피 양쪽 모두 미친 것들이니까
구름을 흔드는 웃음소리,
하늘에 걸린 체셔 고양이의 얼굴
—— 황병승 「Cheshire Cat's Psycho Boots_7th sauce」
(『여장남자 시코쿠』, 랜덤하우스중앙 2005) 부분

　'나'는 '유령-되기'를 경험중인 미정형의 불안정한 존재이거나, 다섯
명의 시인들(아픈 시인, 용감한 시인, 의사 흉내를 내는 시인, 천재 시인,
엉터리 시인)의 분열-통합체이거나, 무한한 시차들의 중단 없는 불연속
적 경유지이거나, 경계의 구별을 없앤 혼종과 잡종의 소멸-형성체이다. 거
칠게 요약하면, 형질 변화, 내향적 분열, 외향적 분산, 내·외부의 혼융 등
의 방식으로 기존의 주체형식에 대해 이(異)-, 탈(脫)-, 혼(混)-, 후(後)-, 비
(非)- 하는 다른-새로운 주체형식은 2000년대 젊은 시인들이 보여준 새
로운 시와 미학의 토대를 이루는 것이다. 명멸하고 분열하고 분산하고 뒤
섞이는 존재·주체는 언술 층위에서는 은유와 환유를 동시에 실행하면서
동일성과 정해진 규칙으로 수렴되지 않는 독특한 언술 체제를 구축한다.
이를 진은영은 '무질서한 이야기들'(「무질서한 이야기들」)이라고, 김경주는
'밤의 낱말들, 정교한 횡설수설'(「정교한 횡설수설」)과 그에 수반되는 "이질
(異質)의 시제"(「여독」)들이라고 이름붙인 바 있다.

이 더없이 희박하면서도 역동적인, 무수한 타자들과 다채롭게 동행하면서 동일성의 권력에 저항하는 주체는, 2000년대 시가 표상해낸 새로운 주체형식이자 전략임이 분명하다. 2000년대 젊은 시인들의 작업은 우리 시에 동일한 차원으로 배치될 수 없는 차이들에 관한 '시차적(視差的) 관점'[10]을 부여했다는 점에서 '신세대의 몫' 이상을 수행한 측면이 있다. 그런데 이 새로운 주체형식과 전략이 급변하는 현실 속에서 본래의 지향성을 충족하기 위해서는 더욱 정교하고 복합적인 시각을 부단히 확보해가야 한다. 다음의 두 개의 질문 혹은 이견이 그 방법적 통로가 될 수 있겠다.

먼저, 2000년대 시가 고안해낸 주체형식이 기존의 시와 특히 현실에 대해 '얼마나' 전복적인가의 문제이다. '자본-기술 연정(聯政)의 단일지배체제'(도정일)가 세계를 제압한 현시대에, 주체의 창의적인 사유와 상상은 지배이데올로기의 무의식적 반영이나 표상이 되어버릴 위험에서 자유롭지 않다. 위험은 무엇보다 주체의 정체성과 주체성의 형식이라는 근본적인 층위에서 스멀거린다. 자본권력에 의한 세계화는 "문학의 정치적 진정성과 효과에 대한 질문"을 "문학의 내재적 정치성에 대한 성찰로 바꾸"는 데 일조하는 것을 넘어, 주체구성의 형식 자체를 바꾸어놓고 있다. 자본이 지배하는 세계화의 제국은 균일과 통합의 세계화를 추진하는 과정에서 동질화와 차이라는 이중전략을 구사하면서 동일성을 강화한다. "깨뜨리고 분산시킨 다음 통합하고, 통합한 다음 차이의 환상을 유지시키는" 자본주의의 이 오래된 전략은 '한 체제 속의 다양성'이라는 자유주의 이

---

10 지젝은 구조적으로 양립 불가능한 두 현상에 관해 그 시차적 간극을 보존하면서 통찰하는 '시차적 관점'을 제안한다. 시차(視差, parallax)란 두 층위 사이에 어떠한 공통언어나 공유된 기반도 존재하지 않기 때문에 결코 고차원적인 종합을 향해 변증법적으로 "매개/지양"될 수 없는 근본적인 이율배반(antinomy)을 뜻하는 것으로, '시차적 간극'이라는 개념은 변증법에 되돌릴 수 없는 장애물을 배치하는 것이 아니라, 그 전복적 핵심을 간파할 수 있게 만드는 열쇠를 제시하는 것에 있다(슬라보예 지젝 『시차적 관점』, 김서영 옮김, 마티 2009, 13~14면 참조).

데올로기와 결합하여 지금 단일 세계체제의 강력한 질서를 구축하고 있다. 그러나 그 다양성이란 끝까지 '한 체제 속의' 다양성이지 '다른 체제'를 생각하거나 실현할 수 있는 다양성이 아니다.[11] 이로 인해 우리가 차이를 이야기하는 동안 차이는 자주 생기와 탄력을 잃고 흐물흐물해진다. 다양한 주체와 문화의 차이를 승인하는 순간에 그 순정한 차이의 일부(때로 전부)는 자동 삭감된다. 속악한 경제논리로부터 인문학을 구해내려는 동안에 인문학은 구조(救助)와 부흥의 노력 자체에 의해 어딘가 마모되고 일그러진다. 비정규직의 권익 보호와 근본 대책을 위한 법안은 오히려 비정규직을 양산하는 편법 및 불법의 선들과 교묘하게 겹쳐진다.

주체가 수많은 타자들로 끊임없이 자신을 미분(微分)하고 재구성하면서 '감각적인 것의 재분배'(랑씨에르)를 통한 미학적·정치적 실천에 이르려면, 이 끝없이 갈라지는 이중성의 리좀이 주체의 전복적 전략이기에 앞서, 자본-권력이 구사하는 지배전략이기도 하다는 점을 간파해야 한다. 지젝의 단호한 주장에 따르면, "분산되고, 복수적으로 구성된 주체"는 후기자본주의가 유포하는 이데올로기인 "'과잉' 동일화의 두려움"의 반사체로, 어떠한 전복적인 힘과도 무관한, "단지 **후기자본주의에 조응하는 주체성 형식**"(강조는 원문)일 뿐이다.[12] 후기자본주의가 유포하는 주체성 형식이 구성원들에게 동일화의 과정을 과잉동일화에 대한 두려움과 차이에 대한 환호로, 차이의 소멸을 차이의 끊임없는 지형 변경과 과잉생산을 통한 차이의 생성으로 전유하게 하는 것이라면, 차이는 동일성에 대해서뿐 아니라 자기 자신에 대해서도(어쩌면 훨씬 더 많은) 의문을 품고 분쟁을 벌여야 한다. 기존의 사회질서에 감성적 불일치를 일으키는 정치적 행위로서

---

11 도정일 「문화영역의 세계화 또는 아큐 현상」, 『시장전체주의와 문명의 야만』, 생각의 나무 2008, 72면.
12 슬라보예 지젝 『부정적인 것과 함께 머물기』, 이성민 옮김, 도서출판b 2007, 415~16면. "분산된 복수적인 구성된 주체"라는 번역 원문은 표현이 어색해 다소 수정하였다.

'감각적인 것의 재분배'는, 현사회의 감성 및 주체 구성의 매트릭스를 구조화하고 있는 선들을 무의식적으로 반영할 위험에 대한 자기검증을 내장해야 한다. 동일성의 권위를 해체하고, 단일한 서정적 주체의 권좌를 다양한 타자들에게 이양하는 미학적·정치적 실천이 진정 새롭고 전복적인 것이 되기 위해서는 자신을 관통하고 있는, 또 자신이 관통하려는 복잡한 사회적 맥락(미학적 타율성)을 날카롭게 투시하는 시선을 지속적으로 증식해내야 하는 것이다.

비약의 위험을 무릅쓰고 말하면, 2000년대의 새로운 시들이 분열·분산·유동의 주체와 언술을 통해 만들어낸 '소음'은 자본-기술권력이 지배하는 후기자본주의 사회의 새로운 화음에 흡수될 위험에서 완전히 자유롭지 않다. 구체적인 질문으로 바꾸어보면, 2000년대 새로운 시들의 방법론인 '은유와 환유의 동시적 기능화' 혹은 '자동사(自動詞)적인 발화'[13]——기호의 대량생산이 가능하고, 기호의 물질성이 강조되며, 발화 자체의 지속성을 특징으로 하고, 무의식의 구성방식(은유와 환유의 운동)을 따르는 발화방식——의 언술 구조와 경로는 자본과 기술이 이동하며 확산하는 경로, 즉 결합과 계통의 축을 자유자재로 흐트러뜨리며 무한히 자가증식하는 경로와 어떻게 '근본적으로' 구별될 수 있을까?[14] 2000년대의 새로운 시들이 수행한 새로움과 전복의 실체, 문학사적 의의를 제대로 따지기 위해서는 이곳까지 내려와야 하는 것이 아닐까? 이 질문에는 두 가지 난점이 첨부된다. 첫째, 지배이데올로기가 유포하는 주체구성과 발화방식에 대한 구조적 반영이 그 자체로 잘못된 것이라고 하기는 어렵다는 것. 왜냐하면 그러한 주체와 발화방식에 의해서도 시의 완성도는 확보될 수 있으며, 전복적인 지향성 역시 어느정도 달성될 수 있기 때문

---

13 권혁웅 「멜랑콜리 판타곤」, 『우리는 매일매일』 해설, 120~24면 참조.
14 이 의문은 2000년대 젊은 시인들의 시에 인간의 삶과 현실을 거의 분, 초 단위로 바꾸어놓고 있는 기술문명에 대한 탐구가 미흡하거나 결여되어 있는 점과도 연결된다.

이다. 2000년대의 새로운 시들의 성과는 이 점에서 부정될 수 없다. 둘째, 그러나 주체가 현실에 대해 위반과 전복을 '근본적이고 지속적으로' 생산하고자 하며, 텍스트의 '자체제작자'로서 스스로가 자신의 기원이 되고자 할 때 이 구별은 필연적이라는 것. 2000년대 새로운 시들의 성과는 이 점에서 2010년대로 자동 계승되기 어렵다. 한마디로 말하면, 위반과 전복의 피동형과 능동형, 구조의 반영과 생산, 이 두 층위를 어떻게 명민하게 구별하고 시적으로 형상화할 것인가에 2010년대에 출현해야 할 새로운 시의 과제가 있다. 이 혼동의 위험을 충분히 성찰하지 못할 때, 위험을 타파하는 좀더 치밀하고 깊이있는 시선을 갖지 못할 때, 시는 '오따꾸-동물 시인'의 피로와 반성을 모르는 유희와 구별되기 어려워질 것이며, 시와 예술의 종언은 마침내 실현될 터이다.

2000년대 시단을 가로질러온, 고정된 동일성에 대해 운동하는 차이들의 우월한 지위를 인정하는 시각에 대해서도 의문을 가져볼 필요가 있다. 다시 지젝을 참조하면, 현상황은 "일체의 고정된 사회성을 침식하는 궁극적인 '탈영토화'의 힘"이 바로 '자본'이라는, 종래의 "맑스주의적 통찰을 소생시켜 '후기자본주의'를 이데올로기적 위치들의 전통적 고정성(가부장적 권위, 고정된 성역할 등)이 일상생활의 무제약적 상품화에 대한 장애물이 되는 시대로 파악해야 할 때가 온 것일지도 모른다."[15] 탈주하는 주체와 탈주의 선들이 자본의 씨스템이 기입해놓은 바를 이행하(게 될 가능성이 있)는 사회에서는 오히려 전통적인 동일성이 가장 저항적인 위치와 전복적인 역할을 맡게 되는 역전현상이 벌어질 수 있다. 우리 시의 경우도, 변화하는 현실의 어느 시점(바로 지금일 수도 있다)에서는, 가령 서정적 동일성에 기초한 자연의 가상을 노래하는 시와, 그 동일성을 해체하며 분투하는 시의 위치가 역할이 뒤바뀌는 사태가 일어날 수 있다. 이는

---

15 슬라보예 지젝, 앞의 책 416면.

물론 행복하고 아름다운 자연의 가상을 노래한 시들이 그러한 가상을 유포하는 이데올로기에 자각 없이 편승하는 경우가 아닌, 그 이데올로기 자체에 대한 비판적 문제의식을 내장하고 있는 경우에 한해서이다(그러한 '효과'를 내는 시들을 배제하기는 어렵겠지만). 마찬가지로, 동일성을 해체하며 분투하는 시들이 현실의 조건인 미학적 타율성을 통찰하고 그에 적극 개입하는 미학적 자율성을 실천하는 경우가 아닌, 미학적 타율성을 미학적 자율성으로 오인하여 그대로 승인하는 경우에 한해서이다.

노동시와 생태시의 위상이 변화해야 할 필연성에 대해서도 같은 맥락에서 생각해볼 수 있다. '노동(/생계)'과 '생태(/생존)'는 21세기의 인간과 사회가 전지구적으로 직면한 가장 중대한 현안임에도, 바로 그 이유로 지배이데올로기에 의해 심각하게 왜곡되는 사안이기도 하다. 2000년대 시단이 노동시와 생태시에 부과한 '낡음'의 혐의들, 지나간 시대의 유산이며 목적지향적이고 동어반복적이라는 등의 조항들은 명백히 우리 시의 내부 요인에 의해 작성된 것만은 아니었다. 지배이데올로기의 침전물이기도 한 이 경직된 구도는 새로운 시의 형성과정에도 관여한 그것이었다. 큰 것의 정치가 작은 것들의 정치성으로 이행하는 과정에서 정치적 실천의 직접적인 선과 우회적인 선, 즉 미학을 내장한 정치적 행위와 내재된 정치성으로서의 미학이 '낡은 것'과 '새로운 것'의 관계로 은연중에 재편된 것이다. 2010년대에 노동시와 생태시가 낡은 것과 새로운 것의 이분법을 넘어서, 함의와 형식을 새롭게 만들어가야 할 두 가지의 필연성이 여기서 마련된다. 노동과 생태 문제의 중요성, 더불어 노동시와 생태시를 둘러싼 시단의 구조적 배치의 변경. 2000년대를 뒤로하면서 이제 우리 시는 다른 것들뿐 아니라 같은 것들에도, 새로운 것들뿐 아니라 낡은 것(으로 간주한 것)들에도 가능성을 공평하게 열어놓아야 한다. 오래되고 낡은 것이 새로울 수 있는 가능성은 이제 잠언이나 주기적으로 회귀하는 순환법칙의 차원이 아닌, 현실의 구조적 차원에서 열려 있기 때문이다.

우리 시의 근미래를 향한 두번째 논점은 '모든-관점 총'은 현실에 존재하지 않는다는 비유로 제시될 수 있다. 분산되고, 복수적으로 구성된 주체는 타자들과/타자들로 끊임없이 분열과 연대를 거듭하는 와중에 있지만, 완전히 타자의 자리로 나아가 온전히 타자 자신이 될 수는 없다. 타자의 자리로 나아가 타자의 삶에 자신을 일치시키려는 노력은 더없이 숭고하며 그 자체로 의미를 갖는 것이지만— 때로 언뜻언뜻 빛나는 일치의 순간이 도래하기도 할 것이다 —노력의 대부분은 타자와의 일치 불가능성을 깨닫는 데 바쳐지게 될 것이다. 이 스산하고 텅 빈 불가능성의 순간들이야말로, 그러나 주체와 타자가 아이러니한 일치에 이르는 비약과 도약의 순간일 수 있다. 그러므로 시는 타자의 자리로 무한히 나아가려는 노력과, 그것의 불가능성을 절감하는 가혹한 자각 사이에서 씌어질 수밖에 없고 씌어져야 한다. 시쓰기는 고통받는 이웃에게로, 노동자에게로, 자연에로, 사물에로, 시간에로, 장소에로, 언어에로, 이 모든 것들과 연결된 나 자신에게로 끊임없이 나아가려는 노력과 좌절 사이에서, 가능성과 불가능성 사이에서 폭주하는 균열과 전율을 살아내고 기록해야 한다. '딴사람-되기'는 '딴사람-되(기를 열망하)기'와 '딴사람-되(기가 불가능하다는 것을 자각하)기'의 드넓은 간극에서 (불)가능성의 이중적인 시선을 바탕으로 전개되어야 한다. 그 순간들 속에서 '윤리적 예술체제'와 '시학적-재현적 예술체제'와 '미학적-감성적 예술체제'가 불현듯 합치하는 지점이 생겨날 수 있으며, 시는 미학적이며 정치적이며 윤리적인 실천을 동시에 이행할 수도 있을 것이다.

3. 이중성의 '사랑'의 주체들

열망과 불가능성의 이중적인 위치에서 '타자-되기'를 실행하는 주체는 동일성과 차이에 대해 동시적인 분쟁을 벌이는 주체와도 겹친다. 우리는 2010년에 시집을 낸 두 시인의 시에서 타자들로의 끊임없는 몸바꿈 속에 주체의 타자적 분산을 어떤 '넓이'와 '깊이'로 변주하는 '사랑'(김수영의 시가 발안한 것을 현재 진은영의 비평이 이어받은)의 주체를 발견할 수 있다. 2000년대 시단에서 드물게 노동시의 새로운 발성법과 문제의식을 보여준 이기인(李起仁)의 시와, "어떤 다른 '몸'을 발효시킴으로써 리얼리즘의 재현의 미학을 넘어서는 동시에 '타자성'을 문제틀로 한 2000년대 시의 예술적 짜임을 다른 방향으로 선회시킬 수 있는 미학적 위력을 품은"[16] 것으로 평가된 이영광(李永光)의 시가 그것이다.

공장 밖으로 심부름을 나온 달빛
심부름을 나온 바람,
심부름을 나온 소녀가 슈퍼에서 쪼글쪼글한 귤을 한 봉지 산다
슈퍼 주인 할아버지가 자기 방식으로 귤을 센다
늘어진 전깃줄에서 나온 백열등이 귤을 또 센다
초코파이가 들어와 부풀어오른 비닐봉투 배가 불룩하다
'이게 모두 얼마예요' 그래서 '이게 모두 다 얼마예요'
'이게 모두 얼마예요'와 '이게 모두 다 얼마예요'라는
말을 들은 귤과 초코파이의 몸이 욱신욱신 속이 상해서 비닐봉투에
들어 있다
자정이 넘어서 귤을 벗기고 있는 소녀와 소녀를 벗기고 있는 기계소
리가 아프다
'오늘밤이 지나면 얼마를 줄 거예요?'
귤을 벗긴 이의 손톱은 달을 파먹은 것처럼 노랗게 물이 들었다

16 이찬 「유령의 정치학, 또는 초혼(招魂)의 존재론」, 이영광 『아픈 천국』 해설, 창비 2010, 119~31면 참조.

무심한 달빛이 공장 지붕을 아프게 지나간다
　　　—이기인 「달의 공장」(『어깨 위로 떨어지는 편지』, 창비 2010) 전문

　이기인의 시에는 '나'가 거의 등장하지 않는다. 다른 존재와 사물들 속에 은밀하게 스며들어 타자들 속을 '아프게' 흐르고 있기 때문이다. 그렇다고 하여 이 '착한' 존재적 전환이 섣부른 감정이입이나 주체의 타자적 분화 및 확장으로 귀착되는 것도 아니다. 시의 전면에서 사라진 '나'는 달빛, 바람, 소녀, 슈퍼 주인 할아버지, 백열등, 귤, 초코파이, 기계소리, 공장 지붕 등에 동등한 무게와 밀도로 편재(遍在)하면서 각각의 몸을 극진하게 살아낸다. 자신의 것이 아닐지라도 누군가의 아픔으로 연대하는 몸들의 길을 내는 것은 바로 이 보이지 않는 주체, '나'이다. 스스로를 드러내지 않으며 기꺼이 다른 존재들 속에 편재하는 '나'는 "귤과 초코파이의 몸이 욱신욱신 속이 상해서 비닐봉투에 들어 있다"거나, "무심한 달빛이 공장 지붕을 아프게 지나간다" 같은 발화를 전지적 시점을 빌려 이행한다. 그러나 이 전지적 시점은 읽는 이에게 타자를 전유하지 않으면서 타자의 아픈 삶을 공유하려는 주체의 사랑이 녹아 있는, 함께할 또다른 숨은 주체들을 기다리는 비어 있는 시적 공간으로 경험된다. "자정이 넘어서 귤을 벗기고 있는 소녀와 소녀를 벗기고 있는 기계소리"의 '아픔'은 그렇게 멀리 있으면서 가까이 있다. 소녀-노동자의 '다른' 삶을 나누어 갖는, 이기인으로 하여 2000년대의 노동시가 새롭게 나아간 사랑의 자리를 이 지점에서 목도할 수 있다.

　　저렇게도 깡마르고 작고 까만 얼굴을 한 유령이
　　이 첨단의 거리를 배회하고 있다니
　　그러므로 지금은 유령과
　　유령이 되지 않기 위해 몸부림치는 몸들의 거리

지하도로 끌려들어가는 발목들의 어둠,

젖은 포장을 덮는 좌판들의 폭소 둘레를

택시를 포기한 당신이 이상하게 전후좌우로

일생을 흔들면서 떠오르기 시작할 때,

시든 폐지 더미를 리어카에 싣고

까맣게 그을린 늙은 유령은 사방에서

천천히,

문득,

당신을 통과해간다

　　　　　　　　　　　—이영광 「유령 1」(『아픈 천국』, 창비 2010) 부분

　주체가 나누어 갖는 것은 타자의 아픈 몸과 삶의 유물론적이며 존재론적인 차원만은 아니다. 이영광에 따르면, "저렇게도 깡마르고 작고 까만 얼굴을 한 유령"의 '유전자'의 발생학적 층위까지가 여기 포함된다. "좀처럼 보이지 않는, 떠돌아다니는 유령의 몸에 불과하지만, 매순간마다 다시 현존할 수밖에 없는 영원한 '다른 몸'"[17]들은, 그러므로 결코 영원히 다른 몸이 아니다. 그것은 다르면서 이미 같은 몸, 선천적인 유전자에 의해 출생하는 몸이 아닌, 첨단의 거리에서 후천적인 유전자에 의해 감염되어 어느날 문득 출현하는 '당신'의 몸이며 당신 속에 은닉된 '나'의 몸이다. "사방에서/천천히,/문득,/당신을 통과해"가는 '유령'은 비가시적인 가시성, 현존하는 부재의 '살아 있는 죽음'의 아이러니를 넘어 모든 인간에게서 주체성과 생명력을 박탈하는 현대문명의 통치술을, 유령화하는 몸의 '죽어 있는 삶'의 아이러니로 현현한다. "유령과/유령이 되지 않기 위해 몸부림치는 몸들"은 바로 우리 자신(의 미래형이거나 현재형)인바, "시든

---

17 이찬, 앞의 글 129면.

폐지 더미를 리어카에 싣고/까맣게 그을린 늙은" 타자의 형상으로 주체를 '통과하는' 유령은 주체의 안과 밖을 하나로 잇는 현대문명 산(産) 뫼비우스 띠의 유전자 버전에 해당한다. 주체와 타자를 '죽어 있는 삶'으로 동질화하는 유령의 유전자는 '첨단의 거리'에서 주체의 '타자-되기'가 밟아나가야 할 안팎의 이중경로를 한눈에 보여준다. 현재 이영광이 전하는 실제 상황은 이러하다. "나는 또 이렇게 웅크린 채로/나타났다"(『잠 깰 무렵』). 그리고 "사랑은 도처에서 좀비처럼 나타난다/하지만 사랑을 사랑해"(『현기증』). 사랑은 이렇게 유령화하고 좀비화한 타자와 주체와 사랑으로부터 그 자체를 구해내는 또 한번의 '기술'이 되고 있다. "어떻게 하면 다시 나타날 수 있을까"(『유령 2』)를 고민하는 존재와 주체의, 타자(들)의, 사랑의.

4. 다시, '현재의 시'들을 기다리며

이것은 사랑을 사랑하는 일에 관한 노래이며 이야기이다. 사랑을 사랑함으로써 사랑하는 능력을 지속하고, 다시 사랑을 나타나게 하는 일에 관한 노래이며 이야기다. 우리가 사는 오늘의 세계에서는 "(매연도 이제 공기니까)"(이영광 『물음』), 혼탁해진 사랑의 대기 속에서 사랑을 그리워하고 호흡하는 것이 그리 이상한 일은 아닐 것이다. 이로써 시와 시인은 세계와 자신에 새로운 기원과 출발을 부여하는 또다른 '자체제작 소리'들을 만들어내게 될 것이며, "'서정'이라는 '마지막 어휘'"의 지평을 현재형으로 또 한번 갱신하게 될 것이다.

'미학적-감성적 체제의 매트릭스화'를 경계하며 2010년대 시가 나아가야 할 자리는 더 많은, 더 복잡한, 더 날카로운 인식과 상상과 감각을 요구한다. 그 자리는 이를테면, "자본과 지식의 새로운 융합"이 양산한 "사적인 저항의 마지막 한구석마저도 빼앗긴 절대적 프롤레타리아트"[18]와 "세계 바깥의 무산자인 시인"(심보선)이 양극에서, 도처에서, 다른 지점에서, 같은 지점에서 수시로 얼굴을 맞대는 자리여야 할 것이다. 모든 것들의 배치와 구조가 얼마든지 반대로 바뀔 수 있음을 생각하면서, 더 근원적인 것을 꿰뚫어보는 시선과 능력을 끊임없이 획득해가는 자리여야 할 것이다. 이를 도정일은, 동질화를 막는 아이러니에 의해 작동되며, 앞뒤를 동시에 보는 야누스의 비전처럼, 하나가 다른 하나를 비추게 하는 쌍방향 시각이며 과거-현재-미래를 현재에 동시화(同時化)하는 '통합적 상상력'[19]이라고 명명한 바 있다. 2010년대의 이름으로 오고 있는 미래는, 문학을 지탱하고 성장시켜온 이 상상력이 부딪치고 싸워나가야 할 새로운 현재를 열어놓고 있다. 새로움이 새로움이기 위하여, 탈주가 탈주이기 위하여, 통찰이 통찰이기 위하여, 문학이 문학이기 위하여 더 깊고 넓게 투신해야 할 현재를.

다시, 여전히, 새롭게 현재의 시들이 씌어져야 할 시간이다.

—『창작과비평』 2010년 겨울호

---

18 슬라보예 지젝, 앞의 책 22면.
19 도정일 「밀레니엄, 오, 밀레니엄!」, 앞의 책 31면.

2000년대 시의 미로와 심연

황인숙, 송찬호, 송재학의 시를 중심으로

1. 미로와 심연

　"나는 다양한 미래들에게(모든 미래들이 아닌) 끝없이 두 갈래로 이어지는 길들이 있는 정원을 남긴다." 보르헤스의 소설 「끝없이 두 갈래로 갈라지는 길들이 있는 정원」(『픽션들』, 민음사 1999)에 나오는, 세상에 존재하는 단 한 권의 무한한 책과 미로를 만들기 원했던 취팽의 유언은 2000년대 우리 시단에 젊은 시인들이 새겨놓은 (유일한) 미래의 전망처럼 읽힌다. 우리 시사상 매우 특별한 주목을 받은 젊은 시인늘은 현세계를 기존의 의미체계가 분열하는, 더불어 그들 자신이 그 의미체계를 분산·전복해가는 미로의 공간으로 이해해왔다. 실제로 21세기 들어 더욱 확연해지는 것은 우리가, 끝없이 분열하며 증식하는 체계의 미로이며 수많은 차이들이 폭주하는 가운데 진정한 차이가 사라지는 자본의 시공간을 살아내고 있다는 사실이다. 한계를 모르는 자본의 힘에 의해 압착된 우리의 세계는 이제 '평평한 세계'(프리드먼)가 되어버렸다. 프랑스가 낳은 세계적 지성이자 미래학자인 자끄 아딸리는 고대부터 현대에 이르는 패러다임의 변천을 '미로'를 키워드로 관통하면서, 현대적 미로의 특징을 무한성과 닫힘으로 정리한다. 입구도 출구도, 안도 밖도 없이 얽혀 있는 현대의 리좀형 미로에서는 하나의 질문과 그에 따른 끝없는 여정만이 가능하다. 현대적 미로에서는, 이를테면 시간은 존재해도 흘러가지 않으며, 가치는 탐색되어도 획득되지는 않는다. 보르헤스의 소설에서 한번도 언급되지 않음으로써 더 강화된 '미로'의 상징성 역시 현대(성)의 '시간'을 내포한다. 이 요령부득의 미로에서는 다양성(전일성이나 총체성이 아닌)의 기치 아래 무한한 선택과 반복만이 가능하다. 차이 없이 반복되는 다양성의 미로는 세계의 불완전성과 진정한 사건의 불가능성을 시사한다. 미로의 정원이 '모든' 미래들이 아닌 '다양한' 미래들을 향해 열려 있다는 사실이 이를 반증한다.

21세기의 신예 시인들은 '다양한' 미래들에 무한한 갈림길을 열어놓으면서(세계로부터 배운 바대로), 한편으로 그 갈림길의 허구성을 폭로해왔다(세계로부터 분리될 수 있기를 바라면서). 미로의 세계에 걸맞은 삶의 방식을 개발하면서 미로에 대한 내면화와 저항을 동시에 수행한 셈이다. 이들은, 보르헤스의 소설에 제시된 것처럼, 교차로가 나올 때마다 왼쪽으로 꺾는다고 해서 길을 잃지 않으리라고는 생각하지 않는다. 그보다는 다음과 같은 진단과 해법이 더 낫다고 믿는다. "내가 유령인 것은 중요하지 않아요/내가 어느 시대를 살고 있느냐, 그게 문제겠지요/(…)/돌, 나무, 사람들의 데모 행렬엔 한 사람쯤/흘러다니는 내가 있어요"(김언 「유령-되기」, 『거인』, 랜덤하우스중앙 2005). "*어느 쪽으로 가도 상관없어 어차피 양쪽 모두 미친 것들이니까*"(황병승 「Cheshire Cat's Psycho Boots_7th sauce」, 『여장남자 시코쿠』, 랜덤하우스중앙 2005).

미친(필요한 차이들이 무화된), 유령들이 흘러다니는(차이의 좌표인 존재와 주체가 몰락한) 인공 미로의 세계에서는 모든 구심점들이 희미해지고, 오래된 가치들이 쇠락하며, 생성과 창조의 운동이 미약해진다. 어제와 오늘, 당신과 나, 나와 나 사이에 질적인 변화나 도약이 없는 분쟁이 계속되고, 깊이와 높이, 추억과 역사, 꿈과 사랑, 인간의 인간성과 물질성마저 유실된('유령-되기') 끝없는 평면과 표면만이 펼쳐진다. "없는 존재가 없는 세계를 노래하"고, "근원(아래)을 탐사하지 않고 배후(뒤)를 캐지 않으며 초월(뒤)을 도모하지 않는 시"가 "'옆'을 보"(신형철「시뮬라크르를 사랑해」, 김행숙 시집 『이별의 능력』 해설)는 일은 이런 와중에 일어난다. 그 속에서 젊은 시인들이 택한 길은 잃어버린 실재/실체를 찾는 불가능한 모험을 감행하거나, 미로의 현실을 무감하게 응시하면서 간헐적으로 주체의 자리를 탈환하(고 있다고 상상하)거나, 미로를 내면화하여 정체불명의 비인칭이나 분열의 무인칭/다인칭 주체로서 자기의 기술(technologies of the self)을 개발하는 것 등이었다. 시적 주체의 형성 및 발화 방식의 변화, 이와 연결된 수사의 형질 변환(예를 들어 아이러니와 역설을 통과해(서만) 성립되는 환유와 은유[1]) 등은 2000년대 젊은 시인들이 표출한 세대적 특성이자 세계인식의 단면이었다.

미로(넓이)는 현대사회가 심연(깊이)을 해체하고 재구성해 만든 물화된 제도와 자본의 공간이다. '깊이의 넓이화'는 심연을 처리하는 현대의 전략인바, 현대사회의 미로는 심연을 얇고 넓게 펼치면서 계속 확장된다. 이 무한히 넓은 미로는 탈주와 산책 등의 모든 '넓힘의 행위'들을 흡수하는, 즉 넓이의 본질과 효용을 갖지 못하는 '제로의 넓이'의 공간이다. 그렇다면 미로에서 미로의 방식으로 사는 자에게 '가치판단'과 '미래'를 묻는 것은 무의미하거나 부적절한 일이 되기 쉽다. "자신이 생산된 사회 씨스템에 대한 근원적인 반성을 수행하는 문학"(도정일)의 행방을 묻는 것 또한 비슷한 일이 될 수 있다. 이를 염두에 둘 때, 세계와 주체의 분란을 균열의 언어로 기술하는 젊은 시인들의 방식은 현대사회의 부정적인 전략을 승인하는 역설적인 결과에 봉착할 위험이 있다. 균열의 세계를 시 속

---

1 이에 대해서는 졸고 「(불가능한) 자기정체성의 기술(技術/記述)」, 『세계의문학』 2009년 겨울호, 이 책 214~24면 참조.

에서 화법과 상황, 인물과 수사장치 등으로 다시 한번 살아내는 동안 그들은 세계의 부정성을 폭로하면서도 무의식중에 이를 수락하는 딜레마에 빠질 수 있는 것이다. 부정성에 대한 부정이 오히려 부정성에 대한 긍정의 효과를 산출하도록 유도하는 것은, 자가증식하는 현대사회의 거대한 씨스템이 구사하는 전략의 하나라는 점을 기억할 필요가 있다. 다르게 말하면, 현실의 질서에 길들여지지 않은/않으려는 시심(詩心)이 21세기에도 여전히 생동하는 것은 단지 서정시의 오랜 관습만은 아니다.

돌아보건대, 2000년대 우리 시단은 자기 세대의 몫을 충분히 해낸 젊은 시인들을 통해 시가 인식론적 사건이 되고, 존재/주체의 명멸의 현장이 되며, 잃어버린 자기정체성의 역설적인 기술(技術/記述)이 되는 잊지 못할 경험을 하였다. 그와 함께, 시대와 사회에 따라 변전하는 시와 서정의 '텅 빈 중심'을 다시금 확인하기도 하였다. 이 텅 빈 중심은 당대의 독특한 역사·사회·문화 경험과 가치관, 시의 내용과 형식 등이 거주하고 운동하는, 가치중립적인 무정형의 공간이다. 이 텅 빈 중심은 과거의 문학에 대한 현재의 문학의 시차(時差/視差)가 발생하는 바로 그 자리이기도 하다. 자신들의 의도나 희망과는 상관없이, 2000년대의 젊은 시인들은 이전의 시에 대한 사회·문화·언어적 시차의 혜택을 톡톡히 누리면서, 일종의 과잉 클로즈업의 상황에 처하기도 하였다. 2000년대 중진 시인들의 시를 논하기 위해 이들을 경유하는 일이 필요한 것은 바로 이 시차와 과잉의 현상에 기인한다. '감각으로 사유하는 종' '감정의 공동체'를 자처하는 젊은 시인들의 시가 새로운/다른 시차를 갖는 것은 다음과 같은 항목들이 이들 시의 시차의 기준 축으로 작용하였기 때문이다. 기원, 본질, 깊이, 시심(詩心), 영혼, 내면, 몽상, 감동, 진정성, 심미, 잘 빚어진 작품, 신화, 역사, 지속되는 과거, 전통(성), 늙음, 죽음 등.

오늘날 적지 않은 시인들에게 이 고전적인 의미체계에 기반한 시쓰기는 여전히 가치있는 시적 실천이자 존재론적 행위가 되고 있다. 현재 우리 시의 중진을 형성하는, 1980년대에 등단하여 오십대가 된 시인들은 시적 실천과 심미적 행위, 시의 현실적 효용의 연관성에 대한 믿음을 공유한다. 이들은 믿음과 실천의 공동체로서, 그 계보는 현재의 젊은 시인들에게도 양상을 달리하며 폭넓게 이어지고 있다.

시절은 한꺼번에 가버리지 않네.
한 사람, 한 사람, 한 사물, 한 사물
어떤 부분은 조금 일찍
어떤 부분은 조금 늦게

우리 삶의 수많은 커튼
사물들마다의 커튼
내 얼굴의 커튼들

오, 언제고 만나지는 사물과 사람과
오, 언제고 아름다울 수 있다면.
— 황인숙 「연하카드」(『새는 하늘을 자유롭게 풀어놓고』,
문학과지성사 1988) 부분

황인숙(黃仁淑)이 청춘의 어느 하루에 다다랐던, 무수한 시차를 지닌 시절들/사람들/사물들에 관한 통찰은 매우 적확하고 성숙한 것이었다. 이에 기대어 말하면, 현대의 미로에 대한 "조금 일찍"이거나 "조금 늦"은 시선을 통해 우리는 우리 시의 다양한 시차들과 운동의 지속성을 경험할 수 있다. 즉 우리는 다음과 같은 발견의 현장을, 인식의 풍경을 만나볼 수 있는 것이다. 미로는 단지 존재가 방황하는 경유지의 총합이 아니라, 우리의 삶이 뿌리내리고 있는 새로운/다른 터전이라는 것. 나아가 끊임없이 풍부하게 만들어가야 할 삶의 시공간이라는 것. 어떤 가능성과 여지가 넉넉하게 남아 있는, '심연'의 변주된 형태이자 이름이라는 것.

2. 도시에 '구릉과 평원' 만들기 ― 황인숙

"나의 침울한, 소중한" 고양이, "천진난만한 요정"(남진우), "세상살이의 풍경을 향해 활짝 열려 있는 탐미주의"자(고종석), "나이 먹을수록 자연스러워지는, 생명이 가벼워지는, 다이어트되는 결과로서 발랄"함을 지닌 시인(김정환)…… 황인숙의 이름 앞에 붙는 수사들은 한결같이 그녀가 지닌 천진하고 발랄한 기질과 미학적인 지향성을 함축한다. 쉽게 짐작할 수 있는 일이지만, 자유로운 기질과 심미적 가치관을 소유한 시인은 황량하고 무정한 도시에서 자주, 실은 거의 매순간 곤경에 처한다. 황인숙의 시는 이 곤경에 대해 무심하면서도 뜨거운 저항의 말들을 쏟아놓으며, 여성 특유의 톡톡 튀는 일상어의 화법을 통해 자유롭고 경쾌한 매력을 한껏 발산한다.

1984년에 데뷔해 여섯 권의 시집을 내기까지 황인숙은 일관되게, 자신의 비천하고 고통스러운 삶을 밝혀줄 시적 구원의 열망을 호소해왔다. "詩가 나를 정화해주기를, 그래서 네게 주는 것이 조금이나마 더 가치있는 것이 되기를!/나를 구원해주기를!"(『우리는 철새처럼 만났다』 뒤표지글, 문학과지성사 1994) 존재의 정화와 구원, 삶의 고양으로서 전통적인 문학관은 1990년대의 전환기에 '도시적 신서정'의 주자로 거론된 황인숙에게도 절대적인 아우라로 드리워져 있었다. 황인숙의 시쓰기의 지향점과 미적 방법론은 그녀의 시구를 동원하면 이렇게 요약될 수 있다. 황폐한 도시의 일상에서 "생의 한 떨림을, 섬광을/끄집어내, 보려고"(「콘트라베이스 주자」, 『나의 침울한, 소중한 이여』, 문학과지성사 1998), 필사적으로 "옹알거리"고 "투덜거리"고 "킬킬거리"며(「無言歌」, 『리스본行 야간열차』, 문학과지성사 2007) '나'의 존재와 삶이 스프링처럼 "튕겨져오르는 순간!"(「황혼」, 『슬픔이 나를 깨운다』, 문학과지성사 1994)을 기다리는 것, 그 순간을 향해 투신하는 것. 아마도 황인숙이 도시의 거리로부터 "생의 한 떨림을, 섬광을 끄집어내"는 순간은 그녀가 자신의 삶과 시의 심연에 다다르는 예측불허의 축복의 순간일 것이다.

시에 대한 순정한 외경심, 시를 통한 존재 상승의 열망은 도시의 골목과 셋방을 전전하는 동안 황인숙의 시와 세상살이의 밑천이 되어왔다. 도시에 속해 있지만 시간이 아주 느리게 흐르는 생활공간인 골목, 그 속에 위태롭게 거주하는 (비)도시적인 여성-개인-시인의 삶과 내면. 우리 시가 이 영역에 대한 생생한 디테일을 갖게 된 것은 누구보다도 황인숙에 의해서였다. 고양이, 도시의 골목과 셋방, 출구 없는 황폐한 일상! 이 셋은 황인숙의 시세계를 삼각구도로 감싸고 있다. 이중 '고양이'는 나머지 둘을 끌어안고 돌파하는 존재이자 상징으로서 황인숙 시의 주연배우 역할을 한다.

> 나는 네가 어디서 오는지 몰랐지
> 항상 홀연히
> 너는 나타났지
> 주위에 아무도 없는 시간
> 그 무엇도 누구의 것이 아닌 시간
> 셋집 옥상 위를 서성이면
> 내 마음속에서인 듯
> 달 언저리에서인 듯
> 반 토막 작은 울음소리와 함께
> 네가 나타났지

(…)

너는 너무도 고적해 보였지

오, 그러나 기하학을 구현하는 내 고양이의 몸이여

마저 사뿐히 직선을 긋고

담장이 꺾이는 곳에서

너는 순식간 소실됐지

—「란아, 내 고양이였던」(『리스본行 야간열차』) 부분

'고양이'는 아무도 없는, 무어라 규정할 수 없는 시간에 '내'가 "셋집 옥
상 위를 서성이면/내 마음속에서인 듯/달 언저리에서인 듯/반 토막 작은
울음소리와 함께" 나타났다가 순식간에 "소실된"다. '고양이'는 시적 주
체와 대상의 경계를 무너뜨리면서 '나'의 열망과 고뇌를 현시하는, 황인
숙의 독보적인 캐릭터이자 시적 궁구의 대상이다. 시집 『리스본行 야간열
차』의 해설에서 김정환이 위트 있게 표현한 것처럼, "'황인숙 때문에 황
인숙보다 더 유명한 황인숙의 고양이'라는 말이 가능한 까닭"은 이 점과
관련된다. 황인숙은 자신의 시세계의 상당 지분을 '고양이'에 헌납해왔는
데, 고양이는 매혹과 사랑의 대상이자, 도시의 고립된 삶을 공유하는 그녀
의 분신과도 같은 존재이다. 고양이는 도시에서 소외된, 동시에 도시 속에
드물게 편입해 사는 자연의 생명체이자, 도시의 미로를 날렵하게 종횡무
진하면서 도시에 탄력을 불어넣는 비의적 존재이기도 하다. 고양이는 별
안간 나타나고 사라지면서 황인숙의 삶에 마술적인 활력을 불어넣고, 그
녀의 내면에 쌓인 "한 무더기 혼곤"을 흩어놓으며(「여름이 오고 있고나」, 같은
책), "아, 황폐해! 아, 황폐해!"라는 비명과 함께 그녀의 심장을 "후벼파"는
비루한 삶(「너는 파랗고」, 『나의 침울한, 소중한 이여』)을 싱그럽게 하는 역할을
한다. 황인숙 시의 저층에는 자신의 정체성과 삶의 의미에 대한 고통스러
운 각성이 항존한다. 황인숙은 삭막한 도시의 미로 속에서, 거기 중첩된

텅 빈 존재와 자아의 미로를 끊임없이 배회하는 것이다.

아, 나는
꿈속에서도 쉬지 못한다
　　　　　　—「내 머릿속에 나무 하나가」(『새는 하늘을 자유롭게 풀어놓고』) 부분

그래도 바닥에는
그 무슨 진액이
독꿀처럼 고여 있으리라고, 엉겨 있으리라고
나는 나를 거꾸로 세우고
흔들어본다.
　　　　　　—「헤드폰으로 귀를 막고」(『슬픔이 나를 깨운다』) 부분

여기, 변변히 젊어본 적 없는 자,
고이 늙지 못하다.
　　　　　　—「거울들」(『나의 침울한, 소중한 이여』) 부분

이제 나는 나 자신의 찌꺼기인가?
아직 나 자신인가?
　　　　　　—「나」(『자명한 산책』, 문학과지성사 2003) 부분

사실 나는 죽었는지 모른다.
　　　　　　—「겨울밤」(같은 책) 부분

이처럼 불행한 자기인식은 때로, "다른 세상은 없다, 이 세상밖에 없다/
오직 여기밖에"(「갇힌 사람」, 『자명한 산책』), "비가 전혀 새지 않는 집은/살아

있는 집이라 할 수 없다"(「집 1」, 『리스본行 야간열차』)는 인식의 전환을 수반
하기도 한다. 고양이는 도시의 미로를 샅샅이 알고 있으며, 그 미로 속에
"굽이굽이 지붕들의 구릉과 평원"의 '광활한 영토'를 개척하면서 "뒤안
길도 사라진 이 도시"에 "지붕 위의 뒤안길, 말하자면 위안길"을 열어놓
는다. 황인숙에게 고양이는 인간이 만든 도시의 미로에서 파생된, 그러나
인공의 미로를 능가하는 생명체의 미로를 만들고 살아내는 존재이다. 고
양이는 "굽이굽이 지붕들의 구릉과 평원을" "지붕이 품고 있는 크레바스
와 동굴들, 겹과 틈까지"를 자신의 몸에 오롯이 축적하고 있다.

> 기와 지붕, 슬레이트 지붕, 콘크리트 지붕, 천막으로 덮인 지붕,
> 굽이굽이 지붕들의 구릉과 평원을 굽어본다
> 지붕들이 품고 있을 크레바스와 동굴들, 겹과 틈까지
> 샅샅이 굽어본다
> 와우, 저 지붕을 쫘아악 펼치면
> 지상을 몇번이나 덮을까? 견적을 뽑는데
> (…)
> 저 空中空間의 활용자인 고양이들
> 고양이의 몸 안에서 뻗치는 기운이
> 고양이를 위로위로 올려 보내서
> 광활한 이 영토를 발견하게 했으리라
> (…)
>
> 뒤안길도 사라진 이 도시에서
> 지붕 위의 뒤안길, 말하자면 위안길에
> 살풋 호흡을 얹어본다.
> ──「지붕 위에서」(『리스본行 야간열차』) 부분

도시의 좁은 골목을 광활한 삶의 영토로 바꾸어놓는 '고양이'는 사람이 만든 현실세계의 질서를 가로지르는 탈주의 표상이 된다. 고양이는 문명과 야생의 매개자로서, "몸 안에서 뻗치는 기운"으로 인간보다 더 인간적인 삶의 길을 열어 우리를 그리로 안내한다. "고양이들이 사라진 동네는/사람의 영혼이 텅 빈 동네"(「고양이를 부탁해」, 『리스본行 야간열차』)라는 명제가 성립하는 것은 이런 근거에서다. 황인숙은 우리 시사에서 고양이와(혹은 다른 생명체와도) 깊은 교감과 소통을 나누어온 가장 대표적인 시인이라 할 수 있다. 타자의 자리로 옮겨가 그에 맞는 인칭과 화법으로 말하거나, 동물 되기의 변신의 상상력으로 인간의 자리를 잠시 반납한다 해도 타자와의 소통이 반드시 보장되는 것은 아니다. 반면, 황인숙의 시에서 고양이는 영혼을 교감하는 쏘울메이트의 위상을 갖고 있다. 황인숙이 "내가 사람이기를 멈추고 쉬는 시간"(「낮잠」, 같은 책)이 진정한 휴식시간이라고 말하는 것은 단지 수사의 차원만은 아니다.

　황인숙의 시는, 아무리 황폐하고 비천한 세계에서도 시가 다시 세상에 되돌려줄 것이 있음을 환기시킨다. 감정과 기억과 행위와 욕망 등 삶의 모든 부분에서 '서민'이 된 이들도(「노인」, 『자명한 산책』) 시를 통해 삶의 감추어진 '뒤안길/위안길'을 꿈꿀 수 있음을 알게 한다. 그것이 무한 각성의 고통스러운 과정일지라도, 그 과정을 기꺼이 감내하는 것과 회피하는 것 사이에는 결코 좁혀질 수 없는 차이가 있다. 황인숙에게 현대사회의 미로는 획일성과 폭력성이 넘치는 공간이다. 폭력의 실체를 충분히 알지 못하기 때문이 아니라, 오히려 그 '자명한' 폭력성을 경험해왔기에 그녀는 여전히 사랑과 위안을 말한다. "나는 자명함을/퍽! 퍽! 걷어차며 걷는다." 이 진술에는 다음과 같은 문장이 이어진다. "내 발바닥 아래/누군가가 발바닥을/맞대고 걷는 듯하다"(「자명한 산책」, 같은 책). 황인숙의 심연은 그녀의 "발바닥 아래" 그만큼의 깊이로 있다. 타자라는 심연 혹은 타자와의 소통과 사랑이라는 심연은 황인숙의 시에 투명하면서도 바닥 없는 깊이를 부여한다. 그 심연에서 번지는 '누군가'의 온기를 느끼고 상상하며 황인숙은 "아무도 따라오지 않을/자기만의 것인 것을/짊어지고"(「독자적인 삶」, 『나의 침울한, 소중한 이여』), 미로의 도시에서 '자명한 산책'을 계속한다. 타자를 압도하기 위한 경주나, 자신이 통과하는 곳이 어디인지도 모르는 질주가 아닌, 독자적인 산책을……

3. 현실에 동화의 길 내기, '위대한 단순성'의 현실적 효용 ─── 송찬호

"아직도 시로 빵을 구울 수 있다"고 믿는 시인이 있다. 이때 믿음은 능력이고, 제도와 자본의 포위에 굴하지 않는 의지적인 삶의 자세이다. 송찬호(宋燦鎬)는 시로 빵을 구울 수 있는 구체적인 장소들을 실명으로 공개하기까지 한다. "혁명가들이 우글우글"하고 "백지만 한 장 있으면 연필 끝에서 연애가 생기"며 "아름다운 장례의 풍습이 남아" 있는 "동백 교도소"가 그중 하나다(「나, 동백꽃 보러 간다」, 『붉은 눈, 동백』, 문학과지성사 2000). 송찬호는 꽃 한 송이와 잉크 한 병 같은 작은 자연물·사물 들을 따뜻한 삶의 장소로, 신화적인 아름다운 세계로 전유하는 능력을 지니고 있다. 그 빛나는 장소/세계를 시로 살아냄으로써 송찬호는 그곳을 현실의 일부로 만들고자 한다.

자연물과 사물이 하나의 장소가 되고 세계가 되는 비약적인 확장의 원리는, 송찬호의 시가 "인가와 저잣거리를 헤매"고 "어두운 경전의 숲을 더듬으며" "아름다운 문자의 땅, 산경"에, "진짜 살 만한 땅"에(「나비經은 언제 오는가」, 같은 책) 가까이 가는 비법이다. 송찬호는 자연물과 사물을 인간의 삶의 실물과 결합하는 동화적 작명(作名)을 즐겨 활용한다. 이야기 벌레들, 쑥부쟁이 파스, 심해의 고래 방송국, 민들레역, 벚꽃은행, 살구나무 철공소, 산비둘기 학교, 나팔꽃 우체국, 백일홍 브로치, 오동나무 구두, 무소가죽-풀밭 가방, 바위택시, 바람의 하모니카, 고양이 철학 시간 등이 그 예들이다. 자연물과 일상의 세목을 연계하는 송찬호의 상상력은 '현실세계의 신화적/동화적 재건의 상상력'이라고 부를 만한 것이다. 이는 자연과 인간/문명의 "대화론적 합성"으로서, "근대인의 새로운 세계 인식을 위한 교양 교육"(신범순「고양이의 철학 동화」, 송찬호『고양이가 돌아오는 저녁』해설, 문학과지성사 2009)을 수행하는 측면이 있다. 그러나 좀더 본질적으로 송찬호의 시는 자연, 인간/문명, 시의 세계를 일치시키려는 신화적·미학적 열망을 현실세계에서 실행하는 점에서 의의를 갖는다. 송찬호의 신화적·미학적 열망의 실현은 '시적 기획'으로서는 최상의 높이에 속하는 것으로, 이를 위해 그는 자신의 존재와 삶을 고스란히 헌신한다. 시적 기획이 시와 삶 자체로 녹아흐르는, 그래서 애초의 의도가 휘발된 경지에서 송찬호의 2000년대 시들은 씌어왔다 하겠다. 시집『붉은 눈, 동백』을 거쳐『고양이가 돌아오는 저녁』에서 탁월한 완성도에 이른 송찬호의 시가 주는 감동은 이 기획의 아름다운 증발에서 촉발된 것이라고 할 수 있다.

송찬호의 시에 동화적 순수성과 함께 깃든 신성함과 경건함은 그가 갈망하는 세계의 순도(純度)에 의한 것만은 아니다. 그보다는 그러한 세계를 현실의 일상 속에서 살아내는 시인의 삶과 시적 태도에 의한다. 송찬호가 지향하는 신화적·미학적 세계는 신화(초월, 자연)와 동화(본성, 자연), 생활세계(문명, 현실)가 하나로 어우러진 세계이다. 이곳에서는 신성과 동심의 지극한 마음과 "생활의 관절"(「코스모스」,『고양이가 돌아오는 저녁』) 사이에 이질적인 균열이나 윤리적인 간극이 존재하지 않는다. 송찬호의 시는 이들이 행복하게 혼융된 지점에서 한층 생동하고, "우리가 이 지상까지 흘러오기 위하여" "잃어"버린 너무도 "많은 빛"(「달은 추억의 반죽 덩어리」,『10년 동안의 빈 의자』, 문학과지성사 1994)을 조금씩 회복한다. 송찬호가 어

둠과 죽음의 시절에 남겨놓은 절망의 기록은 세월이 흘러 정반대의 형태
로 귀환한다.

> 그 강은 어둠의 천국이다
> 3공단의 교대근무가 이루어지는 아침 혹은 저녁이면
> 까칠한 어둠들이 굴뚝으로 퍼져나와
> (…)
> 어둠이 대낮부터 활개치는 이 무법지대에는
> 밤화장을 끝낸 어둠들이 벌떼같이 몰려나와
> 매독같이 화사한 웃음을 흘리며 행인을 유혹하여
> 만신창이로 만들기도 하고
> 몇몇 심심한 어둠들은 부녀자를 겁탈하고
> 털린 자궁 속에 기형아를 쑤셔넣기도 한다
> ―「금호강」(『흙은 사각형의 기억을 갖고 있다』, 민음사 1989) 부분

> 절망은 내 유일한 교사였다
> 내 그토록 오래 악취 나는 공장을 피해왔으나
> 어디 악법에 들키지 않은 교회가 있었으랴 이제까지
> 그 어떤 종교의 습속이 저렇게 많은 공장을 세울 수 있었으랴
> ―「城門 밖 여인숙」(『10년 동안의 빈 의자』) 부분

> 창밖 도시가 온통 뒤집혀져 보인다
> 죽은 자가 떠오른다
> 그는 다시 번복되지 않는다
> ―「공작 도시 2」(같은 책) 부분

46

1980년대와 90년대에 송찬호는 도시의 폭력과 죽음의 실상을 파헤치고, 거기 흡착된 자신의 끔찍한 삶과 내면을 그려내는 데 진력했다. 그가 목격한 도시는 "어둠이 대낮부터 활개치는 무법지대"이며, 반인간적인 자본화 속에 살상과 패륜이 대대적으로 자행되는 죽음의 공간이었다. "악취 나는 공장"이 번성하고, "온통 뒤집혀져" "죽은 자가 떠오"르는 도시에서 그는, "저 몸서리쳐지는, 부재의 꼭대기, 난 죽어 있"(「얼음의 문장 1」, 『10년 동안의 빈 의자』)노라는 도저한 자기부정에 이르기도 했다. 그런 그가 지금은 "자신의 등을 구워/문자를 만드는 사람,/우리 동네 시인"(「山徑에 비추어 말하다」, 『붉은 눈, 동백』)의 자격으로, "최후의 시의 족장"(「기린」, 『고양이가 돌아오는 저녁』, 이하 같은 시집)과 사라져가는 자연의 "서기(書記) 된 자의 책무"(「기록」)를 즐겁게 자임하고 있다. "사라져버린 사냥 시대를 생각하"는 "고양이 철학 시간"에 열중하고(「고양이」), "길을 잃고 헤매는 코끼리 떼를 흰 종이 위로 건너오게 하"면서 "한 무리의 대륙이 새로운 길을 찾아 천천히 이동해가는 것을" 보며(「기록」), "깊은 밤 심해의 고래 방송국에 주파를 맞추고/그들이 동료를 부르거나 먹이를 찾을 때 노래하는/길고 아름다운 허밍에 귀 기울이곤 하"(「고래의 꿈」)는 것이다. 이때 시인은 문명이 파괴한 자연의 감각과 사유를 되살려 온전한 형태로 실감하는 자이다. "자신의 등을 구워 문자를 만드는" '시인'의 노동의 실체가 어떤 것인지가 여기에서 느러난다. 하이데거에 따르면, "더이상 신의 결여를 결여로서 감지할 수조차 없게 된" "세계의 밤의 시대에는 세계의 심연이 경험되고 감내되어야 한다. 그러나 그러기 위해서는 심연에까지 이르는 사람들이 필요하다."(신상희 옮김 『숲길』, 나남 2008, 396면) 송찬호는 신성한 빛이 사라진 "세계의 밤의 시대"에 자신의 감각과 사유, 일상의 삶을 속속들이 바꿈으로써, 즉 일상 속에서 심연을 경험하고 감내함으로써 말하자면 "세계의 심연"에 이르고자 한다.

나는 이제 당분간 통속한 새들의 시장을 떠난다
신문도 보지 않고 일기예보도 듣지 않고 화단에 물도 주지 않는다
내 몸의 피리 구멍으로 무거운 피가 모두 빠져
나갈 때까지 나는 달려야 한다 더 가벼워져야 한다

(…)
나는 나뭇가지에 새로운 서정의 집을 짓는다

앞으로 내 꿈은 저 들판의 푸른 종지기,
나는 솟구친다 나는 비상한다
나는 온몸으로 꽃들을 타종한다

—「종달새」(『고양이가 돌아오는 저녁』) 부분

나는 조심스럽게 침대에 몸을 밀어넣는다
함부로 발을 뻗으면 어느 수초 밑에서
발바닥 시를 쓰던 물고기를 깨울 수도 있다

—「나비의 꿈」(『붉은 눈, 동백』) 부분

별을 헤는 밤, 한때 우리는 저 기린의 긴 목을 별을 따는 장대로 사용
하였다 기린의 머리에 긁힌 별들이 아아아아 — 노래하며 유성처럼 흘
러가던 시절이 있었다

기린이 내게 다가와, 언제 동물원이 쉬는 날 야외로 나가 풀밭의 식
사를 하자 한다 하지만 오늘은 머리에 고깔모자 쓰고 주렁주렁 목에 풍
선 달고 어린이날 재롱 잔치에 정신없이 바쁘단다 아이들 부르는 소리
에 다시 경중경중 뛰어가는 저 우스꽝스런 기린의 모습을 보아라 최후

의 詩의 족장을 보아라

　"당분간 통속한 새들의 시장을 떠"나는 일은 "나뭇가지에 새로운 서정의 집을 짓는" 일로 귀결된다. 이를 위해서는 몸속의 "무거운 피가 모두 빠져나갈 때까지" "달려야" 하는데(문명의 폭력적인 가속도에 반하는 속도로), 그렇게 "가벼워"진 몸은 일상의 도처에서 심연과 심연의 존재들을 만나게 된다. "조심스럽게 침대에 몸을 밀어넣"으면 "어느 수초 밑에서 발바닥 시를 쓰던 물고기를 깨울 수도 있"으며, "어린이날 재롱 잔치"에서 오랜 옛날 사람들이 "별을 따는 장대로 사용하"던 "긴 목"의 기린을 만날 수도 있고, 책상서랍 속에서 "잉크의 늪"에 사는 "푸른 악어"(「만년필」)와 불현듯 재회할 수도 있다. 송찬호는 문명이 폐기하고 멸종시킨 것들을 현재형으로 보고 듣고 생각하는 데 힘을 기울인다. 그가 짓고 있는 "새로운 서정의 집"은 투명한 유리상자 속의 집이 아닌, 책상에서든 침대에서든 공공장소에서든 손과 발을 뻗기만 하면 닿을 수 있는 심연을 품은 현실세계의 집이다. 동화적 세계와 상상력은 송찬호 시의 종착점이 아닌, '시장'에 굴복하는 삶에서 "온몸으로 꽃들을 타종"하는 삶으로 돌아오기 위한 경유지 역할을 한다. 송찬호는 지금 신화와 현실의 끊어진 고리를 잇기 위해 동화의 간이역을 통과하고 있는 것이다. "새로운 서정의 집"을 짓기 위한 송찬호의 '솟구침'과 '비상'과 '타종'은 '나'와 우리 세계의 외부보다는 내부를, 현란하고 복잡한 것보다는 '위대한 단순성'을 향해 있다.

　문명의 질서에서 자연의 질서로 잠정 귀환하는 변화의 시간을 송찬호는, "궁기는 감춰두었건만" "마음의 비린내"를 "어쩌"지 못한 "고양이가 돌아오는 저녁"(「고양이가 돌아오는 저녁」)이라고 명명한다. 심연이 회복과 귀환의 대상이라면, 그에 대한 그리움이 발동하는 시간이 "고양이가 돌아오는 저녁"인 것은 자연스럽다(아마도 이 고양이는, 도시의 지붕 위에서 "광활한 구릉과 평원"을 가득 품고 돌아오는 황인숙의 고양이와 같은 종족일 것이다). 그렇다고 해서 송찬호가 '시장'의 세계에 "새로운 서정의 집"을 짓는 일을 낙관하는 것만은 아니다. 송찬호는 시인으로서 자신의 운명을, 우리시대 서정시의 운명을 이렇게 기록한다. "그들이 아무리 채찍을/휘둘러 재촉해도 나는 굳세게/천천히 먹고 잠자고 천천히 이동한다"(「코끼리」). 송찬호가 명기해둔 바에 따르면 벌써 "삼만년째" 계속되어온 일이다. 몰락해가는 쪽에 자신의 운명을 걸면서 "새로운 서정의 집"을, 환하고 따스한 삶을 창출해내는 것은 이제 시인만이 할 수 있는 일인지도 모른다.

4. 미학과 풍경의 운동 혹은 진화──송재학

황인숙이 고양이의 몸과 활력을 빌려 도시의 미로를 삶의 광활한 영토로 전유하고, 송찬호가 자연의 동화적 변주를 통해 일상에서 고양이가 돌아오는 저녁의 시간을 산다면, 송재학(宋在學)은 고양이가 자신의 몸속에 들어와 야만의 목마름과 날렵한 몸짓을 일깨운다고 고백한다. 세 시인의 시에서 모두 고양이를 만나게 되는 것은 흥미로운데, 이들에게 고양이는 공통적으로 문명과 야만, 도시와 자연, 현실원칙과 쾌락원칙의 경계에서 길들여지지 않은 자연의 생명력을 표상한다. 물론 결정적인 차이를 간과할 수는 없다. 황인숙의 고양이가 도시의 홀대받는 마이너리티이자 자유로운 활력을 지닌 방랑자를 의미하고, 송찬호의 고양이가 자연의 순수한 기운을 그대로 간직하면서 도시로 귀환하는 생명체를 뜻하는 반면, 송재학의 고양이는 그의 자아의 일부 혹은 전부로서 내면에 웅크리고 있는 통제할 수 없이 꿈틀거리는 야만의 본능과 육체적 능력을 상징한다.

고양이가 내 몸 속에 들어왔다 (…) 흐리거나 비오면 놈은 뼛속까지 제 영혼을 비비는 것이다 놈을 품은 채 나는 사표를 내고 집구석에 박혀 두렵고 지겨운 싸움을 벌여야 했다 (…) 내 몸뚱어릴 제가 완전히 차지하고 나를 고양이로 만들려는 낌새! 내가 고양이가 된다면…… (…) 심연의 한쪽에서는 고양이가 되고픈, 봄날 햇빛 아래 고양이털로 부패한 영혼과 육체를 녹이고픈, 숨은 발톱과 꿈틀거리는 잔등이 자라고 있으니 격렬한 욕정 짓밟고 싶은 야만 午睡의 목마름이 두려움과 부딪혔다 이 전율할 고양이!

　　　　　　　　　　　—「고양이 키우기」(『얼음시집』, 문학과지성사 1988) 부분

단색 페르시아고양이 한 마리가 나와 친해졌다 (…) 나와 함께 밥을 먹고 화장실을 이용하면서, 나는 한결 날렵해지고 고양이는 중산층처럼 게을러졌다 대낮에는 책조차 읽을 수 없었다 그 야행성이 사십대의 비만에서 고양이를 끄집어낸 걸까 단색 페르시아고양이처럼 내 발바닥에도 연한 육질이 생겨 어둠과 비슷하게 소리 없이 걷게 되었다 하긴 인간의 몸은 아직 수렵에 어울린다는 주장이 있다 고양이가 내 몸을 차지하게 된 이야기의 시작은 이러했다

　　　　　　　　　　　—「고양이 키우기」(『진흙 얼굴』, 랜덤하우스중앙 2005) 부분

17년의 시간차가 나는 두 시집에서 같은 제목과 유사한 발상의 시가 발견되는 것은 이상적이다. 이 시들에 형상화된 고양이는 시를 쓸 당시의 송재학의 나이와 삶의 정황에 따라 다른 외양을 지닐 뿐 본질적인 상징성은 동일하다. 전자에서 "사표를 내고 집구석에 박"히게 한 고양이가 "부패한 영혼과 육체를 녹이고픈, 숨은 발톱과 꿈틀거리는 잔등"의 격렬한 현실저항의지를 함축한다면, 후자의 고양이는 중산층의 게으름과 사십대의 비만을 거부하는, 소리없이 걷는 "연한 육질"의 발바닥과 "한결 날

렵해"진 몸의 야생적 활력을 표상한다. 송재학의 "식물성을 지향하는 시"(이문재)의 심층에는 이와같이 "이 전율할 고양이!"로 일갈된 야만적 본능의 동물성이 도사리고 있는 것이다. "심연의 한쪽에서는 고양이가 되고픈" 제어할 수 없는 욕망이 자라나 마침내 "고양이가 내 몸을 차지하게 된 이야기", 송재학의 시세계의 심층서사는 이렇게 정리될 수 있다. 송재학이 스스로를 '감각주의자'로 규정하면서 "사물은 보여지거나 만져지거나 냄새를 통해 나와 비슷해진다"(『풍경의 비밀』, 랜덤하우스중앙 2006)고 말할 때, 여기에서도 이 감각주의자의 감각기관이 동물성임을 시사받을 수 있다. 동물성의 가장 큰 특징은 운동성이다. 송재학의 시가 치밀한 짜임새와 높은 밀도로 빚어내는 풍경들은 하나로 응집할 수 없고 논리화할 수 없는 운동성으로 충만하다. 그의 시에서 감각과 미학과 풍경 들은 함께 운동하면서 "한결 날렵해지고" '유연해진' 몸의 상태/형태로 진화해간다. 한마디로 말하면, 송재학의 시는 동물성과 식물성, 야생의 기운과 정련된 미학이 하나의 몸으로 결합한, 운동하며 진화하는 풍경들이라고 할 수 있다.

숲속은 점점 밝아온다 몇 사람이 지나가고 지금 처녀 둘이 서로 봄여름을 이야기하고(그녀들은 삶의 의미를 어디에 두는가) 썩은 나뭇가지가 뚝, 부러지기도 한다(그 나무는 언제부터 죽어가는 것인가) (…) 갑자기 빨간 오토바이가 숲의 욕정과 나태를 찢으며 숲 전체를 허공으로 밀었다 은사시나무가 솟구치고 풀들이 날리고 하루살이도 올랐다가, 나무는 팽개쳐지고(무엇보다 타의로!) 풀잎과 하루살이는 흩어졌다 (집단 속성의 그들로서는!) (…) 길이 없는 숲속은 한낮의 전체가 길이다 벌써 늙은 남자가 방뇨를 하고 뚱뚱한 사내가 아리아 끝소절을 되풀이하고, 숲은 무모하고 깊이 몸을 연다(그 숲은 점점 밝아온다)
—「숲속은 점점 밝아온다」(『얼음시집』) 부분

만약 이 땅에 이 나라 넓이만한 황무지가 있다면

언제까지 걷다가,

걷다가 어느새 모래 흘러가는 강이 준비한 배를 보리라

(…)

내가 가진 사막은 자꾸 넓어져야 한다

　　　　　　　　　　—「황무지에로의 접근」(『기억들』, 세계사 2001) 부분

　　개울이 흘러 물소리가 들리는 게 아니다 내 몸에도 한없이 개울이 있
다 몸이라는 지상의 슬픔이 먼저 눈물 글썽이며 몸 밖의 물소리와 합쳐
지면서, 끊어지기 위해 팽팽해진 소리가 내 귀에 들어와 내 안의 모든
개울과 함께 머리부터 으깨어지며 드잡이질을 나누다가 급기야 포말로
부서지는 것이 콸콸콸 개울물 소리이다 몸 속의 천 개쯤 되는 개울의
경사가 급할수록 신열 같은 소리는 드높아지고 안개 시정거리는 좁아
진다 개울 물소리를 한 번도 보거나 들어보지 못한 사람에게 개울은 필
사적으로 흐르지 않는다

　　　　　　　　　　　　　　—「사물 A와 B」(『진흙 얼굴』) 부분

　　지금까지 송재학 시의 모호성에 주목한 많은 견해들은 송재학 시의 중
층적이고 역동적인 미학/풍경의 비밀에 대한 설명으로 수렴되어왔다. 송
재학의 시가 보여주는 것은 "정서의 덩어리 자체"이자 "불투명한 의미망
의 자장 속을 넘나들며, 돌출을 넘보는 의미와 감춤의 미학을 꿈꾸는 이
미지가 삼투하고 퉁겨내는 소용돌이의 한 단면"(김양현)이라거나, "분명한
의미보다는 감각의 현현에 집중하기 때문에 그의 언어들은 주체를 대상
의 저 깊은 곳에 밀어넣는 듯이 보인다"(박수연)는 관점들이 여기 속한다.
'숲'이 나무와 풀들과 하루살이를 마구 팽개치고 흩뜨리면서 "깊이 몸을"
열어 "점점 밝아"오거나, "내가 가진 사막"이 자꾸 넓어지거나, "몸 속의

천 개쯤 되는 개울"이 흐르는 혹은 "필사적으로 흐르지 않는" 운동/진화의 풍경들은 그 속에 은밀히 새겨진 송재학의 존재/자아의 운동성과 폭발적인 에너지를 현시한다. 송재학 시의 이러한 특징은 지난 20여년간 그의 시들이 노래해온 주된 문제의식과 핵심적인 오브제들에서도 확인된다. 나열하면, "무성한 어둠"과 "문드러지는 욕망과/빈 집과 캄캄한 거리를 거쳐온 마음이" "살의를 느끼"는 시간들(「개」, 『살레시오네 집』, 세계사 1992), "죄의식의 녹슨 풍경"(「親和」, 같은 책), "햇빛이 통과하지 못하는 푸른빛 물과 공기의 켜 너머"의 세계(「푸른빛과 싸우다 2」, 『푸른빛과 싸우다』, 문학과지성사 1994), "우리 모두 빈집이 기다리는 말없음 쪽으로/쓸쓸함이 배웅하는 건너편으로 가"는 생의 법칙(「빗소리를 듣는다」, 『기억들』), "생의 주름"들(「청춘」, 『진흙 얼굴』).

동물성과 식물성이 혼용된 '역동적인' 송재학의 시에서 풍경과 몸, 자연과 인간, 식물과 동물은 서로의 육체의 일부를 교환하기도 한다. 풍경이 시각의 산물인만큼 대표적인 것은 '눈〔目〕'이다. "내 눈알이 아픈" 것은 "올해 단 한 번 폭발하듯 피어난 개나리의 진노랑이 결국 내 눈동자를 후벼파"기 때문이고(「회색과 노란색」, 『진흙 얼굴』), "뿌리 뽑힌 나무"에게 오래전부터 눈동자가 없는 것은 "내 눈이 나무로부터 빌"린 것이기 때문이며, "그 여자가 도망간 뒤 그는 제 눈이 없어진 것을 알"게 된다(「일출」, 『그가 내 얼굴을 만지네』, 민음사 1997, 「하루 종일」, 『진흙 얼굴』). 이와 같은 몸의 교환원리는 시간과 공간의 구획을 넘어 현재의 '나'가 과거의 사물과 맺는 관계에서도 그대로 적용된다. "우루무치 박물관의 목독(木牘)"이 "먼 훗날에 남긴 나에 관한 보고서와 지령서"이자, "왜 나는 해지는 쪽으로 걸어가 죽어야 했고 생을 거듭한 지금 어디로 가야 하는지에 대한 희미한 대답"(「나무로 만든 옛 편지, 목독」, 『진흙 얼굴』)이 되는 것이 단적인 예이다. 몸을 바꾸고 시간과 공간을 역전하면서 전개되는 송재학의 시는 자신의 심연과 표면을 풍경화하는 데서 정점에 이른다.

나는 지금 많은 피를 흘렸다 나를 꿰매다오 창자가 터지고 복수가 흘러나온다 더 무서운 것들이 나오면 어쩌나 나를 닫아다오 알 수 없는 익명의 육체가 꾸역꾸역 나오면 다시 뱃속에 집어넣을까 (…) 그 아가리를 닫치는 대로 꿰매고 뚱뚱한 나도 꿰매다오 한숨 소리조차 새지 않도록…… 이것은 악몽이 아니다 너무 많은 것을 집어삼킨 자루를 묶는 방법이다

—「자루를 묶는 방법」(『기억들』) 부분

그러니까 내 얼굴도 흩어지는 모래를 감싸고 여민 흔하디흔한 비닐봉지인 셈이다 금방 터져 내용물이 흘러내릴 것을 알고 있는 듯 울음은 두 손을 끌어당겨 급한 것부터 가린다 피할 수 없는 운명이 새겨지는 점토판, 얼굴

—「진흙 얼굴」(『진흙 얼굴』) 부분

송재학이, '고양이'가 모두 차지해버렸다고 진술한 그의 존재/자아의 심연은 "알 수 없는 익명의 육체"라는 내용물로 넘쳐나는 중이다. 이 "너무 많은", 피와 창자와 복수로 흘러나오는 익명의 육체는, "울음"과 함께 "피할 수 없는 운명이 새겨지는 점토판, 얼굴"로 불충분하고 모호하게 가시화된다. "너무 많은 것을 집어삼킨 자루를 묶는 방법"이 필요한 것은 '내'가 존재와 자아를 훼손하지 않으면서 심연의 끔찍한("알 수 없는 익명"의 것이기에 더욱더) 내용물을 있는 그대로 마주할 방법이 없기 때문이다. 시가 필요하고 이윽고 씌어지기 시작하는 지점은 바로 이곳이다. 송재학에게 시쓰기란 심연에서 터져나오는 "너무 많은 것을 집어삼킨 자루를 묶는 방법"이자 행위를 뜻한다. 그 자루 속의 심연은 혼돈의 미로일 것이며, 송재학의 시가 운동하고 진화하는 미학/풍경을 통해 보여주는 것은

심연과 미로가 구별되지 않는 존재/자아와 삶의 "흩어지"고 "흘러내"리는, "꾸역꾸역" 다시 넣어 꿰매야 할 익명의 내용물/시간들이다. 송재학의 말처럼, 그러니 오히려 "다행이지 않은가 모든 삶을 알지 못하는 것이"(「다행이다」, 『진흙 얼굴』)…… "살을 발라내고 남은 뼈의 상형"인 "알(歹)이란 글자"를 "내 죽음을 가리킬 상형문자"로 삼을 만한 이유 또한 이 부분에 있다(「알(歹)」, 같은 책).

5. 다시, 미로와 심연

미로와 심연은 대립하는 개념이 아니다. 하나로 섞일 수 없는 시간이나 공간도 아니다. 황인숙, 송찬호, 송재학의 시들이, 특히 2000년대에 공들여 작업해온 것은 '깊이의 심연'을 '제로 넓이의 미로'로 해체하고 재구성하는 현실세계에서 변함없이 심연을 탐색하고 시화해온 것이라고 할 수 있다. 이들은 미로의 현실이 분출하는 폭력성과 한계에 대한 인식은 공유하면서도, 미로를 통과하고 살아내는 방식에 있어서는 개성적인 스타일과 독창적인 풍경을 보여주었다. 이들이 마주한 심연의 의미와 내용물 또한 각기 달랐다. 고통스러운 삶에 대한 무한한 각성 및 타자와의 소통과 사랑(황인숙), 문명이 적대적 시선을 철회하고 회복해야 할 신성한 자연의 빛과 삶의 방식(송찬호), 전면적인 접촉과 이해가 불가능한 존재/자아와 삶의 두렵고도 역동적인 내용물(송재학)이 그것이다. '고양이'는 이들이 심연과 달라붙어 있는 다른 형태의 미로를 발견하고 창조하거나(황인숙), 미로에 심연을 즐겁게 부활시키거나(송찬호), 미로와 심연의 구별되지 않는 본질을 재현하는(송재학) 매개체로서 중요한 역할을 담당한다.

문학은 사회와 현실을 반영하면서도 '그 이상의 것'을 이야기하고 생산한다. 문학이 당대사회의 부정성과 한계를 사유와 미학의 갱신을 통해 돌파하는 것은 모든 시인/작가들에게 면제될 수 없는 의무이자 임무이다. 이 고전적인 명제 혹은 신념은 어떠한 형태로 분열되고 복잡해진 미로의 현실에서도 변함없이 유효한 것은 아닐까. 이 질문/단정을 밀고 우리 시는 계속, 다시 미로와 심연을 탐사하고 창조해나가야 할 것이다. 황인숙과 송찬호와 송재학이 그려놓은 발랄하거나 따스하거나 꿈틀거리는, 필사적인 지도들을 참조하면서.

──『문학동네』 2009년 겨울호

스타일과 카운터펀치

황병승, 이승원의 시에 나타난 하위문화적 상상력

1. 하위문화와 시의 만남

2000년대 우리 시는 하위문화(subculture)가 분출하고 공론화하는 역동적인 표면(surface)이 되었다. 황병승, 이승원, 김행숙, 유형진, 박상수 등의 젊은 시인들의 시에 투영된 하위문화적 상상력은 낯선 혈통의 등장이라는 점에서 세대론적 차원 이상의 의미를 갖는다. 이를 구체적으로 살펴보기 위해서는 세 가지 작업이 선행되거나 수반되어야 한다. 첫째, 하위문화란 어떤 것이며 발생학적 토대는 무엇인가에 대한 이론적 접근. 둘째, 왜 오늘의 시점에서 하위문화가 유입되어 매력적인 시적 사건이 되고 있는가에 대한 문학사적·사회사적 해명. 셋째, 최근 시에 유입된 하위문화가 어떤 형태와 미학을 지니고 있는가에 대한 문학적·문화적·미학적 분석. 이 세 작업을 스케치하고 가설을 제시하는 것으로 글을 시작하기로 한다.

먼저 첫째 항목에서, 하위문화의 정체와 특성을 명확히 정의하기란 쉬운 일이 아니다. 하위문화는 지금 이 순간에도 영토와 외형을 변경하고 있는 유동적이고 가변적인 실재이기 때문이다. 서구의 하위문화와 구별되는 한국의 자생적이며 역사적인 하위문화를 규명하고자 할 때 어려움은 더 커진다. 그럼에도 하위문화의 특성을 범주적으로 기술하는 것은 충분히 가능한 일이다. 간단히 말하면, 하위문화는 지배문화에 대한 배격/분리/저항/탈주를 도모하는 소수자의 주변문화이다. 그 경계선은 정치, 경제, 문화, 제도, 윤리/도덕 등의 모든 영역에 걸쳐 있으며, 이로 인해 하위문화의 주체들은 복수이거나 복수적 정체성을 갖는다. 하위문화의 복수(적) 주체들은 "계급론적으로는 노동자/룸펜(하층) 프롤레타리아의 위치를, 세대론적으로는 부모들의 기성문화에 반대되는 청년문화의 위치를, 성애론적으로는 이성애에 반대되는 동성애의 위치를, 인종적으로는 백인 정체성에 반대되는 유색(혼혈인) 정체성의 위치를"(이동연) 점유한다. 하위문화 연구의 권위자인 헵디지(Dick Hebdige)는 이처럼 복잡한 출생과 계통을 지닌 하위문화를 거시적 안목과 미시적 감식안을 겸해 통찰한다. 헵디지에 따르면, 하위문화는 현대 자본주의 체제의 노동계급성에 의해 억압된 주체들의 생존공간이자, 그 주체들이 지배이데올로기의 모순과 그에 대한 반대의사를 스타일 속에 에둘러 표상하는 저항의 형식이다. 정치적·이념적 저항과는 달리, 저항의 텅 빈 기호들을 육체 위에 전시하는 하위문화에서 헵디지는 '스타일이 곧 저항'이라는 원리를 읽어낸다. "하위문화들이 표상하는 헤게모니에 대한 도전은 하위문화들에 의해 직접적으로 제시되지는 않는다. 그것은 스타일 속에서 완곡하게 표현된다."[1] 흥미롭게도, 하위문화적 '스타일이 곧 저항'이 된 예는 기존의 우리 시에서도 발견된다. "나는 말할 수 없음으로 양식을 파괴한다. 아니 파괴를 양식화한다"(황지우『새들도 세상을 뜨는구나』뒤표지글, 문학과지성사 1983)는 황지우(黃芝雨)의 유명한 선언은 1980년대의 암울한 정치상황을 겨냥한

---

1 딕 헵디지『하위문화─스타일의 의미』, 이동연 옮김, 현실문화연구 1998, 36면.

것이지만, 현대사회의 폭력적인 지배문화에 '스타일'로 저항하는 하위문화의 지향성을 그대로 대변한 것이기도 하였다. 실제로 황지우의 시는 가십기사, 낙서, 만화, 전자오락, 심인광고, 벽보, 서민들의 거친 일상대화 등의 하위문화적 요소를 동원해 기존 시문법의 파괴를 양식화함(stylize)으로써 군부독재와 부패한 자본주의에 대한 저항을 대행했다. 황지우 시의 '파괴적' 스타일은 지배질서에 대한 비판과 저항의 행위 자체였던 것이다.

그런데 하위문화에 대한 미학적인(대체로 호의적인) 시각과 접근법 속에는 하위문화의 가치적 우월성과 이데올로기적 순수성에 대한 믿음이 깔려 있다. 하위문화는 지배문화의 부정성과 결별한 투명한 자리에 있다고 은연중에 가정되고 상상되는 것이다. 하위문화를 정의하는 일이 난감한 이유는 하위문화의 이질적 다채로움과 가변적 복잡성보다는 오히려 이 부분에 있다. 하위문화의 정체에 대한 불순한 의문, 혹은 하위문화의 불순한 정체에 대한 난해한 질문들이 수없이 기다리고 있기 때문이다. 즉, 하위문화는 지배문화에 대해 일관되게 대립적이며, 지배문화의 모순에서 완전히 자유로운가? 지배문화의 부정성을 불온하게 공격하는 하위문화는 지배문화에 균열을 내는 일을 반복하면서 결과적으로 지배문화의 유지에 봉사하는 것은 아닌가?(지배문화가 하위문화를 상품화하고 그 이익의 일부를 되돌려주는 것이 그 증거일 수 있다.) 하위문화는 지배문화의 계몽을 거부하는 한편으로 나름의 계몽성을 추구해야 하는 것은 아닌가? 하위문화가 본래의 지향성을 견지하기 위해서는 이러한 질문들에 답하면서 스스로를 끊임없이 갱신해야 할 것이다. 하위문화의 정체성에 대한 이 글의 주안점은 여기에 있다.

둘째 항목에서, 하위문화의 시적 유입현상에 대한 적절한 설명방식은 사회문화사적 배경을 경유하는 것이다. 하위문화에 강한 친화력을 보이는 젊은 시인들, 대부분 1970년대 생인 이들은 제도와 미디어를 통한 문화적 경험을 삶의 원체험으로 갖고 있다. 이들에게 있어 문화적 경험은 시의 일차적 질료인 셈이다. 지배문화의 강압 속에서 불편하고 불행한 성장기를 보낸 이들은 위반과 무질서의 하위문화적 공간을 자신의 시 속에 구축한다. 세계에 대한 부정과 변혁을 꾀하는 시〔문학, 예술〕의 정신은 하위문화의 정신과 근본적으로 상통하는 것이기도 하다. 이러한 설명방식은 사실 익숙한 것으로, 개연성은 있는 반면 구체성은 좀 떨어지는 면이 있다. 시사적 맥락과 필연성을 짚어내지 못하기 때문이다. 다시 헵디지를 참조하면, "계속해서 문화(하위문화)로 변형되고 있는 재료(즉 사회관계들)는 결코 완전히 '날것 그대로'(raw)는 아니다. 그것은 언제나 매개되어 있다. 그것은 자신이 속한 역사적 맥락에 의해 굴절되면서, 자신에게 특정한 삶과 의미를 부여하는 고유한 이데올로기적 장에 놓여 있다."[2] 하위문화의 시적 변용 역시 '역사적 맥락'과 '고유한 이데올로기적 장'에서 이루어지는 것임은 물론이다. 그렇다면 그 맥락과 장의 풍경에 대한 하나의 가설을 생각해볼 수 있다. "2000년대 중반에 출현한 하위문화적 상상력은 최근 시에 결핍된 현실에 대한 비판과 저항의 공백을 메우려는 젊은 시인들의 무의식적 노력의 소산이다. 이들에게 하위문화는 획일적 질서에 고착된 현실의 외계이자 하부(underground)에 위치한 존재와 내면의 보호구역이다. 이들은 굳이 저항 '하려' 하지 않으며, 그러한 자신을 자각하지도 않는/못한다. 단지 저항의 기호들과 포즈를 무표정하게 드러낼 뿐이다. '스타일이 곧 저항'이 되는 하위문화의 원리는 역사와 현실에서 비껴난 채 그 억압적 시공간을 미학적으로 돌파하려는 이중적 태도를 지닌 이들에게 유효적절한 삶과 시의 법칙이 되는 것이다."

셋째 항목에서, 하위문화적 상상력을 표출하는 시들은 '질서화'되고 '자본화'되기 어려운 미학을 편애한다. 혼종성, 무질서, 파괴, 불균형, 즉각성, 과장, 브리꼴라주(bricolage) 등이 그 세목들인데, 그렇다고 하위문

---

2 딕 헵디지, 앞의 책 111면.

화적 상상력을 빌린 시들이 반드시 이 미적 규준을 따르는 것은 아니다. 이 시들에는 자본주의 사회의 체제와 일상, 노동 등의 문제가 반영되거나 탈각되어 있으며, 그 거리 속에서 하위문화의 미적 규준들은 선택적으로 받아들여지고 자의적으로 적용된다. 종래의 서정시의 형태와 시적 주체의 정체성이 변화하는 것도 이와 적지 않은 상관성을 지닌다. 다시 말해, 하위문화적 세계관을 추구하는 시들을 분석할 때 염두에 두어야 할 것은 이 시들이 하위문화의 미학을 얼마나 충실히 흡인하는가가 아니라, 어떻게 흡수·변용하고 있는가의 문제이다.

이 세 항목과 관련해, 황병승과 이승원의 시는 하위문화적 가치와 상상력, 미학을 대조적인 방식으로 변주한 예라고 할 수 있다. 미리 요약하면, 황병승은 성적 소수자와 소년, 사회적 일탈자 등의 복수적 주체들을 통해 하위문화의 세계를 (지배문화의 일부인) 시의 텍스트로 재생산하고, 이승원은 자의식으로 무장한 래퍼(rapper)로서 비판적 견자(見者)의 역할을 수행하면서 하위문화의 눈으로 본 지배문화의 모순을 경제적 불평등을 중심으로 그려내고자 한다. 그 내밀한 풍경을 목도하는 것이 본론의 몫이다.

2. 기호학적 게릴라전 — 황병승

황병승(黃炳承)의 시는 지배문화 텍스트의 하위문화적 버전이다. 동시에 하위문화 텍스트의 지배문화적 버전이기도 하다. 지배문화와 하위문화가 서로를 번역하며(필연적으로 오역을 포함한다) 소통을 시작하는 지점에서 황병승의 시는 탄생한다. 역설적이지만, 황병승은 어느 쪽에도 속해 있지 않거나 양쪽 모두에 속해 있다. 그가 말하는 내막은 이렇다. "*어느 쪽으로 가든 상관없어 어차피 양쪽 모두 미친 짓들이니까*"(「Cheshire Cat's

Psycho Boots_7th sauce」, 『여장남자 시코쿠』, 랜덤하우스중앙 2005, 이하 같은 책). 세계의 모든 영토들이 '미친' 상태에 있음을 선포하는 황병승의 '폭언'은 그의 말처럼 "광장의 나무들을 흔들"기에 부족함이 없다(「검은 바지의 밤」). 폭언이 난무하는 소란스러운 광장에서, 그렇다면 지향해야 할 가능한 삶은 세계의 모든 '미친' 방향들을 가로지르며 주체의 내면을 보존하는 일일 것이다.

'어느 쪽이든 상관없'는 방향들 속에서 황병승은 지배문화의 텍스트를 하위문화적으로 해체·재구성하고, 그렇게 재구성한 하위문화적 텍스트에 지배문화의 실체를 각인해둔다. 황병승 시의 주체들——여장남자, 동성애자, 소년, 정신이상자, 룸펜, 범죄자(살인자), 타락한 부르주아 등——과 이들의 행위가 현실원칙에는 위배되지만 현실의 실상에는 부합하며, 상징질서에는 배리(背離)되지만 상징질서의 폭력적 본질에는 그대로 합치하는 것이 단적인 예다. 이러한 정황은, 앞서 언급한 것처럼 흔히 상상되는 것과는 달리, 하위문화가 지배문화의 생산과 재생산 회로에 깊이 연루되어 있음을 예증해주는 것처럼 보인다. 황병승의 시가 주는 충격과 매혹 역시 시의 기묘한 공간이 현실세계의 바깥을 지시하는 듯하면서도, 현실세계의 은밀한 내부를 적나라하게 펼쳐 보이는 데서 온다. 다른 각도에서 보면, 황병승 시의 복수(적) 주체들은 지배문화와 하위문화가 충돌하는 다양한 지점들을 인격화한 것이라고 볼 수 있다. 서정시의 입장에서 재언하면, 황병승 시의 복수(적) 주체들은 기존의 단일한 서정적 주체의 이질적 타자라기보다는 그 억압된 내면과 무의식에 해당한다. 이들이 경험하는 것이 대체로 쾌락이 아닌 비극이며, 해방이 아닌 파멸이라는 것은 좋은 증거가 된다. 황병승 시의 상당수가 드라마의 형태와 구성을 취하는 것도 이질적인 질서가 충돌할 때 '사건'이 발생하기 때문이다.

미스터 정키 어떤 계절은 남녀를 가리지 않을 정도로 뜨겁고 또 어떤

계절은 순식간에 싸늘해져서 남자도 여자도 그 어느 누구도 사랑할 수 없을 정도로 뿌리부터 차가워지지

힙합 소년 j 친구들은 늘 우정이 어쩌구 선후배가 어쩌구 떠들어대지만 스윗 숍(sweet shop) 앞을 지날 때면 부모형제도 몰라봅니다 친구들은 커서 달콤한 가게의 펌프(pimp)가 되겠죠.
나는 다릅니다 나는 생각이 있어요 붓질을 잘하면 도배사 하지만 글을 배워서 서기(書記)가 되지는 않을 거예요

이소룡 청년 차력사인 아버지의 쉴새없는 잔소리에 머리가 늘 깨질 듯이 아팠다 쌍절곤 휘두를 힘도 없다 가끔 정키 씨를 불러 리밍을 시켰다

(…)

그리고 겨울 날개를 가진 짐승들은 모두 남부 해안으로 떠나고 이제 비유 없이는 한 발짝도 전진할 수 없는 계절

깊은 밤이었고 눈이 내렸다
스윗 숍에서부터 시작된 불길은 *에로틱파괴어린*빌리지 전체로 번져나갔다
늙은 나무들은 포기를 모르고 맹렬히 타올랐다
힙합 소년 j는 달콤한 가게의 구석방에서 창녀 셋과 뒤엉킨 채 숯불구이가 되었고
이소룡 청년은 차력사인 아버지를 때려눕히고 아비요! 교성을 지르며
늙은 남자의 항문에 쌍절곤을 쑤셔 박았다

죽음도 삶도 아닌 세계, 붉은 해초들이 피어오르는 환각 속에서
미스터 정키는 끝없이 헤엄쳐 나갔고
태양남자, 언덕 위에 누워 47억 년 만의 휴식처럼
*에로틱파괴어린빌리지*의 겨울을 내려다보았다

누가 만든 불일까, 잘 탄다

저팔계 여자는 순돈육 자지를 달고 불 속을 걸었다
─「*에로틱파괴어린빌리지의 겨울*」부분

묵시록적 잔혹극의 무대인 '*에로틱파괴어린빌리지*'의 풍경은 유명 영화들을 편집한 B급 패러디 영화의 미장쎈을 연출한다. 태양남자, 늙은 나무들같이 인격화된 자연은 서정적이고 동화적인 느낌을 뿜어내며, 미스터 정키, 힙합소년 j, 이소룡 청년, 저팔계 여자 등 대중문화(고전기서(古典奇書)를 포함해)의 주인공과 코드의 조합인 인물들은 엉뚱하고 비현실적인 분위기를 형성한다. 이들은 턱없이 진지하거나 우스꽝스러우며, 맥없이 무기력하면서도 파괴적이고 잔인하다. 과장, 왜곡, 변형, 기이함, 뒤섞임, 돌발성 등 하위문화의 미학적 원리를 삶의 원리로 육화한 이들은 '*에로틱파괴어린빌리지*'에 불이 나자 타죽거나, "죽음도 삶도 아닌 세계, 붉은 해초들이 피어오르는 환각" 속을 "헤엄쳐 나"가거나, "불 속을" 걷는다. 개념과 논리가 없는 세계인 '*에로틱파괴어린빌리지의 겨울*'은 이처럼 죽음과 환각과 불사(不死)의 기행(奇行)이 혼재하는 드라마틱한 극점에서 깊어간다. 이 극점은 황병승의 시가 현실의 이데올로기와 상징질서, 바르트가 '제2의 자연'이라고 부른 사회문화를 바닥까지 개봉한 후 다시 그것을 마술적으로 봉합하는 지점이기도 하다. '불'은 마술의 강력한 소품이고, "47억 년 만의 휴식"은 신비스러운 주문(呪文)인 셈이다. 이반(異般)의

성과 불온한 성장기의 소년들, 가족의 해체 등의 현실은 이 드라마틱하고
마술적인 극점에서 경쾌하면서도 비장하게 휘발된다. 희극적이면서 장엄
하기까지 한 결말을 통해 이 시가 궁극적으로 시화하는 것은 상징질서와
제도에 중독된 이들이 자신의 끔찍한 삶의 실상을 여과없이 마주하고 있
다는 자의식을 통해 얻는 야릇한 쾌감과 카타르시스인 것이다.

　황병승이 만드는 지배문화 텍스트의 하위문화적 버전 혹은 하위문화
텍스트의 지배문화적 버전은 이처럼 폭발적인 감각과 욕망, 상상력을 분
출하는 곳까지 나아가고 거기 머문다. 지배문화가 부과하는 이데올로기
와 윤리적 콤플렉스를 거절하고, 생계를 위한 노동과 일상의 회로에서도
벗어나 무용(無用)한 감각과 욕망에 '대책없이' 투신할 때, 남는 것은 좌
표의 부재와 미래 없는 순수한 유희가 된다. 하기는, "진짜 장면은 어디에
도 존재하지 않는 걸"(「니노셋게르미타바샤 제르니고코티카」) 아는/믿는 자에
게 특별한 목적과 방향이 있을 리 없다. 황병승은, "죽을 때까지 어떠한 이
름으로도 불려지지 않으리/속삭이는 두려움이여 나를 풍차의 나라로 혹
은 정지"(「여장남자 시코쿠」)에서처럼 과감한 선언을 쏟아내며 세계를 질주
하거나, 모순에 찬 현실세계에 대한 냉소를 B급 서사 텍스트 속에 농담처
럼 구겨넣거나(「사성장군협주곡(四星將軍協奏曲)」 「혼다의 오·세계(伍·世界) 살인사
건」 「소녀미란다좌절공작기」 등), "니노셋게르미타바샤 제르니고코티카"(「니노
셋게르미타바샤 제르니고코티카」) 같은 무의미한 기호들과 '혼돈의 음악'(「왕은
죽어가다」)에 깊이 침잠한다. 이 가운데 황병승이 지배문화에 대한 저항과
하위문화에 대한 지지를 원천적으로 수행하는 것은 기호와 음악을 통해
서이다. 무의미한 기호와 음악은 상징질서의 규제에서 비교적 자유로운
날것의 영역이며, 특히 음악은 감각과 욕망, 상상력이 폭발적으로 분출하
는 최상의 형식인 까닭이다. 황병승의 시는 이 기호와 음악의 지점에까지
'전진'해 있으며 동시에 그곳에 '정지'해 있다. 가령, "막 똥이 나오려고
하는 순간의 감정, 이 세상에서 가장 부끄러운 감정으로" 만든 "밍따오 익

스프레스 C코스 밴드"의 '음악'(「밍따오 익스프레스 C코스 밴드의 변」)이 그 예다. 이 음악은 앞서 '에로틱파괴어린빌리지'를 태운 '불'과 그후에 온 '47억년 만의 휴식'에 정확히 상응하는 것이다.

그러므로 황병승의 시가 이룬 중요한 공적은 새로운 세계가 아닌 새로운 기호의 창출에 있다. "막 똥이 나오려고 하는 순간의" "가장 부끄러운 감정", 즉 지배문화가 승인하지 않는 질료들로 만든 음악도 이 기호의 한 종류이다. 기호들은 다양한 범주에서 경계와 국적을 불문하며 왕성하게 생성되는 중에 있다. 간단히 열거하면 다음과 같다. 인물들(시코쿠, 주치의 h, 이소룡 청년, 저팔계 여자, 리타, 프랑스 이모 등), 행위들(아름다운 오빠들의 춤과 노래, 앨리스 맵으로 고양이좌 읽기 등), 사물들(질긴 자궁, 순돈육 자지, 고무나라의 인형들, 매니큐어 등), 장소들(페르나, 대야미, 에로틱파괴어린빌리지, 고백기념관 등), 그리고 말들〔선언의 천재, 부작용의 시간, 노 워먼 노 크라이(「사성장군협주곡」에서 "여자가 없으니 울지도 못하겠네"로 해석된다)〕…… 황병승 산(産)의 이 기호들은 어떤 것(something)을 지시하지만, 어떤 것(anything)도 정확하게 지시하지는 않는다. 이 기호들은 상징질서의 이데올로기가 제거된 텅 빈 상태를 지향하고 환기하는 데 충실할 뿐이다. 존재하거나 존재하지 않는 대상을 보이거나 보이지 않는 그대로 형상화하는 점에서 이 기호들은 상형문자나 하나의 사물에 가깝다. 황병승은 의미와 이데올로기를 덜어낸 가벼운 휘발성의 기호들을 시의 도처에 넘치도록 배치함으로써, 결과적으로 헵디지가 말한 '스타일이 곧 저항'이 되는 하위문화의 원리를 실천한다. 기호를 통한 상징질서에 대한 전복적 실천은 에코(Umberto Eco)가 '기호학적 게릴라전'이라고 부른 그것이기도 하다. 황병승의 기호-게릴라들은 지배문화와 상징질서의 바깥에 투명하게 존재하지 않는다. 하위문화의 스타일로 무장한 그의 기호-게릴라들은 지배문화의 본산인 미디어 태생이 적지 않으며, 지배문화의 폭력적 속성을 저항의 방법의 일부로 체화한 상태에 있다. 현실적으로도 하위문화와 지배문화의 상호 모방과 결탁은 공공연하면서도 긴밀하게 이루어진다. 황병승의 시는 이처럼 하위문화와 지배문화가 서로를 배격하고 모방하면서 이중적으로 연관된 현실상황을, 그가 인식하고 의도한 것의 여부와는 무관하게, 그가 소집한 기호-게릴라들을 통해 전시(display)하고 공략한다. 따라서 황병승 시의 공간을 상징질서의 영토를 벗어난 진공상태의 세계로 이해하거나, 그의 이국적인 기호들을 모국어의 이데올로기가 제거된 투명한 기호로 파악하는 것은 일면적인 해석에 그치기 쉽다. 게이와 트랜스젠더 등의 성적 소수자-주체들을 이성애 중심의 지배질서에 대한 위반의 표식으로 해석하는 것도 마찬가지다. "나에게도 자궁이 있"다고 주장하는 '여장남자 시코쿠', "순돈육 자지를 달고 불 속을" 걷는 '저팔계 여자' 등은 좀더 근본적으로 남성성과 남성적 질서의 근대세계 자체를 비판하고 희화화하는 것이기도 하기 때문이다.

3. 래퍼-시인의 카운터펀치 — 이승원

황병승의 '기호학적 게릴라전'은 시의 텍스트의 지평 위에서 전개된다. 소규모의 기호-게릴라들의 산발적인 국지전들은 명시적인 메씨지나 구체적 대상 없이 혼돈의 상태로 진행된다. 이 기호-게릴라들은 자신이 행하는 바의 목적과 의미를 자각하지 않음/못함으로써 가장 순수하고 과격한 상태(밍따오 익스프레스 C코스 밴드의 음악과 같은)에 도달한다. 황병승의 시를 읽는 것은 이 순수하고 과격한 상태의 기호들을 거침없이 향유하는 일이며, 그 기호들이 가리키는 '없는' 방향을 따라 주입된 질서를 떨쳐버리고 세계와 현실을 질주하는 일이 된다. 누구보다 이 향유와 질주를 가장 풍부하게 즐기는 쪽은 황병승과 황병승의 시 텍스트일 것이다. 그런데 기존의 세계에 대해 '무한전쟁'(이장욱)을 수행하는 황병승의 기호-게 릴라들은 현실에서 자유롭게 이탈한 듯이 보이지만, 아이러니하게도 지 배문화의 원리와 흔적에 깊숙이 침윤된 상태에 있다. 황병승 시에 등록된 하위문화에 관해 논할 때, 그의 시들이 얼마나 밀도있게 하위문화의 아이 템과 스타일을 전시하고 소화하고 있는가가 아니라(물론 황병승의 시는 이를 독특하고 멋지게 수행하고 있다), 하위문화가 지닌 지배문화에 대 한 저항의 미덕을 어떻게 실천하고 있는가를 문제 삼아야 하는 이유가 여 기에 있다. 이 과정에서 하위문화가 지배문화에서 소외되고 억압된 방식 대로 저항을 실천한다는 사실을 잊어서는 안될 것이다. 황병승의 시는 이 문제들에 대한 자의식을 거의 드러내지 않은 채 하위문화의 '스타일=저 항' 공식과 저항의 은폐된 기원인 지배문화를 허구적인 외장(外裝)으로 지닌 텍스트로 전화한다. 이 모두를 시의 '화면'으로 (단지) '보여'주면 서, 자의식과 저항정신 등의 이데올로기적 항목들을 철저히 텍스트 밖의 영역으로 돌려버리는 것이다. 황병승 시의 기호학적 게릴라전이 텍스트 의 지평에서 이루어진다는 것은 이런 의미에서다.

이승원(李承垣)은 황병승의 시에 괄호 쳐진 하위문화 주체들의 저항의 전사(前史)와 메씨지를 자세히 기록한다. 황병승의 시들이 저항의 정서적 카타르시스와 감각적 향유에 치중한다면, 이승원의 시들은 저항의 각성 과 세계에 대한 비판적 인식에 주력한다. 이를 바탕으로, 황병승 시에 매 설된 하위문화의 선들이 성적 소수자와 청소년문화, 국적의 층위들을 어 지럽게 누비는 반면, 이승원 시의 하위문화의 선들은 계급적 층위와 하위 계층의 청소년문화를 순차적으로 통과한다. 황병승이 보여주기의 방식을 즐겨 사용하고, 이승원이 말하기의 방식을 선호하는 것은 이러한 차이에 서 파생된 것이다. 첫시집 『어둠과 설탕』(문학과지성사 2006)에서 이승원은 먼저, 날카롭게 충전된 자의식과 세계와 자신의 윤리적 차별성을 골자로 한 '자기소개서'를 공표한다. 세계/타자와 자신의 전선(戰線)을 분명히 하고, 그들을 향해 "카운터펀치를 날리기 위해"서이다.

> 나는 농담이나 거짓말이 아니다
> 향수가 소용없는 원숭이가 아니다
> 비닐 음반이 부족한 판돌이가 아니다
> 채굴이 끝난 폐광이 아니다
> 너와 네 모친에게만 통용되는 도덕이 아니다
> 너와 네 선생에게만 흥미를 주는 작품이 아니다
> 나는 매 맞는 것을 익혔다 싸우는 법을 배웠다
> 내가 나 자신인 사실을 결코 사과하지 않기 위해
> 오늘 밤 바로 너희들에게 카운터펀치를 날리기 위해
>
> ──「자기소개서」부분

　"내가 나 자신인 사실을 결코 사과하지 않기 위해/오늘 밤 바로 너희들에게 카운터펀치를 날리기 위해" "매 맞는 것을 익혔다 싸우는 법을 배웠다"는 '나'는 이승원의 시세계 전체를 관통하는 권위적인 시적 주체이다. 세계를 향한 적대감과 공격의지를 망설임 없이 표출하는 '나'는 세계에 대한 부정과 등가의 차원에서 "~이 아니다"는 부정문의 형식으로 자신을 정의한다. 농담, 거짓말, 원숭이, 판돌이, 폐광, 도덕 등의 피정의항은 '내'가 거부하는 저속한 세계의 표상들이다. 이 표상들의 공통 대립항인 '나'는 세계의 부정성을 비판하고 응징하는 최종 지위에 있으며, 이 지위는 이승원의 시들에서 거의 한번도 흔들리지 않는다.『어둠과 설탕』의 프롤로그 격인 시「나의 사랑하는 탈근대 도시」의 알레고리적 언술 역시 같은 뿌리를 갖고 있다. '청년의 공상'이라는 액자식 구성을 빌린, '허름한 차림의 쌕소폰 부는 사나이'가 '어느 도시'에 창궐한 '바퀴벌레'들을 퇴치한 이야기와 거기 쏟아진 비평들은 민담이라는 하위문화 텍스트가 어

70

떻게 비평이라는 지배문화의 위엄있는 텍스트를 분열시키는가를 '탈근대적' 외형으로 흥미진진하게 보여준다. 하지만 정작 이 시가 확인시켜주는 것은 겹겹의 이야기〔실화(實話)와 공상, 전언(傳言)과 발화 등〕와 이질적인 담론들을 꼴라주 형태로 종합하는 시적 주체의 폭넓고 다각적인 사유능력이다. 이승원에게 '나의 사랑하는 탈근대 도시'는 사유하는 근대적 주체의 반성적 성찰이 끊임없이 요구되는 현장인 것이다. 지배질서의 허점을 맹렬히 공략하는 이승원의 시에서 '탈근대'라는 말이 사실상 공허한 울림의 수사로 귀결되는 것은 이 때문이다. 랩, 무협지, 인디 록, 우화, 기담(奇談) 등의 하위문화의 질료들이 그의 시에서 한결같이 반성과 비판에 헌신하는 것도 같은 맥락에서다.

> 내 세례명은 신의 이빨 Diss의 천재 MC S1
> (…)
> 나의 사주는 신의 언어 BAR가 세 개면 잭팟
> 메탈리카 셔츠와 아디다스 신발
> 張三李四 朝三暮四
> 침몰하는 연락선 숲 속의 바보
> 모두 다 모사품 가득한 회랑에서 늪지 같은 책략에 분리수거물이 되고
> 전혀 낯선 국면이야 나태한 생활 밤의 어둠 속에 취해야지
> 전 세계를 참견할 거야 내 거짓말은 아주 정직해
> ―「MC S1」 부분

> MC S1 태어난 곳 기지촌 이태원
> 조선을 지배하는 냄새나는 미국군
> 알록달록 화려한 아이노꾸 기지 소년

시장에서 담배피던 뒷가르마 학성이형
록키파 대장이신 가죽바지 석범이형
열두 살에 놀아난 MC S1 어린이갱

이봐 너희들
내 말이 안 보여? 내 말이 안 보여?
내 말이 안 보여? 내 말이 안 보여?

—「Real Rhyme」 부분

확신에 찬 비판과 그 발화형태로서의 항변은 지배질서에 저항하는 하위문화 주체들의 무기와도 같다. 그중 힙합 전사(戰士) MC들에게 강한 자의식과 비판정신은 진정한 음악과 실존의 근거가 된다. 일상어와 내면의 소음을 음악화한 랩은 빠른 비트 속에 많은 용량의 언어를 방출하는바, 자신이 직접 가사를 쓰고 그 랩을 공연해 관중을 감동시키는 MC들은 세계에 대한 전복적 통찰력과 이야기꾼의 언어감각을 갖추고 있어야 한다. 'MC S1'이자 시인인 이승원은 "노예들과 진배없는 너와 나의 생애"를 폭로하기 위해, "메탈리카 셔츠와 아디다스 신발" 등의 상품과 모사품과 분리수거물로 포화된 자본주의 세계를 '까기'(Diss) 위해 랩과 시의 영역을 가뿐히 통합한다. "전혀 낯선 국면"을 만들어 "전세계를 참견"하기 위해서다. '참견'의 근거는 무례하고 불경한 래퍼-시인의 지나온 삶의 이력에 있다. 그는 '기지촌 이태원'에서 태어났고, 반미정서를 체득하면서 일찍이 "열두살에 놀아난" '어린이갱'이었다. 담배와 뒷가르마와 가죽바지로 무장한 '록키파'와, "교실 걸상에 앉아 접착제를 흡입"하고 "엉덩이가 큰 수학교사의 배후에서 성급한 용두질을 감행"하는 "부교감신경 흥분제를 먹은 돼지들"(「1985년」)에 섞여 "전형적인 마이너스 성장"(「다항식」)을 한 것이다. 1980년대, 제국주의의 상징적 공간인 이태원, 비행청소년으로 압축되는 이승원의 성장기에는 역사와 사회, 계층과 세대의 모순이 녹아 있다. 지배문화의 시각에서는 '마이너스 성장'인지 모르지만, 이승원은 하위문화가 번성하기에 최적의 조건을 갖춘 곳에서 성장한 것이다. 이승원이 1980년대 미국 뉴욕 할렘가의 흑인청년들로부터 유래된 힙합음악의 MC의 정체성을 갖게 된 것도 우연은 아니라고 할 수 있다.

한 편의 황당하고 발칙한 기담으로 이루어진 시 「아이콘」은 이승원의 성장사와 세계관, 그가 접한 하위문화(/대중문화)와 그의 시적 마인드가 총집결한 하나의 결정판이라고 할 만하다.

> j의 엄마는 미혼모였다 (…) 서른이 될 때까지 아무것도 안했다 아무것도 안할래 아무것도 하지 않고 가만히 있을래* 어느날 몽상이 늙은 백수건달의 머리를 망치로 뽀갰다 히피가 되는 거야 사막으로 나가 코카인과 헤로인을 번갈아 하고 명상 중에 악마를 보았다 접신을 하고 초능력을 얻었다 무당이 된 그는 낙오자들을 끌어모아 교주가 되었다 (…) 그는 스타가 되었다 식민제국주의를 타도하자며 무산계급 기층민중을 옹호했다 체제 전복을 기도했고 이내 체포되었다 생쥐떼 같은 대중은 그를 배신하고 대신 연쇄 살인자를 사면했다 내란 음모죄로 사형이 집행되어 전기의자에 앉았다 (…) 그는 죽고 나서 더 유명해졌다 며칠 뒤 좀비가 되어 공중 부양 후 미확인 비행물체를 타고 사라지며 말했다 아일비백
>
> *.그룹 코코어의 노래 「잠수」에서 인용.
>
> ——「아이콘」 부분

더불어, 이 시는 현대 자본주의 사회의 계급적 모순과 정치상황 속에서 하위문화가 어떻게 성장하고 패퇴하는가에 대한 우화적 관찰기이기도 하다. 좀더 보편적인 범주의 해석도 가능하다. 일은 물론 "아무것도 안"하

고, '코카인과 헤로인' 또는 종교에 의존하며, 체제 전복을 기도하다 지지자들에게 버림받고 사형당한 후, 미확인 비행물체를 타고 터미네이터처럼 "아일비백"이라고 말하며 사라지는 'j'는 현대인들의 욕망과 강박, 억압과 판타지를 풍자적으로 망라한 인물이라고 할 수 있다. 이 시는 자본주의 사회를 구성하는 갖가지 층위의 '아이콘'들의 운명을 종합적으로 그려내고 있는 것이다.

현재의 시점에서 이승원은 자본주의의 경제적 모순과 불평등에 비판의 화살을 겨냥한다. 고가(高價)의 외국요리와 명품 오디오, 18억원에서 38억원에 이르는 삼성동 현대 아이파크의 시세를 열거한 「明」, 가난한 육체노동자들의 범죄현장을 그린 「暗」, "미군 야전상의와 헝겊으로 지은 검은 농구화는/어딘가에 벗어던지고 마크제이콥스 저고리 아래로/테스토니 '당신의 자아'를 신고" 상류사회의 취향을 줄줄 읊어대는 'H'와 '나'의 대조적인 삶을 묘사한 「H」 등은 그 생생하고 대표적인 예들이다. 마침내 이승원은 그가 속한 도시를 전체적으로 조망하기에 이른다.

> 이 도시는 연중 삼백 일 이상 비 올 확률 백 퍼센트
> (…)
> 폭력조직의 두목들은 호텔 스카이라운지에 앉아
> 우중 도시의 전망을 보며 협상을 벌인다
> 브레이크를 밟다가 미끄러진 모터사이클 운전자는
> 깨진 헬멧과 함께 일어날 줄을 모른다
> 회교들이 모여 사는 거리의 삼층 다락방에서는
> 대마초 연기가 눈을 따갑게 하고
> 화창한 맑은 날엔 리비도가 저하되는 성도착증 환자는
> 낡은 가죽 재킷을 맨몸 위에 걸치고
> 입주자들이 모두 떠난 폭파 예정인 아파트를 배회한다

밤새 벼락이 친다

──「근미래의 서울」 부분

'근미래의 서울'의 풍경은 도시의 뒷골목을 배경으로 한 갱영화나, 소외된 계층의 사회문제를 다룬 다큐멘터리의 한 장면을 그대로 옮겨놓은 듯한 형상을 하고 있다. 이것이 서울의 근미래가 아닌 현재의 풍경임은 말할 것이 없다. 시인 이승원이 MC S1의 정체성과 언어를 경유하고 통합해 다다른 곳은 지금 여기의 삶의 영토인 것이다. 이 영토는 지배문화와 하위문화가 반목하고 충돌하면서 새로운 지형도를 그리는 자리이며, 양자가 샴쌍둥이처럼 하나의 육체를 이루고 있을지라도 하위문화가 지배문화에 대한 비판과 저항의 의사를 포기하지 말아야 하는 자리이기도 하다. 지배문화가 그러하듯, 하위문화 역시 지배문화에 대한 검열과 모방의 이중작업을 통해 자신의 근거지를 확보하기 때문이다. 이 치열하게 교차하는 저항과 승인의 선들로 우리의 과거와 현재, 미래를 실어나르는 것은 오늘의 젊은 시인들에게 개인의 운명과 자신이 속한 세계의 운명을 함께 짊어지는 일을 의미한다. 이들이 보여줄 더 풍성한 결실은 '근미래형'이니, 현재의 '스타일'과 '카운터펀치' 사이에서 기대하며 기다려볼 일이다.

──『문학동네』 2007년 봄호

쓸 수 있거나 쓸 수 없는

1. 쓸 수 있거나 쓸 수 없는

말하는 것보다 쓰는 것이 더 몸과 마음에 잘 맞는 사람들이 있다. 이들은 쓰는 일로, 말하는 일의 상당부분을 대신한다. 쓰는 것이 더 안락하고 충족적인 사람들은 쓸 수 없을 때 자신의 존재에 밑바닥부터 금이 가는 불안을 경험한다. 심지어 쓰지 않는 자신에게 무거운 죄의식을 느끼기도 한다. 쓰지 않고는 견딜 수 없으며 타인과 세계를 거쳐 자기 자신에 이를 수 없는 사람들, '글 쓰는 인간'(Homo Writers)은 두 갈래 길 앞에서 늘 초조하고 위태롭다. 쓸 수 있거나 쓸 수 없는…… 끝없이 갈라지는 두 길의 무한연쇄 앞에서 '쓰는 인간'은 행위이거나 무위의, 극단의 이중적인 주체로 고통스럽게 분열한다. 어떤 것이었다가 아무것도 아닌. 그러다가 불현듯 모든 것이 되기도 하는.

쓸 수 없음의 상태와 그에 대한 두려움은 강박과 신경증을 유발하기도 한다. 흥미로운 것은 쓰기의 불가능성과 능력 결여가 신체적이거나 사회적인 장애로 인식되지는 않는다는 점이다. 들을 수 없고〔청각 장애, 의사

소통 장애), 말할 수 없고[언어 장애, 의사소통 장애], 읽을 수 없는[시각 장애, 난독증] 상태가 장애로 규정되는 것과는 뚜렷이 구별되는 현상이다. 쓸 수 없는 고통은 의학적이나 사회적으로 승인된 바 없으며, 따라서 정상적인 삶과 안정적인 사회생활을 유지하는 데 별다른 장애 요인이 될 수 없(어야만 한)다. 쓸 수 없는 고통에 시달리는 이들은 의학적·사회학적으로 아직 발견되지 않은 희귀한 질병의 보유자라고 할 수 있다. 그/녀는 도무지 쓸 수 없을 때, 자신이 원하는 대로 쓸 수 없을 때, 무엇보다 잘 쓸 수 없을 때 장애에 필적하는 곤경을 겪는다. 그/녀는 이 고통을 오직 혼자서 감당하고 극복해야 한다. 쓸 수 없을 것 같은 두려움에서 쓸 수 있다는 자신감으로 극적으로 도약해야 하며, 쓸 수 없는 무엇(?)을 어떻게든 쓸 수 있는 그것(!)으로 바꾸어내야 한다. 쓸 수 있음의 반경을 아무리 넓혀가도, 여전히 쓸 수 없음으로 남아 있는 미지의 세계를 계속 응시하고 질투하면서.

'쓰는 인간'은 쓸 수 없어서, 원하는 대로 쓸 수 없어서, 잘 쓸 수 없어서 고통스럽다. 지금까지의 글쓰기가 생각해내지 못한 방식으로 쓰고 싶어서, 자신이 생각하고 욕망하는 대로 쓰고 싶어서, 자신이 생각하지 못하고 살지 못하는 바를 쓰고 싶어서 고통스럽다. 또는 남들이 이미 쓴 것을 쓰고 있어서, 남들이 쓰지 않은 것을 미친 척 외롭게 쓸 수밖에 없어서, 자신이 쓴 글과 끊임없이 분리되며 쓸 수밖에 없어서 고통스럽다. 그리하여 그/녀는 마침내 쓸 수 있는 것을 쓸 수 없어서가 아닌, 쓸 수 '없는' 것을 쓸 수 없어서 고통스러워한다. 쓰는 인간에게 쓰기의 불가능성은, 존재와 삶의 불가능성과 동일한 의미를 지니며 유사한 스펙트럼을 갖는다. 그러니 잊지 말기로 하자. 자주, 과도한 열정과 콤플렉스로 존재 전체가 불콰해져 있는 그/녀가 이 모든 불가능성을 넘어서서 기어코, 쓰고 있다는 것을. 기어코, 살아가고 있다는 것을.

2. 한 유령시인 대필자의 자술서 ── 김이듬 『말할 수 없는 애인』 (문학과지성사 2011)

왜 나는 닥치는 대로 쓰고, 써지는 대로 살아갈 수 없는가

──「아케이드」부분

글쓰기의 자의식에 관해서라면, 이보다 더 신랄한 자기옹호 겸 자기회의의 진술을 만나기란 쉽지 않을 듯하다. 닥치는 대로 쓰지 못하고, 닥치는 대로 살지 못하는 자신을 긍정하면서 비난하는 이 분연한 주체는 누구인가? 그녀, 김이듬은 우선 '쓰기'와 '살기'를 동일한 지평에서 사유하는 자이다. 글을 쓰지 못할 때 그녀는 살아가는 일에서도 문제를 겪는다. 이를테면 몸이 변형되는 가시적인 증상이 나타난다. "그사이 나는 글을 못 썼고 뚱뚱해졌다"(「지방의 대필작가」).

둘째로, 그녀는 정체가 여럿이며 미상(未詳)이다. 그녀가 자신에 대해 두서없이 밝힌 바에 따르면, '나'의 도플갱어, 미친년, 사생아, 버린 애, 지방의 대필작가, 유령시인 대필자, 죽지 않는 시인 등이 모이고 흩어지며 그녀를 이룬다. '나' 아닌 타자들로 범벅된 존재, 비정상과 비합법의 억압받는 존재, 익명으로 소모되는 이차적인 존재, 다양한 유형의 부정적인 존재 들의 이합집산이 그녀이다. 정체가 여럿이고 미상이므로, 그녀가 쓴 글도 같은 운명을 살게 된다. 그녀는 망설임 없이 담백하게 고백한다. "단지 나는 당신을 여과하고 퇴고하고/나와 상관없이 흐르는 당신을 옮겨 적습니다//그러니 이 시는 내가 쓴 게 아닙니다"(「제가 쓴 시가 아닙니다」). 시를 2, 3년 쓰다 말려고 했는데 어찌어찌 세번째 시집을 묶게 되었다는 김이듬은 자신을 비롯한 시인들에게 이렇게 조언하기를 주저하지 않는다. 그렇다면 "창작 작작 좀 하지"(「오빠가 왔다」). 유령작가와 같은 뜻의 대필작가

(ghostwriter)에게 하는 충고로서는 꽤 아이러니하다.

세번째로, 그녀는 글쓰기를 맹렬히 전개하는 동시에 포기하는 자이다. 김이듬은 글쓰기의 이점이 글을 쓰는 동안에 삶을 잠시 제어할 수 있는 것이라고 말한다. "이렇게 글을 쓰는 동안 시간이 없기 때문에 나는 복수를 유보하고 살인을 포기한다". 한마디로, "쓰면서 포기한다"(『성으로 가는 길』). 글을 쓰면서 삶의 어떤 행위를, 구체적으로는 타자와 세상에 자신을 일방적으로 관철하는 행위를 유보한다. 포기의 대상에는 '복수'와 '살인' (당연히 상징적인 차원의)의 폭력적인 글쓰기도 포함된다. 역설적이게도 김이듬은 쓰는 일과 쓰지 않는 일이 똑같은 용기와 의지를 필요로 하는 일이라고 생각한다. 양자가 모두 살아가는 일의 윤리와 직결되어 있는 까닭이다. 그녀는 맹렬히 쓸 수 있고, 필요하다면 맹렬히 쓰지 않을 수 있다. 적어도 그렇게 믿고 있다. "나는 글쓰기를 멈추고 싶다"(『아케이드』)고 절규하면서 계속 쓰고, "맹렬히 날 소모시켜야 나는 조금 연장된다"(『마지막 연인』)고 자인하면서 계속 살아가는 것. 이러한 모순의 형태로 김이듬은 쓰기와 살기를 병행하고, 둘의 (불)가능성을 조금씩 혁신한다. 마치 "쓰는 일이 유일한 탈출이라고 믿는 초심자처럼"(『성으로 가는 길』). 김이듬이 구사하는 도발적이고 전복적인 언술, 홀로 존재하기 및 타인과 관계하기의 에로티씨즘 역시 쓰기-살기의 가능성과 불가능성 사이에서 태어난다. 그녀가 "말할 수 없는 애인"과 같은, 주어와 서술어 모두에서 주체와 대상이 기묘하게 착종된, "혀가 꼬이는 이상한 모국어"의 사용자로 사는 것도 같은 배경을 갖는다.

김이듬이 주체, 행위, 언술 등의 모든 층위에서 경험하고, 그녀 스스로 더욱 장려하는 착종과 혼종과 어긋남 들은 결국 하나의 방향성으로 수렴된다. "뒤죽박죽 팽창"하는 세계에서 '닥치는 대로 쓰고 닥치는 대로 살기.' 미리 정해졌거나 은연중에 작동하는 경계나 한계, 법칙도 논리도 없는 이 "닥치는 대로 아무렇게나"의 쓰기와 살기 방식에 김이듬이 부여한 이름은 '사랑'이다.

　　내가 널 껴안기 때문에 넌 다른 이를 껴안고 껴안지만 다른 이가 또
다른 이를 껴안고…… 이런 뒤죽박죽 팽창을 사랑이라고 부르자, 쳇,
(…) 닥치는 대로 아무렇게나 나를 싣고 가는
　　　　　　　　　　　　　　　　　　　　　　　　　　—「질 & 짐」 부분

　　적절한 문장을 못 찾겠어 도무지 사랑할 수밖에
　　(…)
　　사랑한다면 사랑할 수밖에
　　　　　　　　　　　　　　　　　　　　　　　　—「말할 수 없는 애인」 부분

　　사랑은 주체와 타자가 맺는 관계의 무질서한 증폭을 편견 없이 수락하
고, 문장과 문장, 행위와 행위, 문장과 행위 사이의 논리적 선후관계를 비
틀어 새롭게 재구성하는 일이다. "뒤죽박죽 팽창"의 사랑에서 원인과 결
과의 부조리한 연결이나 동어반복 따위는 하등 문제될 것이 없다. 오히려
의외의 맥락과 상황과 행위 들이 환영받는다. 주체의 오물과 세계의 이물
스러움을 직설적으로 쏟아놓는 말들, 어설픈 착각이나 과대망상도 충분
히 존중된다. '내가 쓴 게 아닌 시'를 쓴, '유령시인 대필자'인 '나'의 사랑
의 방식으로 더이상 적절한 것은 없어 보인다. 사실, 닥치는 대로 쓰고 살
기보다 기존의 글쓰기와 삶의 법칙에 위협적인 것이 또 있을까. 지배질서
를 위반하면서 뒤죽박죽 팽창하는 '사랑'은 텍스트의 내부와 외부에서 한
꺼번에 결행되고 이행된다. 그 과정에서 김이듬 특유의 '존재하기'와 '관
계맺기'의 에로티씨즘이 꽃을 피운다. '나'와 '너'의 오점과 이물스러움을
잔뜩 끌어안은. 사랑은 김이듬이 "적절한 문장을 못 찾"은 채로 발표하는
'문학적인 선언'의 골자이며, "말할 수 없는" 것을 말하기 위해 연기하는

'마임 모놀로그'의 주제이기도 하다. 그녀의 결연한 문학적 선언을 믿어도 좋고 믿지 않아도 좋겠지만, 어쨌든 다행인 것은 그녀가 세번째 시집을 냈다는 사실이라 하겠다. "올해는 한 사람도 사랑하지 않으리"(「날마다 설날」). "나는 내가 시적이지 않은 시를 쓰며/시인답지 못하게 살다/문학적이지 않은 죽음을 맞게 되길 빈다"(「문학적인 선언문」).

3. 문장은 멈추고 진술은 부족해 ― 김윤이 『흑발 소녀의 누드 속에는』(창비 2011)

김이듬에게 쓸 수 있는 말이 팽창하여 흘러넘치는 반면, 김윤이에게 쓸 수 있는 말은 딱딱하게 응고되어 턱없이 부족하다. 말들이 응고되어 있는 곳은 '책 속'이거나 '목구멍 속'이다. "말하고 싶은 얘긴 모두 책 속에 있"(「빨강머리 Anne」)거나, 결정적으로 꼭 해야 할 말은 목구멍 속 깊이 끈끈하고 불결하게 달라붙어 있다. 김윤이에게 삶의 많은 부분은 쓸 수 있는 말이 모자라 "문장이 느닷없이, 멈추는, 예기치 않은 시간"들로 채워진다. "상황을 끌고갈 진술이 부족"해 진술의 주체 '나'가 휘발되는 글쓰기의 공황상태는 삶의 공황상태와 다를 것이 없다. 김윤이는 유유히 쓸 수 없는, 그로 인해 유유히 살 수 없는 무거운 시간의 자신을 '천애고아'라고 부른다.

> 문장이 느닷없이, 멈추는, 예기치 않은 시간 무거워 첨벙거렸지 (…)
> 천애고아가 되었지
>
> ―「빨강머리 Anne」 부분

> 이 상황을 끌고갈 진술이 부족하다

규칙 어딨어!, 잃어버린 걸 지켜줘? 그 작자……! (…) 낮의 일이 여자의 뇌리를 통과할 때 자신을 별난 것으로 만들면서 목구멍에 손가락을 집어넣는다 빽빽 소리가 난다 불결하게 아무리 더듬적거려도 끄집어내기 힘든 말들. 뒤적거린 음식물에서 아-프-다라는 옹고덩일 떼어낸다

—「지하생활자의 수기」 부분

　그러니까 김윤이는 목구멍에 손가락을 집어넣어 악착같이 달라붙은 말의 "옹고덩일 떼어"내야만 간신히 한 글자씩 쓸 수 있다. 이런 식으로. "아-프-다". 김윤이의 시에서 줄표나 말줄임표가 달렸거나 한 글자씩 띄어쓰기한 문장들은 특히 힘든 작업을 거쳤음을 말해준다. 그래도 그녀의 진술이 완성되려면 아직 한참 멀었다. 이 글쓰기가 얼마나 힘겹고 느린 작업일지 충분히 짐작이 간다. 그렇게 사력을 다해 기진맥진 씌어진 김윤이의 시들은 느릿느릿 저속으로 읽힌다. 아니, 읽기의 기어를 최저로 내리고 저속으로 읽어야 한다. 바깥으로 발화될 수 없었던 그녀의 말들이 내면에 말라붙고, ─그래서 그녀의 "마음 걷잡을 수 없이 불어난, 것이다" (「흑발 소녀의 누드 속에는」)─ 간신히 목소리를 되찾은 시간 만큼. "닥치는 대로 쓰고 살고" 싶은 열망으로 폭주하는, 우리가 고집해온 낡은 통념과 안정적인 위치들을 순식간에 휩쓸어버릴 기세인 듯 빠른 속도로 읽히는 김이듬의 시와는 사뭇 다른 양상이다.

　"복면으로 뒤집어쓴 세계를 죄다 토하고 싶어!"(「책도둑」) 말하고 싶고 말해야만 하는 것이 너무 많음에도, 막 목소리를 되찾은 존재가 낼 수 있는 소리는 한정되어 있다. 말하기의 불가능성이 말하기의 가능성을 현저히 압도할 때 목소리는 하나의 색채를 갖기 마련이다. "철새는 날아가고, 수피(樹皮), 수피만 남은 그녀 노래하네, 그건 슬프고 슬픈 소리"(「라라」).

이런 견지에서 김윤이의 첫시집은 "표준화된 감각으로는 포착할 수 없는 내밀한 잡음들의 세계"(오연경, 해설 「흑발 소녀의 멜랑꼴리 감각계」)이자, 자신에 관해 말할 수 있는 대상을 갖지 못했던 존재가 내면에 쌓아온 음성과 음향의 총합이라고 할 수 있다. 물론 그 많은 부분은 아직 발성되지 못한 채 시 속에 잠재해 있다. "내 속에 따글따글 달라붙은 목소리. 기생하던 칩거의 영혼이 이제 거덜났음에도 빈 굴껍데기처럼"(「흑발 소녀의 누드 속에는」).

김윤이의 시에 노출된 정보에 의하면, 현재 그녀의 목소리 회복 단계는 "우악스러운 괴성 칵칵 터"지는 수준에 와 있다. "내레이션 증폭시키는 소형마이크를 삼킨 기분"(「콰이어트 룸에서 만나요」)이라는 그녀의 말은 결코 과장이 아닌데, 그녀가 삼켜버린 말들과 발성법의 기원은 '잃어버린 나' 이다.

나는 나를 찾고 있어요 ……아아……
목소리는 나오지 않고 우악스러운 괴성 칵칵 터져요
　　　　　　　　　　　　　　　　　　—「아무 곳에도 없는 사람들」 부분

내가 '나'를 찾는 이 슬픈 탐험이 계속되는 동안 '나'의 음성은 '무음' 과 '괴성' 사이를 오간다. 날마다 나에서 나로 바뀌는, 그러나 '나'는 없는 탐험의 일상 혹은 일상화된 탐험은, 김윤이의 고백에 따르면, "지독한 사랑의 기근"(「소나기밥」)으로 인해 촉발되었다. 내가 '나'를 잃어버린 것은 '사랑'을 잃어버린 것과 같은 시간과 장소에서였을 것이다. 이 성실을 받아들이고 넘어서기 위해 '나'는 "우악스러운 괴성"을 터뜨리면서, 다시 자신의 밖으로 걸어나오기 위해 분투한다. 이 필사의 언어적-존재론적 자기탈출이 바로 김윤이의 시쓰기인 것이다. 자주 문장은 멈추고 진술은 부족하지만, 김윤이는 쓰는 나와 쓸 수 있는/없는 나 사이의, 쓰는 나와 쓸 수 있는/없는 세계 사이의 간극을 알레고리로 잇고, 동화와 여행기의 주법을 빌려 삶의 현장을 돌아다닌다. 주어가 다른 몇개의 문장을 같은 단어를 매개로 뫼비우스의 띠처럼 하나로 연결하고(「흑발 소녀의 누드 속에는」), 화자와 맥락이 다른 독백과 대화들을 한꺼번에 쏟아놓기도 한다.(「섀도우 복싱」) 이제 "나는 미기록종 책 가르치는 어른쯤 되었네요"(「미기록종」). 김윤이는 현재 자신의 정체성을 이렇게 비유한다.

아, 어린 나 같은 것과 나는 성장이 닫힌 세계 안에서 동시에 울었노니

마침내 말과 글 감히 단정컨대 두 개의 충돌이나 결합이 필요치 않을 수도 있네

우리는 몇겹을 거쳐 우연의 일치에 안착할 수 있다
암산(巖山)이었다

─「움」 부분

다르게 말하면, 김윤이의 시는 성장할 수 없는 세계에서 성장해야만 했던 "어린 나 같은 것"과 '나'의 성장담이다. 흥미롭게도 그녀는 '나 같은 것'과 '나'로 분열된 자아의, 같은 차원에서 분열된 말과 글의 화해를 위한 충돌이나 결합의 필요성을 느끼지 않는다. 매우 희귀한 '우연의 일치'만이 둘의 화합을 가능하게 할 것이라고 믿기 때문이다. 그러므로 "살아 있다는 느낌이 왔다"(「흑발 소녀의 누드 속에는」), "생이 이젠 황홀이니까/비상할 듯"(「덕트 테이프」)이라고 그녀가 말할 때, 생생하고 황홀한 생의 감각은 화해가 아닌, 불화하는 힘의 지속을 통해서 획득된다. 끊어지는 문장과 부족한 진술을 통해 띄엄띄엄 이어지는 그녀의 시쓰기처럼, 성장 없는 성장처럼.

4. 광기를 받아쓰고 죽음을 당겨쓰기 ── 유홍준 『저녁의 슬하』(창비 2011)

유홍준(劉烘埈)도 김윤이처럼 말하기의 불가능성에서부터, 혹은 불가능했던 말이 '괴성'으로 터져나오는 지점에서부터 쓰기 시작한다. 이들에게 글쓰기는 말하기의 '이후(以後)'이며 '상위(上位)'인 셈이다. 김윤이가 말들이 응고된 목구멍이라는 상상-실제의 발성기관을 글쓰기의 신체로 삼는 데 비해, 유홍준은 여기저기 파먹혀 흉터투성이가 된 머리와 입술이라는 상상-실제의 인지-발성기관을 글쓰기의 신체로 부린다. "이렇게 파먹힌 얼굴/이렇게 파먹힌 뒤통수로/이렇게 쪼아먹힌 눈 이렇게 갈라터진 흉터로/(…)/배를 잡고 웃는다 이 흉터 같은 입술/이렇게 붙었다 떨어졌다 하는 흉터 같은 입술로,"(「나는, 웃는다」, 『나는, 웃는다』, 창비 2006).

유홍준에게 김윤이의 '괴성'에 해당하는 것은 '웃음'이다. 유홍준의 웃음은 파먹히고 쪼아먹히고 갈라터져 흉터 자체가 된 신체에서 흘러나온다. 말하기의 기관인 '입술'은 그 두 줄기로 갈라진 구멍으로서 흉터-신체의 흉터, 즉 흉터의 흉터임을 표상한다. 인간은 흉터로, 흉터의 기관으로 말하는 것이다. 말하기가 흉터의 산물이라면 그 흉터로 웃는 웃음이 "나는, 웃는다"는 문장으로 서술되는 것은 자연스럽다. '나는'과 '웃는다' 사이에 놓인 ' , '란 존재의 흉터자국이 아니면 무엇이겠는가. 여기에는 흉터에 담긴 휴지(休止)의 시간까지 살뜰히 함축되어 있다. 주체 '니'와 행위 '웃는다' 사이의 멀고먼 거리에 가로놓인 수많은 상처들과 괴리들은 ' , '의 형태를 빌려 언어화되며, 더불어 ' , '에서 잠시 주춤하면서 '나는' 과 '웃는다'를 무수히 이접(離接)한다. 단적으로 말하면, 유홍준의 글쓰기는 입술을 멈추거나 닫는 ' , '의 시공간에서 ' , '의 형태로 이루어진다. "이 가난한 방에서 나는 입술을 닫는다 무엇인가를 쓴다"(「십이월」).

소나무가 가고 떡갈나무가 가고 호두나무가 가고 말없이
고라니가 가고 살쾡이가 가고 여우가 가고 오소리가 가고 말없이 애
달픔이 가고 고달픔이 가고 서글픔이 가고 말없이 (…)

오지 않은 나마저도 가버려서 다 가버려서 말없이
캄캄한 밤에
깔 것도 없이 찬 바닥에 누워 바라보면 깜깜한 밤에

——「밤의 등성이」 부분

세번째 시집 『저녁의 슬하』에서 유홍준은 '말없음' 이후의 세계를 써
내는 지난한 작업에 매달린다. '말없음'은 모든 생명체가 쇠하는 자연의
섭리에 상응하는 언어형식이며, 인간 존재가 소멸의 운명을 내면화하는
형식이다. 유홍준이 홀로 처한, 모든 것들이 "다 가버려서 말없이 캄캄한
밤"은 "말이 필요없는 세계, 어쩌면 시 너머까지"(김언희, 추천사) 홀쩍 월경
(越境)할 수 있는 시간일 터이다. 그러나 유홍준은 언어가 투명하게 휘발
하는 삶의 숭고한 경지가 아닌, 언어가 무력하게 패퇴당하는 삶의 참혹한
지경들을 낱낱이 써내려간다. 광기와 죽음이 삶 속에 박혀 있는 험상궂은
광경들을 눈 부릅뜨고 직시하면서, 차마 외면하고픈 삶의 흉터들을 지독
히도 소상히 기록한다.

흉터의 주인공은 주로 정신병자들과 죽은/죽어가는 자들이다. 유홍준
이 '말없음'의 이후를 쓰는 크게 두 가지 방식은 이들에 기대어 만들어진
다. 하나는 정상적인 언어체계를 벗어난 정신병자들의 광기의 언어를 받
아쓰고 변주하는 것이며, 또하나는 죽은/죽어가는 자들의 지워지고 암전
된 말을 상상 복원하는 것이다. 예를 들어 그는 광기가 아무런 보호장치
없이 방임된 삶의 현장에서 씌어지는 '혈서'를 해독하며, 죽어가면서 "끝

끝내 무슨 말인가를 하려고 했던 사람"의 지워진 말(「입술의 죽음」)을 눈빛으로 읽어내거나, 자신에게 생의 직접 사건이 된 죽음 앞에서 "직방"의 (「직방」, 『나는, 웃는다』) 사진으로 언어를 대행한다. 그의 말처럼, 무모하고 위험하지만 재밌고 즐거운 '직접'('시인의 말')의 언어들을 써내는 것이다.

　　누가 내 얼굴에 자꾸
　　혈서를 쓰려고 해요

　　폐쇄병동 서부기씨가 속삭여준 말이다

　　이 말을 갖고
　　두어 달
　　나는 세상의 얼굴을 살핀다

　　(일용직 노동자의 얼굴엔 일용직 노동자의 혈서가
　　백화점 점원의 얼굴엔 백화점 점원의 혈서가 쓰여 있다)

　　얼굴에 혈서가 쓰인 사람들이
　　저 문으로 들어가고
　　저 문으로 나가고

　　하루종일
　　나는 수백개의 얼굴, 수백권의 혈서를 읽는다

　　누가 내 얼굴에
　　자꾸

혈서를 쓰려고 한다

—「혈서」 전문

아버지도 나무 속으로 들어갔다 어머니도 나무 속으로 들어갔다 나
도 나무 속으로 수목장(樹木葬), 도대체 나무 속에서 빠져나올 길이 없
다 나뭇결이여 지나치도록 무엇을 오래, 하염없이 바라보면 눈동자에
옹이가 박힌다는 말!

내 시골집 기둥에는 그 말이 열 개나 박혀 있다

—「나무눈동자」 부분

'혈서'는 삶의 피와 죽음의 피를 한데 섞어 쓰는 글이다. '혈서'는 더이
상 물러설 곳 없는 삶의 자리에서 죽음을 일부 당겨쓰는 극단의 글쓰기
방식이다(그러고 보니 유홍준의 시에서는 종종 혈서의 흔적이, 뒤로 물러
설 곳을 남겨두지 않은 비장한 열사(烈士)의 기운이 감지된다). 더욱이 이
혈서는 내가 아닌 다른 사람이 내 얼굴에 쓰는 폭력성의 산물이다. 유홍
준은 정신병자의 뒤틀린 언어에서 발췌한 '혈서'를, 현실의 뒤틀린 부분
을 환기하는 일용직 노동자와 백화점 점원의 혈서로 확대한다. 그리고 마
침내 "누가 내 얼굴에/자꾸/혈서를 쓰려고 한다"는 자기 발화로 전유한
다. 고통스러운 삶과 현실이 쓰는 혈서의 지면이라는 점에서 정신병자, 노
동자, 시인은 같은 처지에 있는 까닭이다. 혈서의 주체도 아닌 텍스트에
불과한. 이 이중의 비극성은 세계와 현실의 광기를 내면화한 존재들의 궁
핍한 위상을 보여준다. 광기의 언어로만 정확하게 말해질 수 있는 그것을
향해 유홍준은 자신의 글쓰기의 가능성을 활짝 열어놓는다.

「나무눈동자」에는 위의 인용 부분 앞에 실제의 나무옹이 사진이 실려
있다(「그리운 쇠스랑」도 같은 기법을 사용한다). 유홍준에게 나무옹이

가 겹겹의 테를 가진 '나무눈동자'로 보이는 것은 "지나치도록 무엇을 오래, 하염없이 바라보면 눈동자에 옹이가 박힌다는 말!" 때문이다. 나무눈동자에는 죽어 나무 속으로 들어간 아버지와 어머니, 미래의 나의 평생에 걸친 응시가 고스란히 각인되어 있다. 이 눈동자는 나무의 것이면서 그 속에 들어간 사람들의 것이기도 하다. 말과 관점과 존재와 현실이 이처럼 완벽하게 일치하는 순간에 유홍준의 '보(이)다'와 '쓰(이)다'는 동일한 행위가 된다. 현재 유홍준이 나아간 쓸 수 있음의 최대 지점 하나가 여기에 있다.

유홍준이 불가능성의 영역에 놓인 광기와 죽음의 말들을 쓰는 것은 그 말들이 결국 자신의 것이기 때문이다(우리 모두 예외가 아니겠지만). 실제로 그는 일터인 정신병원에서 만나는 정신병자들에게 흠칫 놀라면서도, 강한 동질성을 느낀다. "내가 입던 옷을 입고 돌아다니는/백명의 정신병자들,/나는 흠칫 놀라 움츠리곤 한다/아니다 아니다 그게 아니다 너무나 친숙하고 너무나 익숙해서 나는 웃는다"(「내 옷을 입고 돌아다니는 자들」). '웃는다'는 유홍준이 삶의 모든 극적인 순간들에 대처하는 만능의 언어이자 행위이다. 발화와 행위를 절묘하게 아우른 현재진행형의 동사 '웃는다'는 유홍준이 비통한 삶과 세계에 맞서는 최상의 언어이자 행위이며, 그의 인생관을 응집한 서술어이다. 유홍준에게 '웃는다'를 가르쳐준 것은 한없이 무심하고 유연한 자연물이었다. "알겠다 저수지는/돌을 던져 괴롭혀도 웃는다 일평생 물로 웃기만 한다//생전에 후련하게 터지기는 글러먹은 둑, 내 가슴팍도 웃는다"(「저수지는 웃는다」). 그가 내내 '저녁의 슬하'의 평범한(?) 시인으로 살 것이라는 예감에는 근거가 있다.

5. 누구든지 작가의 삶을 산다, 글쓰기의 모든 가능성 —— 박정 대『모든 가능성의 거리』(문예중앙 2011)

　유홍준이 주체와 행위의 틈에 자생하는 흉터로서 ' , '의 글쓰기를 행한다면, 박정대(朴正大)는 존재와 주체, 운문과 산문, 긍정과 부정의 경계를 "긍정의 망설임으로" 아름답게 사라지게 하는 '……'의 글쓰기를 마술적으로 펼친다.(「아름다운 협잡꾼 장 드 파」) 이 글쓰기의 마법에 황홀하고도 무상하게 사로잡혀 있는 것은 먼저 박정대 자신이거니와[1], 그 마술을 한번이라도 접한 사람은 누구든 그가 수시로 조직하고 해체하는 수많은 결사체의 자발적인 일원이 된다(자신도 모르게 이미 일원이 되어 있는 경우도 허다한데, 그 역시 언제든 자신이 원하는 결사체들을 조직할 수 있다). 존재와 생의 아름답고 무한한 '혁명'을 지향하는 이 결사체들은 박정대가 편애하는 우리네 삶의 물질적 성분(?)들로 이루어져 있다. 감정, 음악, 무한, 멸절, 사랑, 자유, 영혼, 혁명, 심연, 고독, 쎈티멘털, 이국, 이방, 문자 이전, 세상의 모든 책(현상과 존재), 휴식, 전폭적, 맥주, 담배, 눈발, 영원, 리스본……[2] 이 삶의 물질적 성분들을, 더 엄밀히는 구체적이고 경험적인 물질적 성분으로써 우리 존재와 삶을 구성해야만 할 이 "모든 가능성"과 "모든 가능성의 없음", "모든 가능성의 없음의 없음 그리고 불가능의 끝"(「아자니 거리의 모든 가능성」)까지를 마음껏 향유하는 기술을 일러 박정대는 '여행술'이라고 부른다. 박정대의 말처럼 여행술은 존재와 삶의 기술이며, 또한 그와 동행하면서도 독행(獨行)해야 할 예술과 시의 기술이다. 박

---

1 박정대가 같은 날에 2권의 두툼한 시집(『모든 가능성의 거리』(문예중앙),『삶이라는 직 업』(문학과지성사))을 낼 수 있는 에너지의 비밀도 여기에 있을 것이다.
2 박정대의 시를 설명하는 데는 그가 편애하는 어휘를 열거하는 것이 그중 나은 묘책일 수 있다.

정대에게 예술과 시의 기술은 언제나 약간(?)씩 존재와 삶의 기술을 앞서 가기 때문이다. "우리가(내가)"(『7인의 마법사와 양인대작』) 살아낼 수 있는 이상을 꿈꾸는 한, 이번 생에서 다 살아낼 수 없는 불가능의 끝까지 계속 꿈꾸고 쓰는 한 그렇다. 박정대의 시에서 날마다 수많은 공화국과 건축물이 세워지고 멸하며, 갖가지 슬로건의 혁명이 일어나고 스러지는 것은 모든 종류의 가능성과 불가능성을 살아내고자 그가 구사하는 화려하면서도 무미(無味)한 시적 기술이다.

존재와 생의 마술사, 혁명가, 유물론자, 여행술사, 건축가…… '삶'이 그의 직업이라는 것을 감안해도, 박정대가 수행하는 역할은 다채롭다. 박정대가 이질적인 것들을 가벼운 충돌 속에 끌어당기고 포용하는 비밀은 간단하다. 그 자신, 수많은 정체성과 감정으로 넘쳐나는 '복수성'과 '가변성'의 존재인 까닭이다. 전직 천사, 혁명적 인간, 자생적 감정 공산주의자, 쓰레기통 속에서 음악을 생산하는 노동자, 무가당 담배 클럽의 회원…… 박정대가 자신의 정체를 끊임없이 다른 이름과 모습으로 재규정하는 것은 단지 '취향'의 문제인 것만은 아니다. 말라르메, 발레리, 페소아·카에이루·캄푸스·헤이스라는 4개의 이름으로 완전히 다른 시들을 쓴 이명법(異名法, hétéronymie)의 천재 페르난두 페소아, 이자벨 아자니 등을 차용하고 궁구하는 것도, 박정대가 지닌 "순서도 없고 배열도 없"(『리스본, 대칭의 별 세 개, 응용된 코드의 저녁』)는 미정형의 정체성들을 선명하게 보여준다. 이러한 특징은 시의 사유와 언술체제, 미학적 측면에서도 그대로 드러난다. 박정대의 시는 몽상과 분석, 무한 감정과 절제된 성찰, 감각의 대량 살포와 논리의 정연한 정립, 열정과 허무, 유머와 냉소가 각기 만발하면서 절묘한 (부)조화를 이루는 독특한 진경을 빚어낸다. 로맨틱하고 쎈티멘털한 어휘들 사이에 자본주의, 실업, 혁명, 뼹대 같은 사실적인 어휘들이 툭툭 불거지면서 예기치 못한 조화를 이루는 것도 그 하나의 국면이다. 사정이 이러하다면, 박정대야말로 이명(異名/異鳴)법의 천재라고 해도 지나친 말은 아닐 것이다.

한 행을 대부분 한 연으로 배치하면서 박정대의 시는 문장과 문장 사이에 드넓은 공간을 새겨넣는다. 박정대의 시를 읽기 위해서는 이 드넓은 공간에서 견딜 수 없이 쓸쓸하고 아득해지는 일을 감수해야 한다. "내가 견디는 만큼 이 세계도 나를 견뎌줄 테니까"(「7인의 마법사와 양인대작」). 그의 말을 떠올리는 것이 그럭저럭 괜찮은 방편이 될 수 있을 것이다. 한 가지 중요한 사실은 박정대가 꿈꾸는 궁극이 '이상'이 아니라 '본질'이라는 점이다. "이건 복고나 반복 혹은 영겁회귀에 관한 이야기는 아니라네//생의 본향을 찾아가는 사람들의 이야기지"(「그녀의 구월 나의 삼월」). 박정대는 살아왔고 살아갈 자신에 관해 쓰기보다는, 충분히 살아내지 못했으며 살아내고 싶은 자신의 본질을 쓴다. 한마디로 말하자면, "나는 나의 작가". "세상의 모든 음악으로도 감싸안을 수 없는 본질적 고독"(「적막은 어디로부터 오는가」) 속에 암약하면서, 자신과 세상을 끊임없이 재창조하기를 열망하며 "작가의 삶을 살아가고 있"는 자. 결국 우리는 모두 자신만의 작가의 삶을 사는 자.

육체는 슬프다, 오 나는 세상의 모든 책을 읽었노라//

태풍 전야, 말발굽처럼 흔들리는 나뭇잎들, 반복적인 바람, 반복적인 율동, 전복되는 구름들//

누구든지 작가의 삶을 산다//

(…)

나는 걸어가면서 쓰는 자, 나는 걸어가면서 읽는 자//

나의 발걸음은 나의 시, 나의 숨결은 나의 음악//

(…)

그러나 끝내 나는 나의 공화국, 나는 나의 인민, 나는 나의 작가

—「누구든지 작가의 삶을 산다」 부분

우리의 삶은 그토록 허약하고 가벼우니까//

　　그러나 그토록 가볍고 허약해서 우리는(나는) 불란서 처녀의 아름답고 부드러운 육체를 꿈꿀 수도 있으니까,//

　　오, 아, 그러니까 나는 내 연민의 식민지//

　　오, 물질적 황홀이다//

　　그것을 통과해야만 우리는 영혼의 긴 대륙을 횡단했다고 말할 수 있을 것이다, 누구든지 작가의 삶을 살아가고 있는 것이다

　　　　　　　　　　　　　　　──「백남준의 노트 시베리아 호랑이」 부분

　　글쓰기가 '삶' 자체와 등가화될 때, "그토록 허약하고 가벼"운 "우리의 삶"은 불현듯 "황홀"한 것이 된다. 이 황홀의 순간은 이를테면, "감정의 무한을 많은 사람들과 나누"(「감정 공산주의」)고, "자신의 마음을 표현할 수 있는 돌맹이 하나를 골라" 보내는 "돌맹이 편지"로 서로 마음을 나누는 순간이다.(「늑대 사냥꾼」) "나는 내 연민의 식민지"이며, "나의 시는 고독과 침묵의 식민지"('시인의 말', 『삶이라는 직업』)임을 거리낌없이 고백하는 순간도 여기 함께 포함된다. "아무것도 움직이지 않고 모든 것이 함께 움직이"(「리스본 공항에 착륙하기 직전의 감정」)는, 단 한번도 만난 적 없는 우리를 오래전에 사랑과 감정의 결사체로 만들어버린 박정대 시의 마술은 살아가는 일과 쓰는 일의 모든 (불)가능성을 동시에 개방하고 밀어붙임으로써 실현된다. 변한 것은 없고, 우리는 여전히 고독히겠지만! "나는 이곳에 남아 여전히 나의 고독을 연주하고 그대는 말을 타고 생의 대평원을 지나 어디로 사라져가나//그러므로 순서도 없고 배열도 없다"(「리스본, 대칭의 별 세 개, 응용된 코드의 저녁」).

6. 쓸 수 있는/없는

눈치채고 있겠지만, 쓸 수 있는 가능성과 쓸 수 없는 불가능성은 이분법적으로 대립하거나 명확하게 구분될 수 있는 성격의 것이 아니다. 둘은 적지 않게 겹쳐 있고, 계속 유동하며, 예고 없이 서로 몸을 바꾼다. 쓸 수 있거나 쓸 수 없는, 쓸 수 있으며 쓸 수 없는, 쓸 수 있지만 쓸 수 없는 등의 분류 항목들은 얼마든지 동일한 상황의 다른 표현이 될 수 있는 것이다. 쓸 수 있는 가능성과 쓸 수 없는 불가능성은 계속 대화하고 있고, 함께 투쟁하고 있으며, 자신과 상대를 함께 갱신해가고 있다. '나'와 '너'의 쓰기의 가능성과 불가능성의 영역은 다르고, 또 달라야 하겠지만, 쓰는 일로써 우리가 연대할 수 있는 가능성과 연대해야만 하는 필연성은 충분하고 절실한 것이다. '나'라는 이름의 정체 모를 유령시인의 시를 "닥치는 대로" 대필하고(김이듬), 멈추는 문장들과 부족한 진술들이 난립하는 글쓰기의 공황상태에서 필사적으로 '괴성'을 토하며(김윤이), 주체와 행위의 상처투성이 간극에서 광기와 죽음의 언어를 흉터의 입술로 받아쓰고(유홍준), 삶의 모든 (불)가능성을 글쓰기의 모든 (불)가능성으로 전유하면서 살아지는/사라지는 존재의 적막한 본질을 쓰는(박정대) 일들은 '쓰는 인간'들의 운명이 크게 다르지 않음을 보여주지 않는가. 글과 삶과 자신을 쓰는 인간들, 우리는 다시 다음 단계 앞에 함께 서 있다. 쓸 수 있는/없는……

—『문학동네』 2011년 가을호

얼굴 없는 노동, 자본주의의 역습

최근 시에서 '노동'은 어떻게 존재/부재하는가

1. '민중'의 사라짐, 자본주의의 역습

그 많던 민중들은 어디로 갔을까? '지상의 방 한 칸'(김사인)과 인간다운 세상을 열망하며 "서로가 서로의 몸을 묶어 더 튼튼해진 백성들"(이성부 「벼」), 진보하는 역사의 주체였던 민중들은. 1980년대에 민중은 개별자의 총합 이상의 거대한 실체였고, 역사의 진정한 추동력이었으며, 간단히 기표화할 수 없는 살아 있는 실재였다. 그렇지 않았다면, 민중의 대변자를 자임하며 그 전모를 낱낱이 실사(實寫)하고자 한 고은(高銀)의 「만인보」와 같은 기획은 애초에 성립되지 않았을 것이다. 그러나 현실사회주의의 몰락 이후 역사의 판관은 민중이 이념의 시대에 명멸한 강력한 신념과 상상의 공동체였음을 선포했다. 짧은 시간에 민중은 지나간 과거의 회색빛 풍문이 되었다. 총과 최루탄으로 무장한 독재정권이 아닌, '민중' 자체에 대한 시차(視差/時差)와 회의가 민중을 공중분해한 것이다. 대신 그 자리는 시민, 대중, 다중, 소비자, 네티즌, 겨우 존재하는 파편화된 개인들——범주가 착종된, 불확실한 집단/주체(?)들——로 채워졌다. 더불어 민중에 의해 추동되어야 할 발전적인 역사의 사건들은 대중이 주연하는 달콤하고 무시간적인 상업적 '이벤트'로 대체되었다. 이벤트의 진짜 주체는 자본이며, 사상 유례없이 강력해진 자본주의의 체계다. 그 속에서 상업전략과 정치·사회·문화 정책, 조작된 현실원칙의 작동과 창조적인 예술활동, 상품과 작품의 실현과정 사이에는 사실상 큰 차이가 존재하지 않게 되었다. 역사의 종언, (근대)문학의 종언, 근대적 주체의 파산, 동일성의 서정적 주체의 퇴조 등 일련의 '최후의 담론'이 인문학의 영토에서 번성한 것은, 1980년대가 그토록 타파하고자 한 계급적·구조적 모순의 모체(母體)인 자본주의가 행한 역습의 와중에서였다.

현실사회주의를 패퇴시킨 자본주의의 역습으로 민중은 해방되지 못한 채 사라졌다. 마치 마술과도 같이. 그러나 사라진 것은 민중 낱낱의 실체가 아닌, 민중의 명칭과 이념이었다. 민중의 구성원들, 즉 계층과 노동조건과 삶의 방식에 따라 통합되고 분류된 수많은 개별자들은 현존했고, 이들의 삶도 그대로 지속되었다. 사회적 모순과 경제적 불합리 역시 형태를 달리하며 심화되었다. 이 기묘한 역사적 재배치에 대한 문학의 대응방식은 매우 '온유'한 것이었다. '민중'이 특정시대의 한 '현상'으로 공인되기 시작하자, 민중문학은 순순히 자신의 미래를 반납했다. 결과는 다른 결과의 원인이 되었고, 인과관계의 적절성은 의심되지 않았다. 그후 10여년이 흐른 지금, 그렇다면 소위 '포스트 민중문학' 시대의 임무의 하나는 새로운 혹은 다른 방식으로 민중문학을 복원하고 계승하는 데 있을까? 답은 '예 그리고 아니오'이다. 민중문학이 갖는 현재성을 인식하고 독려하는 차원에서는 '예'이며, 민중문학이 누린 과거의 권위를 예우하는 차원에서는 '아니오'이다. 더욱이 오늘의 시대는 주체의 속성과 존재방식이 민중의 시대와는 달라진 상황에 있다. 현실의 변화 속도와 주체의 변전(變轉) 양상이 주체를 구(求/究/救)하려는 노력을 앞서거나 무력화할 때(지금이 그러한 상황인데), 그 속에서 정립된 주체는 또하나의 허구와 상상(그것도 과거형의)의 산물이 되기 쉽다. 이런 맥락에서 볼 때, 민중문학의 곤경을 포함해 자본의 회로에 포위된 문학의 현실을 돌파하는('주체'를 구하는 일에서도) 가능하고 생산적인 방법은 미확인의 '주체'보다 확인 가능한 '사건'과 '행위'에 초점을 맞추는 것이 된다.

초점의 하나는 자본의 회로 속에서 주체를 (비)주체로 만드는 중요한 사건/행위인 '노동'이다.[1] 민중문학의 현재성을 논할 자리도 '민중'이라는 요령부득의 주체보다 '노동'이라는 지속되는 행위를 중심에 둘 때 좀 더 넉넉해진다. 21세기에도 노동은 인간과 삶의 변함없는 토대이며, 이로 인해 '민중'이라는 이념의 주체는 폐기될 수 있어도 '노동자'라는 행위의 주체는 폐기될 수 없기 때문이다. 물론 노동자의 정체성과 노동환경, 노동의 성격 등은 전 시대와는 많은 차이를 갖게 되었다. 정보화시대의 비물질노동을 연구하는 라짜라또(M. Lazzarato)에 따르면, 오늘의 세계에서 "세계, 노동자들, 소비자들 및 써비스들은 사건(이벤트)보다 먼저 존재하지 않는다. 오히려 그것들은 사건들에 의해 산출된다."[2] 자본주의가 인간

---

1 또다른 방법은 주체에게 일어나는 실시간의 사건, 즉 혼돈의 세계에서 끊임없이 이합집산하며 '얼굴'을 바꾸는 주체의 변전과정을 끈질기게 추적하는 것이다. 이는 무정형/미정형의 복수와 미완의 주체로 거듭나면서 무의식까지를 가로지르는 내면의 모험이자 감각적·미학적 투쟁의 길이 된다. 최근 각광받는 젊은 시인들, 황병승, 김행숙, 이민하, 김근, 김민정, 장석원 등의 지향점이 바로 여기에 있다. 이들이 감각을 자산으로 삼는 까닭은, 주체의 변형과정에서 주체가 주체로서 최후까지 소유하는 것이 감각이며 최초로 발산하는 것 역시 감각이기 때문이다. 자본주의가 인간의 감각을 향해 총공세를 펼치는 것도 같은 이유에서다. 라짜라또는 현대사회에서 표현되고 실효화되는 주체성들, 즉 삼삭석인 것의 창조와 실현은 경제적 생산에 선행하며, 현재 지구적 규모로 수행되는 경제전쟁은 사실상 '미학적 전쟁'이라고 말한다. 이런 관점에서 볼 때, 최근 젊은 시인들이 생산하는 낯선 감각과 미학은 자본주의의 '미학적 전쟁'에 대한 참전 혹은 응전의 산물이라고 할 수 있다. 자신의 존재와 주체성을 스스로 확보하고자 하는 이 의연한 개인들은 '감각과 미학의 1인 게릴라전'을 펼치고 있는 셈이다. 이처럼 파편화·개인화·감각화·미학화한 '포스트 민중시대'의 개별자들은 집단의 이념과 멀어진 곳에서 역설적으로 하나의 집단을 형성해가고 있다.
2 마우리찌오 라짜라또, 서창현 옮김「자본-노동에서 자본-삶으로」, 질 들뢰즈 외『비물

의 삶과 영혼까지 생산한다는 말은 더이상 수사나 과장이 아니다. 하지만, 그렇다 할지라도 자본의 물질적이고 규격화된 이벤트에 맞서 인간이 자신의 주체성과 사물과 세계를 창조할 수 있는 최상의 사건/행위는 여전히 '노동'이다[들뢰즈가 한 사람이 지닌 존재 능력의 연속적인 변이라고 정의한 '정동(情動, affectus)'의 개념에 기초해, 마이클 하트(Michael Hardt)가 사회적 주체성과 삶능력(biopower)을 생산하는 노동이라고 정의한 '정동적 노동', 라짜라또가 주체성과 경제적 가치를 동시에 생산하는 노동이라고 본 '비물질노동'이 이러한 유형의 노동에 속한다. 정동적 노동, 비물질노동은 단순히 물질을 생산하던 과거의 노동과는 달리 써비스, 지식, 소통, 사회적 관계 등의 비물질적 재화와 주체성을 생산한다. 이렇게 생산된 주체성은 자본에 의해 착취될 수도 있지만, 주체성을 (재)생산하는 정동·비물질노동은 살아 있는 주체의 기쁜 '노동=삶'이 될 가능성을 지닌다]. 노동의 주체가 되는 것 혹은 노동함으로써 주체가 되는 것은 이제 인간에게 남은, 자본주의 씨스템을 교란하고 부식시키는 거의 유일한 길인지도 모른다. 노동은 인간이 자본주의 씨스템에 연결된 핵심적인 선이지만, 바로 그 이유에 의해 강력한 탈주의 선이 될 수 있기 때문이다. 일종의 역사적 사고(事故)에 의한 민중문학의 급격한 쇠퇴는 민중문학이 제출한 현실의 문제들, 특히 '노동'의 문제에 대한 외면과 침묵을 초래했다. 노동시, 농촌시 등이 새로운 시적 감각과는 동떨어진 구시대의 잔재로 취급되는 것이 단적인 예다. 그러나 노동시의 명칭과 현재성에 거부감을 지닌 이들이라도, '노동'이 소홀히 하거나 부정할 수 없는 우리 문학의 현안임을 부정할 수는 없을 것이다.

질노동과 다중』, 갈무리 2005 251면.

2. 최근 시에서 '노동'이 존재/부재하는 방식

다소 도식적인 정리를 시도하기로 하자. 1980년대에 우리 사회에서 자본주의는 대체로 비판과 저항의 대상이었다. 반면, 2000년대에는 자발적 투신과 내면화의 대상이 되었다. 1980년대에 자본주의가 수정하고 타파해야 할 외부의 적으로 인식된 데 반해, 2000년대에 자본주의는 내부와 외부가 따로 없는 동일자이자 절대자로 개인의 무의식에 각인되었다. 말하자면, 자본주의 씨스템은 기계에서 생체로 진화중이고, 이미 우리의 살과 뼈와 내장기관과 합체된 상태에 있는 것이다. 기계와 생체의 혼종인 이 괴물이 자본주의 씨스템과 분리될 수 없는 상태에 이른 우리 자신임은 말할 것이 없다. 시집 『사무원』(창비 1999)에서 김기택(金基澤)은 이 괴물의 한 종(種)의 일상(일생)을 탁월한 통찰력과 희비극의 이중 톤으로 묘사한 바 있다.

> 그가 화장실 가는 것을 처음으로 목격했다는 사람에 의하면
> 놀랍게도 그의 다리는 의자가 직립한 것처럼 보였다고 한다.
> 그는 하루종일 損益管理臺帳經과 資金收支心經 속의 숫자를 읊으며
> 철저히 고행업무 속에만 은둔하였다고 한다.
> (…)
> 이미 습관이 모든 행동과 사고를 대신할 만큼
> 깊은 경지에 들어갔으므로
> 사람들은 그를 '30년간의 長座不立'이라고 불렀다 한다.
> (…)
> 그의 책상 아래에는 여전히 다리가 여섯이었고
> 둘은 그의 다리 넷은 의자다리였지만

어느 둘이 그의 다리였는지는 알 수 없었다고 한다.

—「사무원」부분

  의자와 합체된 여섯 개의 다리 중에 "어느 둘이 그의 다리였는지는 알
수 없었다"는 이 괴물의 종명(種名)은 '사무원'이다. 자본주의 씨스템이
부과하는 '고행업무'에 투신해 '30년간의 장좌불립'을 달성한 '사무원'
의 육체와 정신은 완벽하게 부정적인 의미에서 탈인간·비인간·초인간
의 경지에 이르러 있다. 아이러니와 풍자, 우의, 펀(pun)의 미학적 장치들
은 '사무원'의 이러한 경지를 표현하는 데 효율적으로 협력하면서 독특
한 시적 스타일을 만들어내고 있다. 특히 이 시는 김기택 시의 주제인 '자
본주의 변종육체(신체 없는 기관)의 현상학'을 사무직 노동자를 대상으
로 성공적으로 구현한다. 그 현상학적 시선이 사무직 노동자에 가닿은 것
은 김기택의 많은 시도 중 하나였지만, 현실에 대한 거시적 통찰력에서
이 시는 김기택의 시와 1990년대 시의 한 정점을 보여준다. 김기택은, 세
기의 전환기에 일어난 정치·사회적 변화의 배후에 자본주의에 의한 인간
(특히 노동자)의 생물학적·존재론적 전회가 진행되고 있었음을 날카롭
게 간파했던 것이다. 노동의 문제를 중심에 둘 때, 김기택이 이 부분에 대
한 탐구를 계속 밀고나가지 않은 것은 아쉬운 일이다. 당대의 사회조건과
직결되는 일이기는 하나, 1980년대의 노동시가 다분히 육체노동을 전제
한 것이었으며, 이후 우리 사회의 노동구조에서 사무노동을 비롯한 '비물
질노동'의 비중이 높아진 정황을 생각할 때 아쉬움은 더 커진다. 이와 관
련해, 최근 노동에 관한 시들이 노동구조의 변화를 적극 반영하지 못하고
육체노동을 주로 다루는 것은 현실의 속도에 뒤처져 있는 시의 지체현상
을 예증하는 것이라고 할 수 있다. 이 누락과 지체는, 노동이 시의 주제로
크게 환영받지 못하는 근래의 시단 분위기와도 무관하지 않을 것이다.
  한마디로 말해, 현재 우리 시에서 비물질노동에 관한 탐색은 김기택이

「사무원」에서 제기한 선에 머물러 있는 셈이다. 이 시에 담긴 핵심 전언은 이렇게 재해석될 수 있다. 이념의 시대 이후 전개된 자본주의의 역습은 인간의 심신을 전유해 "어느 둘이 그의 다리였는지는 알 수 없"게 하는 '동일화'의 전략을 현실화하는 데 사력을 다했다.[3] 이러한 동일화의 전략은 항상 어떤 것의 배제를 전제한다. 배제된 것은 1980년대에는 연대와 혁명의 중심에 있던 자본주의의 아킬레스건, 착취당하는 노동자들이었다. "기계 사이에 끼어 아직 팔딱거리는" 동료의 손을 꺼내 "양지바른 공장 담벼락 밑에 묻"었던(박노해 「손무덤」, 『노동의 새벽』, 풀빛 1984) 생계형 노동자들이 그들이다. 이들을 배제하는 데 근래 우리 시는 알게 모르게 동의해왔는데, 이를 거스르는 반대 흐름도 꾸준히 이어지고 있다. 노동자의 삶과 내면을 진하게 표출하는 유홍준은 이 반대 흐름의 편에서 빼놓을 수 없는 시인이다. 흥미롭게도 유홍준이 근래 발표한 시에는 30년 의자고행에 정진한 김기택의 '사무원'의 후예가 등장한다. '사무원'과 노동의 유형은 다르지만 그 속성은 같다는 점에서 유홍준이 그려내는 노동자의 모습은 많은 시사점을 제공한다.

　내가 다니는 종이공장

　제지기계는

　베어링을 돌린다

　스님보다도 오래, 수녀님보다도 더 끈질기게

　기계는 기계의 염주 베어링을 돌리며 용맹정진을 한다

---

3 동일화 전략에 의한 자본주의의 역습의 참상은 예컨대 이런 것이다. 부(富)는 착취와 부정의 부끄러운 증거에서 능력과 행운의 부러운 전리품이 되었다. 자본은 그 자체로는 비난받을 이유가 없는 가치중립적 존재이며, 자본주의가 발명한 최상의 합리적 가치라는 의식이 사회 전반에 확산되었다(이 심리적 면죄부의 발행자는 처음에는 '그'에서 점차 '우리'와 '나'가 되었다). 문학계의 경우, '문학작품 역시 자본주의 씨스템 속에서 유통되는 상품'이라는 사실을 다양한 방식으로 긍정해나갔다.

소음이라 부르는 기계의 염불 소음송(騷音頌)을 외우며
오직 한 길 생산도(生産道)를 닦는다

가진 것 없고 배운 것 없는 내가 믿는 건 이 공장 이 기계의 크신 능
력뿐,
오늘도 나는 푸른 생산도복을 입고
닦고 조이고 기름 치나니
일용할 양식 내리시는 기계신 앞에
　　　—「기계는 기계의 염주 베어링을 돌린다」(『나는, 웃는다』, 창비 2006) 부분

"염주 베어링을 돌리"고 "염불 소음송을 외우며/오직 한 길 생산도를
닦는" '기계'는 '30년간의 장좌불립'을 성취한 '사무원'처럼 지극하고 한
결같은 수행자의 풍모를 지니고 있다. 우리시대의 위대한 종교적 경지는
이처럼 노동자와 노동하는 기계에서 가장 온전하게 실현되는 중인지도
모른다. "푸른 생산도복을 입고" "닦고 조이고 기름 치"는 '나'는 용맹정
진하는 '생산교(자본주의)'의 수행자이며, "일용할 양식 내리시는 기계
신"의 충직한 신도이다. '나'는 인간의 정체성과 주체성을 기계신에게 남
김없이 바치고, 기계신이 주재하는 '얼굴 없는 노동'의 한 구성요소가 되
어 생계를 영위한다. 공장에서 완성된 제품이 필요로 하는 것은 노동자의
얼굴(정체성과 주체성의 표면으로서)이 아닌, 공인된 '합격 도장'(「푸른
도장」)이기 때문이다. 이 시에서 유홍준은 인간과 기계의 위상 역전이 기
계-신, 노동자-신도의 종교적 단계에 이르렀음을 반어적 어법으로 노래
한다. 그러나 이 반어는, 유홍준 스스로도 잘 알고 있는 것처럼, 인식과 수
사의 차원에 머물 뿐 현실의 차원으로 나아가지 못한다. "가진 것 없고 배
운 것 없는 내가 믿는 건 이 공장 이 기계의 크신 능력뿐"인 상황은, "스님
보다도 오래, 수녀님보다도 더 끈질기게" "염주 베어링을 돌리"는 '기계'

처럼 자본의 컨베이어벨트 속에서 반복되는 진짜 현실인 까닭이다. 진짜 현실의 피로한 언저리에서 얼굴 없는 노동자가 먹는 음식에는 "비곗덩어리 한 점!"에도 "그대가 찍어준 합격 도장처럼" "푸른 도장이 찍"혀 있다. "두 눈 때꾼해지는 야근을 마치고/공단 식당 허름한 방석 위에 앉아 받는/희멀건 밀양돼지국밥/한 뚝배기"(「푸른 도장」) 속에서도 자본의 생산라인은 여지없이 돌아가고 있는 것이다. 유홍준은 현실의 도처에서, 예컨대 '다방'과 같은 후미진 영업장소에서도 생산라인을 따라 반복되는 노동의 지독한 연결선을 읽어낸다. 그 연결선을 한 지면에 이으면 간략한 자본의 생태지도 한 장이 완성된다.

> 우리나라 다방은 18,536개이다 우리나라 다방 종업원은 29,459명이다 오후 3시 38분 현재, 커피를 주문하는 인간은 5,047명이고 배달 가는 오토바이와 티코는 935대이다 지금 3급 카쎈터 더러운 쏘파에서 배달 나온 다방 레지의 젖을 만지는 놈은 2,304명 팁을 받으려고 치마를 걷어올린 년은 576명이다 (…) 엄마 별일 없죠? 네에 저도 직장 잘 다니고 있어요 그럼요 걱정 마세요 타락천사가 1,906명 오늘 보건소 가야 하는 백설공주가 5,401명이다 지금 공주의 썩은 가랑이를 들여다보고 있는 보건의는 152명 오늘 은퇴하는 왕비가 84명 새로 입궐하는 궁녀가 157명이다 정말로 굉장한, 이 나라의 행사다
>
> ──「다방에 관한 보고서」 부분

이 시는 영화에서 넓은 공간의 전체적인 움직임을 담는 익스트림 롱샷(extreme long shot)의 기법으로 '다방'을 둘러싼 자본의 재생산구도를 극소화해 포착한다. 29,459명, 576명 등의 구체적 숫자로 나열된(통계의 허상을 역으로 꼬집는 허구의 숫자겠지만) 노동자와 소비자 들은 얼굴은 물론 실물감마저 제거된 채 미리 설치된 자본의 회로를 따라 쉼없이 이동한

다. 이 맹목의 이동은 속성상 "더러운" "썩은" 것이지만, "정말로 굉장한, 이 나라의 행사", 즉 한순간도 중단될 수 없는 자본의 제국의 이벤트이기도 하다. 따라서 단순한 착상에서 출발한 이 시가 환기하는 바는 의외로 단순하지 않다. 노동의 본질과 의미, 노동자의 생명력과 자발성을 포식한 자본의 폭력적 생태계를 미니어처처럼 한 컷에 보는 동안, 우리가 발견하는 것은 그 속에서 점 하나로 배회하는 우리 자신의 모습인 까닭이다.

김진완(金鎭完)은 자본의 회로를 분해해 '노동하는 인간'과 '인간의 노동'을 구해내고 싶은 소망을 피력한다. 그가 등단 13년 만에 펴낸 첫 시집 『기찬 딸』(천년의시작 2006)은 1980년대 혈통의 2000년대 버전이라고 할 수 있다. 김진완이 1980년대의 시법과 세계관을 고수한다는 의미가 아니라, 반대로 1980년대 시가 제기한 문제들을 그가 2000년대에도 계속 살아숨쉬게 하고 있다는 뜻이다. 더 정확히는, 그 문제들은 현재에도 "환장하게" 지속되고 있기에 김진완은 그것을 생생히 기록하는 데 자신의 시의 목표와 존재 의의를 건다.

　동생은 온종일 유리를 날라다가 아파트 한 동의 안팎을 만드는데 손에 굳은살이 빨리 안 생긴다고 굳은살이 박여야 유리 모서리에 닿아도 손이 안 아픈 거라며 벌겋게 부은 손바닥으로 흙투성이 발을 투덜투덜 씻는 거였겠지만 (…)

　삼형제 중 막내
　최종학력 방통대 중퇴
　환갑 칠순 지난 노부모 부양중—
　"삼팔육이고 사팔육이고 있는 것들이 더 지독해 남 힘들게 일하는 거 뻔히 봐놓고도 잔금 못 주겠다 배 째라며 눈을 치뜨고 입에 게거품 무는 거 보면 아주 환장하겠다니까"

술잔을 손에 감아쥐고 쥐어짜듯 마시는 성원유리 기술자

절대 꺾어 마시는 법이 없는 36세 노총각

그 사내의 손가락 중간마디마다 박인

굳은살을 봐버린 것이다

—「굳은 살」부분

아파트 공사장에서 일하는 유리 기술자인 '동생'의 "손가락 중간마디
마다"에는 '굳은살'이 박여 있다. 노부모를 부양하는 36세 노총각의 손
에 '굳은살'로 각인된 노동의 수고는, 그러나 정당한 보상을 받지 못한다.
"남 힘들게 일하는 거 뻔히 봐놓고도 잔금 못 주겠다 배 째라며 눈을 치뜨
고 입에 게거품 무는" "더 지독"한 '있는 것들'의 횡포 때문이다. '굳은살'
은 '동생'이 온몸을 바쳐 정직하게 일한 결과 생긴 육체적 징표지만, '유
리'와 같이 투명하게 그를 포위한 가진자들의 철옹벽에 그가 입은 상처이
자 본능적인 대응책이기도 하다. "굳은살이 박여야 유리 모서리에 닿아도
손이 안 아픈 거"라는 이치를 체화하고 있는 노동자는 자신의 육체를 훼
손하고 변형함으로써 '유리 모서리'로 가득한 현실에 간신히 맞서는 것
이다.

자본은 가진자들의 횡포 때문에 노동의 선을 따라 합리적으로 흐르지
않는다. 자본이 인간의 이기적 욕망과 한몸을 이루는 한 자본의 합리성은
끝내 실현되기 어렵다. 자본의 합리성은 자본주의가 유포한 이데올로기
이며, 이에 생포된 노동자에게 얼굴이 없는 것은 자본이야말로 얼굴을 갖
고 있지 않기 때문이다. 자본은 얼굴도 피로를 느낄 육체도 자신만의 고
유한 생애도 없다. 한계 없는 증식만이 있을 뿐이다. 노동이 자본의 회로
를 따라 순환(하지 못)할 때, 김진완이 2000년대 한복판에서 맑스의 『자
본론』(1867)을 재소환하는 것은 이러한 맥락에서다. 김진완은 자신이 현
재 경험하는 자본의 악마성이 한 세기 반 전에 『자본론』에 고스란히 예견

되어 있었음을, 잊고 있던 중요한 사실을 발견한 것처럼 그 자신과 그의 시를 읽는 독자들에게 상기시킨다. 『자본론』이 교과서였던 시대와의 적잖은 시차 때문에 낯설어서, 동시에 낯익어서 당혹스럽기까지 한 다음의 시는 자본과 자본주의를 살해하는 상징적인 제의를 설화의 공간과 현재의 일상을 넘나들며 다성(多聲)의 화법으로 전개한다. 전통 이야기의 구어체와 서양 서적의 문어체, 3인칭의 서술과 1인칭의 중얼거림, 잔혹과 해학이 뒤섞인 시적 풍경은 흡사 박상륭의 소설 한 대목을 연상하게 하기도 한다.

사내 올무를 목에 건 채 잠시 생각하더니 다음 백년 후엔 어찌 되는가 묻자, 나무는 입을 다물고 뿌리에 뒤엉킨 채 삭아내리던 해골이 덜그럭덜걱 몸을 일으켜 진흙을 토하고는 날 선 쇳소리로 카랑카랑 말하더라 나이면서 너인 네여 내가 말하니 너는 들어라 너는 네 천성을 버리지 못하니 악업의 목숨으로 다시 낳아져 (…) 온 산과 그 품안에 뭇 생명들을 그슬러 먹고는 잿물을 토해 강과 바다의 숨 붙은 것들도 모조리 잡아 죽일 것이다 하자,

사내 눈알을 번들거리며 웃어 말하길 나 스스로 나를 죽이는 데 걸거침이 없게 하여준 댓가로 100년 후에 다시 와 실컷 놀아주마 하고는 즉시로 목을 매달아 혀를 빼어 물거늘……

왜 이런 얘기가 느닷없이 튀어나와 날 뜬금없게 만들까 곰곰 생각하다……아니지…… (…) 아무래도 이자를 그냥 사내라 하기엔 너무 밍숭맹숭한 처사지 싶어, 슬슬 친근함마저 느껴지는 이 사내의 이름을 지어주기로 마음먹고는 책을 펼쳐 뒤적이기 시작했다

만약 貨幣가, 오지에(Marie Augier)가 말하는 바와 같이, "한쪽 볼에 피자
욱을 띠고 이 세상에 나온다"고 하면, 資本은 머리에서 발끝까지 모든 털구
멍에서 피와 오물을 흘리면서 이 세상에 나온다고 말해야 할 것이다

독한 놈, 네로구나…… 자본
— 김진완 「인연설화 혹은, — 夢遊盜殺圖」 부분

  '몽유도살도'라는 잔혹한 의미의 부제는 '자본'이라는 이름의 '사내'
가 전생과 현생과 후생에서 공히 저지르는 '뭇 생명들'에 대한 살육을 의
미한다. 또한 그 사내 '자본'을 수없이 자살에 이르게 하(고 싶어하)는 이
야기 제작자인 '나', 시인의 살해욕망을 가리키기도 한다. 그런데 자살상
태에 이른 것은 정작 '자본'이 아니라, "머리에서 발끝까지 모든 털구멍
에서 피와 오물을 흘리면서 이 세상에 나온" 자본의 진면목을 파헤친 『자
본론』이며 『자본론』이 지향한 세계(관)이다. 자본주의의 역습은, 내용의
타당성 여부를 떠나, 자본주의를 해부하는 행위와 시각 자체를 향해서도
"숨 붙은 것들"은 "모조리 잡아 죽일" 태세로 감행되고 있는 것이다. 그러
므로 김진완이 21세기의 어느 하루에 불현듯 "펼쳐 뒤적이"는 것은 『자본
론』 자체가 아닌, 『자본론』을 타깃 또는 희생양의 하나로 삼아 "걸거침이
없"이 선개되어온 자본주의 역사의 전생과 현생과 후생이다.

3. 노동시의 가능한 미래들

  최근 우리 시에서 '노동'이 형상화되는 일반적인 형식의 하나는 에피쏘
드이다. 시인이 직·간접적으로 경험한 노동의 단편적 장면들을 삶의 에
피쏘드의 하나로 시 속에 삽입하는 것은 요즘 젊은 시인들이 자신들의 삶

을 시적으로 조형해나가는 주된 방법론의 하나이다. 몇가지 예를 들면, "스무 살 공장에서 내가 조립한 수천 개의 전구엔 밤마다 불이 들어오고 있을까"(김경주 「오르페우스에게서 온 한통의 엽서」, 『나는 이 세상에 없는 계절이다』, 랜덤하우스중앙 2006), "운이 좋으면 어머니는 이번 달엔 사내에서 보험왕이 될 것이다 그리고 옵션으로 옥브라를 타오실 것이다"(김경주 「인형증후군 전말기」, 같은 책), "틈만 나면 살고 싶었다/(…)/백짓장 같은 날들,/사내는 후들거리며/벽돌을 지고/일어서고 있었다"(윤성택 「홀씨의 나날」, 『리트머스』, 문학동네 2006), "서울헤라시보리(헤라시보리는 금형기술의 일종이며 서울헤라시보리는 상호이다―인용자)는 분명한 추상도 아니고 不變의 현실도 아니지만 나의 빈틈을 통과하는 불빛 막 사라졌다가 태어나는 저 환한 감옥"(장석원 「내 마음의 아나키」, 『아나키스트』, 문학과지성사 2006) 같은 진술에서 그 편린을 엿볼 수 있다. 노동을 소재나 모티브로 한 시는 적지 않지만, 노동시는 많지 않으며, 노동시인 역시 드문 것은 노동이 삶의 에피쏘드로 변주되는 이러한 시적 형상화의 미학적 트렌드와 적잖은 상관관계를 맺고 있다. 이런 관점에서 본다면, 노동과 자본의 관계에 대한 비판적인 의식을 시의 전면에 드러내는 유홍준과 김진완이 노동시의 현재적 생명력을 증거하는 예외적인 경우로 채택되는 것은 상대적 효과의 측면이 크다고 할 수 있다.

상황이 이러하다면, 노동시의 함의를 새롭게 구성하는 것은 시대적 요청에 의한 것이라고 할 수 있다. 노동시는 1980년대에만 통용된 장르가 아니므로, 노동시의 개념을 80년대의 노동의 세계관에 붙박아두는 것은 분명 시대착오적이며 비생산적인 일이다. 서정과 서정시의 함의가 시대의 변화에 따라 계속 바뀌는 것처럼, 노동과 노동시의 함의도 새로운 시대에 맞게 수정되고 재구성되어야 한다. 현재 우리 사회가 직면한 급변하는 노동환경의 예로, 착취의 새로운 형태인 비정규직 노동자 수가 2006년 현재 850만에 이르는 현실(노동계 발표 기준. 통계의 묘를 악용한 정부의 발표 수치는 550만이다)은 그 수정체계에 반드시 들어가야 할 중대 사안의 하나이다. 이처럼 우리의 정체성과 실존을 전면적으로 압박해오는 노동의 문제를 적극 인식하고 시화(詩化)하는 것은 최근 젊은 시인들이 열정적으로 투신하는, 개인의 내면세계와 감각과 미학을 추구하는 일과 대립하지 않는다. 오히려 첨예한 접점에서 만나는데, 앞서 언급한 것처럼 최근 젊은 시인들의 미학적 모험은 자본주의 씨스템이 양산하는 감각과 질서에 대한 무의식적 저항의 속성을 지니고 있기 때문이다. 어떤 형태로든 한 사람의 노동자로 살아가야 할 이들의 편에서 볼 때도, 더불어 이들이 추구하는 진정으로 새로운 감각과 미학의 성취를 위해서도 '노동'을 경유하는 것은 미학적으로 그리고 현실적으로 반드시 필요한 일이다. 자본주의가 강요하는 '얼굴 없는 노동'의 담당자들이 주체적인 감각과 미학의 소유자가 될 수 없는 것은 당연한 이치이기 때문이다.

대부분의 경우 육체노동에 고착되어 지체현상을 보이는 오늘의 노동시와는 달리, 미래의 노동시는 비물질노동(글쓰기로 이루어지는 문학행위가 바로 대표적 표본이다)에 대한 본격적인 탐색을 벌여나가야 할 것이다. 자본주의의 무차별·무제한 습격에 맞서 노동의 주체가 되는 것, 그리하여 삶의 주체로 살아가는 것은 자본과 일대일로 교환되지 않는 '초과'나 '미달' 방식의 노동을 통해 확보될 수 있다. 이러한 결론에 도달한 이 글 역시 그러한 '초과'나 '미달'의 노동을 지향하며 컴퓨터 화면의 활자와 스페이스의 간격을 메우며 씌어지고 있다. 부단히, 가까스로……

—『창작과비평』 2006년 겨울호

노동과 삶의 노역
황규관을 중심으로

1. 노동에서 노역으로, 새로운 궁핍의 시대

'노동(勞動)'은 사전에 이렇게 정의되어 있다. "사람이 생활에 필요한 물자를 얻기 위하여 육체적 노력이나 정신적 노력을 들이는 행위." 이에 비해 유사한 범주에 속하는 '노역(勞役)'은 "몹시 괴롭고 힘든 노동"으로, '노역(奴役)'은 "고용인에 의해 일방적으로 혹사당하는 일"로 규정되어 있다. 노동이 가치판단이나 감정, 타자와의 관계가 개입되지 않은 노동 주체의 사실적 행위를 가리키는 말인 반면, 노역(勞役)과 노역(奴役)은 노동자가 물리적·정서적으로 느끼는 노동의 강도 및 타자의 억압 속에서 경험하는 열악한 노동을 지칭하는 말이다. 비유하면, 노동이 자동사라면 노역(勞役/奴役)은 타동사라고 할 수 있다.

이 개념들을 활용해 근래의 현실을 간단히 압축하면, 최근 우리 사회는 '노동' 대신 '노역'이라는 말을, '노동자' 대신 '노역자'라는 말을 사용하는 것이 더 적절한 상황에 와 있는 듯하다. 물론 오늘에도 노동은 여전히 인간이 수행하는 가치있는 행위이며, 생계의 귀한 수단이고, 인간과 세계를 좀더 가치있는 것으로 만들어가는 소중한 동력원의 역할을 한다. 그러나 우리시대에 노동이 갖는 신성한 의미, 노동의 순수한 기쁨, 창조적이고 자발적인 노동과 그러한 노동을 통해 얻는 즐거움, 노동에 대한 정당한 댓가, 노동을 통해 얻는 삶의 행복과 자아의 성장 등의 좋은 덕목들은 빠른 속도로 사라지고 있다. 그 대신 노동의 가치를 소진하는 노동, 노동의 본질을 훼손하고 착취하는 노동, 노동의 피로가 노동의 즐거움을 압도하는 노동이 창궐하고 있다. 기쁨도 전망도 성장도 안정감도 가져다주지 못하는, 끝이 보이지 않는 피로한 노동이 어느새 '노동'의 새로운 함의를 형성하고 있는 것이다.

"경제와 경제학자가 사라지거나 적어도 '무대 뒤쪽'으로 물러나면 끊임없는 노동과 자발적 노예화 그리고 인간의 수탈 역시 사라질 것이다. 그러면 예술과 선택하는 시간 그리고 자유가 지배할 것이다." 경제학의 대부 케인즈가 한 말이다. 케인즈의 관점을 계승해, 정통 경제학의 오류와 허구성을 비판하는 마리스(B. Maris)는 『무용지물 경제학』(창비 2008)에서 다음과 같은 요지의 주장을 펼친다. "경쟁은 사회를 아래로 끌어내리고, 이타주의는 위로 끌어올린다" "경쟁은 더 많은 경쟁을 초래하는 것이 아니라 반대로 독점이나 경제적 지대, 부당한 가치의 점유, 사기나 도둑질을 향해 움직인다" "우리 사회는 마치 비영리적인 것은 모두 체계적으로 과소평가해버리려는 듯하다" "기본적으로 비효율적인 경쟁이 있는데도 불구하고 무상과 연대가 성장과 발명과 부를 가져온다" "대안경제는 화폐와 분배 그리고 소유 지체와 맞부딪쳐 싸워야 한다". 마리스가 제시하는 자본주의를 넘어서는 대안의 경제학의 토대는 이윤과 경쟁이 아닌, '무상(無償)'과 '연대의식'이다. 보상을 바라지 않는 이타적 생각과 행동은 인류가 지닌 종적(種的) 본성의 하나로, 이것이 자본주의의 일방적이며 파괴적인 속도전을 제어할 수 있으며, 오히려 인간적이며 행복하고 풍요로운 세계를 창출하는 열쇠가 된다는 것이 마리스의 논지의 핵심이다.

경제학의 새로운 이론은 이 글의 논의의 초점도, 감당할 수 있는 주제도 아니지만, 최근의 현실을 성찰하는 데 있어 유용한 참조로 활용할 만하다. 흥미롭게도 마리스의 대안경제학이 내세우는 논리와 가치는 대단히 '인문적'이다. '예술적'이며 '문학적'이기까지 하다. 정확히 분석할 수 없고 계산할 수 없는 세계, 숫자와 지표로 환원될 수 없는 가치들, 복잡미묘하며 끊임없이 유동적인 것들, 손해와 고통을 기꺼이 감수하는 자세, 무용(無用)한 것에 대한 지향, 타자와 세계에 대한 연대감 등은 인문학과 예술/문학이 이 세계를 바라보는 가치관과 태도이자, 오래 소유하고 추구해온 세계 자체인 까닭이다. 간단히 정리하면, 인간적/인문학적 가치를 외면하고 직선으로 진보(?)해온 자본주의는 이제껏 자신을 지지해온 경제학의 이론과 방법론 들에 의해 내적으로 부정당하는 시점에 와 있다. '비경제/반경제적인 것의 경제성'을 향한 '구부러짐' 혹은 '회귀'가 경제학 내부에서 일어나고 있는 것이다.

'노동'이 '노역'으로 변질/악화되는 현상과, 경제학이 스스로의 뿌리를 해체하며 인문적 가치로 회향하는 현상은 아이러니하게도, 또한 당연히도 동시에 일어나고 있다. 상반되는 두 현상의 동시적 진행은 자본주의의 모순이 극점에 달해가는 반증으로 볼 수 있다. 이런 맥락에서 현재 우리의 삶을 위협하는 전세계적인 장기 불황은 자본주의의 폭발적인 가속도에 강력한 브레이크를 걸었다는 점에서는 오히려 긍정적인 의미를 갖는다고 볼 수 있다. 형편이 어려워질수록 자신보다 더 어려운 이웃을 위한 기부가 늘어나고, 영상과 갖가지 엔터테인먼트에 밀려난 '돈 안되는' 문학이 다시 사랑받는 현상 등은 그 긍정적인 브레이크의 한 예들이다. 최근 각종 문학상 공모에는 응모작들이 두 배 가까이 증가하고 있다는 소식도 들린다. '88만원 세대'가 어차피 88만원을 벌 바에는 다른 직종보다 문학에 투신하는 것이 더 전망있다고 생각하기 때문이라는 분석이 있는데, 전혀 근거없는 말은 아닌 듯하다. 경제적으로 전 직종의 하향평준화 속에서 문학이 상대적 우위를 갖게 된 기묘한 시대가 펼쳐지고 있다고 해도 과언이 아니겠다.

넘치는 풍요를 경험한 후에 겪는 궁핍의 고통은 실제보다 더욱 힘겹게 체감된다. 인간적인 세상에 대한 믿음과 실현 가능성을 체험한 후에 겪는 비인간적인 세상의 체감 고통은 더욱 깊고 근본적인 의문을 불러일으킨다. 경쟁, 민영화, 노동의 유연성, 개인의 자유 등을 근거로 자행되는 '공적 영역과 가치의 쇠퇴'는 결과적으로 세계 전체와 인간 대부분의 삶을 더 각박하고 궁핍하게 만든다. 하지만, 지식과 자본과 문화 등의 삶 전반에 걸친 '양극화의 심화' 속에서 '좋은 것'들이 억압될수록 그에 대한 갈망은 더욱 커지게 된다. 우리가 이미 경험하고 있듯이, 그 속에서 문학의 자리는 눈에 띄게 좁아지고 동시에 한없이 넓어지고 있다. 세계와 현실의 변화 속에서 문학은 끊임없이 어떤(/모든) 것들과 결별해야 하고, 끊임없이 어떤(/모든) 것들과 만나야 하며, 끊임없이 어떤(/모든) 것들과 갈등하고 화해하고 다시 소통해야 한다. 질문은 계속 새롭고 더 적확하게 구성되어야 하며, 대답을 찾는 노력 또한 계속 새롭고 더 현명하게 전개되어야 한다. 다르게 말하면, 시와 문학이 언제나 '현재'를 향해 부단히 진화해야 하는 이유와 당위는 시와 문학의 본질 자체에 깃들어 있는 것이다.

시와 문학이 동일하거나 유사한 질문을 반복해야 하는 경우가 있다. '현재'의 어떤 부분들이 이전의 것의 새로운/다른 반복이거나 귀환일 때가 그렇다. 시와 문학이 과거가 아닌 당면한 '현재'를 깊이있고 날카롭게 이야기하면서도 일종의 고전적인 색채를 동반하는 징황은 이렇게 하여 발생한다. 언뜻 기존의 작품들과 비슷해 보일 수 있지만, 현재형의 팽팽한 성찰과 질문들을 품고 있는 작품들은 '오래된 것'의 현재적 부활을 목도하게 하면서 강렬한 각성과 울림을 전해준다. 당분간 우리 시단은 이 부활을 지켜보고 그에 관해 숙고할 것으로 보인다. 가령 노동문학과 민중문학을 지나간 시대의 유물로 취급할 수는 있어도, 우리시대의 '노동'의 실상과 '민중'들이 처한 현실까지 과거의 것으로 돌릴 수는 없다. 시시각각 두려울 만큼 거대한 규모로 진주해오는 현재형의 현실에 관해 발언하고 질문하고 넘어서려는 부단한 노력만이 그 현실에 맞서는 방안이 될 수 있다.

2. 노역(자)의 재산, 패배의 힘 ── 황규관

황규관(黃圭官)은 우리시대의 노동이 실은 '노역'이라는 사실을 참담한 진술과 솔직한 고백을 통해 그려낸다. 보람있고 가치있어야 할 노동이 고통스러운 노역으로 전락했다면, 그러한 노동을 통해 살아가는 일은 그 자체가 노역이 된다. 더욱이 노역의 삶조차 최소한의 합리적이고 안정된 조건을 보장받지 못할 때, 노역자는 '밥'을 위해 인간으로서 마지막 자존심마저 스스로 철회해야 하는 비참한 현실에 처하게 된다. 웃음도 영혼도 돌아갈 길도 빼앗긴 채, 제발 "내 몸을 구석구석 착취해달라는 절규"를 연발하며 "너무 지독한 치욕"을 자처하는 비극적인 삶을 견뎌야 하는 것이다.

더 일하게 해달라는 절규 자체가 비극이다
우리는 강둑을 달리던 웃음도 잃고
흰구름을 보면 맑아지던 영혼도 빼앗기고
그렇지, 가난했던 외등 아래의 설렘도
어쩔 수 없이 그 자리에 놔두고 떠나왔다
돌아갈 길은 아득히 지워졌는데
더 일하면 모든 게 되돌려질 것처럼 내내 믿어왔는데
이제는 밥만 먹게 해달라고 울어야 한다
초침처럼 빠르게 계산을 하겠다고

화장실 변기를 반짝반짝 닦겠다고
외주 용역은 안 된다,
찬 바닥에 드러누워야 한다
내 몸을 구석구석 착취해달라는 절규 자체가
너무 지독한 치욕인데
치욕에 대한 예의도 모르는 자들에게
무엇보다,
우리가 먹는 밥이 뜨거운 까닭이
자신들의 착취 때문임을 죽어도 알 수 없는 자들에게
더 일하게 해달라며 검게 타버린 영혼을
남김없이 보여줘야 하다니!

가지기 싫은 원한을
한 아름씩 나눠가져야 하는 것 자체가
너무나 무거운 비극이다
　　　　　　　—「비창(悲愴)」(『패배는 나의 힘』, 창비 2007, 이하 같은 책) 전문

　최근 큰 사회문제가 되고 있는 비정규직 노동자들의 투쟁은 더 좋은 조
건에서 일하게 해달라는 요구가 아닌, 단지 "더 일하게 해달라는 절규"로
점철된다. 투쟁의 목적은 부당하고 비인간적인 대우를 철폐하고, 정당한
대우와 좋은 노동조건을 확보하는 데 있지 않다. 그저 "밥만 믹게 해달라"
는 것이 이들이 내놓은 단 하나의 요구조건이다. 매월 계약 갱신, 월 80만
원의 노예적 계약조건을 기꺼이 감수하면서 그 고달픈 노역을 계속할 수
있게만 해달라는 것이 이들이 관철하려는 유일한 목표이다. 이러한 지경
에 이른 노역자는 '착취'당하는 대상일 뿐만 아니라, 역설적이게도 착취
를 간절히 요구하고 애원하는 주체이기도 하다. 자본의 사도-마조히즘적

체계에 포획된 노역자는 자본의 폭력이 전복된 형태로 내면화된 존재이며, 그 폭력성을 자발적으로 승인하고 가속화하는 주체이기도 하다. 자본주의가 양산한, "가지기 싫은 원한을/한 아름씩 나눠가져야 하는" 노역자들은 의도한 바 없이 자신도 모르게 자본주의의 공범이 된 비극적인 처지를 산다.

'임시' '최저 이하' '공범'의 삶을 강요받는 비정규직 노동자들만이 노역자로 길들여져가는 것은 아니다. 삶과 존재의 수분을 증발시키는 노동, 노래와 사랑을 변질시키는 노동, 비루하고 굴욕적인 노동, 끝없이 '나'를 소모시키는 노동은 오늘날 거의 모든 노동자들이 기계적으로 행하고 있는 노동의 속성이라고 해도 지나치지 않다. 오직 스스로의 팽창에만 관심이 있는 자본주의의 위력은 평범하고 선량한 노동자들에게서 삶의 온기와 희망을 빼앗고, 그들을 아무리 노력해도 가난의 굴레에서 벗어나기 힘든 궁핍한 노역자로 만들고 있다. 황규관은 고백과 증언의 화법으로 그 구체적인 현장들을 생생하게 재현한다.

> 밥 버는 일, 새처럼 쓰린 걸 물고 와서
> 아이들 앞에 달게 내놓는 일이 결국은
> 계통 없는 구김을 만드는 것이다
> 그러니까 일요일 밤마다 쭈그려앉아 하는 다림질은
> 지난 시간의 굴욕을 황급히 손사래치며
> 반듯하게, 아무렇지 않게 펴는 일이다
>
> ——「다림질」 부분

> 나이가 들면서 부족해지는 건 골밀도가 아니다
> 생활을 핑계로 어느새
> 존재가 바짝바짝 말라가는 것이다

노래가 흔적없이 사라져버리고
추한 외로움이 모든 걸 대체해버렸다
까닭은 있었지만 어젯밤은 절제를 잃었다
노동이 변질시킨 사랑 때문이 아닐까

—「반성」부분

내 꿈은 은행빚을 탕감받는 게 아니라
이 비루함을 더 큰 비루함으로 완성하는 것,
그게 혼자 끙끙대는 혁명이다
이제 나를 소모시키는 일 없이 사는 꿈을 버리마

—「쇳소리」부분

　　생계의 고역과 일상의 비루함을 투명한 자기고발의 시선으로 포착하는
점에서 황규관은 김수영의 충실한 계승자에 속한다. 사랑, 혁명, 변질 등
의 특정어휘 사용법과 "~하마" "~는 게 아니라" 등의 특정어미 활용에서
도 황규관은 김수영을 적극적이며 의식적으로 차용한다. 또한 노동의 문
제를 시의 핵심화두로 삼는 점에서 황규관의 시는 1980년대 노동시의 골
격을 이어받고 있기도 하다. 그런데 황규관은 "밥 버는 일, 새처럼 쓰린 걸
물고 와서/아이들 앞에 날게 내놓는 일", 즉 "계통 없는 구김을 만드는"
일을 고통스럽게 반복하는 자의식의 측면에서는 김수영을 환기시키지만,
"노동이 변질시킨 사랑"을 애도하며 "이제 나를 소모시키는 일 없이 사
는 꿈을 버리마"라고 선언하는 점 등에서는 80년대 노동시의 이념이나 전
망과는 다른 지점에 있음을 보여준다. 인위적인 틀이 부재하는 자리에서,
"새끼들 칭얼거림"과 "아내의 지친 한숨도 내 것으로 한 다음에야" 비로
소 "터져나"오는 생목의 '노래'가 황규관의 시인 것이다.
　　황규관은 사회나 역사의 차원이 아닌, 철저히 '개인'의 일상과 실존의

차원에서 오늘 우리의 노동과 삶에 관해 노래한다. 그러나 그 노래의 주체인 '나'가 바로 오늘을 살아가는 우리 자신이라는 점에서 황규관의 시는 진한 공감과 보편성을 획득한다. 황규관이 자본주의 현실의 '폐허'에서 "끝내 패배한 자"로서 어떻게 살아갈 것인가를 고민하고 결의하는 장면에서는 더욱 그러하다. 패배의 역설을 끝까지 밀고나가는 것, 패배의 역설적인 힘을 스스로 계속해서 발휘하는 것이 그 답이다. 황규관에 따르면, 우리가 "해야 할 일이 있다면 다시 싸움을 맞는 일"(「패배는 나의 힘」)이며, 모든 싸움의 순간들에 '나'는 패배를 '나'의 힘으로, 사랑마저 막바지에 달한 "백척간두"를 "내 힘"으로 삼아야 한다.

이제 사랑의 노래는
재개발지역 허름한 주점에서 부를 것이다
가난한 평화는 한 블록씩 깨어지고 있다
그 아픔의 마른 냄새를 맡으며
잃어버린 대지를 찾지 않겠다
모든 밥벌이가 단기계약이듯
사랑도 이제 막바지다
새끼들 칭얼거림을 다 듣고
아내의 지친 한숨도 내 것으로 한 다음에야 노래는
터져나올 것이다
깨어진 기억은 길가에 치워져 있다
천장이 한없이 낮아
일찍 취하는 주점에서
마시고 내린 빈 잔을 가슴에 가득 담을 것이다
사랑은 막바지고
외로움도 좋다

백척간두가 내 힘이다
그러나 다시 노래는 울고 말 것이다
끝내 오고야 말 폐허까지
폐허의, 폐허의 아침까지

—「예감」 전문

　황규관은 '패배의 역설'을 믿는 한편으로, "지금 우리의 투쟁은/정녕 장외에서 벌어지고 있는 것인가"(「장외투쟁」)라는 질문을 제기한다. "사랑의 노래"가 "재개발지역 허름한 주점"으로 밀려나고, "모든 밥벌이가 단기계약"이 된 시대에 이러한 질문은 사태의 정곡을 찌르는 의미심장한 것이다. 그러나 이 질문에 대답하기란 그리 쉬운 일이 아니다. 섣부르게 희망을 갖는 것은 성급하게 절망하는 것 못지않게 순진한 일이 될 수 있다. 현시대의 상황은 투쟁의 대상과 주체, 투쟁의 원인과 결과를 뒤섞어버려 명확히 경계지을 수 없는 방향으로 나아가고 있기 때문이다. 황규관이 사랑의 승리와 좌절을 번갈아 노래하며, '패배의 힘'에 대한 믿음 속에서도 '폐허'에서 벗어날 수 있다는 신념을 끝내 확정하지 못하는 것은 이러한 정황에 따른다. 하기는 살아가는 일이 통째로 '단기계약'의 불안한 연속이 된 지금, 굴욕적인 노역의 대열에서 가볍게 이탈해 온전히 자유로운 삶을 누리기란 거의 불가능해 보이기까지 한다. 아름답고 따뜻한 "사랑의 노래"가 그리울 때는 "재개발지역 허름한 주점"을 찾아가, "천장이 한없이 낮아/일찍 취하는" 그곳에서 "마시고 내린 빈 잔을 가슴에 가득 담"는 것이 앞으로 우리가 할 수 있는 최대한인지도 모르는 일이니까 말이다.

　이러한 난경을 돌파하는 황규관의 전략의 하나는 '장외'를 자신의 '내부'로 끌어당겨 이입하는 것이다. 혹은 그 반대의 방향이라고 해도 상관없는데, 황규관이 '폐허'를 낳은 "세상의 불빛을 끄"고 '장외'를 향한 상상력의 불을 켤 때 다음과 같은 장외/내부의 풍경이 펼쳐진다. 황규관의 시가 탐색할 또하나의 방향을 이 풍경을 통해 가늠해볼 수 있겠다.

> 퇴행이라 해도 좋으니 이제는 세상의 불빛을 끌 때
> 새둥지 안에 어둠을
> 가까스로 정년퇴직을 준비하는 나뭇잎에
> 이슬방울을 돌려줘야 할 때,
> 지워진 길도 내버려둘 때다
> 내 안의 불빛도 이만 끄고
> 바람이 되어 숲과 울 때다

　　　　　　　　　　　　　　　　—「이제는 세상의 불빛을 끌 때」 부분

3. 진정성과 윤리의식의 귀환

황규관의 시쓰기의 토대와 그의 시가 주는 감동의 중핵에는 황규관이 자신과 타자, 세계를 향해 최선을 다해 이행하고 실천하려는 강력한 윤리의식이 있다. 1960년대의 김수영과 80년대의 노동시, 21세기를 사는 황규관의 공통점을 말한다면, 그것은 바로 당대의 현실과 삶의 조건 속에서 최선을 다해 펼치는 윤리적 투쟁이라고 할 수 있다. 황규관의 경우, 김수영의 자기고백적이며 자기해부적인 시선을 이어받으면서도 '노동'의 변질된 형태로서 '노역'의 삶의 현장을 '개인'의 관점에서 기록하고 '역설'의 형태로 내면화하는 점에서, 양자와 겹쳐지면서도 뚜렷이 구별되는 차별성을 보여준다. 황규관이 제기하는 문제들은 그가 속한 현시대의 현재형의 문제들로, 그의 시각과 삶의 방식 및 시적 대응방식 역시 현시대와 다양한 접점을 이룬다.

황규관의 시가 바탕에 두고 있는 윤리의식은 읽는 이에게는 가슴 밑바닥까지 전해지는 간절한 진정성으로 체험된다. 황규관의 시를 읽어본 사람은 대부분, 이 진정성이 오늘의 시대가 강제하는 삶의 밑바닥을 온몸으로 통과해온 자의 것이라는 데 흔쾌히 동의할 것이다. 최근 좋은 평가를 받고 있는 이영광, 최금진 등의 시에서도 이러한 특징은 공통적으로 발견된다. 윤리의식과 진정성의 덕목이 회의와 부정, 해체의 대상이 될수록 그것의 현재적 귀환이 뜨겁게 일어나는 것은 낡은 것의 진부한 반복이거나 일시적인 특이한 현상이라는 논법으로는 설명되기 어렵다. 시와 문학이 오랫동안 지키고 추구해온 인간적인 삶과 세계에 대한 열망이 그 속에는 들어 있으며, 그들은 여전히 현재의 삶에 끊임없이 치열하게 투신하고 있다. 오늘날 사회의 제반 영역들이 폐기하고 있는 것 또한 '인간다움'의 덕목들임을 생각할 때, 우리시대와 사회가 역설적으로 문학에 요구하는 것을 황규관을 비롯한 몇몇 시인들은 분명히 간파하고 실행하고 있는 셈이다. 이들과 함께 우리 시는 '노역'의 삶을 강요하는 현실과 어떻게 싸워야 할지, "폐허의, 폐허의 아침까지"(「예감」)를 마음속에 예비하면서 '패배'와 '굴욕'을 '힘'으로 바꾸어내며 쉬지 않고 모색해나갈 것이다.

—『시와반시』 2009년 봄호

거대한 뿌리, 혹은 부정적인 것과 함께 머물기
최근 우리 시의 '뿌리'에 대한 단상

1. 타자, 부정적인 것, 거대한 뿌리

현대시 100주년이라는 근대적 시간기념비 앞에는 최남선(崔南善)의 신체시 「해에게서 소년에게」를 공식 기원으로 한 한국현대시의 실물들이 도열해 있다. 실물에 관한 실물들, 현대시의 미학과 역사에 관한 많은 평론과 논문 들도 두껍게 쌓여 있다. 변화하는 시대·사회와 인간의 삶을 형상화해온 이 창작과 해석의 산물들은 결코 기술될 수 없는 완결판 한국현대시사의 한 부분이거나 그 상상적 판본들이다. 실물과 상상적 판본이 뒤섞여 있는 것, 그리하여 양자가 명확히 구분되지 않는 것은 문학사가 지닌 필연적인 속성에 속한다. 작품과 실제 사건으로서의 문학사는 그에 대한 해석과 재구성, (재)평가로서의 문학사와 구별되지 않는 까닭이다. 한 작품에서 문제의식과 그 문제의식의 발생 근거 및 운동성을 따로 분리해내는 일이 불가능한 것과 마찬가지로 그러하다.

'현대'로 명명된 시기에 우리 시는 계몽, 문학운동, 전통, 근대, 분열, 주체, 실천, 이념, 노동, 해체, 내면, 미학, 여성(성), 일상, 키치, 환상, 가상, 풍경, 생태, 차이 등의 정언명령 혹은 문학적 발견들과 함께 영토를 확장하고 재편해왔다. 그 가운데 시의 본질과 역할, 한국시의 정체성과 방향 등에 대한 문제의식은 그것의 '행복하고 좋은 장관(壯觀)'에 대한 상상과 같은 육체를 이루어왔다. 질문과 상상은 지금 여기의 세계를 주체의 의지와 열망, 미래의 가능성의 형태로 전유(appropriation)하는 일이며, 사유와 감각의 현실적 실천력을 동반하는 활동이다. 시〔문학〕란, 삶이란, 존재란, '나'란, 세계란 어떤 것이며 어떻게 지속/변화해야 하는 것인가에 대한 질문과 상상은 주체가 처한 현재의 실상을 직시하는 일을 바탕으로 개진된다. 그 과정에서 간혹 어떤 질문과 상상은 질문과 상상의 토대 자체를 전복하기도 한다. 실제로 한국현대시가 제기해온 질문들은 수정과 보완을 거듭해왔으며, 상상의 성좌들도 기존의 궤도를 벗어나는 이탈과 변경의 운동을 계속해왔다.

질문과 상상의 행위, 변화와 갱신의 운동은 '주체'의 고유한 자질이자 활동이다. 지젝이 헤겔을 문화적 독법으로 전유하면서 차용한 바에 따르면, '부정적인 것 속에 머무는' 혹은 '부정적인 것과 함께 머무는'[1] 정신

---

1 여기서 임석진과 이성민의 번역의 차이에 주목해볼 필요가 있다. 헤겔이 정신의 고양된 상태와 주체의 본질을 설명하는 구절을 임석진은 '부정적인 것 속에 머물기'라고 옮기며, 이성민은 '부정적인 것과 함께 머물기'라고 번역한다. "정신이란 (…) 오히려 그것은 부정적인 것을 정면으로 바라보면서 바로 그 부정적인 것에 의지하여 그 속에 머무를 수 있는 힘인 것이다. 이와 같이 바로 그 속에 머무는 것(Verweilen)이야말로 부정적인 것이 존재로 전환되도록 하는 마력인 것이다.―이러한 마력이란 앞에서 주체로 불리어졌던 것과도 다름이 없으니, (…)"(G. W. F. 헤겔 『정신현상학』, 임석진 옮김, 지식산업사 1989, 92면), "오히려 정신은 오직 부성석인 것을 대면하고 부정적인 것과 함께 머물기를 통해서만 이러한 권능인 것이다. 이 머무름은 부정적인 것을 존재로 바꿔놓는 마력이다―이 마력이란 앞에서 주체라고 일컬어졌던 것과 동일한 것이다."(슬라보예 지젝 『부정적인 것과 함께 머물기』, 이성민 옮김, 도서출판b 2007, 8면) 과문한 탓에 원문의 정확한 맥락은 알 수 없으나, '속에 머물기'와 '함께 머물기'의 번역의 차이는 1980년대와 2000년대의 정치·사회·문화 및 가치관의 차이를 그대로 반영하는 것으로 여겨진다. 먼저, '부정적인 것 속에 머물기'는 (부정적인) 타자에 대해 자기동일성을 확보하려는 주체의 결연한 의지와 실천력을 함축하고 있으며, 타자를 주체의 존

의 힘을 통해 '부정적인 것을 존재로 전환하는 마력'이 곧 주체이다. 부정적인 것 속에 혹은 그와 함께 '머무는' 정신의 힘에 의해 주체는 부정적인 것과 팽팽한 긴장관계를 유지하면서 그것을 존재로 전환하는 질적인 활동을 수행한다. 질문과 상상은 이 긴장과 존재 전환의 중요한 원천으로서, 질문하고 상상하는 주체는 '부정적인 것'을 '존재'로 전환하는 중에 있는 것이다. 간략히 말하면, 한국현대시사는 부정적인 것과 함께 머물기를 열정적으로 도모하고, 부정적인 것을 존재[어휘, 수사, 화법, 구조, 시적 주체, 미학, 시정신, (현대)시]로 전환하기 위해 분투해온 역사라고 할 수 있다. 부정적인 것이란 우선 근대문학의 태동을 충격한 일본과 서양문화였고, 근대 전반기의 36년을 점령한 일제의 통치와 그 여파였다. 일례로, 임화(林和)의 '이식문학사론'은 일본과 서양이라는 타자가 바로 우리 근대문학의 뿌리라는 불편한 선언을 통해 우리 문학과 역사를 둘러싼 부정적인 것의 위력을 깨우쳐준 인식론적 사건이었다. 이후 정치·역사·사회·문화의 전개 과정에서 출현한 부정적인 것들은 시[문학]가 어떻게든 '그 속에/함께' 머물러야 하는 '정든 지옥'과 같은 것이 되었다. 위태롭고 척박한 생태조건 속에서 우리 시는 근대, 전통, 친일, 민족(주의), 이념, 상품, 여성, 생태, 싸이버, 탈근대 등의 역사적이고 정치적이며 윤리적인 문제들과 함께 '지옥'과 '유토피아' 사이의 험난한 미로를 배회하며 삶과 문학의 출구를 타진해왔다.

재조건 및 외연, 항상 긴장감을 유지해야 하는 내파(內破)의 대상으로 설정하는 시각을 전제한다고 볼 수 있다. 반면, '부정적인 것과 함께 머물기'는 (부정적인) 타자를 동등한 위치의 공존의 대상으로 바라보면서 타자와 주체의 공존 및 교류를 통한 제3의 지점을 열어놓는 의미를 내포한다고 볼 수 있다. 또한 전자가 주체의 위치(부정적인 것의 '속')를 강조한다면, 후자는 주체와 타자의 관계(부정적인 것과 '함께')를 강조하는 언술 구조를 취하고 있다. 각기 '이념의 시대'와 '문화의 시대'로 지칭되는 두 시대의 패러다임의 차이가 이 두 번역본에 깊이 각인되어 있는 셈이다. 혹은 두 시대의 패러다임의 차이가 두 번역본의 차이를 정치적 맥락에서 읽게 만드는 요인을 제공하는 형국이라고 할 수 있다.

이러한 부정적인 것들(/타자들) 속에서, 또는 그것들과 함께 우리 시
는 어떻게 '머물러'온 것일까? 그 시간들은 대체로 풍요롭고 가치있는 여
정이었을까, 아니면 혼란스럽고 소모적인 행로였을까? 문제의 핵심은 머
무름의 방식과 질적 전환의 여부에 있다. 이것이 시(문학)라는 존재와 주
체, 시(문학)의 존재와 주체를 결정하기 때문이다. 부정적인 것들과 함께
머무는, 매우 확고하고 도발적인 주체의 발언을 우리는 1960년대 김수영
(金洙暎)의 시에서 만날 수 있다. 그의 시「거대한 뿌리」는 당대까지 누적
된 현대사에 대한 문화론적 의제를 제기하는 작품으로, 20세기 전반의 파
행적인 역사가 촉발한 문제들에 대한 '거대한' 질문과 해결의 기록이라
는 점에서 시사적 의의를 갖는다. 김수영이 상상해낸 '거대한 뿌리'는 문
화적 정체성의 강렬한 메타포로서 이후의 현대시사의 입장들이 파생되
는 발생학적 지점이 된다. 김수영의 의도와는 무관하게, 김수영이 이 시에
'박아'둔 '거대한 뿌리'는 다양한 시적 계보의 의미있는 결절점이 되는 것
이다. '거대한 뿌리'의 생장과 변이의 역사를 일별하며 그 계보학 혹은 생
태학을 기술할 필요성은 여기에서 생겨난다. 이 글은 김수영의「거대한
뿌리」에 대한 문화사적 읽기이자, 김수영의「거대한 뿌리」를 통한 한국현
대시사의 계보학적 읽기를 수행하기 위한 것이다.

2. 구조·체계를 뚫고 박히는/자라는 '뿌리'

김수영의「거대한 뿌리」는 근대 전반의 시대가 곤혹스럽게 회피해온
무거운 문제들을 텍스트 위에 한꺼번에 펼쳐놓는다. 식민지를 거치며 타
자에 의해 부정된 민족의 정체성과 역사, 근대문물에 밀려 도태된 전통문
화, 일제와 미군정과 한국전쟁이 남긴 상흔과 문화적 잔재 등이 그 주요
사안들이다. 억압과 파행의 근대사가 낳은 문제들, 김수영이 '나'를 주어

로 다시 쓰는 질문들은 대략 다음과 같은 내용으로 구성된다. 침탈의 역사를 경험하며 이민족의 문화가 육체에 각인된 '나'는 어떻게 정체성을 확보해야 하는가? '나'는 서양-타자가 주도한 근대사회에 살면서, 자생적인 근대문화에 관해 어떻게 상상하고 꿈꾸어야 하는가? 그 실현의 현실적 밑바탕이 될 수 있는 것은 무엇인가? 식민지, 전쟁 등의 치욕의 역사와 이민족의 문화의 잔재들, 즉 더러운 역사, 더러운 전통, 더러운 진창 속에서 '나'는 어떻게 살고 사랑해야 하는가? 등. 김수영은 이 질문들을 남성적 어법의 단호하고 불온한 자술서로 변주한다.

나는 아직도 앉는 법을 모른다
어쩌다 셋이서 술을 마신다 둘은 한 발을 무릎 위에 얹고
도사리지 않는다 나는 어느새 南쪽식으로
도사리고 앉았다 그럴 때는 이 둘은 반드시
以北친구들이기 때문에 나는 나의 앉음새를 고친다
八·一伍 후에 김병욱이란 詩人은 두 발을 뒤로 꼬고
언제나 일본여자처럼 앉아서 변론을 일삼았지만
그는 일본대학에 다니면서 四年 동안을 제철회사에서
노동을 한 强者다

나는 이사벨 버드 비숍女士와 연애하고 있다 그녀는
一八九三년에 조선을 처음 방문한 英國王立地學協會會員이다
그녀는 인경전의 종소리가 울리면 장안의
남자들이 모조리 사라지고 갑자기 부녀자의 世界로
화하는 劇的인 서울을 보았다 이 아름다운 시간에는
남자로서 거리를 無斷通行할 수 있는 것은 교군꾼,
내시, 外國人의 종놈, 官吏들뿐이었다 그리고

126

深夜에는 여자는 사라지고 남자가 다시 오입을 하러
闊步하고 나선다고 이런 奇異한 慣習을 가진 나라를
세계 다른곳에서는 본 일이 없다고
천하를 호령한 閔妃는 한번도 장안外出을 하지 못했다고……

傳統은 아무리 더러운 傳統이라도 좋다 나는 光化門
네거리에서 시구문의 진창을 연상하고 寅煥네
처갓집 옆의 지금은 埋立한 개울에서 아낙네들이
양잿물 솥에 불을 지피며 빨래하던 시절을 생각하고
이 우울한 시대를 패러다이스처럼 생각한다
버드 비숍女史를 안 뒤부터는 썩어빠진 대한민국이
괴롭지 않다 오히려 황송하다 歷史는 아무리
더러운 歷史라도 좋다
진창은 아무리 더러운 진창이라도 좋다
나에게 놋주발보다도 더 쨍쨍 울리는 追憶이
있는 한 人間은 영원하고 사랑도 그렇다

비숍女史와 연애를 하고 있는 동안에는 進步主義者와
社會主義者는 네에미 씹이다 統一도 中立도 개좆이다
隱密도 深娛도 學究도 體面도 因襲도 治安局
으로 가라 東洋拓殖會社, 日本領事館, 大韓民國官吏,
아이스크림은 미국놈 좆대강이나 빨아라 그러나
요강, 망건, 장죽, 種苗商, 장전, 구리개 약방, 신전,
피혁점, 곰보, 애꾸, 애 못 낳는 여자, 無識쟁이,
이 모든 無數한 反動이 좋다
이 땅에 발을 붙이기 위해서는

―第三人道橋의 물 속에 박은 鐵筋기둥도 내가 내 땅에
박는 거대한 뿌리에 비하면 좀벌레의 솜털
내가 내 땅에 박는 거대한 뿌리에 비하면

怪奇映畵의 맘모스를 연상시키는
까치도 까마귀도 응접을 못하는 시꺼먼 가지를 가진
나도 감히 상상을 못하는 거대한 거대한 뿌리에 비하면……

〈1964. 2. 3〉
―― 김수영 「거대한 뿌리」(『김수영 전집 1』, 민음사 1981) 전문

산업화시대의 초입에 쓴 이 시에서 김수영은 당대의 역사와 현실에 내
재한 부정적인 것들을 '처리'하는 전례없는 방법과 태도를 보여준다. 첫
째는 전통문화 중에서도 하위문화를 구성하는 "모든 무수한 반동이 좋
다"는 문화정치론적인 입장 표명. 식민지와 전쟁으로 점철된 비극의 근대
사 속에서 이중으로 억눌린 전통 하위문화에 대한 전폭적인 지지와 애정
은 김수영의 현실인식과 정치적 입장을 선명히 드러낸다. 김수영은 서양
문화에 의해 타자화된 전통문화 중에서도, 지배문화가 배척한 내부의 타
자인 하위문화를 문화(사)의 주체로 명명한다. 김수영에게 있어 '전통'은
명백히 하층민, 여성 등의 하위문화 주체들과 그들의 삶의 방식 및 생산
물을 의미한다. 지배문화에 속한 대부분의 항목들, 예컨대 "隱密도 深娛도
學究도 體面도 因習도" 김수영이 정의하는 전통의 범주에는 들지 못한다.
비록 '더러운 전통'의 한 부분을 이루고 있을지라도, '더러운 역사'와 '더
러운 전통'을 묵묵히 껴안으며 전통문화의 주체가 되어온 것은 하위문화
와 그 주체들이다. 전통이란 '반동'의 문화사이며, 반동의 힘으로 더 건강
해지는 유기체의 역사와 문화사인 것이다. 따라서 김수영이 전통에 근거
한 문화 정체성을 '거대한 뿌리'로 형상화하는 것은 단지 상징의 차원만

은 아니다. 전통은 복고 취향이나 회고의 대상이 아닌, '내가 내 땅에 박는 거대한 뿌리'로서 오늘 여기에 생생히 현존하는 실재인 것이다. 김수영에 따르면, 그는 "나도 감히 상상을 못하는 거대한 거대한 뿌리"를 불가능의 역설 속에서 상상해내면서, "第三人道橋의 물 속에 박은 鐵筋기둥"이 대변하는 근대세계의 폭력적인 힘을 "내가 내 땅에 박는 거대한 뿌리"의 '반동'과 상상의 힘으로 제압하고자 하는 것이다.

　둘째로, 김수영이 부정적인 것들 속에서 주체적인 문화 정체성을 획득하는 방법은 억압의 역사의 기원인 타자의 시선을 재전유 (reappropriation)하는 것이다. '한국의 근대의 기원'이라는 판도라의 상자를 열어젖힌 후 김수영이 마주친 것은 '이사벨 버드 비숍여사'라는 타자, 우리 전통문화에 대한 사전 이해와 선입견이 거의 없는 투명한 거울과 같은 타자였다. 그러나 이 타자는 결코 투명하지 않은데, 그녀가 속한 문화의 감각과 가치관으로 철저히 무장하고 있는 까닭이다. "이런 奇異한 慣習을 가진 나라를/세계 다른곳에서는 본 일이 없다"는 서양-타자의 관점을 경청하고, 다시 자신의 시선의 일부로 내면화하는 관용의 과정을 김수영은 '비숍여사와의 연애'라고 부른다. 비숍여사와의 연애란, 우리 문화를 그토록 낯설고 기이한 것으로 바라보는 타자의 시선을 향유하는 일이며, 그 시선과 동등한 위치에서 마주보는 일이다. 훼손된 전통문화를 복원하기 위해 김수영은 근대 초기의 타자의 시선을 재전유하면서 시선의 역사, 곧 주체의 역사를 새로 쓰고자 한다. 우리 현대사는 유독 타자와 동등하게 관계맺고, 타자의 시선과 행복하게 공존하는 일에 서툴렀기 때문이다. 시에 있어서도 전통과 근대, 주체와 타자의 관계에 대해, 그 속에서 (미)형성된 분열된 주체와 문화 정체성에 관해 직설적으로 질문하고 깊이있게 탐문한 경우는 많지 않았다. 이런 맥락에서 볼 때, "버드 비숍女史를 안 뒤부터는 썩어빠진 대한민국이/괴롭지 않다 오히려 황송하다 歷史는 아무리/더러운 歷史라도 좋다"는 김수영의 선언은 타자의 시선을 당당히 인정하면서 왜곡된 역사와 문화, 자아를 복원하려는 적극적인 의지의 산물이라고 할 수 있다. 그런데 시선-문화의 충돌과 억압은 동시대의 사회현상에만 영향을 끼치지 않는다. 개인의 육체에도 깊숙이 각인되어 무의식적으로 도처에서 작동한다. "나는 아직도 앉는 법을 모른다"는 김수영의 연민어린 고백은 파행적인 역사와 문화사가 육체에 지속적으로 일으키는 분열을 간단히 예시한다. 육체는 한국근대사의 부정적인 것이 고스란히 머무는 분쟁의 장소로, 김수영은 이 사실을 경험적으로 인식하고 있다. 그러므로 타자의 시선에 대한 재전유를 통해 정체성을 재건해야 하는 곳은 지금 이 순간에도 문화적 분쟁이 수시로 일어나고 있는 이곳, 주체의 '육체'이다. "요강, 망건, 장죽, 種苗商, 장전, 구리개 약방, 신전,/피혁점, 곰보, 애꾸, 애 못 낳는 여자, 無識쟁이"의 목록에서 보듯, 김수영의 전통론과 문화론이 유물론적이며 (정신의 대립쌍으로서) 육체적인 지향성을 갖는 이유가 여기에 있다. 이 육체-사물들이 "놋주발보다도 더 쨍쨍 울리는 추억"의 내용물이며, 타자의 시선을 스치고 '나'의 안에 머물게 하면서 확보해나가는 주체의 정체성의 뼈대들인 것이다.

「거대한 뿌리」는 '더러운 전통'과 '더러운 역사'의 분열된 현실에서 출발해 '내가 내 땅에 박는 거대한 뿌리'의 상상적 실재 앞에 도착한다. "괴기영화의 맘모스를 연상시키는/까치도 까마귀도 응접을 못하는 시꺼먼 가지를 가진/나도 감히 상상을 못하는 거대한 거대한 뿌리"는 데뻬이즈망(dépaysement) 기법의 초현실주의 그림의 풍경을 보는 듯한 느낌을 불러일으킨다. 마그리뜨(R. Magritte)가 창안한 데뻬이즈망 기법은 어떤 오브제를 엉뚱한 환경에 위치시켜 시각적 충격과 신비감을 촉발하는 것으로, 우리 전통문화와 삶의 공간에 돌연 착종된 서구 근대문화에 대한 표현방식으로도 유효하고 적절한 측면이 있다. 서구-근대의 타자가 유입된 지 반세기를 지난 시점에서 김수영은 20세기 초기 상황의 뒤집힌 형태, 즉 서구-근대화된 '이 땅'에 전통의 "거대한 뿌리를 박는" 기묘한 광경을 연출한다. 김수영의 말처럼 괴기영화의 미장쎈을 지닌 '거대한 뿌리'는, 마그리뜨의 유명한 그림 「삐레네의 성」에서 중력법칙을 거스르며 공중에 떠 있는 거대한 바위성을 떠올리게 한다. '거대한 뿌리'는 우리 현대시사에 출현한 현실보다 더 실재적인 상상의 이미지, 특히 전통과 정체성에 관한 초자아적이며 그로테스크한 이미지의 거의 최초의 예라고 할 수 있다. 어쩌면 김수영은 그리고 우리 시사는 근대의 콤플렉스를 처리하는 지난한 과정에서 전통을 이처럼 거대하고 괴기스러운 실재로 상상해낸 것인지도 모른다. 김수영의 탁월함은 이 부분에서 발휘된다. 그는 오랜 억압의 출처였던 타자를 '연애'의 대상으로 호명하면서, 근대의 부정적인 측면을 소거와 극복이 아닌 교류와 향유의 대상으로 재전유하고자 한다. 한 예로, '거대한 뿌리'가 지닌 '괴기'한 형상과 위엄은 우리 전통문화에 대한 타자의 '기이한' 시선을 재전유한 결과이다. '거대한 뿌리'는 '제삼인도교의 물속에 박은 철근기둥'에 대응하는 상상적 실재로, "내가 내 땅에 박는" 주체의 능동적인 의지와 실천력에 의해 근대세계의 구조와 체계를 뚫고 '이 땅'에서 성장한다. 그런데 김수영은 '거대한 뿌리'의 상상적 실재로 근대의 체계에서 전통을 구해내면서, 동시에 이 '거대한 뿌리'를 서구-근대화된 생활세계 속에 정착시켜야 하는 아이러니한 상황에 처한다. 김수영이 이 문제를 본격적으로 밀고나가지 않은 것은 그의 갑작스러운 죽음에도 원인이 있겠지만, 그보다는 상황 자체의 복잡한 아이러니의 문제와 더 깊은 관계가 있는 것으로 보인다.

3. '거대한 뿌리'의 성장과 변종들

마그리뜨의 데뻬이즈망 기법은 어떤 사물을 엉뚱한 곳에 갖다놓는 '고립', 사물의 질료와 성질을 바꾸는 '변경', 성채와 나무 밑동을 결합하는

식의 '잡종화', 작은 사물을 엄청난 크기로 확대하는 식의 '크기 변화', 한 곳에 존재할 수 없는 두 사물을 병치하는 '이상한 만남', 두 사물을 하나의 이미지로 응축하는 '중첩' 등의 다양한 방법을 거느린다. 전통문화에 기원을 둔, 더 정확히는 전통과 근대의 균열에 기원을 둔 정체성의 '거대한 뿌리'가 근대세계에 접목되고 성장하는 방법에도 이와 유사한 양상들이 나타난다. 단순한 인상으로는 최근 시로 올수록 그러한 양상이 복잡다단하게 펼쳐지고 있는 것으로 짐작된다. 이러한 새로운 기법들과 함께 김수영 이후 '거대한 뿌리'의 생태사는 대략 다음과 같은 성장과 소멸, 변이의 복수(複數)의 흐름으로 분화된다.

우선, '거대한 뿌리'는 근대의 모순과 횡포에 저항하는 힘없는 개인들의 연합 즉 민중의 육체로 성장한다. 주지하다시피, 이 육체에는 한국의 근대사회와 역사의 부정적인 모순들이 포화된 상태로 녹아 있다. 김수영이 노래한 "바람보다 먼저 눕고 바람보다 먼저 일어나"는 '풀'은 이 땅에서 끈질기게 자라온 거대한 뿌리의 실체로, 1970년대와 80년대 역사와 문학의 주체가 된 민중의 상징적 육체가 된다. 근대의 기계, 권력, 자본이 점령한 땅에서 질기게 번성하는 '풀'은 거대 이념의 퇴조와 함께 민중의 레테르를 잃어버리지만, 다른 한편으로 이념이 탈색된 본래의 육체를 회복하게 된다. 그것은 생명의 질서를 따르는 자연생태계의 구성원으로서 살과 뼈로 이루어진 육체이다. "내가 사는 아파트의 빈터"에도 무성한, 풀무치의 길이 되는 '풀밭'(이하석 「초록의 길」), "천지가 배부르"도록 "바알간 불꽃"의 감을 매달고 있는 '감나무'(정현종 「환합니다」), "우리 집 둥근 밥상"에 오른 "고추며 콩 석류와 토마토"(이문재 「식탁은 지구다」) 등의 무수한 개체들이 자연의 육체를 이루고 있는 것이다. 최근 시에서 이 계보는 뚜렷한 진전을 보여주지는 못하고 있는데, 이 답보상태 자체를 증언하는 몸이 있어 눈길을 끈다.

한때,

지게는, 내 등에 접골된

뼈였다

木質의 단단한 이질감으로, 내 몸의 일부가 된

등뼈

언젠가

그 지게를 부수어버렸을 때, 다시는 지지 않겠다고 돌로 내리치고 뒤

돌아섰을 때

내 등은,

텅 빈 공터처럼 변해 있었다

그 공터에서는 쉬임없이 바람이 불어왔다

그런 상실감일까? 새가 떠난 자리, 가지가 가늘게 떨리는 것은?

—— 김신용 「환상통」(『환상통』, 천년의시작 2005) 부분

한때 "내 등에 접골된 뼈"였던 '지게'를 부순 후 '내 몸'은 민중·노동자
의 육체의 끄트머리에서 "가늘게 떨리"며 '환상통'을 앓는 중에 있다. '환
상통'은 이 땅에 뿌리박은 삶의 주체들, 즉 민중/노동자들이 역사와 현실
의 전면에서 물러나며 앓게 된 증상을 가리키는 매우 적확한 병명(?)이
라고 할 수 있다. 어쩌면 환상통은 일하고 각성하고 저항하는 우리시대의
육체-주체가 자신이 주체임을 자각하며 고통스럽게 앓는 최후의 증상에
속하는 것인지도 모른다. 바꾸어 말하면, '민중'은 무수한 개인들로 파편
화된 후 또다른 공동체-주체(가령 '시민'과 같은)의 가능성과 만나지 못
하고 있고, '생태'는 다수의 당위적 지향 속에서 소수의 실천적 탐구에 머

무르고 있다. '거대한 뿌리'의 사회생태학과 자연생태학으로 이 계보의 명칭을 삼을 수 있을 것이다.

'거대한 뿌리'는 남성중심주의에 의해 뒤틀리고 짓눌린 여성의 정체성·역사·문화사 및 생명을 품고 낳고 기르는 여성의 몸으로도 현시된다. 여성(성)의 정체성을 지닌 '거대한 뿌리'의 역사·문화사·생태학이 이를 통해 비로소 우리 시사에 등록된다. 먼저, 남성중심의 근대세계에서 유린당하고 착취당한 여성의 육체가 시의 전면에 충격적으로 등장한다. 수술대 위에서 "하나 둘 셋 넷 다섯도 못 넘기고" 죽어 "이 도시의 시궁창 속으로 시궁창 속으로/세월의 자궁 속으로 한없이 흘러가던" "나와 내 아이"(최승자 「Y를 위하여」), "이렇게 질겨빠진, 이렇게 팅팅 불은, 이렇게 무거운/(⋯)/토막난 추억이 비닐에 싸인 채 쑤셔박혀 있는, 이렇게/코를 찌르는, 이렇게/엽기적인"(김언희 「트렁크」) 여성의 주검과 변질된 육체들. 그런 반면, "네가 태어나기 전 먼먼 옛날부터/뜨거운 손길로 아가의 심장을 만들어오시는 그분이/아무도 몰래 넣어준 세상에서 가장 무거운 주머니"(김혜순 「자욱한 사랑」)를 지닌, "그대가 밀어올린 꽃줄기/끝에서 그대가 피는 것인데/왜 내가 이다지도 떨리는지/(⋯)/왜 내 몸이 이리도 뜨거운지"(김선우 「내 몸속에 잠든 이 누구신가」)라고 생명의 환희에 전율하는 몸이 제 몸의 상처를 치유하면서 여성-주체의 언어를 발화하고 창조한다. 여성의 몸의 실체로 현현된 '거대한 뿌리'는 남성중심의 역사와 일정한 거리를 갖고 전개된 여성의 몸/여성/몸의 자연사 자체이자 그 시적 기록이 된다. 이 계보는 기존의 시의 패러다임에 대한 획기적인 전복과 문명사적 전환, 새로운 시적 영토의 발견 등의 면에서 의의를 지닌다. 그러나 여성주의 담론의 틀에 갇혀 여성-자연사의 생생한 육성이 굳어지는 경우도 종종 있어 왔다.

'거대한 뿌리'가 더이상 상상적 실재나 자연적 실체의 차원에 속할 수 없는 상황이 벌어지면서 수많은 변종들이 빠른 속도로 출현한다. 비닐끈과 사물/상품, 기계와 플러그 등이 '거대한 뿌리'를 대체하는 근본적인 형질변화가 일어난 것이다. "젖을 짜면 흘러내리는 허연 폐수와/아이 배꼽에 매달린 비닐끈들/저 굴뚝들"(최승호 「공장지대」), '아버지'라 부르고 싶은 '테레비'의, "내 대신 춤추고 내 대신 노래하고 내 대신/절망하는 슬프기까지 한 브라운관"(함민복 「오우가」), 모든 이의 '와꾸'를 똑같이 "맞추어"주는, "체제가 만들어낸 욕망의 통조림 공장"이자 "국화빵 기계"이자 "지하철 자동 개찰구"(유하 「바람 부는 날이면 압구정동에 가야 한다 2」), "둘은 그의 다리 넷은 의자다리였지만/어느 둘이 그의 다리였는지는 알 수 없"는, 사무원과 하나의 육체가 된 '의자'(김기택 「사무원」), "내 몸의 사방에" "빠져나와 있"는 "탯줄 같은" '플러그들'(이원 「거리에서」)…… 말하자면, 마그리뜨의 미적 실험 속의 고립과 변경, 잡종화의 기법들이 시시각각 일상의 삶에서 실현되면서 명백한 현실의 원리가 된 것이다. 인간의 육체를 기계와 연결하고 내적인 속성을 바꾸는 가히 혁신적인 변화는 지금 이 순간에도 계속되고 있다. 그리하여 "이슬보다 영롱한 0과 1/샤갈의 마을에 내리는 눈은 녹지도 않고/나의 모니터 속에 쌓인다"는 '모니터킨트'(유형진 「모니터킨트」) 정도는 순식간에 낡은 종(種)이 되고 만다. 현대문명과 자본주의 체제에 모든 개체를 획일적으로 접속시키는 '거대한 뿌리'는 현실에서 현실을, 실재에서 실재를 지우는 현실/실재의 매트릭스의 탯줄이다. 첨단의 재질과 형태로 끝없이 진화하는 이 탯줄은, "怪奇映畵의 맘모스를 연상시키는/까치도 까마귀도 응접을 못하는 시꺼먼 가지를 가진/나도 감히 상상을 못하는 거대한 거대한 뿌리"를 노래한 김수영과 그의 시대가 "감히 상상을 못"한 이미지가 실제로 탄생해 현실을 제패한 형국이라고 할 수 있다. 1980년대 이후 활발하게 성장한 이 계보는 인간 주체와 삶의 본질을 되물으며, 무섭게 진화하는 현대문명의 비인간적인 체제를 고발하고 비판한다. 더불어 이 고발과 비판의 자리에서 더이상 나아가지 못한 채 그 자리에 머문다. '제삼인도교의 물속에 박은 철근기둥'이 "내가 내 땅에 박는 거대한 뿌리"를 간단히 해체하고 대체해버린 땅에서는, 비판의 자리에 머무는 일이 최대의 저항이라는 듯. 아마도 이 시적 계보의 미래는 현대문명의 '거대한 뿌리'의 실체를 드러내고 끊임없이 그 바깥에 머무는 일이 될 것이다. 미래로 갈수록 시가, 어쩌면 시만이 현대문명과 자본의 회로 속에서 이 힘겨운 저항을 계속하게 될 가능성이 그 곁에 함께할 것이다.

문명의 반대방향으로 뻗어나가는, 전통과 자연, 과거의 삶의 방식을 편애하는 '거대한 뿌리'도 있다. "살구나무에 올라/살구를 따며/어쩌면 이 세상에 나와서 내가 가져본 가장 아름다운,/살구에게 다가가" "이 세상에서는 가장 오랜 듯한, 내 무게로 인한/나뭇가지들의 흐느낌 소리 같은 것"을 듣는 마음(장석남 「살구나무에 올라」), "가슴속으로//붉게//번지고 스며//이제는//누구도 끄집어 낼 수 없는" '울음'을 꺼내며 "외따롭고 생각은 머츰하"게 있는 시간(문태준 「누가 울고 간다」), "그대 영혼의 아름다운 빈터/거기/바람 설레이는 데/터잡을 데 없는 씨앗들 와서/떡잎 틔우고 꽃 피우는 데/도둑제비 쉬어가고/패랭이 쇠비름 욱은 데/거기/부엉이 낮게 울고/풀무치 날고 패랭이 꽃 피는 데"와 같은 후미지고 아름다운 공간(장철문 「거기가 쉬고 싶다」)들을 피워내는 그것. 인간과 자연, 삶의 미학이 온유하게 한몸을 이루는 이 평화로운 세계는 존재와 삶의 근원이자 영원한 안식처가 되며, 앞서 언급한 육체·주체의 변종들에 대응하는 탁월한 방어기제가 될 수도 있다. 그러나 갈수록 치밀하게 작동하는 현실/실재의 매트릭스는 이 아름답고 따뜻한 정체성의 뿌리 또한 예외로 두지 않는다. 이 점을 끊임없이 경계하고 자각하지 못한다면, 시적 주체는 현실/실재와 이중으로 격절된 자연의 매트릭스에 갇힐 위험에서 자유로울 수 없다.

마지막으로, 최근 새롭게 시단에 등장한 '거대한 뿌리'가 있다. 이 뿌리는 이념이나 인간의 몸, 자연이 아닌 현대의 (대중)문화의 산물이며, 차이, 혼종성, 이동, 유동성, 다원성, 동시성, 비논리성, 고정 불가능성, 인식 불가능성, 환유 등의 결합물이다. 이렇게 쓰인 시들은 트랜스 젠더와 트랜스 바디를 넘어 트랜스 써브젝트(trans-subject)의 탄생에 따른, 트랜스 주체에 의한 혼종적·다원적 정체성의 발현이라고 할 만하다. 이 시적 주체들은 뿌리 자체를 갖지 않으려 하며——뿌리를 부정하는 것과 다르다——, 개인의 독립적이고 독자적인 형상으로서 '얼굴'을 갖지 않으려 한다. "하늘에 걸린 체셔 고양이의 얼굴"(황병승「Cheshire Cat's Psycho Boots_7th sauce」)처럼. 또한 반대로 이들은 무수히 많은 얼굴을 갖고 있다고 말해도 전혀 틀리지 않는다. 이들에게 '무(無)'와 '다(多)'는 동일한 범주를 이루고 있기 때문이다. 사실 이들의 세계에서는, 어떤 것이든 때와 장소에 따라 얼마든지 같거나 다른, 심지어 구별되지 않거나 존재하지 않는 범주를 구성할 수 있다. 무국적, 무경계, 다주체, 다국적, 다문화 등으로 설명되는 세계에서 존재·주체는 어디에나 있고 어디에도 없으며, 편재하는 동시에 부재하며, 사라지는 동시에 나타나는 중에 있다. 황병승식으로 말하면, '부작용의 시간'(「주치의 h」)에 처해져 "비유 없이는 한 발짝도 전진할 수 없는 계절"(「에로틱파피어린빌리지의 겨울」)을 살고 있는 것이다. 이런 세계에 대해 "*어느 쪽으로 가도 상관없어 어차피 양쪽 모두 미친 것들이니까*"(「Cheshire Cat's Psycho Boots_7th sauce」)라고 삐딱한 태도를 취하든, "우리들은 사랑스럽고 드디어 모호해진다"(김행숙「한 사람 3」)라고 온건한 태도를 취하든 그 차이 역시 크지 않아 보인다.

얼굴로부터 넘친 얼굴,
나는 당신이 모르는 표정을 짓고 있지만

내 얼굴엔 무언가 빠진 게 있을 거야.

(…)

나는 당신이 모르는 표정을 짓지만

내 얼굴엔 무언가 남아도는 게 있을 거야

　　　　　　　—김행숙 「해변의 얼굴」(『이별의 능력』, 문학과지성사 2007) 부분

　　우리들은 어디에 모여서 한 사람이 되었나. 우리는 이곳까지 달려오
면서 많은 이름들을 붙였다, 뗐다, 붙였다, 투명테이프처럼. 안녕. 안녕.
금방 버려진 이름들과 함께하였던 우리의 유머와 블랙. 사랑과 블랙. 우
리들은 사랑스럽고 드디어 모호해진다.

　　　　　　　　　　　　　　　—김행숙 「한 사람 3」(같은 책) 부분

　　얼굴이 지닌 표정의 한 종류가 아닌, 존재하기의 한계치 혹은 주체의
소실점으로서 결핍과 과잉이 동시에 어른거리는 이 얼굴은 '동일성'을 거
세(당)한 주체의 형상이라고 할 수 있다. '나'는 끊임없이 사라지고 발견
해야 하는 존재이며, 끊임없이 몰락하고 탄생해야 하는 존재이다. 그리하
여 마침내 '우리'는 구별되지 않는 "한 사람이 되"어 "많은 이름들을 붙였
다, 뗐다, 붙였다"를 반복하면서 "투명테이프처럼" 극도로 가변적이고 가
벼운 생을 살아간다. '나'/'우리'는 무엇이든 될 수 있고, 아무것도 될 수
없다. 나/우리는 경계의 무한 영토를 누비며 모호함과 차이를 스치듯 살
아낼 수 있을 뿐이다. "금방 버려진 이름들과 함께하"는 이 세계에서는 가
령 이런 형태의 삶도 얼마든지 가능하다. 가령, "죽음도 삶도 아닌 세계,
붉은 해초들이 피어오르는 환각 속에서/미스터 정키는 끝없이 헤엄쳐 나
갔고/태양남자, 언덕 위에 누워 46억 년 만의 휴식처럼/에로틱파괴어린
빌리지의 겨울을 내려다보았다//(…)//저팔계 여자는 순돈육 자지를 달
고 불 속을 걸었다"(황병승 「에로틱파괴어린빌리지의 겨울」). 미스터 정키, 태양
남자, 저팔계 여자 등은 모두 나/우리의 일부이거나 변종들이며, 동일성
이 철회된 세계에서 폭발하는 차이의 차이 없는 연쇄들이다. "얼굴로부터

넘친 얼굴""많은 이름들""붉은 해초들이 피어오르는 환각" 등이 이 세계의, '나'와 '우리'의 것이 되는 순간 즉시 반납되는 '거대한 뿌리'의 실체인 것이다.

4. 부정적인 것과 함께 머물기

단적으로 말하면, 정체성의 기원으로서 주체와 세계를 접목하는 '거대한 뿌리'는 현재 우리 시에서 차이 없는 차이의 무한 연쇄로 변주되고 있다. 본질과 고정된 정체성 자체를 부정하는 감각과 사유 들이 자신의 뿌리 자체를 부정하며 존재론적 모험을 감행하고 있는 것이다. 이 모험이 우리 시의 영토를 넓히고, 기존의 시와 다른 새로운 화법을 제시한 것은 충분히 인정되어야 할 일이다. 그런데 이 과정에서 차이는 동일성의 한계를 극복하는 것으로 은연중에 상대적 우위를 인정받고 있는 듯 보인다. 복수가 단수보다, 모호하고 불확정적인 것이 고정되고 확정적인 것보다 우월한 것으로 여겨지면서, 끝없는 이동과 변경(만)이 가능한 시와 삶의 형식으로 부상하고 있는 것이다. 그런데 차이의 세계는 동일성을 철회함으로써만 열릴 수 있는 것일까. 지젝은 이러한 싸움이 동일화에 대한 지나친 두려움과 강박의 소산이며, 분산된 복수적인 주체는 후기자본주의가 유포하는 주체성의 형식이라고 주장한다.[2] 지젝의 말처럼 분산된, 복

---

2 그러므로 '과잉' 동일화의 두려움은 후기자본주의 이데올로기의 근본적 특징이다. 적은 분산된 복수적인 주체-위치들에 대해 온당한 거리를 유지하는 대신 '과잉동일화'하는 '광신자'이다. 요컨대 '본질주의'와 '고정된 정체성들'에 초점을 맞춘 의기양양한 '탈구축주의적' 언쟁은 허수아비와 싸우고 있는 것이다. 후근대 이론이 환호했던 분산된 복수적인 구성된 주체(예컨대, 특수하고 비일관적인 향유 양태들을 보여주는 주체)는, 여하한 유형의 전복적 잠재력을 내포하기는커녕, 단지 후기 자본주의에 조응하는 주체성 형식을 지칭할 뿐이다. 슬라보예 지젝『부정적인 것과 함께 머물기』, 이성민 옮

수적으로 구성된 주체가 단지 후기자본주의가 유포하는 주체성의 형식일 뿐이라면, 이 주체(?)는 체계의 책략을 그대로 반사하는 수동적인 거울 이상이 될 수 없다. 체계가 허락하는 방식으로 주체가 되는 주체는 수많은 문화의 산물들을 향유하면서, 그 향유의 모호하고 현란한 과정을 가까스로 언어로 표현하면서, 그 향유와 언술에 대한 성찰 속에서도 자신이 누구인지를 끝내 알지 못한다. 스스로 그것을 충분히 간파하고 있다고 상상하면서, 상상을 인식으로 대체할 따름이다. 이에 관해 지젝은 더 끔찍한 가설을 주장한다. 기존의 이데올로기적 위치들의 고정점들을 해체하는 것은 상품의 논리라는 것이다. 이제 우리는, "이데올로기적 위치들의 전통적 고정성(가부장적 권위, 고정된 성역할 등등)이 일상생활의 무제약적 상품화에 대한 장애물이 되는 시대로 파악해야 할 때가 온 것일지도 모른다."

사실이 그러하다면 이렇게 말할 수 있지 않을까. 1960년대의 김수영은 '앉는 법'을 몰랐지만, 2000년대의 우리 시는 주체가 되는 법을, 자신의 '뿌리'를 창조하는 법을 모르고 있다고. 김수영의 '거대한 뿌리'가 '나' 이전에 선험적으로 존재하는 것이 아니라, "내가 내 땅에 박는" 주체적 행위에 의해 성장한다는 것은 이 점에서 매우 시사적이다. '나'는 '거대한 뿌리'의 일부인 동시에, '거대한 뿌리'를 북돋우며 기르는 주체인바, 타자에 대한 주체의 끊임없는 재전유가 그것을 가능하게 한다. 이 일이 김수영의 「거대한 뿌리」에서 극적으로 일어났고, 그로써 우리 시사는 그토록 위풍당당한 거대 주체가 출현하는 현장을 가질 수 있게 되었다. 문제는 거대한 주체가 아니라, 그 주체가 실행하려는 거대한 '기획'에 있다. 부정적인 것에 흡수되지 않고, 부정적인 것의 형식을 자신의 주체성의 형식으로 오인하지 않고, 부정적인 것과 함께 머무는 것이 그것이다. '감각으로 사유

김, 도서출판b 2007, 415면 참조.

하는 종'에게도 이 책무는 면제될 수 없을 것이다. 서정시의 지각변동을 일으키며 현실보다 더 현실적인 세계를 '다른' 방식으로 그려낸다는 이들의 작업이 진정한 시사적 의의를 획득하기 위해서는 한 가지 과정이 더 필요할 것으로 생각된다. 부정적인 것과 함께 머물면서, 그러한 자신까지를 재성찰하고 재전유하려는 끊임없는 노력이 그것이다.

—『문학들』2008년 여름호

무한히 열린, 진정한 모험의 가능성

1. 질문, 본질, 질문

예를 들면, 우리시대의 시인들은 시를 통해 이런 일들을 한다. 세계와 삶, 존재의 어두운 "그늘과 사귀"고(이영광), 모든 상실의 대상 앞에서 무심히 '이별의 능력'을 발휘하며(김행숙), '패배'를 고달프고 비루한 삶의 '힘'으로 바꾸고(황규관), "순돈육의 자지를 달고 불 속을 걷"는가 하면(황병승), "망가진 빗장뼈 위 백척간두의 칼끝"에서 "사랑을 구하는 피의 이야기"를 쓰거나(김선우), "나는 지금 이 세상에 없는 계절"임을 선언하며 "다른 생을 윤리하"는 한계 없는 일(김경주) 등. 혹은 "불 꺼진 방에서 우, 우, 거짓말을 타전하"고(안현미), "작업이 끝나고 처음 만난 기계와 잠을 자"는 '소녀'를 충분히 애도하(지 못하)며(이기인), "너를 위해 두 눈알을 뽑아" "눈알 사세요 눈알 사세요 눈알을 팔러 다니"거나(김민정), '국경 없는 공장'에서 일하는 불법체류자들의 열악한 삶을 증언하며(하종오), 식탁에 앉아 "식탁에 올라 있는 것들이 내 앞에 오기까지 거쳐온 길들을 물"어보거나(이문재), "습한 곳에 바쳐질 조촐한 나의 목숨/나의 서정(抒情)"을 전심을

142

다해 노래하는 일(문태준) 등.

이 목록은 우리시대의 시인들이 행하는 시작업의 다양성만큼 길게 계속될 수 있다. 하지만 이 양상들은 간단히 몇개의 유형과 계보로 정리되지 않는다. 최근 시들이 발화하(기를 원하)는 자리는 시의 유형학과 계보학이 철회되는 지점이라고 해도 틀린 말이 아니다. 시의 유형학과 계보학에 관해서라면, 이런 상황에서 가능한 작업은 '분열의 유형'과 '차이의 계보'를 끊임없이 기술하는 일일 것이다. 유형과 계보가 너무 많거나, 차이들이 너무 다채롭고 미세해서 유형학과 계보학이 큰 의미를 갖지 못하는 자리, 다양성의 축복이 임재한 이 자리가 21세기의 첫 10년간 우리 시가 확보한 새로운 영토라고 할 수 있다.

아우르면, 근래 우리 시와 비평에는 '동일성'보다 '차이'에 호의적이며, '동일성'보다 '차이'를 우월한 가치로 인식하는 경향이 지배적이다. 동시대의 시와 시안이 풍부한 다양성과 차이를 갖는 것은 두말할 것도 없이 긍정적이며 바람직한 일이다. 그러나 차이의 존재방식과 전략을 내장한 시들이 '서정'의 새로운 대안으로 승인되는 것은 그와는 별개의 문제에 속한다. 차이와 복수성이 동일성과 단수성에 대해 본질적으로 우월한 자질은 아니며, 차이의 전략과 미학이 동일성의 한계를 극복하는 일로 자동 귀결되는 것도 아니다. 지젝의 저작에 숨어 있는 맥락처럼, 좀더 가치 있는 세계를 창출하지 못하는 차이들은 그러한 역할을 수행하는 하나의 동일성보다 오히려 부족한 상태에 있으며, 세계에 더 부정적인 영향을 끼칠 수도 있다. 최근 시를 중심으로 말하면, '동일성'의 사유와 미학에 기반한 시들이 어떤 고정점(들)을 구축하는 특성 때문에 '차이'의 사유와 미학에 근거한 시들보다 낡고 진부한 것으로 여겨져도 괜찮을 이유는 없다. 동일성의 폭력을 비판하기 위해서는 그 고정점(들)의 의의와 가치를 따져보는 일과, 동일성의 미덕을 충분히 인정하는 일이 선행되어야 한다. 진정한 차이의 미학이란, 동일성의 주권을 인정하고, 동일성과 공존하면서 생산적인 긴장관계를 창출하는 것이어야 하기 때문이다. '동일성의 폭력'이 경계해야 할 대상이라면, 마찬가지로 '차이의 폭력' 역시 진단하고 우려해야 할 대상이다.

다시 지젝을 참조하면, "과잉 동일화의 두려움"을 지닌 '분산된, 복수적으로 구성된 주체(예컨대, 특수하고 비일관적인 향유 양태들을 보여주는 주체)'는 여하한 유형의 전복적 잠재력을 내포하기는커녕, 단지 후기 자본주의에 조응하는 주체성 형식을 지칭할 뿐이다.[1] 지젝의 주장은 우리 자신의 현존재에 대해 깊은 불안을 느끼게 하는 한편으로, 현시대의 작동 방식에 관한 상당히 타당한 분석임을 인정하게 한다. 주체성, 개(별)성, 다원성, 복합성, 가능성 등의 이름으로 분열, 혼돈, 모호성, 획일성, 불가능성 등을 유포하는 자본의 전략은 이미 갖가지 대중매체와 문화현상을 통해 우리에게 체화되고 내면화되어 있다. 타자에 대한 동일화를 두려워하는, 여러개로 분산되어 있으며 비일관적인 향유 양태를 보여주는, 단적으로 말해 '파편성의 유동적이며 분열적인 집약체'로서의 주체는, 이를테면 인터넷의 범람하는 복수(複數)의 공간들을 자유롭게(혹은 무질서하게) 활보하는 우리 자신의 모습인 것이다.

이러한 현실은 '시'로 하여금 훨씬 정교하고 깊이있는 시각을 가질 것을 요구한다. '시는 무엇을 할 수 있는가?'라는, 굳이 대답을 필요로 하지 않는, "시는 아무것도 할 수 없다"거나 "시가 꼭 무엇을 해야 하나?"라는 삐딱한 자인(自認)이나 뻣뻣한 핀잔을 돌려받기 쉬운, 그리하여 대답보다는 '질문 행위' 자체에 의미가 있는 질문을 새삼 던져보는 이유도 여기에 있다. 이 질문은 또다른 질문들의 연발과 시의 가치에 대한 지속적인 각성을 통해서만 생명력을 가질 수 있다. 사실 이 질문은 자본의 질서가 세계를 통째로 재편하면서 인간과 예술의 본질을 위협하는 현실에 대한 두

---

1 슬라보예 지젝 『부정적인 것과 함께 머물기』, 이성민 옮김, 도서출판b 2007, 415면.

려움과 밀착되어 있다. 그렇다면 이 질문의 주체가 되는 일은 '자본의 질서'와 그에 대한 '두려움'을 직시하는 것에서부터 시작되어야 한다.

가령, 이 질문을 끌어안는 방식의 하나를 서술문으로 쓰면 이러하다. 오늘날 시는 현실보다 더 명민하고 민첩해져야 하며, 세계의 운용방식과 인간 존재/주체의 정체, 시의 역할에 대한 근원적인 각성을 계속 갱신해나가야 한다. 시의 역할과 존립에 대한 회의가 번져 있는 시대에는, '시는 무엇을 할 수 있는가'라는 질문은 '시는 무엇을 해야 하는가'라는 질문과 분리될 수 없다. 생각해보면, 이 질문은 '신'(실재의 차원이든, 상징이나 수사의 차원이든)의 사라짐을 경험해온 근대세계의 공통된 질문이기도 했다. 그 현명한 답의 하나는 '시의 본질'을 충실히 구현하면서 시인의 소명과 시적인 물음을 일치시키는 것[2]으로, 이는 근래 우리 시에서도 예외는 아니었다.

2. 무한히 열린, 진정한 모험의 가능성

하이데거의 유명한 개념인 '궁핍한 시대'는 "더이상 신의 결여를 결여로서 감지할 수조차 없게 되어버린" 시대를 의미한다. 하이데거의 명명법에 따르면 지금은 '더 궁핍한 시대'라고 할 수 있다. '신의 결여'가 시대의

---

2 하이데거의 통찰에 따르면, "더이상 신의 결여를 결여로서 감지할 수조차 없게 되어버린" "궁핍한 시대에 시인으로 존재한다는 것은 사라져버린 신의 흔적을 노래하면서 (이에) 주목한다는 것을 뜻한다. 그래서 시인은 세계의 밤의 시대에 성스러움을 노래한다. (…) 즉 그런 시인에게는 이 시대의 궁핍함으로부터 우선 (시인의) 시인다움과 시인의 소명이 시적인 물음이 된다는 사실이 속해 있다. 그러므로 '궁핍한 시대의 시인'은 시의 본질을 고유하게 시작(詩作)해야 한다. 이러한 것이 일어나는 바로 그곳에, 아마도 시대의 역사적 운명 속으로 스스로를 보내는 시인다움이 존재하리라는 추측도 가능할 수 있다."(하이데거『숲길』, 신상희 옮김, 나남 2008, 398~402면)

특성을 정의하는 항목에서 아예 삭제되어버렸기 때문이다. 더욱이, 분산, 이동, 유목, 복수(複數)의 속성을 지닌 새로운 주체가 주체 스스로의 진화의 산물이 아니라, 자본주의 체제의 공고한 진보의 산물이라는 진단은 '더 궁핍한 시대'의 도래를 예감하게 한다. 거칠게 말하면, 궁핍한 시대의 시는 진리와 선(善)과 아름다움을 향한 '시의 길'을 '순례'하고 '고행'하는 형태를 취한다. 어떤 경로를 택할 것인가는 물론 시인 각자의 몫이다. 그러나 궁핍한 시대의 시인들은 어두운 시대를 거스르는 '시의 길'을 이미 선험적으로 주어진 성스러운 것으로 인식한다. 반면, '더 궁핍한 시대'는 시와 시인에게서 '순례'와 '고행'의 기쁨을 많은 부분 빼앗아간다. 대신 과정과 결과를 예측할 수 없는 위태로운 '모험'의 가능성을 활짝 열어놓는다. 이 모험은 주체가 세계에 대해 거의 아무런 정보나 안전장치 없이 홀로 부딪치고 해결해야 하는 점에서 진정한 의미의 모험이 된다.

'순례/고행'으로서의 '시의 길'에 '모험'의 속성이 더해지는 동안, 또 어떤 면에서는 '모험'이 '시의 길'의 주된 탐사방식으로 떠오르는 동안, 동인(同人)과 세대(世代)의 차별성을 바탕으로 한 소수집단들의 활발한 움직임이 있었다. '반시(反詩)'의 선언문, '시운동'의 서문, '시험'과 '21세기 전망'의 대담을 통해 잠시 그들의 육성을 들어보기로 하자. '시는 무엇을 할 수 있는가'에 대해 최근 반세기 가까이 우리 시사가 발명(?)해온 신념들의 몇가지 예가 여기에 있다.

① 우리가 옹호하는 시는 언제나 삶의 문제에 귀일하는 것이고, 시의 바탕은 삶과 동일성으로 이해될 수 있으므로, 우리의 시는 잊혀져가는 사람들이 살아가는 사회 속에서 개성과 자유의 참모습을 되찾아내어 그것을 사랑의 위치로 환원시키는 일이며, 다수의 삶이 누려야 할 다양성을 옹호하는 일이다. 또한 우리의 시는 민중의 애환을 함께하며 역사의 소용돌이 속에서 찢겨버린 조국의 아픈 상처와 비장감을 어루만지

는 데에 있다. 또한 우리의 시는 모든 관계의 이질감으로부터 동질감을
획득하는 데에 있고, 시인과 시인이 아닌 자의 구분을 지양하는 데에
있다.

—『반시』 창간호(1976. 6) 선언문 중에서

② 산업화시대의 충격이 아직도 계속되고 있다.
인간정신의 가장 순수한 결정체인 시에 있어서까지도
효용가치에 의해 그 성과가 구별되고 있다.
우리는 분노한다.
상업성의 촘촘한 그물망 속에 갇혀
눈앞의 작은 만족에 안주하는 모든 것들에게, 상투성과
획일적 사고에 의해 양산되는 모든 문학적 산물에,
우리는 순수한 분노와 슬픔을 느낀다.
(…)
시는 본질적으로 예술이고 언어의 예술이다.
무엇을 표현하든지 그것이 언어로써 효과적으로
형상화되어야 한다. 이 기본적인 명제가 지금은
너무나 잊혀져 있는 것을 우리는 안타깝게 생각한다.
시는 시다.
외형적으로 인간은 시가 없어도 얼마든지 잘 살 수 있다.
그 이상의 무엇이 요구될 때 시는 그 본래의 모습을
잃어버린다는 것을 우리는 똑똑히 목격했다.

— '시운동' 동인『꿈꾸는 시인』(월인제 1981) 서문 중에서

③ 나희덕 (…) '시힘'이 현실의 새로운 복원을 향해서 시적인 구조를
구축해간다면 '21세기 전망'은 견고했던 문화적인 이데올로기의 틀을

해체하면서 새로운 틀을 만들어가는 방식을 취했다고 할 수 있지요. 그러나 그 역시 어떤 의미의 구축이나 재구성을 전제로 한 해체였다는 거죠. 황지우 시인의 시집을 보면 '파괴를 양식화한다'란 말이 나오는데, 그처럼 파괴 자체가 가지고 있는 목적성이나 질서가 우리 세대까지는 남아 있었어요. 그러나 우리 이후의 세대는 사뭇 다른 느낌을 받아요. 복원도 해체도 아니라 일종의 산포(散布)라고 할까요. 일정한 방향 없이 부유하는 이미지들이 어디로 갈지, 어디서 온 것인지, 또 뭘 말하려고 하는지, 불분명한 채로 안개처럼 깔려 있는 시들을 접할 때가 많아요. 그것 역시 새로움의 한 일단이라고 볼 수도 있고 더 근원적인 해체의 한 형태로 볼 수도 있겠지만, 그런 징후들에 대한 우려도 상당히 갖고 있는 편입니다.

—좌담「'시힘'과 '21세기 전망', 서로를 말하다」
('시힘'－'21세기 전망' 합동 앤솔로지, 『세상에 없는 책』, 작가 2005)

세 개의 목소리에는 시의 본질과 역할에 대한 신념이 각기 내포되어 있다. ①의 '반시'의 경우, 시는 "언제나 삶의 문제에 귀일하는 것"을 목표로 해야 하며, '삶과의 동일성'을 바탕에 두어야 한다. 삶에 대한 이같은 핍진한 자세를 통해 시는 소외된 인간의 개성과 자유를 "사랑의 위치로 환원" 시켜주고, "다수의 삶이 누려야 할 다양성을 옹호"해야 한다. 나아가 역사의 상처를 어루만지고, 균열된 이질적 관계들의 동질감을 획득하는 화해의 역할도 해야 한다. 요약하면, '반시'의 모토는 개인과 공동체, 개성과 다양성을 함께 존중하는 가운데 타자와 세계에 대한 '사랑'과 '공감'(동일성)을 실천하는 데 있다. '반시'는 시(詩)-반시(反詩)의 상징적이며 방법적인 대립구도를 통해 1970년대의 암울한 현실 속에서 '시'를 구원해 인간과 세계의 따뜻한 동력으로 삼고자 한 것이다.

②의 '시운동'은 산업화시대, 상업성, 상투성, 획일적 사고 등이 '시'

의 새로운 적임을 먼저 명시한다. '시운동'이 현대문명과 자본주의의 모순, 80년대 정치·사회적 억압에 반대하며 내세운 기치는 시의 '본래의 모습'을 복원하는 것에 있다. 그 구체적인 방법은 시가 "본질적으로 예술이고 언어의 예술"인 점을 뚜렷이 형상화하는 시를 쓰는 것이다. '시운동'은 "시는 시다"라는 동어반복의 정의문으로 시의 본질을 강조하고 재천명한다. "시는 시다"! 반론의 여지를 별로 허용하지 않는 이 확신에 찬 선언은 흥미롭게도, "외형적으로 인간은 시가 없어도 얼마든지 잘 살 수 있다"는 시의 미미한 효용가치에 대한 쿨한 인정과 짝을 이룬다. 언어미학('시운동'은 이를 '언어공학'이라고도 불렀다)과 상상력, 존재의 심연으로 폭압의 현실에 맞서고자 한 '시운동'은 정치 이데올로기에 침윤된 80년대 시단의 물꼬의 한쪽을 '시 자체' 쪽으로 터놓았다. 80년대의 대표적 동인이자 이채로운 동인이었던 '시운동'은 폭력-상상력, 획일성-심연의 대립구도를 통해 '시 본래의 모습'을 현시하고자 했다.

　'시힘'을 대변하는 ③의 목소리는 "현실의 새로운 복원을 향한 시적인 구조 구축"과 "문화적인 이데올로기 틀의 해체와 재창출"이 '시힘'과 '21세기 전망'의 차이라고 요약한 후, 자신의 세대와 이후 세대가 행하는 '해체'의 다른 성격을 지적한다. "어떤 의미의 구축이나 재구성을 전제"하는가, "파괴 자체가 목적성이나 질서를 갖고 있는가"의 여부가 그것이다. 이 문제의식의 핵심은 기존의 질서를 전복하는 시작업이 갖는 의의에 있다. 바꾸어 말하면, 시는 문학과 세계의 새로운 질서를 구축하는 데 기여할 수 있어야 한다는 것이 ③의 관점이다. 그 방향이 더 행복하고 좋은 방향이어야 함은 말할 것이 없다.

　세 가지 예에서 보듯, 시와 세계를 혁신하기 위한 노력은 시의 본질과 역할에 대한 질문과 언제나 동행했다. 상처받은 개인과 역사에 대해, 시와 삶, 인간과 인간, 인간과 세계의 좋은 관계에 대해, 시의 역사적·사회적 역할에 대해(①), 시를 억압하는 현대 자본주의 문명과 역사의 횡포에 대해, 시가 인간의 행복에 기여하는 무용함에 대해, 시가 언어예술의 미학을 구현하는 것 자체로 저항하는 방식에 대해(②), 시의 구조와 현실/문화의 틀을 해체하고 재구성하는 것에 대해, 시가 파괴와 새로움을 어떻게 바라보고 실행할 것인가에 대해(③), 그리고 또다른 많은 것들에 대해 우리 시가 품어온 질문과 혁신의 열망 들은 지금 이 순간에도 계속 분화되고 생성·변주되고 있다. 그러나 인간-주체의 구성과 움직임을 은밀히 조종하는 후기자본주의와, '신의 결여'가 설명 조항에서 삭제된 '더 궁핍한 시대'에, 예측할 수 없는 미래의 진정한 모험의 가능성은 만개한 반면, 시의 미래를 둘러싼 질문의 향방은 더욱 묘연해지고 있다.

앞의 세 동인의 직접 발화가 예증하는 것처럼, 지난 시대에 시는 나름의 신념으로 삶을 형상화하고, 세계와 현실을 형상화하는 데 진력했다. 그 과정에서 세계와 현실의 실제적·상상적 구조를 시의 구조로 의식적·무의식적으로 모사하게 되었다. 앞서 본 것처럼, 그 시적 행위들은 '사랑의 위치' '다양성' '동일성' '시는 시다' '언어의 예술' '시 본래의 모습' '현실의 새로운 복원' '일정한 방향' 등의 다채로운, 동시에 공통의 전제가 있는 이름들을 가졌다. 그 공통분모는 '세계의 변혁의 가능성에 대한 믿음'과 '시인(/시적 주체)의 윤리적 자의식'이다. 이 둘은 서로 연결된 톱니바퀴처럼 맞물려 돌아갔고, '삶/세계/현실'의 거대한 톱니바퀴와 의식적으로 연결되어 있었다. 문학적 신념과 시적 외연을 공유한 많은 시인들과 소수집단들이 있었고, 그들의 시적 선언이 있었으며, 세계의 부정성에 대한 내파(內波)의 노력들이 있었다. 그것은 '모험'이 아닌 '투쟁'이었다. 어느새 우리 시가 사용하지 않으려 하는 언어/행위/주체성의 운동 형식. 이분법적으로 말하면, 지난 시대의 시들이 드물고 어려운 어떤 '가능성'을 위해 싸웠다면, 최근의 새로운 시들은 사방에 포진된 '불가능성'을 모험하는 데 열중하고 있다고 할 수 있다.

3. 윤리적 요청들

21세기에도 시의 본질과 역할에 대한 질문은 여전히 '윤리적' 행위일 수밖에 없다. 시〔문학〕의 토대를 윤리적 자의식과 실천에 두는 생각은 물론 '낡은' 것일 수 있다. 실제로 윤리적 사유와 감각에 무심한 듯한, 혹은 윤리적 자의식이 아예 없는 듯한 시들이 최근 우리 시의 일부가 되고 있다. 그에 비하면 "내가 모르는 공간이 나에게/빌려주었던 시간으로 들어와/다른 생을 윤리하"(김경주 「먼 생」, 『나는 이 세상에 없는 계절이다』, 랜덤하우스중앙 2006)는 존재론적인 형태는 이미 익숙하고 오래된 풍경에 속한다.

> 나는 사방에서 자꾸만 태어났습니다
>
> 내부가 훤히 들여다보이는, 차창의 불빛 환한 밤 기차처럼
> 이렇듯 나는 너무 빤하고 선언은 늘 부끄러운 것입니다
> 그러나 나는 선언의 천재
> 모든 것을 선언한 뒤 알 수 없는 사람이 되고 말겠습니다
> ──황병승 「사성장군협주곡(四星將軍協奏曲)」(『여장남자 시코쿠』,
> 랜덤하우스중앙 2005) 부분

> *어느 쪽으로 가도 상관없어 어차피 양쪽 모두 미친 것들이니까*
> ──황병승 「Cheshire Cat's Psycho Boots_7th sauce」(같은 책) 부분

> 나는 생각하지 않는다
> 나는 쓴다, 나로부터 멀어지는 말발굽들처럼

(…)

우리는 아픔 없이 잘게 부서질 수 있습니다. 우리는 잘 섞일 수 있습니다. 만두의 세계는 무궁무진합니다. 측량할 수 없는 별빛
—김행숙 「손」(『이별의 능력』, 문학과지성사 2007) 부분

세계의 몰락과 질서의 붕괴, 그와 동시에 진행되는 '나'의 "알 수 없는" 변형과 과잉을 문화 텍스트의 외관으로 진술하고(황병승), '나'의 몰락과 '우리'의 '무궁무진한' 재탄생의 과정을 분석적이면서도 분열적인 화법으로 서술하는(김행숙) 새로운 시 형식과 미학은 그 자체로 새로운 윤리적 발언이 될 수 있다. 시의 미학이 윤리를 흡수하고 대행한 뛰어난 사례를 이미 우리는 전 시대에 경험한 적이 있다. 다른 각도로 보면, 황병승과 김행숙(으로 대표되는 일부 젊은 세대)의 시작업이 시(문학)에서 윤리를 탈각시키고, 시와 삶이 윤리에 의해 지배되지 않는 새로운 세계를 열어 보인다고 할 수도 있다. 윤리가 희박하거나 실종된, 변화된 세계의 현실을 타자와 혼재된 주체의 부서진 서사로 이들만큼 정교하게 그려낸 예를 찾기란 쉽지 않다. 그러나 더 나은 윤리적 세계를 상정하지 않는 시는, 그 새로운 세계의 비전과 관계없이, 아무리 위험하고 고통스러운 상황을 돌파하는 중일지라도 '투쟁'이 아닌 '모험'이 된다. 주체의 모험, 미학의 모험, 감각의 모험, 사유의 모험, 시의 모험…… 모험은 모험하는 자를 변화시키고 성장시킬 수는 있되, 모험의 터전인 현실과 세계를 변화시키고 성장시키기는 어렵다.

물론 모든 시가 '투쟁'이 되고, '투쟁'의 방식을 채택해야 할 필요는 없다. '투쟁'이 '모험'보다 더 나은 방식이라는 명백한 근거는 없는 까닭이다. 하지만 한 가지 생각해보아야 할 것은 우리가 처한 이 무한 증식의 자본주의 문명체제가 우리에게 권장하는 것은 '투쟁'이 아닌 '모험'이라는

사실이다. 어쩌면 '모험'은 모든 견고한 것들을 대기 속에 녹여버린 세계가 '투쟁' 대신에 우리에게 강권하는 삶의 방식인지도 모른다. 주위를 돌아보면, 도처에 범람하는 '모험'의 담론과 이벤트와 욕망 들을 쉽게 발견할 수 있다. 지젝이 말하는 "여하한 유형의 전복적 잠재력을 내포하기는커녕, 단지 후기자본주의에 조응하는 주체성 형식"일 뿐인, "분산된, 복수적으로 구성된 주체(예컨대, 특수하고 비일관적인 향유 양태들을 보여주는 주체)"는 혹시 자기극복의 투쟁 없이 자기 재생산의 모험에만 투신하는 주체는 아닐까.

예를 들면, 우리시대의 '투쟁'은 다음과 같이 "검게 타버린 영혼을/남김없이 보여줘야 하"는 "너무 지독한 치욕"보다 '더 지독한 치욕'의 상황에서 깊이 일그러져 있다. "더 일하게 해달라는 절규 자체가" 시가 되는 현실과 함께, 이 글의 결론을 열어둔다.

> 더 일하게 해달라는 절규 자체가 비극이다
> 우리는 강둑을 달리던 웃음도 잃고
> (…)
> 더 일하면 모든 게 되돌려질 것처럼 내내 믿어왔는데
> 이제는 밥만 먹게 해달라고 울어야 한다
> (…)
> 내 몸을 구석구석 착취해달라는 절규 자체가
> 너무 지독한 치욕인데
> 치욕에 대한 예의도 모르는 자들에게
> 무엇보다,
> 우리가 먹는 밥이 뜨거운 까닭이
> 자신들의 착취 때문임을 죽어도 알 수 없는 자들에게
> 더 일하게 해달라며 검게 타버린 영혼을

남김없이 보여줘야 하다니!

──황규관 「비창(悲愴)」(『패배는 나의 힘』, 창비 2007) 부분

──『현대한국시』 2008년 가을호

2 부

운동하는 풍경과 존재의 고고학
송재학의 시세계

송재학은 풍경을 움직이는 힘을 지녔다. 풍경 역시 송재학을 움직이는 힘을 가졌다. 송재학과 세계-풍경이 부딪쳐 일어나는 시시각각의 움직임들은 송재학의 시를 형성하는 근원적인 에너지이다. 이 존재-세계-풍경의 운동은 국지전이 아닌 전면전의 양상을 띤다. 특정 시공간이 아닌, 수많은 시간과 공간이 누적된 범 차원의 것이다. 지금 여기의 시점으로 수렴되거나 소실되는 일방향의 씨나리오가 아닌, 수렴되고 응축된 지금 여기로부터 다시금 시작하며 끝없이 펼쳐지는 열린 이야기의 체재이다. 사물과 관념, 현상과 실재, 유물론과 형이상학 등의 경계를 허무는 송재학의 미묘하고 독특한 사유와 운동이 탄생하는 배경은 이러하다.

송재학은 삶과 세계를 섣불리 대상화하는 주체의 투박한 시선을 경계하면서, 삶과 세계의 본질을 현시하는 데 몰입한다. 송재학이 어떤 풍경을 노래할 때 그 풍경은 저만치 바라보이는 것이 아니라, 존재의 살과 뼈와 내장으로 깊숙이 감각된다. 이 감각은 너무 깊고, 또 너무 깊은 것을 향한 것이어서 읽는 이로 하여금 실감(實感)과 무감(無感)을 동시에 경험하게 한다. 송재학의 시를 읽는 동안, "끝없이 내륙을 쓰다듬고 파헤치고 발기는 손발의 뼈 같은 것"(「바다가 번진다」, 『애지』 2009년 겨울호)이 소스라치게 만져지면서도 그 실감이 끝내 아련해 허전하였다면 송재학의 시를 제대로 읽어낸 증상을 체험한 것이다. 만일 증상에 대한 처방이 필요하다면 다음과 같은 방법을 참조할 수 있다. "그가 내 얼굴을 만질 때/나는 새 순과 닮아서 그에게 발돋움하네/때로 뾰루지처럼 때로 갯버들처럼"(「그가 내 얼굴을 만지네」, 『그가 내 얼굴을 만지네』, 민음사 1997), "얼굴의 빈틈으로 내장이 밀려나오길래/느티나무 그늘을 두텁게 발랐다"(「나비 날개를 빌린 얼굴」, 『애지』 2009년 겨울호), "내가 걷던 휘어진 길이/모차르트 더불어 구석구석 죄다 환했던 기억/……튤립에 물어보라"(「튤립에 물어보라」, 『그가 내 얼굴을 만지네』) 등.

바꾸어 말하면, 송재학은 적절한 거리에서 풍경을 사유하거나, 풍경이 자신을 사유하도록 내맡기는 차원에 머물지 않는다("풍경이 내 안에서 자신을 생각한다. 나는 풍경의 의식이다"라는 쎄잔느의 말을 떠올릴 수 있다. '풍경의 의식'이 된 존재-주체는 자신을 '풍경의 일부'로 규정하고 재구성한다). 풍경을 자신의 감각과 욕망에 맞춰 흡수하거나, 자신을 지우고 풍경에 오롯이 동화되는 방향을 택하지도 않는다(풍경을 감각과 욕망의 대상으로 삼거나 풍경의 무의식을 자처하는 존재는 풍경을 '자신(존재)의 잉여'로, 또는 자신을 '풍경의 잉여'로 규정하고 재구성한다). 풍경의 일부도, 풍경의 잉여도 아닌 자립적인 존재-주체로서 송재학은 풍경과 동등한 지위와 활력을 갖는다. 풍경 역시 송재학에 대해 그러하다. 송재학은 풍경의 내부를 들여다보며 풍경의 아득한 역사를 읽어내고, 풍경의 장중하고 역동적인 서사를 취재하고 기록한다. 그러는 동안 풍경 역시 송재학의 삶과 내면을 읽어내며, 오랜 세월 목도해온 존재의 본질에 관한 이야기를 들려준다. 그에 기대어 송재학은 풍경이 장대한 역사와 서사의 지층 위에서 지금 여기에 현전함을, 끊임없이 운동하는 살아 있는 육체임을 증언한다. 그와 함께 풍경 역시 송재학의 삶과 내면의 서사가 곧 그의 존재의 내용물임을, 풍경의 육체란 수많은 존재들의 전사(前史)가 고스란히 저장된 고고학적 장소임을 설파한다. 겨우 "어제 새겨진 물결"이 실은 "오래된 운명"인 비밀, 눈앞에 보이는 "사막의 발자국을 기억하여 연결하면/사막을 최초로 날아다녔던 시조새의 뼈가 만져"지게 되는 비법을 송재학이 터득하게 되는 경위는 이렇게 간추려진다.

> 어제 새겨진 물결이지만 오래된 운명인 것은
> 내 뼈 속을 거쳐 사막을 맴도는 바람이
> 제 앞날을 알기 위해 지우는 발자국이기 때문이다
> 새 역시 사막에서 떠돌기에
> 발자국의 길흉을 엿보는 중이다
> 바람 또한 발자국 없는 발자국을 남긴다고 적는다
> 사막의 발자국을 기억하여 연결하면
> 사막을 최초로 날아다녔던 시조새의 뼈가 만져진다
> ──「사막의 발자국들」(『문학사상』 2009년 12월호) 부분

송재학의 시에서 이미지의 중첩과 전이가 계속되는 것, 그리하여 송재학의 시가 이미지들의 현란한 연쇄로 유동적으로 구조화된 엔딩 없는 농영상이 되는 것은 그것이 존재들의 삶의 궤적이며 세계의 운동원리이기 때문이다. "내 뼈", 내 뼈 속을 거쳐 사막을 맴도는 바람, 사막을 떠도는 새의 발자국, 사막의 발자국, 사막을 최초로 날아다닌 시조새의 뼈, 바람의 발자국 없는 발자국 등은 서로가 서로를 반영하고 체화하면서, 그렇게 내면화된 타자들과 타자들의 결속체인 자신을 또다른 존재와 시공간에로 부지런히 실어나른다. 그러니 하나하나 "기억하여 연결하면" 지금 이곳에 불러오지 못할 것이 없다. 한자리에 가만히 머물러서도 가닿지 못할 존재와 시공간은 존재하지 않는 것이다. 이 기억-연결의 행위와 그에

수반되는 감각을 위해 송재학의 시는 그토록 많은 예민한 동사와 형용사들, 실체와 관념의 구별이 무용해진 수많은 상상과 유추의 이미지들을 필요로 하였다. 세계와 존재의 원리이자 현상으로서 송재학의 '풍경'이 의미하는 것, 그 풍경이 장대한 서사적 스케일을 갖게 된 연원이 이로써 설명된다. 살아움직이는 존재와 풍경의 운동, 즉 기억하고 연결함으로써 시공을 가로지르며 타자와 '운명'을 교류하고 '앞날'을 공유하는 존재와 풍경의 운동이 그것이다. 존재의 쪽에서 보면 무한한 반복의 특수한 개별화이자 내면화이며, 풍경의 쪽에서 보면 무한한 반복의 드라마틱한 연쇄작용인 그것. 관념적으로 분리되어 인식되는 이 둘을 송재학의 시는 경험과 상상을 통해 재구성하고 통합하는 데 힘을 쏟는다. 살아움직이는 모습 그대로를 시화할 수 있기를 열망하면서.

그리하여 살아 있는 풍경의 육체는 송재학에 의해 발견됨으로써 비로소 자신의 살아 있음을 자각하고 세상에 모습을 드러낸다. 풍경의 육체와 송재학의 시적 육체가 서로를 탐사하면서 자신의 과거와 현재와 미래까지를 발굴하는 과정, '살아 있는 풍경과 존재의 고고학'이라고 명명할 수 있는 이 과정을 압착하면서 송재학의 시는 텍스트 위로 고요히 번져나온다. 예를 들어 공중은 텅 빈 상태로 다른 것에 물들고(「공중」, 『문학동네』 2009년 겨울호), 바다는 귀 없고 눈 없고 입 뭉툭한 파도의 맨발로 내륙으로 번져가며(「바다가 번진다」), 수천 수만 년의 시간은 불현듯 운집해 한곳에서 유유히 뒤섞인다(「사막의 발자국들」). 이토록 활력 넘치는 송재학의 풍경에는 우리 시가 형상화해온 어떤 풍경보다도 깊은 적막이 드리워져 있다. 활력과 적막은 송재학의 시에서 같은 방향을 가리키면서 함께 증폭되거나, 어느 한쪽이 커지면 다른 한쪽도 커지는 형태로 "피붙이처럼 연대한다"(「개」, 『그가 내 얼굴을 만지네』). 이 역설의 연대를 통해 송재학은 미동도 하지 않은 채 풍경과 자신(의 존재와 내면)을 움직일 수 있는 것이다. 풍경이 송재학과 모든 존재들에 대해 그러한 것처럼.

사실 풍경은 제 스스로의 활력으로 이미 움직이고 있었다. 풍경의 내부에서는 생명체와 사물 들이 곳곳으로 번지고 물들고 파고들고 집어삼키는 등의 갖가지 운동들이 쉬임없이 일어나는 중에 있다. 한 존재가 이러한 풍경의 활력을 이해하기 위해서는 풍경의 육체와 교감할 수 있는 육체를 가져야 한다. 감각적이면서도 감각만으로는 포착되지 않는 풍경의 운동들을 감지하고 그 사이를 자유로이 주유(周遊)하는 육체를. 이 육체의 속성과 능력에 대해 송재학은 다음과 같이 묘사한 바 있다. "바람의 사이에는 틈이 있고 화살을 쏘는 마음이 틈을 먼저 지나갈 수 있는 눈썰미를 가져야 한다"(「활」). 사실 이것은 송재학이 소유하고 만들어온 자신의 시적 육체의 특성을 설명하는 것으로 이해할 수 있다.

화살은 가슴을 꿰뚫고 내 등 뒤까지 화살촉을 내밀었다 그러고도 멈추지 못해 오늬는 오래 부르르 떨었다 마치 돌아온 長子처럼 편안하구나 화살은 쏜살로 달려왔지만 내 몸 속에서부터 느리게 파고들었다 생이 끝난다는 절망감 대신 몸에 박힌 화살을 자세히 보았다 (⋯) 자왈 대저 활과 화살에 법도가 있으니 들어보라 허공에 법도가 있다면 바람의 도가 있다 바람의 틈을 찾아 바람의 길을 깨달은 뒤 시위를 당기는 것이 화살의 법도이다 가끔 공기와 바람이 합쳐진 곳에서 화살은 머뭇거리지만 바람에 화살이 부딪쳤다면 그건 궁사라 할 수 없다 화살은 바람을 상하게 하지 않아야 한다 (⋯) 나를 관통한 저 화살은 공기와 공기 사이를 거쳐서 바람을 조금도 상하게 하지 않고 내 살과 뼈 사이를 관통했다 바람의 틈을 지난 것처럼 내 살과 뼈 사이를 가지런히 만졌다 내 육체를 조금도 상하지 않았던 것처럼 화살촉도 깨끗할 것이다 좋은 화살에 좋은 궁사이다 이젠 눈을 감아야겠다

― 「활」(『문학청춘』 2009년 가을호) 부분

짐작하건대 이 '화살'은 삶의 근원으로부터, 우리가 속한 세계 바깥의 알 수 없는 곳으로부터 날아왔다. "쏜살로 달려"와 "내 몸 속에서부터 느리게 파고"드는 '화살'은 삶과 죽음을 엄중히 가르는 대자연의 섭리를 상징한다. 돌이킬 수 없는 시간의 화살은 '나'의 존재를 꿰뚫으며 단 한번의 삶을 마감하는 '나'의 감회가 열렬히 폭발하는 지점에 꽂힌다. 화살은 또한, '나'와 세계가 각기 운동하며 서로의 내부를 어루만지는 '방법론'과 '미학'에 대한 상징이기도 하다. 바람과 허공의 법도를 필사(筆寫)한 "화살의 법도"는 송재학이 풍경을 시로 빚어내고, 자신이 그 풍경에 혼융되는 방법과 미학을 의미한다. 화살이 "바람을 조금도 상하게 하지 않고 내 살과 뼈 사이를 관통"하며 "가지런히 만"진 것처럼, "내 육체를 조금도 상하지 않았"듯이 화살촉도 분명 깨끗할 것처럼 시인과 풍경은 그렇게 서로를 통과하고 살아낸다. 송재학과 세계-풍경은 상대와 자신을 온전히 보전하며 함께 운동하고 상생하는 중에 있는 것이다. 송재학의 풍경이 방법론과 미학의 층위를 함께 내장하고 있음을 알게 하는 대목이다.

풍경의 고고학자이며 서사 작가이자 미적 필경사(筆耕士)인 송재학은 현대의 언술 양식을 초과하는 다양한 언어장치를 구비하고 있다. 이 장치들의 소장 내력은 송재학이 서술하는 존재-세계-풍경이 한시적이거나 평면적인 것이 아닌, 기나긴 역사와 입체적 특성을 지닌 데서 비롯된다. 고대의 상형문자와 새점, 중세의 탁본(동일성의 언어), 고대 중국의 창힐이 새의 발자국에서 암시를 얻어 올챙이 모양으로 만들었다는 과두문자체의 내간(제도 밖의 여성의 언어), 나무로 만든 옛 편지인 목독(木牘)과 서간체(타자 지향의 언어), 조사(弔詞)(애도의 언어), 꽃을 문자로 번역한 화두(花頭)문자(자연 그대로의 미적 언어), 모래로 씌어지는 글자(자연 그대로의 서사적 언어), 묵언(언어의 소멸) 등은 송재학이 동시대 언어제도의 테두리를 가볍게 벗어나 있음을 보여준다.

송재학은 이 여러 유형의 고아한 언어들을 위한 다양한 기법과 도구들도 보유하고 있다. "검은 음각"(「비오는 거리를 종종걸음 치는 나 자신은 항상 서글픈 인생이다」, 『얼음시집』, 문학과지성사 1988), "느릿에서 정지 사이의 돋을새김"(「고요가 바꾼 것」, 『그가 내 얼굴을 만지네』), "검은 고딕"(「고딕 숲」, 『실천문학』 2009년 봄호), 먹이 매끈하게 번져나가는 "평사낙안의 발묵"법, 먹을 조금만 묻혀 물기가 적은 붓으로 그리는 "갈필(渴筆)", "추상파의 쥐수염 붓"(「공중」), "물이 뚝뚝 묻어나는 부레옥잠 대궁"(「濕拓」, 『현대시학』 2009년 10월호) 등이 그것이다. "물고기가 실어나른 일만 개의 비늘"(「바다가 번진다」)과 "일만 개의 나뭇잎과 일만 개의 너도꽃"(「단풍잎들」, 『내간체를 얻다』, 문학동네 2011) 들을 생생하게 필사하고, 무량한 허공과 '사막의 敍事'(「사막의 발자국들」)를 기술하기 위해서는 예외적인 언어와 기법과 도구 들이 소용되었던 것이다.

송재학이 고대와 현대, 자연과 인간, 식물과 동물, 음각과 돋을새김 등의 갖가지 언어 양식과 기법을 아우르고 변주하는 것은 "허공을 실천"중인 "공중의 문명"이 사용하는 언어에 도달하기 위해서이다. 밤하늘의 달만큼 오래된 유묵을 먹어서 달의 탁본을 뜨는 일, 그 달의 탁본을 새들의 긴 빨랫줄 항적에 널어놓는 일(「濕拓」, 『현대시학』 2009년 10월호) 등은 '공중의 문명'의 언어를 알아듣고 자신의 몸에 배어들게 하려는 송재학의 간절한 바람을 보여준다.

허공이라 생각했다 색이 없다고 믿었다 빈 곳에서 온 곤줄박이 한 마리 창가에 와서 앉았다 할딱거리고 있다 비 젖어 비들비들 떨고 있다 내 손바닥에 올려놓으니 허공이란 가끔 연약하구나 회색 깃털과 더불어 뒷목과 배는 갈색이다 검은 부리와 흰뺨의 영혼이다 공중에서 묻혀온, 공중이 묻혀준 색깔이라 생각했다 깃털의 문양이 보호색이니까 그건 허공의 입김이라 생각했다 박새는 갈필을 따라 날아다니다가 내 창가에서 허공의 날숨을 내고 있다 허공의 색을 찾아보려면 새의 숫자를 셈하면 되겠다 허공은 아마도 추상파의 쥐수염 붓을 가졌을 것이다 일몰 무렵 평사낙안의 발묵이 번진다 짐작하자면 공중의 소리 一家들은 모든 새의 울음에 나누어 서식하고 있을 게다 공중이 텅 비어 보이는 것도 색 一家들이 모든 새의 깃털로 바빴기 때문이다 희고 바래긴 했지만 낮달도 渲染法을 기다리고 있지 않은가 공중이 비워지면서 허공을 실천 중이라면, 허공에는 우리가 갖추어야 할 것들이 있다 바람결 따라 허공 한 줌 움켜쥐자 내 손바닥을 칠갑하는 색깔들, 오늘 공중의 안감을 보고 만졌다 공중의 문명이란 곤줄박이의 개체수이다 새점을 배워야겠다

         —「공중」(『문학동네』 2009년 겨울호) 전문

 공중의 문명은 가끔 연약한 허공의 속성, 텅 빈 허공의 색, 공중의 소리, 공중의 안감 들이 모여 이룩되었다. 이 문명은 하늘에 사는 새들을 구성원으로 거느린 공중의 생태계를 의미하지 않는다. 공중의 문명은 그 면면이 "모든 새의 울음에 나누어 서식"하는 비가시적 형태의 실재의 세계에 속해 있다. "허공을 실천중"인 '공중의 문명'은 송재학이 추구해온 존재와 세계의 근원으로서 '풍경', 즉 "불타는 집과 넓은 들을 지나와"(「雪害 2」,『살레시오네 집』, 세계사 1992) "죄의식의 녹슨 풍경"(「親和」,『살레시오네 집』)을 품고 "이야기로 옮길 수 있는 풍경이 아닌" 풍경(「피아노」,『푸른빛과 싸우다』, 문학과지성사 1994)이 된 지나온 삶의 시간들을 관통하고 수렴하며 완결하는 풍경이다. 이 궁극의 풍경 혹은 풍경의 궁극은 송재학의 시가 겨냥하는 최후의 과녁인바, "일몰 무렵 평사낙안의 발묵이 번"지는 가운데 문득문득 텅 빈 실체를 드러낸다.

 '공중의 문명'이 허공으로 돌아갈 운명의 존재들을 단위로 하는 것이라면, 그 운명을 일찌감치 간파한 자는 자신의 미래가 이미 누군가가 살아낸 과거임을 이해하기에 이른다. 예측과 발굴이 시간을 재구성하는 일의 단면들임을 헤아리는 순간, 미래를 향한 점술(예를 들어 송재학이 배우려

164

는 새점)과 과거를 향한 고고학은 동일한 역할을 수행한다. "1500년 전 열여섯 살 소녀의 왼쪽 금동귀고리"에서 "열두 줄 가야 하늘의 속청"과 "허공으로 올라가는 아지랑이 발자국"(「왼쪽 금동귀고리」, 『쿨투라』 2009년 봄호)을 보는 일이 그 예이다. 그러나 송재학의 고고학적 발굴이 진정 목표로 하는 것은 존재 깊숙한 곳의 "내출혈"(「나비 날개를 빌린 얼굴」)로 인해 "피비린내"(「붉은 아가미」, 『문학사상』 2009년 12월호) 가시지 않는 우리네 삶의 폐부이며 현장이다. 이 존재와 삶의 고고학자는 "때로 신음하고 울부짖는, 보이는 것마다 간음하고 질투하던 돌이킬 수 없던 정신의 은빛 몸이 우리를 관통했던 것"(「밀양강」, 『푸른빛과 싸우다』)을 선명히 기억하는 동시에 예감한다. "피를 흘리면서도 어둠이 편했던,/나는 더 많은 얼굴이 필요했"으며 "내 얼굴은 불편한 퇴적층"이라는 것을(「나비 날개를 빌린 얼굴」), "모든 사람의 정신이 저 불탄 숲의 폐허를 거쳐왔을 것"(「푸른빛과 싸우다 1」, 『푸른빛과 싸우다』)이라는 사실을 아프게 기억하는 동시에 예감한다.

따라서 송재학이 일찍이 써놓은, "내 생애에는 미래가 다가오지 않으리라는 불길함"(「의자를 기다린다」)의 예언은 정확하면서도 정확하지 않은 것이 된다. 자신과 세계의 내부와 배후를 두루 탐사하는 자는 이미 미래를 앞당겨 살고 있기 때문이다. 미래는 이미 현재 속에 스며들어 번지고 있고, 과거 속에 흥건하게 넘실대고 있으므로, 아직 다가오지 않은 미래는 존재하지 않는 것이다. 앞으로 다가올 미래는 역설적이게도 이미 기억과 경험, 유추를 통해 살아낸 미래이다. 이런 맥락에서 송재학은 "주인공의 죽음/자살"로 시작된 자신의 이야기가 "고딕 숲의 부력"으로 완성되어 생명의 연쇄반응을 일으키는 것, 물과 달과 별자리들이 서로의 '울음'을 본뜬 "밀물 소식지"가 세상을 "흥건하게 채우는" 것을 통해 그가 노래해온 풍경의 오래된 미래를 그려 보인다.

내 이야기의 시작은 주인공의 죽음/자살이다

누군가의 메마른 입술에서 나뭇잎이 꾸역꾸역 자랄 때
내 안에서도 밖에서도
열고 닫히는 새순 아가미들의 연쇄 반응들,
숲을 떠다니는 부레族 나뭇잎을 만나도 놀랍지 않다
고딕 숲의 부력이 완성되었기 때문이다

                         —「고딕 숲」(『실천문학』 2009년 봄호) 부분

돌아갈 곳 없다는 밀물의 울음,
네 쪽짜리 소식지를 흥건하게 채우는 밀물 드는 저녁입니다
물의 방죽 밑이 얼마나 허망한지 더듬다가
내처 밀물 허물어지는 느낌처럼 깜빡 풋잠 들었다가
아직 높고 어두운 물의 해발을 바라봅니다
텅 빈 것들의 무릎 깍지마다 달이 돋고 있습니다
천문에도 밀물 들어 별자리들은 쏟아질 듯 돋을새김입니다

               —「밀물 소식지」(『현대시』 2009년 8월호) 부분

    삶의 운동성으로 충만한 "고딕 숲의 부력"과 "쏟아질 듯한 별자리들의 돋을새김"은 현재 송재학이 지닌, "또 다른 감각에 도달하고픈"(「흰색과 분홍의 차이」, 『그가 내 얼굴을 만지네』) 열망과 그 열망의 힘으로 전개해나갈 "더 가파른 직벽과의 싸움"(「절벽」)을 미리 목도하게 한다. 지금까지 송재학의 시가 발굴해온 풍경들과 이미 한몸을 이루고 있는 이 열망/싸움을 '예감'의 형태로 '기억'할 수 있는 것은 송재학이 우리에게 가르쳐준 '운동하는 존재-세계-풍경'의 사유 덕택이다. 송재학의 시를 읽는 동안 압도적이면서도 아스라한 실감(實感)과 무감(無感)이, 고요하면서도 경쾌한 '부력'이 우리를 '돋을새김'했음을, 여기 적어두어야 하리라.

               —『2010년 제25회 소월시문학상 작품집』(문학사상사 2010)

사경(死境/寫經)의 시학
홍신선의 시세계

왜 너는 새롭게 거듭날 줄 모르는가
왜 세세년년 부랑하는 철새처럼
어디로부터 또 여기까지인가
왜 제 몸의 송장들을 끌고 와 저렇게 내버리는가
천편일률의 똑같은 붉은 울음
똑같은 붉은 꽃들을.

—「마음經 · 22」(『홍신선 시전집』, 산맥 2004) 부분

나에게서 몸을 왼통 독채로 빌려쓰고 있는 너는 누구냐
이제는 마모된 장기들 틈에서
부패도 묵은 눈 녹은 물처럼 스미고 스며서
비어져나오는
늙은 질병, 죽음아.

—「마음經 · 24」(같은 책) 부분

꽃들의 눈부신 만개(滿開)와 쇠락(衰落)을 '천편일률'의 획일적이고 무의미한 반복이라고 노래하는 시인이 있다. 벼락처럼 지는 아름다운 꽃들을 두고, 꽃나무가 "제 몸의 송장들을 끌고 와 저렇게 내버리는" 것이라고 끔찍한 내막을 발설하는 시인이 있다. 그의 말처럼 꽃이 꽃나무가 내버리는 "제 몸의 송장들"이라면, 꽃이 피고 지는 동안 꽃나무는 제 몸의 도처에서 수없이 삶과 죽음을 경험하는 것이 된다. 어찌 꽃나무뿐이겠는가. 살아 있는 모든 것들은 온몸으로 삶과 죽음을 겪어내느라 "새롭게 거듭날 줄 모르"며, 속절없이 마모하고 부패해 "늙은 질병"에 이르게 된다. 나무의 몸에서 화사하게 피어나는 꽃들은 실상은 마모와 부패, 질병의 증상인 것이다. 그리하여 "천편일률의 똑같은 붉은 울음"을 토하는 꽃들은 모두 하나의 방향성, '죽음'을 향해 나아간다. 삶(의 경험)이 이토록 죽음(의 경험)들로 가득 차 있었다니. 산 자들이 죽은 자 앞에서 넋을 잃고 중얼거리듯이, 정녕 살았다고 할 것이 없는 것이다.

그러나 죽음이 아니라면, 몸의 온갖 구멍에서 끊임없이 "비어져나오는 늙은 질병"을 완전히 제압할 길은 없다. 삶을 종결함으로써 불치의 몸을 고통에서 해방시키는 능력은 죽음이 가진 절대적 권능이며 미덕이다. 죽음은 저항할 수 없는 우주의 섭리일 뿐 아니라, 인간이 그 섭리에 반하는 갖은 궁리와 묘안을 거쳐서도 같은 결론에 도달할 수밖에 없는, 삶의 불가피한 귀착점이기도 하다. 삶이 삶다운 것이 될 수 있도록 재촉하고 독려하려는 강력한 조력자, 삶의 불온하면서도 진정한 짝패는 바로 죽음인 것이다. 오직 자기 자신으로 응고되는 폐쇄적 동일성의 죽음은, 수많은 타자들과 더불어 요동치는 미완의 삶을 위협하는 동시에 고무한다. 죽음의 닫힌 동일성은, 타자들이 개입할 가능성으로 설레며 흔들리는 삶의 개방성을 제한하는 동시에 팽창시킨다. 삶이 미지의 가능성으로 넘치는 광대한 것이면서 동시에 턱없이 허약한 것이기도 한 이유는 이 미완-열림의 속성에 기인한다. 생명체의 몸에 뚫려 있는 수많은 구멍들이 바로 그 명백한 존재론적 증거가 아닐 것인가. 이 구멍들에서 "비어져나오는 늙은 질병, 죽음"은 삶의 광활한/허약한 열림의 다른 이름이자 그 마지막 종착점이다. 여기서 종착점이란 결실이나 질적인 산물이 아닌, 말 그대로 어떤 여정의 최종 지점을 의미한다.

홍신선(洪申善)의 시는 몸의 온갖 구멍으로 쉬지 않고 쏟아져나오는 삶/죽음들, 혹은 죽음이라는 타자와 이미 한몸을 이루고 있는 삶의 불가역의 운명을 깊이 천착한다. 그 운명을 살아내는 주체는 각각의 몸, 단독의 생명체인 개체들이다. 홍신선은 그 자신 하나의 몸-개체로서 삶과 죽음의 존재론적이며 실존적인 사건을 어떻게 내면화할 것인가를 핵심 화두로 삼는다. 홍신선이 거의 평생에 걸쳐, 특히 1991년부터 발표한 「마음經」 연작에서부터 각별히 궁구해온 것은 바로 죽음을 본질적으로 포함하고 있는 삶의 난경(難境)을 어떻게 돌파할 것인가의 문제이다. 일관된 주제의식의 측면에서 볼 때 홍신선의 시는 전체가 하나의 연작 성격을 띤다고 할 수 있다.

홍신선은 각 개체가 삶과 죽음을 겪는 운명적인 양상과, 삶과 죽음 자체의 본질적인 관계에 주목한다. 죽음은 개별자가 자신의 전존재로 경험하고 내면화해야 하는 것이지만, 시종 삶의 각도에서만 일방적으로 접근해야 하는 것이기도 하다. 살아 있는 존재가 불완전하나마 알고 있는 것은 오직 삶뿐이기 때문이다. 그러므로 죽음을 이해하는 일은 삶을 통해 죽음에 접근하는 편향되고 굴절된 작업이 되기 쉽다. 삶과 죽음의 일방향적 진행 속에서 존재는 삶과 죽음을 불균형한 관계로 경험할 수밖에 없는 까닭이다. 삶은 죽음을 예측하고 추후에도 기억하고 애도하지만, 죽음은 삶에 대해 어떠한 사전 예우나 사후 격식도 갖추지 않는다. 죽음은 다만 징후와 증상의 형태——앞서 언급한 것처럼, 수없이 피고 지는 꽃들, 삶의 한 부분으로서 쉼없이 진행되는 질병 등의——로 삶 가운데 끊임없이 파고들면서 의연히 자신을 현시할 뿐이다. 죽음의 현시는 삶-죽음의 주체의 의사와는 무관하게 전개되며, 시간의 흐름 속에서 점차 혹은 불시에 명료한 형상을 얻는다. 그 현시가 돌이킬 수 없는 명백한 사건이 되어 삶을 능가할 때 마침내 죽음은 실현되는 것이다.

역으로 말하면, '죽음'의 별칭인 '늙은 질병'이 전모를 드러내기까지 몸은 결핍이자 잉여이며, 욕망이자 좌절이며, 유위이자 무위인 삶의 전복 불가능한 시간을 산다. 이 유한한, 불가역의, 무명(無明)의 시간에 묶인 몸의 저 무상한 변화의 부산물을 일러 홍신선은 "제 몸의 송장들"이라 명명한다. 일반적으로 '꽃'을 생명력의 정수로 보는 시각에는 삶을 '삶의 동일성' 안에 응집하려는 지향성이 들어 있다. 반면, '꽃'을 "제 몸의 송장들"로 판명하는 홍신선의 시선에는 삶을 '삶·죽음의 (부)조화와 (불)균형의 과정'으로 보는 실재 중심의 관점이 내재해 있다. 홍신선은 삶이 삶-죽음의 혼융체임을 전제로 하여, '꽃'을 생명과 우아의 미학보다는 죽음과 장엄의 미학을 구현하는 오브제로 채택한다. 이때 죽음은 삶의 한 지점이나 계기로서, 삶과 불가분의 관계에 있는 것으로 암묵적으로 관철된다. 한 예로 홍신선이 "마지막이 있어서 늘 장엄한 저들/대살육판의 낙화여"(「벚꽃대전(大戰)」, 『우연을 점 찍다』, 문학과지성사 2009, 이하 같은 책)라고 노래할 때, '낙화'는 벚꽃나무가 "제 몸의 송장들"을 무수히 치르는 '대살육판'의 죽음의 현장이자, '마지막'을 장엄하게 살아내는 삶의 현장이 된다.

삶-죽음의 이중적인 운동성을 지닌 삶의 현장에는 그에 상응하는 상반된 풍경이 교차한다. 한쪽에서는, 삶의 주체가 세상이 촉발한 온갖 "이념의 마비에서 풀"려나고, "가진 것 없을수록" 오히려 "고강해지는" 아름답고 건강한 삶의 풍경이 펼쳐진다.

　　모처럼 아파트 담벽에 해바라기하고 선
　　그에게서
　　이념의 마비에서 풀린 송장을 발견한다

가진 것 없을수록 사람이 얼마나 고강해지는가를 발견한다

—「매화」부분

또다른 쪽에서는, 멈출 수 없는 "늙는 냄새"의 실체가 "새 시체를 묻는 쇠비린내"의 '토악질'임이 밝혀지는 추하고 음울한 삶의 광경이 속속 노출된다. 이중 홍신선이 집중적으로 관찰하고 시화하는 것은 후자 쪽의 역한 삶의 실상이다.

광릉 숲 뭇나무들 늙는 냄새 지독하게 내뱉는
이 무렵쯤
그 관목 근처에 가면 쇠비린내가 난다.
축골공 기혈을
새 시체를 묻는 쇠비린내를 토악질한다.

—「광릉 숲에서」부분

이 불편하고 그로테스크한 광경은 홍신선이 '늙음'을 '질병'과 동일시하는 이유를 알게 해준다. 늙음과 질병은 모두 몸의 실제 증상을 통해 죽음을 감각적 실체로 현현한다. 홍신선이 죽음의 동의어로 사용하는 '늙은 질병'의 비유는 늙음과 질병이 죽음의 과정이자 증상으로서 등가의 것임을 피력한다. '늙은 질병'이 '죽음'으로 화하기 직전, 자신의 근미래형인 '죽음'을 현현하는 방식은 그지없이 참혹하다. 다른 사람이 똥오줌을 받아주어야 하는 뼈만 앙상한 노인과 말기 암환자 앞에서 삶의 삶다움, 생명의 생명다움의 의미는 일시에 무력화된다. 홍신선은 모든 생명체를 그 외형의 변형과 관계없이 삶과 죽음의 본질적인 차원에서 바라본다. 나무들이 지독하게 내뱉는 "늙는 냄새"를 맡고, 낙화의 '대 살육판'에서 꽃들의 '붉은 울음'을 들으며, 죽음을 앞둔 노인과 암환자의 마지막을 응시하

는 일 등은 그에게 모두 동일한 존재론적 성찰의 행위가 된다.

인간이 죽음에 이르는 과정은 꽃과 나무의 그것처럼 단순히 처연하지도, 드라마틱하게 장엄하지도 않다. 인간의 늙고 병든 모습은 연민, 비애, 염오, 절망, 두려움, 회의 등이 뒤섞인, 한마디로 압축할 수 없는 복잡미묘한 감정(이상의 것들)을 불러일으킨다. 그것은 살아 있는 자들이 종내 도달하게 될 잠재형의 미래라는 점에서 그 뒤를 따르는 자들에게 감당하기 힘든 번민을 선사한다.

> 욕창이 움푹움푹 꺼진 등판과 하반신을
> 일회용 물티슈로 닦고 또 씻어낸다
> 매일 똥오줌 기저귀 갈아 차면서
> 벌써 몇잠쩨인가 뼈골만 앙상하게 남겨진 채
> 뒤꽁무니로 뭉턱뭉턱 쏟아져 나온 썩은 과거와
> 구린 비애들을
>
> ──「마음經·35」 부분

> 검은 그 눈자위 둘레로 마지막 시간들 몰려와 들여다본다
> (…)
> 최대한 축소한 그의 앙가슴께 딱딱 맞부딪는 것은
> 암종인가 때늦은 비애인가
> 평생 믿고 기댄 신성(神聖)도 불치의 암 앞에서는 무용하다는 겸손인가
> 말씀에 기대고 있으나 구원은 어디에도 없다
> 죽음이 도피처인 듯 텅 빈 저 옆 병상
>
> ──「암 병동 6인실에서」 부분

죽음이 가까울수록 삶은 몇개의 간단한 사실-행위들로 축소되는 경향이 있다. 가령 죽음 앞에 당도한 노인에게 삶이란, "몸을 하루도 거르지 않고 속속들이 허무는/일개미만한 시간들을/벗어놓은 누에 허물처럼 노인용 디펜드에/휩쓸어 뭉쳐 내놓는" 일이 된다. 불치의 암환자에게 삶이란, "검은 그 눈자위 둘레로 마지막 시간들 몰려와 들여다"보는 폭력적인 처사를 속수무책으로 수락하고 감내하는 일이 된다. "죽음이 도피처인 듯 텅 빈 저 옆 병상"은 노인과 환자의 가까운 미래이며, 죽음이 완성되는 하나의 방편이다. 홍신선은 삶 속에서 죽음이 진행되는 실상을 냉정하게 직시하면서, 삶과 죽음에 대한 존재론적 문답을 완성해간다. 홍신선은 늙음을, 자신의 존재를 "철수하"고 "폐쇄하는 일"로 정의하면서 남은 삶의 자세에 관해 숙고한다. 그의 어조는 담담하지만, 거기에서 스며나오는 여운은 더없이 쓸쓸하고 허허롭다.

> 늙음이란 하루하루 지하로 철수하는 일
> 폐허인 내면을 폐쇄하는 일
> 그렇다 더 멀고 험한 길 준비에
> 제 몸 깊이 살아온 시간을 거두어들이는
> 풀과 나무들
> 건설 현장 화물 승강기처럼 늦여름을
> 밤낮으로 무릎 관절 밑으로 실어내리고 있다
> 그 노역에 등 벗겨진 둑 밑의 항가새 하나
> 눈알만 유난히 붉은 날.
>
> ─「처서 부근에서」 부분

이 시의 담백한 어조와 풍경은 생에 대한 편애(偏愛)에도, 죽음에 대한 두려움에도 치우치지 않는 시인의 균형감각을 보여준다. 그의 말처럼,

"늙음이란 하루하루 지하로 철수하는 일/폐허인 내면을 폐쇄하는 일"이며, "제 몸 깊이 살아온 시간을 거두어들이는" 일이다. 죽음이 내리는 삶의 철수와 폐쇄, 수습(收拾)의 지상명령을 거부할 수 있는 존재는 없다. 그 앞에서 인간과 풀과 나무, 노역에 지친 항가새 한 마리 등은 모두 동등한 지위를 갖는다. 이 시가 발산하는 적막한 서정성은 존재론적으로 평등한 생명체들을 차별 없이 일별하는 홍신선의 무심(無心)한 시선의 결정체이다. 무심의 시선과 자세는 홍신선이 오래 의탁해온 불교적 세계관과 사유를 기반으로 한다. 홍신선은 몸이 경험하는 숱한 유동(流動)과 부침(浮沈), 이합집산, 생명 충전과 죽음의 과정을 대자연/우주의 경전을 베끼는 '사경(寫經)'의 행위로 규정한다.

> 몸이란 그렇듯 한때 유동하는 근기들
> 판형 따라 집합했다가
> 다시 해판되는 것,
> 금강경?
> 타고 건너온 말의 뗏목 내버리듯
> 경전이란 없고 실은 뭇 가명들이 있는 것,
>
> ——「낙엽 사경(寫經)」 부분

> 성근 비 그치자 아름드리 느릅나무들은
> 그의 육탈된 내부에서
> 온갖 웅숭깊은 서원들 267개 골편들로 찍어서
> 사경(寫經)했는지 관주(貫珠)인 듯 동그라미 친
> 저것
> 며느리발톱만한 잎 잎들에 순백의 빗방울들 내다 걸었다
>
> ——「장곡사 골짜기에서」 부분

174

대자연의 경전은 실물과 언어의 형태로 존재하지 않는다. 그러한 '없는 경전'을 베끼는 '사경(寫經)'이란, 본시 텅 빈 경전의 내용을 "뭇 가명"의 언어들로 베껴쓰는 무상하고 무량한 일이 된다. 또한 한 존재가 그의 삶의 일부이자 외부를 이루고 있는 사경(死境)을 끊임없이 살아내는 일이기도 하다. 사경은 대자연의 일부인 한 존재가 겪는 삶과 죽음의 과정 자체인 것이다. 그러므로 사경(寫經)은 인간의 행위 이전에 자연의 상태에서 먼저 이루어진다. 자연의 갖가지 현상과 실물 들은 모두 자연의 원리를 부지런히 사경(寫經)하는 중이다. 예를 들어, 비 그친 후 느릅나무 잎에 맺힌 빗방울들은 느릅나무가 "그 뒷녘" "홑벌하늘"을 "서판(書板)으로 받쳐 쓴", 대자연=경전에 대한 사경(寫經)의 산물이다. 따라서 대자연의 경전은 어디에도 존재하지 않으면서 동시에 모든 곳에 존재한다. 경전은 심지어 우리가 매일 접하는 신문기사에도 들어 있다. 충분히 마음을 열기만 한다면, "이른 새벽 던져진 신문의 빽빽한 기사 속에서/인간이 몰락하면 짐승이다라는 경전을 읽"(「대선(大選)이 있는 겨울」)어낼 수 있는 것이다.

무엇보다 홍신선에게 사경(寫經)은 그가 평생 헌신해온 시쓰기 작업을 의미한다. 홍신선의 사경=시쓰기의 서판(書板)은 삶과 세계였으며, 그가 평생 쓴 시들은 신성한 대자연의 경전의 필사본들이었다. '없는 경전'의 재현물로서 홍신선의 경전=시는 '마음'으로 쓰고 '마음'에 새겨지는 것을 법으로 한다. 홍신선이 20년 넘게 작업하고 있는 「마음經」 연작은 실물도 형체도 내용도 없는 '마음의 경전'을 기록하기 위한 것이다. 완성 불가능한, 애초에 실패가 예정된 작업에 홍신선은 자신의 시의 운명을 길어온 셈이다. 그로서는 이미 각오한 일이겠으나, 무한한 일에 바친 유한한 삶의 실체를 확인하는 일이 곤혹스럽지 않을 리는 없다. 더욱이, 한정된 삶의 시간은 지나온 삶을 자주 후회와 자책으로 물들여놓는다. 홍신선은 평생에 걸친 자신의 시쓰기의 자취를 돌아보면서 가혹한 진단을 내린다.

그동안 나는

허공에서 허공을 꺼내듯

시간 속에서 숱한 시간들을 말감고처럼 되질로 퍼내었다

말들을 끝없이 혹사시켰다.

—「퇴직을 하며」 전문

여기가 과연 종착지인가 마지막 신후지(身後地)인가

시를 다 쏟고는 크게 입 벌리고 죽어 뜬 한 마리 연어처럼

나는 망각 속을 둥둥 떠다닐 것이다

—「또다시 고향에서」 부분

홍신선은 자신의 시쓰기가 "허공에서 허공을 꺼내"는 덧없는 행위였으며, "말들을 끝없이 혹사시"키는 소모적인 행위였다고 고백한다. 그러나 "독자도 없는 시들을" 붙들고, "폐농지처럼 황량한 그 내부 문맥들을 폐관하는 일"에 평생을 바쳐온 시인이 비단 홍신선뿐일 리는 없다. 시쓰기에 대한 홍신선의 자학에 가까운 참담한 자의식은 자신의 시쓰기가 생계의 노역과 불가분의 관계에 있었던 점과 관련된다. 먹고사는 일의 비루함과 고단함을 잘 아는 그는, "카타콤 지하철역 어둑한 통로에" 오체투지하고 있는, "긴 긴 마음 파산의 날"에 처한 '홈리스들'(「경기 침체와 실업의 날에」)에게 남다른 연민을 갖는다. 그리하여 홍신선은 사는 일과 시 쓰는 일이 더이상 구별되지 않는 지점에서 타인의 고통을 필사하는바, 타인의 고통스러운 삶은 홍신선의 시=경전의 중요한 내용을 구성한다.

홍신선은 시쓰기에 대한 자괴감 속에서도 시와 삶을 분리해서 생각하지 않는다. 그는 자신의 죽음에 관해서조차도, "시를 다 쏟고는 크게 입 벌리고 죽"는 시적 죽음의 형태를 상상한다. 홍신선에게 죽음은 시를 다 써내는 일이거나, 시를 더이상 쓸 수 없게 되는 일을 의미하기 때문이다. 유

한한 삶 속에서 무한을 생각하는 일의 허망함을 거쳐 홍신선은 다시 시에 대한 초심으로 돌아간다. 어느 가까운 시인의 죽음을 통해, "인간이 유한을 극복하는 길은/고작 누더기 몇십행짜리 기록물임을/누추한 시인 누구나 몸 바꾸어 시신(詩身)으로나 사는 길임을"(「마음經·50」) 깊이 절감한 것이 계기가 된다. '마지막 신후지(身後地)'에서 '시신(屍身)'이 아닌 '시신(詩身)'의 몸을 가질 수 있는 것은 시인만이 누리는 호사일 터이다. 홍신선은 그 희소한 특권에 자신의 남은 삶을 걸기로 한다. "몰락 뒤에도/추문 한 편 없는 생은 얼마나 쓸쓸 허전한가"(「대선(大選)이 있는 겨울」)라고 스스로를 위로하듯 읊조리면서.

"삶이란 단죄하듯 자신을 죽이고서야/사는 일임을 독파"(「11월 설악산을 보며」)하는 고독한 과정이라고 홍신선은 말한다. 그가 자신의 삶의 종착점이자 내용물인 '죽음'과 '시'에 관해 독파한 최근의 내용은 다음과 같다.

아니다, 나는 생각한다 마지막 일어나 퇴장하는 거기
일장춘몽 생애에 대한 가장 빛나는 포상은 죽음임을

—「포상, 빛나는」 부분

필생의 결단처럼 양손 가볍게 놓아버려라
수백 수십 길 곧추 떨어지다 일어서다 마침내 한 방 먹이거라
대명한 하늘땅 사이
먹먹한 목청 큰 사자후 한 방
(…)

폭포여
시여

—「나의 시」 부분

죽음이 "일장춘몽 생애에 대한 가장 빛나는 포상"이라면, 죽는 순간에 "필생의 결단처럼 양손 가볍게 놓아버"리는 것은 그 포상을 받는 최상의 자세일 것이다. 죽는 순간에 마침내 전존재의 무게로 터뜨리는 "먹먹한 목청 큰 사자후 한 방"은, 그러므로 '나의 시'의 절정이며 궁극이다. 한 시인에게 최고의 작품이 될 이 시는 행복하게도 미래의 어느 지점에 예비되어 있다. 하여, 홍신선은 지금 이 순간에도 삶 속에 뒤엉켜 있는 죽음의 징후들을, 기필코 다가올 완전한 죽음을 시에 대한 열렬한 사랑으로 맞이한다. 죽음이 "일장춘몽 생애에 대한 가장 빛나는 포상"이 되는 것은, 죽는 순간을 진정한 '나의 시'로 전유하는 시인에게만 허락되는 일일 터이다. 사실이 그러하다면, 홍신선이 예찬하는 "생애에 대한 가장 빛나는 포상"은 '죽음'이 아닌 '시'가 된다. 시가 한 존재와 삶을 구원하는 권능의 담지자임을 이토록 뜨겁게 설파한 예는 근래 우리 시단에서 찾아보기 힘들다.

죽음에 관해 생각하는 자는 자신의 죽음을 미리 애도하는 자이기도 하다. 홍신선의 최근작인 일곱번째 시집 『우연을 점 찍다』는 자신의 죽음을 미리 애도하는 홍신선의 삶에 대한 사랑과 회한, 깨달음과 각오의 말들로 가득 차 있다. 그러므로 이 시집을 죽음에 관한 것으로만 읽었다면, 시집의 절반만을 읽은 셈이 된다. 시인의 관심은 죽음 자체에 있지 않으며, 죽음이 삶에 간섭하는 방식과 그것을 수용하는 존재의 태도에 있기 때문이다. 홍신선이 경험으로 터득한 바에 따르면, 삶과 죽음에 대한 '태도'가 '그 사람'을 만든다. 죽음은 '그 사람'을 뒤늦게나마 산 자들에게 보이게 함으로써 삶에 다시 개입한다. 누구든 자신의 죽음을 미리, 충분히 애도해야 할 이유가 여기에 있다.

첩첩이 모여 놀던 저녁구름들 뿔뿔이 흩어져 제 집 돌아간다
성근 빗낱에 씻긴

먼 산 뒤통수
환한 쪽빛 속에 둥글둥글 돌출했구나

마음 밖인가 마음 안인가
내 가고 난 뒤 여느 때 역시 저와 같으리

—「마음經·55」전문

너나없이 제 그릇대로 한세상 담고 살 마련이지만
가고 난 뒤늦게서야 사람이 보인다

—「문인의 초상」부분

홍신선의 최근작들은 삶과 죽음의 우주적 섭리에 대한 사경(寫經)으로
서, '시'에 관한 시들로 읽을 수 있다. 이 작품들은 그가 생각하는 '나의
시'의 진면목과 함께 그의 시의 미래를 예감하게 한다. 바꾸어 말하면 홍
신선이 지금까지 써온 시들은, 자신의 모든 경험과 사유와 감각을 끌어모
아 빚은/빚을 '나의 시'의 서시(序詩)로 볼 수 있다.

세상의 존재들과 삶의 현장을 하나하나 들여다보면, 홍신선의 말마따
나 "숱한 낙심(落心)들"(「소한(小寒) 무렵」)으로 뒤덮인 "난장 아닌 골짜기 어디
있"(「정선 장날」)을 것인가. 그 골짜기에서 꽃이 피고 지듯 무심히 '없는 경
전'을 베껴쓰노라면 삶-죽음의 난장의 의미를, 없는 경전의 참뜻을 이해
할 날이 올 수도 있지 않은가. 홍신선이 알아낸 것처럼, 우리는 죽음의 순
간에도 "양손 가볍게 놓아버"리며 진정한 '나의 시'를 쓸 가능성을, 목숨
가진 개체의 숙명을 풀고 벗으며 해탈할 가능성을 갖고 있는 것이기에 말
이다.

—『우연을 점 찍다』(2009) 해설

푸르른 절연(絶緣)의 시학

백무산의 시세계

　백무산의 최근 시들은 다음과 같은 질문들을 떠오르게 한다. 육중한 이념들이 대기를 덮고 있던, 그래서 다수 혹은 소수가 그 중력을 공유했던 시대가 오히려 희망적이었던 것은 아닐까? 지배와 착취, 억압과 저항의 구조가 선명하던 시대가 차라리 인간적이며 윤리적이었던 것은 아닐까? 체계의 '바깥'을 상상하는 일이 위험하게 감행되었던 시대가 더 많은 "칼날 같은 경계"들로, 그리하여 "모든 경계"(「경계」, 『인간의 시간』, 창작과비평사 1996)들로 활짝 열려 있었던 것은 아닐까? 그 시대가 더 자유롭고 역동적이며 행복한 '인간의 시간'이었던 것은 아닐까?

　비교우위를 견주는 이 수평저울의 다른 축에는 바로 우리가 사는 오늘의 시대가 놓여 있다. 그러니까 이 질문을 구성한 것은 한 세대가 넉넉히 지나 젊은 투사들이 노장이 된 현재의 시간이다. 알다시피 지난 시대에 온몸을 던져 싸운 젊은 투사는 많았으나, 오늘날 새로운 시대를 겨누어 변함없이 날카로운 질문을 던지는 노장은 그리 많지 않다. 바꾸어 말하면, 지금은 질문이 곧 투쟁인 시대이며, 갈수록 강건해지는 투쟁 없이는 질문을 진전시키기 어려운 시대이다. 그 맨 앞자리에 한결같이, 점점 더 또렷하게 백무산이 자리하고 있다. 시대의 수많은 파고를 삶과 시 안에 축적하고 혁파해온 백무산은 변화와 일관성을 아우르며 어느덧 위엄있는 노장의 반열에 올라섰다. 백무산이 이전까지 펴낸 여섯 권의 시집,『만국의 노동자여』(청사 1988),『동트는 미포만의 새벽을 딛고』(노동문학사 1990),『인간의 시간』(창작과비평사 1996),『길은 광야의 것이다』(창작과비평사 1999),『초심』(실천문학사 2003),『길 밖의 길』(갈무리 2004)은 제목에서부터 살아움직여온 그의 투쟁/질문의 행적을 상징적으로 응집해 보여준다. 그 행적이 깊고 부드러운 돌파력을 확보해온, 투쟁의 치열성에 깊이와 온기와 아름다움을 더해온 과정이었음은 우리가 보아온 바와 같다.

일곱번째 시집『거대한 일상』(창비 2008, 이하 같은 책)에서 백무산은 우리 시대의 전면적인 변화를 고독하게 살아내고 성찰한다. 때로 윤리마저 개인의 선택사양으로 취급되는 현세태에서 백무산이 감내하는 고독은 지극히 윤리적인 것이다. 그의 윤리적인 고독은 시대의 흐름과 개인주의에 반하는 전복성과 자발성을 갖는다. "경계는 어떤 지점이 아니라 태도"(백무산-이기인 대담「미래의 노동, 미래의 노동시」,『열린시학』 2008년 봄호)라고 그가 말할 때, 그 경계＝태도란 세계의 선(善)과 정의를 확보하려는 고독의 산물임이 분명하다. 자본의 절대적 권위에 굴복한 세계가 인간을 무력한 단수(單數)로 만든 속에서도, 백무산은 묵묵히 독자적인 소수(少數)의 길을 택한다. "길이 직업인 사람"(「가장자리에서」) 백무산은 세계에 대한 '순결한 분노'(「순결한 분노」)를 품은 윤리적인 진보의 길을 개척하고자 한다. 그의 말처럼 "순결한 것은 스스로 기댈 곳이 없다"(「기대와 기댈 곳」)는 뜻이며, 진보란 순결하고 자립적인 소수만이 발견하고 내면화할 수 있는 벅찬 가능성이다. 가령 "재로 된 문을 열고 안으로 들어서니//덜컹,/밖이 나오"(「재로 지은 집」)는, 경계를 홀연 돌파하는 비약적인 진보의 길은 한곳에 멈추어서 있는 자의 것이 아니다. 불타버린 세계의 문을 열고, 기어코 다시 안으로 들어가는 자의 것이다.

2000년대에 낸 시집들에서 백무산은 '길'의 비약적인 섭리를 사유하는 데 마음을 기울였다. 서정적 비의(秘意)와 선(禪)적 불교철학의 깊이, 맑고 정제된 언어들이 그 길에 수반되었다. 『거대한 일상』에서 백무산은 이를 견지하는 한편으로—주로 시집 후반부에 실린 시들이 여기 속한다—세계의 실상에 좀더 깊숙이 개입한다. 백무산은 세계의 외부를 향한 도약과 내부를 향한 돌파가 별개일 수 없다고 생각하며, 두 개의 길을 동시에 추구한다. 그가 먼저 주목하는 것은 자본에 빈틈없이 점령된 세계의 거대하고 무서운 변화이다. 현재의 세계에 대한 그의 진단은 매우 어둡고 부정적인 색채를 띠고 있다. 그가 직시한 바에 따르면, 자본의 전방위적 지배는 더이상 예측과 우려의 차원이 아닌, 사실과 실제 경험의 현실이 되었다. 세계는 자동 가동되는 하나의 완벽한 자본-기계로 화했으며, 개개인의 삶은 거대 자본기계에 봉사하는 피로한 '노동의 시간'으로 변질되었다. 그 과정에서 노동과 소비 기계의 역할을 저항없이 충실히 수행하는 것은 거부할 수 없는 인간의 숙명이 되었다. 자본과 직결된 노동의 본질과 가치에도 커다란 변화가 발생한 것은 당연한 귀결이다. 노동은 더이상 인간의 인간다움과 삶의 행복, 미래의 희망에 기여하지 못하며, 신성한 권위와 정직성의 가치를 박탈당한 채 '끔찍하고 고통스러운' 것으로 경험된다. 노동자의 개별성은 기계의 이름 앞에 무화되고, 전쟁 노동자, 성 노동자, 유·소아 노동자 등의 비인간적 삶을 영위하는 노동자집단이 빠르게 증가하고 있다. 세계 전체에 "불길한 미래"(「복(福)」)가 속속 도착하고 있는 것이다.

기계노동이 내 몸을 훈육해왔네
훈육되어 스스로 실토해온 시간

—「졸음」 부분

내 어미는 기계였지요
나도 훌륭한 기계를 꿈꾸었지요

—「모가지」부분

하루 백오십원에 열 시간도 넘는 땡볕 노동
카카오를 따고 다이아몬드를 캐고 카펫을 짜고
먹은 것 없이 온종일 벽돌을 깨는 여섯살 아이들

—「백수의 왕」부분

"기계노동이 내 몸을 훈육해왔"다고 실토하는 인간과, "내 어미는 기계
였"으며 "나도 훌륭한 기계를 꿈꾸었"다고 고백하는 부화용 닭 사이에는
존재적 차원에서나 삶의 질적 차원에서나 별다른 차이가 없다. 인간과 닭
(가축)은 하나의 노동-기계로서 마침내 동등해졌다. 뿐만이 아니다. 겨
우 네다섯살, 여섯살의 어린아이들마저 "하루 백오십원에 열 시간도 넘
는 땡볕 노동"을 하고, "먹은 것 없이 온종일 벽돌을 깨"면서 노동기계의
대열에 강제 편입되고 있다. 무언가를 조금이라도 생산할 수 있는 존재
는 모두 노동하는 기계가 된 것이다. 거대 자본기계의 세계는 이처럼 모
든 노동자를 "길들이"고, "거세하"며, 획일화한다. 더 정확히는, 모든 생산
기능한 인간과 동식물을, 나아가 사물과 시공간까지를 노동기계이자 자
본기계로 만들어버린다. 자본의 제국에서는 "자유도 능력"임을 선포하면
서, "저항을 진압하는 최종 전략을"(「구원」) 끝까지 관철하고 있는 것이다.
자본의 제국이 내리는 지상명령은 더할 수 없이 간단명료하다. "오직 사
리사욕을 위해 전력을 다해 살고/사리사욕을 위해 싸우다 죽어라!"(「위인
전」) "수용할 수 없다면 타락시켜라!"(「구원」) 그리하여, 사리사욕을 위한
삶/죽음, 타락의 끝없는 과정은 출구 없는 '거대한 일상'이 되어 우리를
감금하고 있다.

아, 그렇게 만든 것은 우리들이다
더이상 노동은 신성한 것이 아니다
우리의 노동이 자주 그렇게 만들었다
만들어가고 있다, 또다른 치욕도

저 치욕과의 대면이 이제 일상이 되리
그것이 우리의 즐거움도 되리
역사도 정치도 세계도 저항도 허공도 그 무엇도
일상 아닌 것 없는, 거대한 일상이

—「치욕」부분

백무산은 두 가지 충격적인 사실을 선언한다. 하나는 "더이상 노동은 신성한 것이 아니"라는 것. 다른 하나는 "그렇게 만든 것은 우리들"과 "우리의 노동"이라는 것. 노동이 인간과 세계를 변혁하는 것이 아니라 반대로 타락시키고 있다는 사실은 가공할 만한 실제상황이다. 더불어, 우리 시단을 대표하는 노동자시인이 노동의 신성성의 종말과, 노동이 세계의 타락에 동참하는 '치욕'임을 공언하는 장면은 노동시의 문제적인 전환점(turning point)에 해당하는 것이다. 백무산은 이제 노동자의 적이 자본가가 아닌—혹은 자본가에 한정되지 않고—노동자 자신과 노동 자체가 되었음을 증언한다. 그의 말대로라면 노동시의 대상과 함의도 상당부분 바뀌어야 한다. 노동시는 근본적으로 재편된 현실을 반영해 노동과 노동자에 대한 개념을 재정비해야 하며, 노동시의 영토는 노동현장을 넘어 인간의 삶과 세계 전체로 확대되어야 한다. "살아온 시간"이 모두 "노동시간"(「화장터에서」)이며 모든 행위가 자본을 향해 수렴되는 노동 아닌 것이 없는 세계에서, 노동이 노동을 배반하는 치욕의 '거대한 일상'이 "역사도 정치도 세계도 저항도 허공도 그 무엇도" 다 집어삼킨 세계에서, 이제 노동시의 영토 바깥에 존재하는 것은 거의 없는 듯이 보인다. 단적으로 말하면, 이제 노동시는 자본의 제국에 보내는 시선과 동일하게, 노동(자) 자체에 대한 불신과 검열의 시선을 바탕으로 성장해야 하는 아이러니한 운명에 처한 것이다. 백무산이 가장 먼저 이 아이러니의 운명을 실행에 옮기고 있는 셈이라고 할 수 있다.

노동의 종말과 관련해 백무산은 최근 유행하는 많은 종말론들이 "종말을 재생산하는 욕망"에 불과하다고 비판한다. 동시에, "오히려 부지기수의 종말이", 즉 "존재의 종말이/인간의 종말이/시간의 종말이/혁명의 다른 이름이/또는 삶의 다른 이름이" "필요하다"(「종말론」)고 주장한다. 종말은 그 자체로 완성되어야 하며, '다른 이름'으로 새롭게 태어나야 한다. 아직 결정되지 않은 '가능성'의 동의어로서의 '다름'은 시집 『거대한 일상』을 지탱하는 중요한 원리의 역할을 한다. 백무산에게 '다름'은 다른 가능성, 즉 같은 것이 다르게 펼쳐지는 전환의 수많은 국면들을 의미한다. 백무산이 오래 천착해온 '시간'도 이 '다름'을 통해 끊임없이 새로운 국면으로 변모한다. "수없이 겹쳐져 있던 것/다르게 드러내는,//꽃은 변하는 게 아니라/다른 것을 보여주는" 것이며, 다른 시간을 실현하기 위해 "시간은 이미 수없이 겹쳐져 있었"(「다르게 피는 꽃」)던 것이다. '나'의 존재와 삶역시 '나름'의 원리에 의해 이전과는 다른 양상으로 전개된다. 그로 인해 "내 온몸이 통과해"온 삶은 '낯선 생'이 되어, 다시 "저기 다른 생"을 예비해두고 있는 것이다.

나는 지나온 나의 전부가 아니네

내 온몸이 통과해왔건만 낯선 생이
불쑥 낯익은 바람에 타인의 것인 양 흩어지고 있네

나는 그걸 하나의 생이라고 우겨왔네
저기 다른 생이 또 하나 밀려오네

—「생의 다른 생」 부분

　같은 것이 다르게 펼쳐지는 가능성으로 인해, "숙명은 다시 쏟아져내리"더라도 '나'는 "다시 그리고 다시/매번 다르게"(「비」) 살아갈 수 있다. 미래의 희망이 싹트는 것은 이 부분에서이다. 백무산의 '다름'은 수평적 차이를 넘어, 질적 차이의 가능성을 내포하고 있기 때문이다. 인간과 노동을 초토화하려는 자본의 공습 앞에 백무산이 내세우는 무기는 바로 이것, '다름'의 가능성이다. 존재와 삶, 시간 자체에 각인된 '다름'의 가능성은 반인간적 세계로부터 기꺼이 분리되려는 백무산의 자립적 삶의 태도, 즉 윤리적 고독과 연결된다. 「생명의 이름으로」는 백무산이 비주류, 하류계급, 소수자 등의 상징인 '독도인'으로서 민족, 국가, 제국과 절연하고, 어떻게 '고립무원' '절대고독'의 윤리적 삶의 경지를 완성해가는가를 그려 보인다. 윤리적 고독이 폭력적인 세계와의 '푸르른 절연'으로, 다시 생명의 위기에 대한 각성으로 이어지는 이 시는 시집 전체의 문제의식을 하나의 풍경으로 압축해 보여준다.

나는 독도인이다
고립무원과
절대고독과
존재의 벼랑 끝

비주류와
하류계급과

186

아웃싸이더와
소수자이며
변방의 유민인 나
나는 독도인이다

누구는 나를 민족에 가두려 하고
누구는 나를 국가에 가두려 하고
누구는 또 나를 제국에 가두려 하나

(…)
나는 그 높고 위대한 이름으로부터
절해의 고도를 향해 탈주하련다
모든 수탈과 침략으로부터 고립무원을 향해
오직 푸르름으로 나를 절연하련다

—「생명의 이름으로」 부분

백무산의 소속이며 정체성인 '독도인'은 의지적인 탈주와 용기있는 절
연으로 세계의 변방에 머무는 자를 뜻한다. 그러나 '독도인'이 자신의 것
으로 육화하는 삶과 현실의 과제들은 결코 '변방'의 것에 속해 있지 않다.
이 시의 8연에서 백무산은, "나의 절연은 모든 죽은 것과의 절연이며/살
아 있는 모든 생명과의 연대이다"라는 말로써 '푸르른 절연'이 생명과 생
태 문제를 적극적으로 끌어안는 것임을 명시한다. 예를 들면, "물막이공
사 끝나 이제 숨을 거두는 시간"을 아프게 노래한 「새만금에서」 같은 시
는 인간-노동-자연(생명)의 유기적 연결고리를 전제한 백무산의 생태시
의 중요한 축을 이루고 있다. "평화는/내 목소리 비워 뭇 생명의 소리 담
는 일/평화는 너와 나를 방생하는 일" "흐르게 하는 일은 살리는 일"임을

역설(力說)하는 시 「돌아오지 않는 길」도 백무산의 생태인식이 세계의 근본적 개혁에 깊숙이 뿌리내린 것임을 감지하게 한다.

백무산의 노동시와 생태시는 많은 경계를 공유하면서 '다른' 노동시와 '다른' 생태시로 진화해갈 준비를 한다. 다른, 다양한 가능성으로서 노동시와 생태시의 구별이 굳이 필요하지 않은 어디쯤에 그 '다른' 경지가 있을 터이다. 당연한 일이겠지만, 현실의 폐부로 파고들수록 백무산의 시적 전언은 훨씬 강도 높게 직설적으로 발화된다. 긴 길이와 산문적 호흡, 강렬한 메씨지를 지닌 시들이 이 시집의 무게중심을 이루고 있는 것은 노동과 생태의 문제가 훨씬 급박해진 현실에 기인할 것이다. '변방'의 지향성을 품고 영토의 내부에 거주하는 '독도인' 백무산은 "치욕과 분노와 욕망"의 현실 내부로 거듭 귀환한다. 이런 그의 심중에는 "죽음도 이 불길 가운데 머물게 하리라"(「난로」)는 맹세, "길과 맞닿아 길과 한몸인 사람이라야/희망을 말할 수 있다"(「누군가를 밟고 있었다면」)는 믿음이 뜨겁게 내재해 있다.

> 뜨거운 육신은 부처
> 환락의 거리는 법당
> 고통의 신음은 경전
>
> 이 마음 떠나서 어디서 구할까
> 이 길을 떠나서 어디서 구할까
> 아아, 이 피고름 물컹한 고깃덩이, 이 육신을
> 떠나서 어디서 무엇을 구할까
> 이 치욕과 분노와 욕망을 떠나서
> 내 고통 너의 슬픔 떠나서 무엇을 구할까
>
> ——「돌아오지 않는 길」 부분

이 시가 참조하는 중생과 부처, 속세와 해탈이 하나라는 불교적 사유는 "불길한 미래"를 예감하게 하는 21세기의 현실에서도 여전히 유효하다. 아버지에 대해 "아이가 원본"(「꿈」)인 것처럼, 미래에 대해서는 과거가 원본이며, 이상에 대해서는 현실이 원본이기 때문이다. 그러므로 행복한 미래를 소망하며 길을 떠나는 자는 "치욕과 분노와 욕망"의 현재에 밀착해 지나온 현재들을 계속 돌아보기를 멈추지 말아야 한다. 이 시집에서 백무산이 공들여 지나온 삶을 기록하는 이유가 여기에 있다. 그가 마음을 다해 회상하는 것처럼, 백무산에게는 자신이 '측량'되기 전 "물과 별의 동무"(「나도 그들처럼」)였던 자연의 기억이 있고, "이제는 기차도 오지 않고 역도 없는 역전시장"(「역전시장에 가면」)에서 행복했던 유년의 추억이 있다. 참혹한 전쟁과 가난을 겪은 어머니와 아버지로부터 물려받은 비극적인 근대의 기억 또한 있다(「레이꼬 미싱」 「금강산」). 단언하건대, 거대한 자본기계의 제국에 저항할 인간의 자산은 완전히 새로운 발명품은 아닐 것이다. 이 시집이 서로 무관해 보이는 세계들을 함께 거느리고 있는 것은 '인간의 시간'으로서 열린 미래는 발명이 아닌, (재)발견의 대상이기 때문이다.

여기까지 이르는 동안, 백무산은 세계와 현실에 대한 질문/투쟁을 통해 단지 '대답'을 구해온 것이 아니었다. 백무산은 질문/투쟁을 통해 이 세계에서 고통받는 모든 것들의 '구원'을 성취하고자 해왔다. 그러니, 그의 질문이, 투쟁이 안주한 곳 없는 그의 '집'처럼, '길'처럼 유유히 흘러갈 수 있도록 우리의 노동-기계의 삶 위에, 존재 위에 길을 터주기로 하자. 백무산이 행해온 질문과 투쟁의 "길은 사건이 아니라 꽃이었다"(「길과 꽃」)고 그 스스로도 말하고 있으니, 우리에게는 그의 시를 통해 '길'을 찾고 '꽃'을 얻을 일만이 남아 있을 테니까 말이다.

나 아직 가야 할 길 있으니, 땅에서 쓰러져 땅을 딛고 일어나야 할 때
나의 집은 작은 뗏목이 될 뿐 나의 유목은 끝내 쉴 수 없으리라.

—「흐르는 집」부분

—『거대한 일상』(2008) 해설

삶의 허기를 향유하다

장석남의 시세계

1. 소유의 삶과 향유의 삶

최대한의 것을 지독히 가지려는 사람이 있는가 하면, 최소한의 것을 지극히 누리는 사람도 있다. 최대한을 갖고도 아무것도 갖지 못하는 사람이 있는가 하면, 최소한을 누리고도 온전히 다 누리는 사람도 있다. 더 많은 것을 빽빽하게 소유(所有)하려는 사람과, 없음조차도 드넓게 향유(享有)하려는 사람의 차이는 이처럼 가이없다. 그러나 역설적이게도 소유하는 자는 많이 가졌음에도 빈곤하기 쉽고, 향유하는 자는 적게 가졌음에도 넉넉할 수 있다. 소유의 삶에서는 희극적인 순간들도 비극적이기 쉬운 반면, 향유의 삶에서는 가장 비극적인 순간조차 오롯이 비극적이지만은 않다. 소유의 삶이 소유만을 가까스로 향유한다면, 향유의 삶은 오직 향유만을 기쁘게 소유하기 때문이다. 소유의 크기와 향유의 농도, 소유의 허망과 향유의 충만, 소유의 가벼움과 향유의 깊이, 소유의 덧없음과 향유의 지속…… 소유의 삶과 향유의 삶에 관해 우리는 이런 대비의 목록을 만들 수 있겠다. '소유'를 광적으로 독려하고 '향유'를 끝없이 박탈하는 오늘의 세계에서 이 목록은 우리의 삶을 속속들이 비추는 아픈 거울이 된다.

시인 장석남(張錫南)과 그의 시들이 '향유'의 삶에 속해 있다는 것은 자명하다. 더불어 '소유'의 삶에 속해 있음 또한 분명하다. 장석남의 시는 향유와 소유 사이의 아득한 거리에 투신하거나, 불현듯 좁혀진 그 거리의 곤혹스러운 갈등을 견디며 탄생한다. 등단작 「맨발로 걷기」(『경향신문』 1987) 이후 발표된 초기시들이 주로 전자의 세계에 몰두했다면, 2000년대 중반 이후 쓰인 최근작들은 후자의 세계에 관심을 기울이고 있다. 한 예로, 장석남의 시가 노래하는 향유는 다음과 같은 감동적인 반향을 불러일으킨 바 있다. 장석남의 시는 "세계 속에서가 아니고 세계 밖에서, 추억 속에서 그것을 재생하고자 하는 무욕한 바람을 갖는다. 그의 시가 꿈결처럼 아름답고 아름답되, 헛되고 헛되며, 슬프고 슬픈 것은 그 때문이다"(최하림, 장석남 시집 『왼쪽 가슴 아래께에 온 통증』 추천사, 창비 2001). 다른 한편에서, 장석남의 시에 드리워진 소유의 그림자는 애정 가득한 성찰의 시선을 촉발하기도 하였다. "스스로 마련한 도덕적인 거울을 통해 자신이 타락해가는 과정을 지켜보는 한 사내의 곱고 조용한 내면에 죄의식이 깃들지 않을 리 없다"(최창근 「흐르지 않는 시간, 다시 태어나는 공간」, 장석남 『뺨에 서쪽을 빛내다』 발문, 창비 2010).

여기서 주목해야 할 사실이 하나 있다. 소유의 크기는 대상에 의존하지만, 향유의 깊이와 농도는 주체 스스로가 좌우한다는 점이다. 소유는 대상으로부터 오고〔來〕, 향유는 주체의 안에서 나오는〔生〕 까닭이다. 일련의 해석은 계속될 수 있다. 소유는 '내 것'이 된 어떤 것들에 관한 일이지만, 향유는 내 것이 아니어도 좋은 모든 것들에 관한 일이다. 향유하지 못하면 소유하기도 어렵지만, 소유하지 않아도 얼마든지 향유할 수 있는 것은 그로 인함이다. 이런 맥락에서 볼 때, 세상의 모든 것들을 자유자재로, 가없이, 투명하면서도 곱디곱게 향유하는 일에 관해서라면, 우리 시에서 장석남을 따를 시인은 별로 없다고 할 수 있다. 장석남은 쓸쓸함과 고단함, 묵은 슬픔, 회복할 수 없는 상실, 피할 수 없는 훼손, 처리할 수 없는 시간과 내면 등의 삶의 갖은 난제들을 묵묵히 다스리고 누리는 데 헌신해온 시인이다. 같은 의미에서, 장석남은 다른 존재와 사물 들의 깊은 속내를 읽어내면서 그들의 삶과 존재 자체에 은밀히 참여해온 시인이기도 하다. 언젠가 장석남은 이렇게 썼다. "시인은 존재 자체를 편들며 존재 자체를 꿈꾼다. (…) 자기 자신과 더불어 모든 존재들의 골문을 시인은 지킨다"(『미소는, 어디로 가시려는가』 뒤표지글, 문학과지성사 2005). 모든 존재들의 입구를, 정수(精髓)를 수호할 수 있기를 바라며, 장석남은 자신만의 감각과 언어와 통증, 시선과 셈법 등을 다채롭게 궁리하고 개발해왔다. 장석남이 향유해온 것들을 대략 간추려보면, 가난, 부재, 상실, 적막, 고요, 조응, 내밀, 아름다움, 사랑, 아직 이름붙여지지 않은 시간과 공간과 존재와 내면 등의 '이면(裏面)'과 '바깥'의 것들이 된다. 이 향유의 목록은 서해의 고적한 섬 덕적도에서 태어나 인천을 거쳐 서울에 정착(?)하기까지 시인의 생의 이력을 눈에 보이는 듯 더듬어보게 한다. 『새떼들에게로의 망명』(문학과지성사 1991)을 시작으로, 『젖은 눈』(문학동네 1998) 등을 거쳐 『뺨에 서쪽을 빛내다』(2010)에 이르는 시집 여섯 권의 작은 역사도 생생한 감각으로 헤아리게 한다.

2. '시장기'와 '비어 있음'의 생계론 혹은 존재론

장석남의 시를 관통하는 것은 근원적인 '비어 있음'의 사태이자 감각이다. 소멸, 죽음, 부재, 결핍, 상실, 이별, 비애, 허무, 적요, 울음, "솎아냈던 슬픔들"(「風笛 3」, 『새떼들에게로의 망명』) 등이 이와 같은 범주를 이루는 계열체들이다. '비어 있음'의 존재론적이며 실존적인 사태-감각은 장석남이 유년과 청년기에 경험한 가난과 밀접하게 관련되어 있다. 첫시집 『새떼들에게로의 망명』은 가난의 경험이 어떻게 '비어 있음'의 존재론과 삶의 감각으로 변주되었는지에 관한 최초의 고백록이자 보고서라고 할 수 있다. 장석남이 겪은 가난에 관해서는, "'늬아배등가죽위에우리여덟식구가올라탄형국이여'라고 하시던 할머니의 말씀"(「오동나무가 있는 집의 기록 2」, 『젖은 눈』) 한마디가 그 실상을 고스란히 압축해 보여준다. 장석남에게 가난의 경험은 '시장기'와 '허기'로 몸과 마음에 각인되어, 생계와 실존, 미학의 차원을 한꺼번에 아우르는 연결고리가 된다. '시장기'와 '비어 있음'의 생계론 혹은 존재론이라 부를 수 있는 장석남 특유의 시선 및 시적 논리는 네번째 시집 『왼쪽 가슴 아래께에 온 통증』까지도 시세계의 전경(前景/全景)을 이루며, 이후의 시들에서도 가장 중요한 저음부를 형성한다.

　장석남에게 시장기/허기는 먹고사는 일의 동인(動因)을 넘어, 존재하고 살아가는 모든 일의 동인이자 기원이 된다. "차고 단단한 가을물이/무릎에 구름을 앉히고/동냥밥을 먹는,/또는 손 탁탁 털고/쫄쫄 굶는/그게 生이지/그게,/그것이,/우리 生이지"(「밤비」, 『젖은 눈』) 같은 시구에서 보듯, 장석남은 생 자체가 간신히 허기를 모면하거나 내내 허기에 시달리는 일임을 명시적으로 진술한다. 당연한 결과로, 장석남의 시는 생의 허기 혹은 허기의 생을 노래하는 데 많은 부분을 할애한다. 구체적인 예를 들면, "어머니는 해마다 밭둑에 옥수수를 심어/우리집 울음을 대신 울게 했지 아침이면/차마 눈으로 볼 수 없는 옥수숫대가 있었어"(「추억에서의 헤매임」, 『새 떼들에게로의 망명』)에서 시장기/허기는 가난한 가계의 '울음'의 내력으로 전이되고 확장되며, "오늘 저녁은 새의 一生에 대해 생각해보기로 한다//이 시장기"(「日暮」, 『젖은 눈』)에서 시장기/허기는 '새의 일생'과 '새의 일생'을 생각하는 자의 내면을 통째로 떠받치는 설명할 수 없는 힘이 된다. "허기진 창자를 삐뚜름히 비추는 저녁별/노는 아지랑이//솥을 열다//서쪽을 열고/뺨에 서쪽을 빛내다"(「서쪽 1」, 『뺨에 서쪽을 빛내다』)에서 시장기/허기는 '서쪽'으로 상징되는 신성한 세계를 향한 열망을 품는 모태로 작용한다. 무엇보다 시장기/허기는, "마땅한 삶이 쉬 보이지 않는"(「歌 1」, 『새떼들에게로의 망명』), 그래서 "안 보이는 나라를 편애하는 것이 틀림없는"(「진흙별에서」, 같은 책) 장석남의 생의 감각과 가치관이 자생하고 발현되는 기원이 된다. 그 많은 시장기/허기들로 이어지는 삶 가운데 아주 드물게, "지금은 앵두가 익을 무렵/그리고 간신히 아무도 그립지 않을 무렵"(「옛 노트에서」, 『지금은 간신히 아무도 그립지 않을 무렵』, 문학과지성사 1995)이 찾아오고, "이 세상을 다시 시작하고 있는" "어느 저녁"(「살구를 따고」, 『왼쪽 가슴 아래께에 온 통증』)이 왔다 가곤 하는 것, 그 과정을 꼭 알맞게 기록해낸 것이 장석남의 시이다.

> 밥을 먹으며 나는 자주
> 밥 냄새 끝까지 달아나 있다
> 밥의 기억 모두 낙엽져 앙상한
> 마을, 내려와 넓은 숨을 쉬는 하늘가에서
> 이름 버리고
> 빈 그릇을 달그락거리기도 한다
> 어느 미래에 나는 배고프지 않은 기억 밑으로
> 수저를 던질 것인가
> 내 영혼의 싱싱한 지느러미 속에
> 차고 단단한 잔별들이 뜰 때
> 나는 조용히 수저를 놓고 그들과 함께
> 몸 비틀며 반짝일 것이다
> 밥을 먹을 때 나는 자주 기억도 끝나는 곳을 病처럼
> 다녀오곤 한다
> ──「밥을 먹으며」(『새떼들에게로의 망명』) 전문

누군가 찌르라기 울음 속에 누워 있단 말인가
봄 햇빛 너무 빽빽해
오래 생각할 수 없지만
오랜 세월이 지난 후
나는 저 새떼들이 나를 메고 어디론가 가리라,
저 햇빛 속에서도 캄캄한 세월 넘어서 자기 울음 가파른 어느 기슭엔
가로
데리고 가리라는 것을 안다

찌르라기떼 가고 마음엔 늘
누군가 쌀을 안친다
아무도 없는데
아궁이 앞이 환하다

—「새떼들에게로의 망명」(같은 책) 부분

"배고프지 않은 기억"을 "어느 미래"에 갖게 될지 알 수 없는 '나'의 삶은 "빈 그릇"처럼 "달그락거"린다. 이 궁핍한 삶을 시리게 비춰줄, "내 영혼의 성성한 지느러미 속에/차고 단단한 잔별들이 뜰 때"까지, 그러니 아직 허기의 "수저를 놓"을 수는 없다. 밥을 먹는 일이 '병(病)'을 앓는 일과 겹쳐지는 것은 이런 연유에서다. 오래 지속되는 허기의 상태가 병의 상태와 어찌 다를 수 있겠는가. 장석남은 허기를 잔뜩 끌어안은 채 그 허기를 자신이 원하는 삶의 에너지로 전환하는 도약의 상상력을 발휘한다. 아직 뜨지 않은 삶의 별들과 함께 허기의 "몸 비틀며 반짝"이는 법을 상상하고 예비하는 것, 봄 햇빛 빽빽한 날 찌르라기 울음 속에 누워 "나는 저 새떼들이 나를 메고 어디론가 가"는 망명의 시간을 상상하고 예비하는 것이 그것이다. 이때 상상은 소망의 다른 이름으로, 새떼들을 통한, 새떼들

196

을 향한, 새떼들과 더불은 장석남의 '망명'은 시장기/허기의 존재론이 발견한 삶의 방법이자 지향점이 된다. 현실의 삶 자체가 유발한 시장기/허기는 끝내 이 삶의 내부에서는 완전히 채워질 수 없는 까닭이다. 삶 바깥으로의 망명의 순간은 상징적인 암시의 형상으로 다가온다. "아무도 없는데/아궁이 앞이 환하"여지는 비의(秘意)의 순간이 문득 짧은 축복처럼 도래한다.

시장기/허기의 집적물로서 장석남의 시가 이러한 궁극의 시간들에 열망하고 편애하는 것은 다름아닌 '시' 자체이다. 장석남에게 시는 "문자로는 기록될 수 없는 서른 사랑"을 그릴 수 있는 유일한 매체이며 실체이다. 그는 이 사실을 천정이 꺼멓게 그을린 부엌 찬 부뚜막에 앉아 감자를 삼키며 가슴 먹먹하게 확인한다.

부뚜막에 앉아서 감자를 먹었다
시커면 무쇠솥이 커다란 입을 쩍 벌리고 있었다
솥 안에 금은보화와도 같이 괴로운 빛의 김치보시기와
흙이나 겨우 씻어낸 소금 술술 뿌린 보리감자들
누대 전부터 물려받은 침침함,
눈 맞추지 않으려 애쓰면서
물도 없이 목을 늘려가며 감자를 삼켰다
아무도 모를 것이다 감자를 삼킨 것인지
무쇠솥을 삼킨 것인지
이마 위를 떠도는 무수한 낮별들을 삼킨 것인지
(…)
천정이 꺼멓게 그을린 부엌 찬 부뚜막에 수십년을 앉아서 나는
고구려 사람처럼 현무도 그리고 주작도 그린다
그건 문자로는 기록될 수 없는 서른 사랑이다

그것이 나의 소박하기 그지없는 학설

아무도 모를 것이다 나는 아직도 그것을 시(詩)로 알고 그리고 있다
　　　　　　　　　　　　　　──「부뚜막」(『뺨에 서쪽을 빛내다』) 부분

　장석남의 시쓰기의 본령이, 시커먼 무쇠솥마저 삼킬 기세로 감자를 먹었던 유년시절의 '나'의 허기이며, 이후 그 시절을 그리워하며 수십년째 깊은 밤 부뚜막에 혼자 앉아서 감자를 삼키고 있는 지금의 '나'의 허기임을 선명하게 그려 보이는 수작(秀作)이다. 음식(생존)에 대한 허기가 삶〔실존〕에 대한 허기로, 다시 사랑과 시〔예술/미학〕에 대한 허기로 먹먹하게 번져나가는 이 시학에 더 보태고 뺄 말이 있기는 어렵다. "항아리에서 쌀을 푸다가 그만 한 홉을 쏟고 만" 순간에, "내 살〔肉〕 속에 아주 깊이 숨었던 영(靈)들이 화르르 깨어나는"(「쌀을 줍다」, 같은 책) 일은, 그리하여 또 한편의 '서른 사랑'의 시가 씌어지는 일은 이와 같은 장석남 특유의 시공간에서 부단히 일어난다.

3. "사랑의 식객이 되어서"

　장석남의 초기시에서도 '사랑'은 간절한 허기와 열망의 대상이었다. "나는 오늘밤 마른 물고기를 타고/진흙별에까지 가야 한다/그곳에 두 눈 칭칭 동여맨 나의 사랑이 있으므로"(「추억에서의 헤매임」, 『새떼들에게로의 망명』). 이 눈먼 '나의 사랑'에 대한 너무 요원한 사랑법이 한 시대를 풍미했다고 해도 그리 지나친 말은 아닐 것이다. 2000년대 중반 무렵부터 장석남의 시에서 허기는 유독 '사랑'을 직접적으로 겨냥하는 일이 잦아진다. 이는 시집 『왼쪽 가슴 아래께에 온 통증』에서 싹이 터 『미소는, 어디로 가시려는가』에서 뚜렷이 가시화된 시세계의 변화와 직결된다. 존재와 삶의 궁

극을 향한 '허기의 향유'에서, 현실에서 발생하는 '소유의 허기'에 대한 성찰적 탐구로 이행한 것이 그 변화의 핵심이라고 할 수 있다. 이 변화를, 서정주적인 지향성에서 김수영적인 지향성으로의 이행으로 설명할 수도 있을 것이다〔일례로, "시는 (…)/깨지는 얼음장 위를 달려서 너에게로 가는/全速力이어야 하므로"(「시인은」, 『미소는, 어디로 가시려는가』) 같은 구절에서 김수영적인 것의 명료한 흔적을 발견할 수 있다〕. 사랑(과 연애)의 자세에 관한 자의적 상상과 향유에서, '사랑의 기술'에 대한 비판적 성찰과 발명으로 옮겨간 것이 그 구체적 내용이 된다. 삶과 죽음이 서로에게로 번지는 방법이자 기술로서 '사랑'은 이같은 사랑의 두 양상 사이의 과도기적 형태로 나타난다. "삶은 번져 죽음이 된다/죽음은 그러므로 번져서/이 삶을 다 환히 밝힌다/또 한번―저녁은 번져 밤이 된다/번짐,/번져야 사랑이지"(「水墨 정원 9-번짐」, 『왼쪽 가슴 아래께에 온 통증』). '번짐의 사랑'을 기점으로 장석남 시에서 '사랑'은 안온한 능동성에서 불편한 능동성으로, 자신의 내면을 충만하게 하는 존재론적 보충물에서 자신의 존재 자체를 해체하고 재구성하는 획기적인 기술로, 삶에 뜻하지 않게 도착한 선물 같은 존재에서 삶을 변화시키는 거센 바람으로 형질의 변화를 맞이한다.

이 변화는 장석남이 스스로를 '사랑의 식객'으로 규정하면서 뚜렷해진다. "사랑의 食客이 되어서"(「갓난 송아지가 젖 먹을 때 다른 젖으로 바꿔 물며 들이받는 힘」, 『왼쪽 가슴 아래께에 온 통증』) 살아가는 장석남에게 허기는, "사랑이 빠져나가버린 정신의 적막"(「새벽길」, 『미소는, 어디로 가시려는가』), 즉 사랑이 결여된 내면의 동의어가 된다. 사람들의 정신과 내면에 사랑이 깃들 자리가 별로 없을 때 사랑은 기술의 매개를 필요로 한다. 사랑의 기술이 요구되는 이유는 사랑의 자연발생적인 생성이 불가능하거나 어려워진 현실 자체에 있다. 실제로 어느순간 장석남의 눈앞에 펼쳐진 현실은, "전부 무언가 내면으로 주판알을 굴리듯이/예술을 하듯이/神을 보듯이 멀뚱거리다가/총총히들 內面으로/內面으로 사라져가"(「內面으로」, 같은 책)는 계산적이고 밀폐된, 겁 많은 내면들의 산술적 총합이 되어 있다. 시를 쓰고 문학을 하는 사람들조차 내면은 향유의 삶이 아닌 소유의 삶에 저당잡힌 지한참이다. 장석남은 자신 역시 예외는 아니라고 고백하는데, 이를 위해 자기 희화화와 풍자, 해학 등이 뒤섞인 새로운 화법을 동원한다.

> 책을 내기로 하고 300만 원을 받았다
> 마누라 몰래 주머니에 넣고 다닌다
> 어머니의 임대 아파트 보증금으로 넣어 월세를 줄여드릴 것인가,
> 말하자면 어머니 밤 기도의 목록 하나를 덜어드릴 것인가
> 그렇게 할 것인가 이 목돈을,
> 깨서 애인과 거나히 술을 우선 먹을 것인가 잠자리를 가질 것인가
> 돈은 주머니 속에서 바싹바싹 말라간다
>
> ──「목돈」(같은 책) 부분

> 속물은 할 수 없다. 잠 속에도 이것저것을 묻어둔 모양이다. 어떤 때는 여자가 보이고 또 어떤 때는 돈다발이 보이기도 한다. (⋯) 이름자라도 팔고 돈냥이라도 좀 얻어먹어보자는 속셈이다. 참, 차례도 질서도 없이 피어나는 잠 속의 종이꽃들.
>
> ──「稚拙堂記」(같은 책) 부분

속물이란, '사랑'마저도 소유와 욕망의 하위체계에 두는 자이다. 욕망의 방향이 미처 결정되지 못한 "돈은 주머니 속에서 바싹바싹 말라"가고, 사랑이 미진한 '나'의 내면도 그와 함께 말라간다. "차례도 질서도 없이 피어나는 잠 속의 종이꽃들"이 그 완곡한 자조적 비유임은 말할 것이 없다. 소유의 지배에 둘러싸인 속에서 장석남은 자신의 삶을 포함한 현실의 속악함이 불러일으키는 허기를 정치적 의미로 변용하기도 한다. "그래,

나아가는 맛, 국밥의 이 나아가는 맛,/나아가는 맛, 정치적 용어로는 進步, 나아가는 맛, 기껏/콜라나 피자로밖에 할 수 없는 이 진보,"(「나아가는 맛」, 같은 책)에서처럼, 현실의 부정성에 대한 풍자와 비판의 열쇠말로 활용하는 것이다. 그리고 마침내 장석남은 자신만의 사랑의 기술을 고안하고 재구성하기에 이른다.

더이상 휠 수 없고 더이상 내려놓을 수 없고 버틸 수 없어서 꺾어질 때, 찢어질 때, 부러지고 으깨어질 때 그 비명을 우리는 사랑의 속삭임이라고 부르자

사랑에 찢기기 전에 꿈꾸고
사랑에 찢기기 전에 꿈으로 달려가고
찢기기 전에 숨는 굴뚝새가 되어서
속삭임들을 듣는다
이 사랑의 방법을 나는 이제야 눈치 채고
이제야 혼자 웃는다

——「폭설——山居」(같은 책) 부분

핏물 속에서 하늘을 우러러 제 호와 홉을 내놓고 허드렛고기가 되는
고전적 사랑의 기술

나를 끓여 찬밥을 넣어 말아먹으렴!
싸고 뜨거운,
그리고 언제나 비린 사랑이여!
나의 노독(路毒)이여

——「속초에서」(『뺨에 서쪽을 빛내다』) 부분

한편에서 장석남은 더이상 제어할 수 없는 한계 앞에서, "사랑에 찢기기 전에 꿈꾸고/사랑에 찢기기 전에 꿈으로 달려가"는 전속력의 첨단의 기술을 고안한다. 다른 한편에서는 자신의 존재와 생명을 기꺼이 희생하는, "핏물 속에서 하늘을 우러러 제 호와 흡을 내놓고 허드렛고기가 되는/고전적 사랑의 기술"을 재구성한다. 김수영적인 것과 서정주적인 것은 이렇게 장석남의 시에서 마주보고 화합하면서 새로운 국면을 열어가는 중이라고 하겠다. 몸과 사랑과 죽음이 '요'의 마술적인 도구성을 통해 하나가 되고, '꽃'의 미학적인 이미지를 통해 하나가 되는 것도 같은 맥락의 시적 사건에 해당한다. "몸은 요를 부르는 물건/사랑은 요를 부르는 물건/죽음은 요를 부르는 물건/꽃을 펴듯 요를 편다"(「요를 편다」, 『뺨에 서쪽을 빛내다』). 장석남의 시가 앞으로 나아갈 익숙하면서도 새로운 세계는 이 부근에서 움트고 있는 것으로 보인다.

2010년 미당문학상 수상작인 「가을 저녁의 말」은 그 희미한 징후들을 감지하게 한다.

나뭇잎은 물든다 나뭇잎은 왜 떨어질까?
군불 때며 돌아보니 제 집으로 들어가기 전 마지막으로 꾸물대는 닭들

옥박질린 달이여

달이 떠서 어느 집을 쳐부수는 것을 보았다
주소를 적어 접시에 담아 선반에 올려놓고

불을 때고 등을 지지고

배를 지지고 걸게 혼잣말하며
어둠을 지졌다

장마 때 쌓은 국방색 모래자루들
우두커니 삭고
모래는 두리번대며 흘러나온다
모래여
모래여
게으른 평화여

말벌들 잉잉대던 유리창에 낮은 자고
대신 뭇 별자리들 잉잉대는데

횃대에서 푸드덕이다 떨어지는 닭,
다시 올라갈 수 있을까?
나뭇잎은 물든다

　　　　　　　—「가을 저녁의 말」[1] (『창작과비평』 2009년 겨울호) 전문

　떨어지는 나뭇잎, 집으로 들어가기 전 마지막으로 꾸물대는 닭들, 옥박질린 달, 장마 때 쌓은 국방색 모래자루에서 흘러내리는 모래, 자고 있는 낮 등은 가을에 어김없이 일어나는 쇠락의 풍경을 고스란히 딤고 있다. 그러나 이 시에서 가을은 대자연의 순환의 섭리에 대한 통상적인 비유 체계로 마감되지 않는다. 오히려 이 시는 이미 수없이 경험되고 확인된 일들을 새삼스러운 질문으로 바꾸어놓는다. "나뭇잎은 왜 떨어질까?" 흥미

───────────

1 이 시는 원래 해당 지면에 「모일(某日)」이라는 제목으로 발표되었다.

롭게도, 첫행에서 화두처럼 던져진 이 질문에 대한 답은 떨어진 나뭇잎들이 이듬해에 새롭게 부활할 것이라는 자연의 순환법으로 편성되지 않는다. 대답은 마지막 연에서 대답과 질문의 두 유형의 다른 문장으로 제시된다. "나뭇잎은 물든다"라는 다소 엉뚱한 다른 방향의 대답과, "횃대에서 푸드덕이다 떨어지는 닭,/다시 올라갈 수 있을까?"라는 돌연하지만 애초의 질문을 다른 주체를 내세워 재구성하는 질문이 그것이다.

이렇게 질문은 조금씩 운동하고 이동하면서 새로운 대답과 질문을 파생시킨다. 장석남의 시가 이 질문의 운동을 통해 얼마나, 어떻게 변화해갈지 궁금해지지 않을 수 없는 대목이다. 다만 한 가지, 그 과정이 '사랑의 기술'이 더 풍부한 쓰임새와 현재성을 획득해가는 역동적인 과정이 되리라는 예감만큼은 확실한 것이라고 하겠다.

　　　　　—『가을 저녁의 말—2010 제10회 미당문학상 수상작품집』(문예중앙 2010)

몸에서 시가 '똥'처럼 떨어지기까지

박연준의 시세계

박연준(朴蓮浚)의 시에서 현실의 경험은 환유의 회로를 거쳐 환각적 형태로 제시된다. 환유는 박연준이 즐겨 사용하는 존재 변환의 장치이며, 환각적 풍경은 이를 통해 박연준이 자신의 삶과 내면을 드라마틱하게 재현한 시적 결과물이다. 박연준에게 시는 자신의 삶을 스스로의 각본과 연출로 재상연하는 극장과도 같다. 이 극장에서 상연되는 것은 그녀가 주인공으로 출연하는 참혹한 정황의 모노드라마이다. 드라마 속의 '나'는 주변 인물과의 치명적인 관계에 대한 이야기를 들려준다. 엄마, 아빠, 남자〔이 순서는 무삭위순이(어야 한)다〕. 이들은 모두 '당신'으로 지칭되며, '나'의 발화 속에서 등장과 퇴장을 반복하면서 존재감과 정체성을 부여받는다. 흥미롭게도 이 과정은 '나'의 존재감과 정체성이 형성되는 과정을 그대로 유추하게 한다. '나의 탄생'(「나의 탄생」, 『속눈썹이 지르는 비명』, 창비 2007, 이하 같은 책)과 죽음은 '당신'의 탄생 및 죽음과 분리될 수 없는 것이기 때문이다.

가장 가까운 존재/타자들인 엄마, 아빠, 남자와 호환하(지 못하)는 '나'의 삶의 시공간은 환유의 무한한 미로로 이루어져 있다. 끝없이 펼쳐진 환유의 미로를 배회하는 '나'는, 짐작하겠지만, 행복한 일체감도 생산적인 차이도 획득하지 못한 채 쓸쓸하고 헛된 이동을 되풀이한다. 예를 들어 박연준이 "나는 밥을 먹는다"고 말했다가 이내 "나 말고 나 비슷한 것이 밥을 먹는다"(「봄의 장송곡」)고 고쳐 말할 때, 이 '나'들이 미결정의 상태로 산포중인, 모종의 궁극적인 '나'의 유동적인 조각들임을 이해하는 것은 어려운 일이 아니다. 그러므로 박연준에게 환유는 시적 방법론의 차원을 넘어, 자신과 타자에게서 끝없이 탈각되면서 생을 영위하는 존재의 숙명적인 원리를 의미한다. 타자와 세계로부터 끝내 어긋나는 존재의 원리로서의 환유는 박연준의 데뷔작 「얼음을 주세요」(2004 중앙신인문학상)부터 선명히 모습을 드러낸다.

> 이제 나는 남자와 자고 나서 홀로 걷는 새벽길
> 여린 풀잎들, 기울어지는 고개를 마주하고도 울지 않아요
> 공원 바닥에 커피우유, 그 모래빛 눈물을 흩뿌리며
> 이게 나였으면, 이게 나였으면!
> 하고 장난질도 안 쳐요
> 더이상 날아가는 초승달 잡으려고 손을 내뻗지도
> 걸어가는 꿈을 쫓아 신발끈을 묶지도
> 오렌지주스가 시큼하다고 비명을 지르지도
> 않아요, 나는 무럭무럭 늙느라
>
> (…)
>
> 추억은 칼과 같아 반짝 하며 나를 찌르겠죠
> 그러면 나는 흐르는 내 생리혈을 손에 묻혀
> 속살 구석구석에 붉은 도장을 찍으며 혼자 놀래요

'여린 풀잎들' '커피우유' '초승달' '오렌지주스' '새벽길' 등은 존재와 존재(여성과 남성이라고 해도 좋다)의 간극에 매설된 환유의 다양한 오브제들이다. "남자와 자고 나서 홀로 걷는 새벽길"에서처럼 존재의 간극이 극대화된 상황에서는, 그러나 이 오브제들은 별다른 힘을 발휘하지 못한다. 환유는 타자와의 메울 수 없는 거리로 인해 가능해지며, 또한 같은 이유로 불가능해진다. 환유의 가능성과 불가능성은 모두 존재(박연준에 따르면 특히 여성)의 원천적인 고립과 상처를 반증한다. "남자와 자고 나서 홀로 걷는 새벽길"에서 '나'는 "울지 않"고 "비명을 지르지도 않"으면서 어떤 대상과도 조우할 수 있지만, 어떤 존재로도 '나' 자신을 환유하지 못한다. 환유의 행위를 가볍고 쓸모없는 '장난질'로 치부해보아도 결과는 동일하다. '나'는 공원 바닥에 쏟아진 커피우유를 보며, "이게 나였으면, 이게 나였으면!/하고 장난질도 안" 치는(/못 치는) 존재적 정지·공황 상태에 이르러 있는 것이다. 다른 존재에게로 향하는 이접(移接)의 길들이 무력화되자, '나'는 절망과 체념, 자폐적 욕망을 가벼우면서도 끔찍한 유희의 방식으로 내면화한다. "나는 흐르는 내 생리혈을 손에 묻혀/속살 구석구석에 붉은 도장을 찍으며 혼자 놀래요". 자신의 '생리혈'을 갖고 노는 '나'의 기괴한 '장난질'이 쌓이고 쌓여 뜻밖에도 찌르는 "칼과 같"이 아픈 한 권의 시집이 된다. 박연준의 첫시집은 현실의 공간을 환각인 듯 떠도는, 여전히 독백의 언어(monologue)로 말해질 수밖에 없는 여성의 핏빛 비명이며 서사이다.

박연준이 펜에 묻혀 쓰는 '생리혈'은 생명을 잉태할 수 있는 여성의 몸의 환유이자, 생명 잉태에 실패한 여성의 몸의 환유이다. 생리혈은 여성의 몸에서 분출되는 신성한 생명력의 징표이자, 남성중심주의가 여성의 몸에 덧씌운 금기와 억압의 상징이기도 하다. 타자를 향한 길들이 중단되자 박연준은 그 길의 방향을 여성인 자신의 비천하면서도 신성한 몸 안으로 구부린다. 그런데 이 이중적인 몸 안에는 어느새 "나 말고" '당신'이 들어차 있다. "내 나쁜 몸은 당신을 기억"(「속눈썹이 지르는 비명」)하고 있고, "당신을 떠올리면/내 빈 자궁으로 당신이 걸어들어와/당신은 열 달이 지나도 태어나지 않"(「나비—마이크에 매달려 독백으로」)는다. '당신'이 어떻게 '나'의 몸을 환유적으로 분절하고 흡착하면서 '나'를 점유하고 있는지, 박연준은 비극성을 머금은 거침없는 어조로 생생하게 묘사한다.

혼자 목욕을 하는 저녁이 찾아왔을 때
외로운 팔과 다리, 등, 배, 가슴, 흐린 얼굴
도저히 내것이라고 하기 어려운 각각의 개체들이
거울 속에서 서로 어색하게 꿈틀대고 있을 때
하얗고 둥그런 왼쪽 가슴에 난 이빨자국
보랏빛으로 선명하게 찍힌 당신의 자국

—「흔적」부분

내 젖꼭지에 매달린 그의 입술이 떨어지지 않아
무거워, 내 몸에 주렁주렁 달린 그의 몸
걸을 때마다 출렁이는 고통

—「겨울, 그네처럼」부분

내 몸에 찍힌 "당신의 자국"은 일차적으로는 쎅스의 흔적이다. 그러나 이 자국이 내 몸을 "각각의 개체들"로 분해하고, "내 몸에 주렁주렁 달린 그의 몸"이 "걸을 때마다" '고통'스럽게 '출렁'일 때, 나의 몸이 겪는 것은 "어색하게 꿈틀대"는 쎅스의 여파를 초과한 '나' 자신의 정체성의 혼란이다. 박연준이 종종 도발적이고 선정적인 화법을 활용하면서 파고드는 문제의 핵심이 여기에 있다. 박연준은 날카로운 목소리로 자신(/여성)에게 일어난 일을 경고하듯 세상에 알린다. "여긴 사건현장이에요! 아무것도 건드리지 마세요!/무덤을,/여러개 준비해주세요"(「안티고네의 잠」).

'나'/여성의 정체성이 살해된 사건현장에는 자아와 타자의 경계는 물론, 삶과 죽음의 경계도 붕괴되어 있다. 박연준은 타자의 몸을 품고 낳는 여성 특유의 경험을 통해 이를 형상화한다. "나는 죽어도,/당신을 낳지 않을래"(「나비—마이크에 매달려 독백으로」)라거나, "엄마, 더러운 엄마, 나를 낳지 마/여긴 나의 알이 아니야/알을 깨고 발 없는 내가 도망치듯 태어난다"(「나의 탄생」) 같은 출산의 모티브가 박연준의 시를 관통하는 것은 이 때문이다. 그런데 "아기들이 태어나는 소리"는 "가엾은 죽음들이 생(生)을 뒤집어쓰고 태어나는 소리"이다. "아기는 엄마가 흘린 죽음"(「안티고네의 잠」)이라고 믿는 시인에게 산도(産道)는 미래의 새로운 생명이 아닌, '나'의 전사(前史)로서의 과거의 몸들과 오래전부터 진행중인 죽음을 향해 열려 있다.

> 사람들이 나의 탄생을 나무라고 있어요
> 귀를 막고 싶지만 아직도 내 몸뚱이 반은
> 엄마에게 속해 있어, 내 팔 좀 꺼내줄래요?
> 완전하게 내가 태어나려면, 얼마나 더 기다려야 할까?
> (나를 싸세요! 빨리!)
>
> ─「나의 탄생 2」 부분

> 도돌이표, 도돌이표, 빙빙 돌아
> 나를, 계속, 찌르고, 있는,
> 아빠?
> 당신은 어떻게 한 시간마다 커지나요?
> 나를 손에 쥐고 뜬눈으로 기도하는 아빠,

바람결에 누런 이빨 다 부러지는 아빠,

나를 놓으세요 십자가를 놓으세요

딸이 죽어요, 아빠를 밟은 채 죽어가요

─「꽃을 사육하는 아버지」 부분

'나'는 엄마 속에서 완전히 태어나지 않았고, "아빠를 밟은 채 죽어가"고 있다. 게다가 앞에서 본 것처럼 내 몸에 흡착된 '당신'을 낳지도 못한 채 타자와 죽음을 뒤집어쓰고 가까스로 '나의 삶'(?)을 이어가고 있다. 이 삶 속에서는 "문이 없고, 세월이 없는" "아버지의 방"에서 "내가 버린 태아들이 웅크리고 긴 잠"(「아버지의 방」) 자는 시간의 무화(無化)와 역전이 아무렇지 않게 일어난다. 이것은 분명 사건인데, '내'가 (나를 낳는) 몸과 (내가 낳아야 할) 몸 사이에 끼여 압사중인 점에서 그렇고, '나의 삶'이 이토록 고통스럽고 이상한 경험으로, 무의미하고 부조리하게 점철되고 있다는 점에서 그러하다. 1980년생의 젊은 여성시인 박연준이 자신의 존재와 삶에 대해 내리는 잠정적인 결론은 기묘한 방식으로 반성적이고 심지어 주체적(?)이다. 시간과 소통의 괄호 속에서 '엄마'(를 통해 대면한 세상)에게 이렇게 도발하고 있지 않은가. "(나를 싸세요! 빨리!)"

왜 이러한 사태가 벌어졌는지에 대한 설명은 이 시집에 실린 몇편의 시들에 비교적 친절히 제시되어 있다.

아버지는 자주 눈을 뒤집어까고 주먹으로 방바닥을 두드렸다

방바닥에선 아무것도 나오지 않았다

화려하게 발기한 소주병들이 집 안 어디에서나

서로 부둥켜안고 있었다

소주병들 사이를 비집고 들어가 덩달아 흘레붙은 아버지를 등지고

엄마는 어둠속에서 눈을 뱉어내고 있었다

엄마의 눈은 뱉어내도, 뱉어내도, 다시 생겼다
나는 물컹한 눈알들을 보이는 대로 밟았다

—「싹이 난 감자」부분

그렇지만 아버지
자꾸 배가 부풀어오르고, 손가락이 부드러워져요
미안해요
당신의 아이는 아니에요

—「달의 상상임신」부분

알코올 중독자이며 폭력적이던 아버지, 거기에 짓밟힌 어머니, 아버지에 대한 금지된 성적 욕망을 무참히 희화화함으로써 아버지를 부정하는 나. 낯익은, 이러한 구도의 가족은 프로이트의 정신분석학 이론을 대입해 치밀하게 해석할 수 있는 개연성 있는 대상이 된다. 실제로 박연준의 시들은 이러한 해석의 방식을 유인하고 또 튼튼히 견뎌낸다. 하지만 이와 같은 시의 정황과 해석의 풍경은 이미 유사한 문제의식을 시화해온 여성 시인들, 박서원, 김언희, 김민정 등을 통해 익숙하게 경험해온 것이라는 점에서 별다른 반복의 필연성을 느끼게 하지 않는다. 중요한 것은 박연준이 선배 시인들과 비교해 확보해낸 차이의 내용에 있다. 그 차이는 거칠게나마 다음과 같이 요약될 수 있을 것이다. 무의식의 계단을 내려가 욕망의 대상으로서 아버지를 발견한 박서원이 그 아버지를 종교적으로 성화(聖化)하는 길로 나아가고, 김언희가 딸의 욕망을 초점으로 '가족극장'을 서술하면서 남성중심의 폭력적인 질서를 여성의 편에서 해체·전유하고자 하였으며, 김민정이 여성성과 모성성을 학습된 것으로 여기면서 그로부터 철저한 분리독립을 선언하는 데 비해, 박연준은 여성성에 대한 모순되는 태도 속에서 여성성의 재발견을 도모하고 있는 것이다. 여성성에 대한 반성적 자의식으로 무장하고, 아버지는 물론 어머니까지도 존재적 충돌과 반란의 대상으로 삼는 점에서 박연준은 이들의 후예이지만, 이들이 각기 종교(박서원), 현실제도(김언희), 자기의 테크놀로지(김민정)의 관점에서 이 문제에 접근하는 것과 달리, 박연준은 이를 자신의 시쓰기의 발생학적이며 윤리적인 문제와 등가화한다. 박연준에게 엄마의 자궁에서 아직 완전히 태어나지 않은, 아빠를 밟은 채 죽어가는, 몸 곳곳에 '그'의 몸을 주렁주렁 매달고 있는 여성인 자신의 재발견과 부활은 자기 존재와 등가의 환유인 시의 생산과 정확히 일치하는 문제이다.

죽은 나를 향해 종이들이 쏟아진다
한 장, 두 장, 세 장, 쏟아지는 병신들

시가 똥처럼 떨어진다
낳아놓은 똥은 죽은 걸까, 산 걸까?
냄새가 나는 걸 보니 썩어가고 있구나
똥 주위를 휘 돌아본다
이 죽어가는 걸 어떻게 살릴까
다시 내 속에 넣어볼까, 살아나려나―

그런데 너, 내가 더럽니?
내 시가 더럽니?

─「詩」부분

이 지점에서, "나는 흐르는 내 생리혈을 손에 묻혀/속살 구석구석에 붉은 도장을 찍으며 혼자 놀래요"라는 시인의 독백 혹은 다짐은 더이상 단순한 유희의 욕망이나 여성성을 표명하는 새로운 화법으로만 들리지 않는다. 박연준이 "(나는 개처럼 피를 질질 흘리며 생리를 한다)"(「앵두와 아버지」)고 괄호 속에서 행하는 자기혐오와, 생일에 피력하는 "생리하는 바다에 투신하고 싶다"(「생일」)는 강렬한 여성성의 표출이 같은 뿌리에서 나온 것임을 알게 되는 것도 이 지점이다. 그녀가 "생리혈을 손에 묻혀" "혼자 놀"아온 시간들은 아빠-엄마-남자의 몸들 사이에서 죽음을 덮어쓴 채 살아온 자신의 정체성의 회복을 향한 것이었다. 그 과정에서 "죽은 나를 위해" "똥처럼 떨어"지는, 모든 본능적이고 처절한, 가볍고 난망한 자신의 존재론적 시도들을 박연준은 '시(詩)'라고 정의한다. "그런데 너 내가 더럽니?/내 시가 더럽니?" 타자의 몸과 몸 사이에서, 또 "어떤 경계선에서/너무 많은 화상을 입은"(「별이 박힌 짐승에게」) 박연준은 자신과 세계를 향한 이 난감한 질문으로 첫시집의 창과 방패를 삼는다. 이 모순의 대결을 함께 벌이고 있는 것은 그녀의 시를 읽는 우리들, 마침내 '나' 자신이다.

—『속눈썹이 지르는 비명』(2007) 해설

(불가능한) 자기정체성의 기술(技術/記述)
김지녀의 시세계

1. 수사의 형질 변환

문학은 내용과 더불어 자신의 운용원리를 삶과 세계로부터 가져온다. 수사법은 단지 문학의 원리가 아닌 삶의 원리이며, 문학의 원리 이전에 삶의 원리인 이유인 것이다. 수사를 동원한다는 것은 단순히 문학의 장치를 활용하는 일이 아닌, 삶과 세계의 원리를 이해하고 변주하는 일이 된다. 가령 은유와 환유는 일치하지 않는 존재와 언어〔이하 존재≠언어(근본적인 간극과 불일치를 포함하며 연결된 존재와 언어)〕를 다각도로 접속하면서 세계의 지형도를 바꾸고 영토를 넓히는 일이다. 존재≠언어들을 좀더 풍부하고 적확한 관계의 선(線)으로 잇는 일이 은유와 환유의 작업인 것이다. 세계의 존재≠언어들이 형성하는 관계 및 영토의 재편에 관한 '위상학'과 '지형학'의 문제가 여기 개입된다. 반면, 아이러니와 역설은 존재≠언어들이 지닌 비선형적 운동성을 포착하고 차원의 비약적인 이동을 감행하는 일이다. 아이러니와 역설은 존재≠언어들의 비선형적 운동의 궤적을 따라가면서 주체와 세계의 폭발적인 탄력성을 드러낸다.

세계의 존재≠언어들의 이율배반적인 관계와 원리에 대한 '동력학(動力學)'의 문제가 여기 관련된다. 단적으로 말해, 은유와 환유가 존재≠언어의 '선형적 관계'를 발견하고 창조하는 원리이자 작업이라면, 아이러니와 역설은 존재≠언어, 나아가 상황의 '비선형적 관계'를 발견하고 창조하는 원리이자 작업이다. 은유와 환유는 세계의 존재≠언어들을 (비약을 포함한) 적확한 선으로 이어 네트워킹하며, 아이러니와 역설은 존재≠언어들을 선 밖으로 흘러넘치는 비선형의 운동으로 네트워킹한다.

2000년대를 각별하게 장식한 젊은 시인들은 은유와 환유의 새로운/다른 선을 통해 시의 출구와 (고통에 찬) 희열(jouissance)을 찾았다. 독특한 은유와 환유 들이 갑자기 발견된 보물처럼, 처음 보는 암호처럼 시의 텍스트에 출현했을 때 환호와 비판이 겹친 것은, '선형적 관계'의 재구성이 선사한 즐거움과 당혹의 이중성에 따른 것이었다. 그런데 이 은유와 환유 들은 아이러니와 역설을 내재화한 독특한 형태를 지닌다. 달리 말하면, 이 은유와 환유의 선들은 아이러니와 역설의 도움에 의해(서만) 생성되고 작동할 수 있다. '선형적인 관계'인 은유와 환유가 '비선형적인 관계'인 아이러니와 역설의 굴절을 통해(서만) 성립할 수 있는 것은 2000년대 젊은 시인들이 등록한 수사의 특징이다. (이들이 경험한 삶과 세계로부터 연원했을) 이들의 시는 은유와 환유가 아이러니와 역설을 흡수하며 질적 변환을 일으키는 풍경들로 혼란스럽고 특이하다. 물론 이것이 좌표의 무의미한 위치이동이 아닌, 구조 자체를 뒤흔드는 파동이 될 수 있는가는 계속 지켜보아야 할 문제에 속한다.

김지녀(金止女)의 경우, 그 파동의 풍경들은 이런 형태로 펼쳐진다. "보이지 않는 손에 묻은 얼굴이 푸른 나뭇가지를 지나 검은 강으로 그를 따라간다 나를 보며 웃는"(「쓰다듬는 손」, 『시소의 감정』, 민음사 2009, 이하 같은 책), "지붕 없이 이빨도 없이 새들은 벌써 이곳을 떠나고/뒤틀려 열리지 않는 문짝 속에서/나가지도 들어오지도 못하고 나는 휘어져버린 시간"(「여진」), "모든 새들이 물고기와 교미했네 그리고 해가 태어났네"(「코하우 롱고 롱고」)…… 은유와 환유의 형상/기입을 얻은 후에도 계속 나아가고 미끄러지고 분산하며 생성하는 이 존재≠언어들은 아이러니와 역설의 운명을 필사적으로 살아내고 있는 듯이 보인다. 2000년대 내내 젊은 시인들이 살아낸/시화한 것은 아이러니와 역설이 없이는 성립 불가능한 은유와 환유의 세계, 우리의 삶과 세계와 시를 관통하는 수사의 형질변환이었다고 할 수 있다. 이것이 경유지나 일시적 종착지가 아닌 출발점이 되는 지점에서 김지녀의 시는 쓰이기 시작한다. 시가 쓰이는 순간, 그녀의 "수백 개의 뼈가 움직이기 시작"하고(「여진」), "주머니에 쑤셔넣은" 그녀의 "손가락들은 제멋대로 삼각형을 그리기 시작"한다(「강박증을 앓는 손가락」). 몸의 통제를 벗어난 수백 개의 뼈들과 제멋대로 삼각형을 그리는 손가락들이 쓰는 시, 또는 그렇게 쓰이는 것으로 상상되는 시, 김지녀 시의 독특한 발생학은 이것에 있다. 짐작할 수 있듯이, 이 시쓰기의 주체에게는 '얼굴'이 없다. 그렇다면 김지녀보다 먼저 출발한 '얼굴'을 갖지 못한/않으려는 시인들을 잠시 만나보는 것이 순서이겠다.

2. (불가능한) 자기기술과 자기정체성의 기술(技術/記述)

수사의 형질변환과 더불어 2000년대 우리 시가 맞이한 새로운 정황은 존재/주체의 표면이자 세계와의 접촉면으로서 '얼굴'의 과잉과 결핍, 그로 인한 얼굴의 몰락과 미형성이었다. 균열이 폭주하는 세계에서 자연스럽게(?) 분열된 주체의 정체성과 삶을 수락한 젊은 시인들은 "'나'의 진짜 얼굴이 증발하고 없거나, 아직 생겨나지 않은 상황에 있음을 발견한다. 정확히는, '나'의 얼굴이 아직 생겨나지 않았기를 욕망한다. 즉 이들은 눈과 내면은 가졌으되, 얼굴은 갖지 못한/않으려는 자발적인 기형의 존재들이다. (중략) 이들의 시는 세계가 선사한 얼굴을 거부하고, 자신의 얼굴을 스스로 만들거나 끝내 얼굴을 갖지 않기 위한 고독한 투쟁이 된다."[1] 세계와 화해할 수 없이 분열된, 더 정확히는 세계와 근본적으로 괴리되기를 열망하는 자가 구사하는 (불가능한) 자기의 기술 혹은 자기정체성의 기술(技術/記述)이 이들의 시의 핵심 내용을 이룬다.

> 얼굴로부터 넘치는 저 얼굴,
> 닮은 얼굴을 하고 비를 피하네
>
> 얼굴을 차양같이 꾸미고
> 그리고 오늘은 얼굴을 베란다같이, 해변같이, 모래알같이 꾸미고
> ─김행숙 「해변의 얼굴」(『이별의 능력』, 문학과지성사 2007) 부분
>
> 그렇다면 얼굴이 생길 때도 되었는데
> 얼굴 다음에 표정이 사라집니다
> 윤곽이 사라진 다음에 드디어 몸이 나타났어요
> 내 몸이 없을 때 더없이 즐거운 사람
> ─김언 「유령-되기」(『거인』, 랜덤하우스중앙 2005) 부분
>
> *이봐 이쯔이, 거울 밖의 네 얼굴은 꼭 내 얼굴 같구나*
> *우리 서로 첫눈에 반해버렸지만*
> *단 한 번의 키스도 나눌 수 없어*
> *이제부터 나는 기다란 수염을 달고*

---

1 졸고 「감정의 동료들, 아직 얼굴을 갖지 않은─김근, 황병승, 김언의 시」, 『세계의문학』 2006년 봄호.

아무런 화면도 보여주지 않을 거야⋯⋯

　　—황병승「버찌의 계절」(『여장남자 시코쿠』, 랜덤하우스중앙 2005) 부분

　　(불가능한) 자기정체성 기술의 대상이자 장소로서 '얼굴'은 얼굴로부터 넘치는 얼굴, 닮은 얼굴, 차양, 해변, 베란다, 모래알 등의 무수한 은유와 환유의 목록을 거느린다. 이 목록들은 자기정체성의 기술이 무한히 계속될 수는 있어도, 그 성공은 원천적으로 봉쇄되어 있다는 사실을 반증한다. "무언가 남아도는" 동시에 "무언가 빠진" 얼굴(「해변의 얼굴」), 실재의 과잉/결핍으로서 '얼굴'은 획득 불가능한 정체성의 표상인 동시에, 은유로부터 남아도는/모자라는 은유, 환유로부터 남아도는/모자라는 환유들이 폭주하는 수사의 불가능성의 공간이기도 하다. 너무 많거나 모자란 '얼굴'은, 아이러니("얼굴은 얼굴로부터 남아도는/모자라는 얼굴이다")와 역설("남아도는 것이 모자란 것이다") 없이는 작동할 수 없는 은유와 환유의 곤경(困境)과 정확히 대응한다. 이 남아도는/모자라는 언어의 회로를 통과하는 자기정체성의 기술은 끊임없이 달성되면서 좌절된다(김행숙). 그러므로 "얼굴이 생길 때도 되었는데/얼굴 다음에 표정이 사라"지는 것은 이상한 일이 아니다. 아이러니와 역설은 이미 '얼굴'의 형성과 소멸의 원리 자체에 각인되어 있다. 이제 자신의 존재성을 확보하기 위한 자기의 기술은 "유령-되기"라는 아이러니한 방식과 맞닥뜨리게 된다. 내가 '나'가 되기 위해서는 얼굴=주체=유령의 아이러니를, 형성=소멸의 역설을 받아들이며 "더없이 즐거운 사람"이 되어야 한다. 그런데 그 사람은, 과연 누구일까?(김언) 이러한 와중에서 *"거울 밖의 네 얼굴은 꼭 내 얼굴 같구나"*라는 원본과 반영물, 주체와 대상의 역전적 등치가 일어난다. *"이제부터 나는 기다란 수염을 달고/아무런 화면도 보여주지 않을 거야⋯⋯"*라는 '굳은' 결심의 말은 원본도 없이 연기(演技)와 은폐를 자기의 기술로 선택할 수밖에 없는 자의 내면(그러한 것이 있다면)을 보여준다.

이때 주체의 자리는 거울 안이, 타자의 자리는 거울 밖이 된다. 거울 안의 주체 '나'('너' 아닌)가 거울 밖의 타자 '너'('나' 아닌)를 향해 동일성을 선언하는 아이러니한 장면, 아니 화면은 '얼굴'의 출현이 근본적으로 불가능한 정황을 드라마틱하게 그려 보인다. 마치 주체와 타자 모두에게 영원히 '자기 자신'이 될 수 없는 형벌을 선고하고 집행하는 것처럼.(황병승)

3. 존재·언어·몸을 동일한 운명으로 살아내기

김지녀 역시 아직 얼굴을 갖지 못했으며, 얼굴이 너무 많거나 모자란 상태에 있다. 김지녀는 '얼굴 없음'의 경험과 인식을 공유하면서 2000년대 시단의 탁월한 신예들을 자신의 시의 전사(前史)로 삼는다. "예고 없이 몰려든 얼굴의 시간"(「뒤 혹은 앞」)을 자신의 방식대로 어떻게 살아낼/쓸 것인가가 김지녀 시의 과제가 된다. 예를 들면 "곰팡이 슬어가는 벽이 되었다가 깊은 우물이 되었다가 하얗고 동그란 달이 되었다가" 등등으로 끊임없이 변신하거나, 모든 공간과 사물의 "안과 밖을 지우는 자"가 되는 것이 그 구체적 시도들이다.

나는 아직 한 장의 얼굴을 갖지 못한 흉상

—「밤과 나의 리토르넬로」부분

내 얼굴은 곰팡이 슬어가는 벽이 되었다가 깊은 우물이 되었다가 하얗고 동그란 달이 되었다가
다시 들여다보면 아무것도 끌어담지 못하는 그물
나는 한 달에 한 번 사라지는 그늘

—「루나틱 구름에 휩싸인 얼굴」부분

훔쳐보고 있는 것이다 얼굴 없는 자들이
내가 처음부터 잃어버린 단어나 문장의 감정을 품고 구부정하게 서
서 굵고 낮게 떠들다 내 얼굴 위로 쏟아진다
—「즉흥적인 대답」부분

잠깐 떠돌다 온 얼굴이라 생각했다
문을 열고 들어섰을 때 바닥에 놓인 징검다리, 하나씩 건너가면
나는 안과 밖을 지우는 자
—「먼지의 얼굴이 만져지는 밤」부분

　김지녀에게 시쓰기란, 얼굴을 갖지 못한 존재/주체로서 자신의 정체성의 실상을 낱낱이 기술(記述)하는 일이며, 그 미형성/비형성의 정체성을 끌어안는 자기의 기술(技術)을 개발하는 일이라고 할 수 있다. "내가 처음부터 잃어버린 단어나 문장의 감정을 품고 구부정하게 서서 굵고 낮게 떠들" 때, 이 '근본 없는' 발화와 자기진술은 김지녀 시의 기원과 운명을 감지하게 한다. "처음부터 잃어버린 단어나 문장"으로 쓰는 김지녀의 시는 어떠한 비약적인 선을 통해서도 단어와 단어, 사물과 사물이 직접 연결되는 은유와 환유에 이르지 못한다. 그녀의 시에서 은유와 환유는, "내 얼굴은" "아무것도 끌어담지 못하는 그물", "나는 한 달에 한 번 사라지는 그늘" 등에서 보듯 모순과 변전(變轉)의 아이러니와 역설을 수반해서만 작동할 수 있는 것이다. 따라서 김지녀에게는 시쓰기 자체가 아이러니("얼굴을 가진 적이 없는 자가 얼굴에 관해 쓴다" "처음부터 잃어버린 단어나 문장의 감정으로 말하고 쓴다")와 역설("쓰는 것이 지우는 것이다")의 행위가 된다. 그녀에게는 처음부터, 없는 "내 얼굴" 위로 쏟아지는 것이 "얼굴 없는 자들"인지 '나'인지, "얼굴 없는 자들"이 '나'와 동일인인지 타

인인지 구별할 방법이 없는 것이다. 더군다나 이미 "나는 안과 밖을 지우는 자"가 되어 있기도 하다. 김지녀는 어쩌면 자신의 '얼굴의 부재'에 관해 이야기하는 동안만 잠시 얼굴을 갖게 되는지도 모른다. 그녀조차도 볼수 없고 만질 수 없는, 이를테면 "루나틱 구름에 휩싸인 얼굴"과 같은 그것을.

 "얼굴을 갖지 못한" 주체(?)인 '나'의 존재론적 곤경은, "처음부터 잃어버린 단어나 문장의 감정을 품고" 있는 '나'의 언어적 곤경과 거의 한 치의 틈도 없이 상응한다. 이는 다시, '사라진 나의 손가락 하나에게' 편지를 쓰는 "아홉 개의 손가락"(「아홉 개의 손가락으로 쓰는 편지」)의 육체적 곤경과도 동일한 관계를 형성한다. 김지녀의 '사라진 손가락'은 '없는 얼굴'의 환유적 등가물로, 둘은 동일한 의미의 상징이 된다. 사실 '사라진 손가락'과 '없는 얼굴'이란, "내가 처음부터 잃어버린 단어나 문장"을 본래의 완전한 형태로 쓰고 말할 수 있는 바로 그 손가락과 얼굴을 가리킨다. 뒤집어 말하면, 김지녀가 특별히 강조하는 "아홉 개의 손가락"과 "아직 한 장의 얼굴을 갖지 못한 흉상"으로서의 '나'의 정체성은 지금과 같은 불완전한 세계에서는 오히려 시쓰기의 역설적인 추진력이 된다. 불완전한 손가락과 흉상, 즉 얼굴이야말로 존재의 빛이 사라진 "세계의 밤"(하이데거)을 더듬어 한줄 한줄 시를 쓰는 시인에게 어울리는 몸/정체성의 형식이기 때문이다.

  이런 밤에는 편지를 쓰네 아홉 개의 손가락으로, 사라진 몸의 어디쯤
  을 횡단하고 있을 나의 손가락 하나에게

  사실 여러번 나는 먼 곳으로부터 떠밀려온 흙더미
  창문을 기웃거리는 나뭇잎이었다
  썼다 지웠다

(…)

이곳에 오지 못한 지문(指紋)을 그려본다

——「아홉 개의 손가락으로 쓰는 편지」 부분

서동욱의 명쾌한 설명에 따르면 "열 개를 모두 가지고 있으면서 하나를 잃어버리고 있는" 김지녀의 "아홉 개의 손가락"은 기존의 언어로는 표상할 수 없는 익명의 정체성을 뜻하며, 이 익명의 정체성은 주체성의 근본인 '자기의식'의 와해와 분열된 '익명의 다수'의 출현으로 귀결된다.[2] 주목할 것은 주체성의 '와해'와 '익명의 다수화'가 김지녀 시에서 존재(정체성) · 언어 · 몸의 세 층위에서 동시에 일어나고 전개된다는 사실이다. 김지녀에게 있어 존재(정체성) · 언어 · 몸은 이 '와해'와 '분열'의 사태를 동일한 곤경과 운명으로 살아내는 중에 있다. 이 점에서 김지녀의 시는 '와해'와 분열'을 야기하는 차원이나 그것들을 최선을 다해 보존하는 차원을 넘어 그 너머로 나아가려는 열망을 품고 있다. 이것이 김지녀가 (불가능한) 자기의 기술 및 자기정체성의 기술을 개진해나가는 방식이다.

얼굴을 아직 갖지 못하고, 열 개의 손가락이 아홉 개의 손가락으로 체감되며, 몸의 수백 개의 뼈들이 제각기 움직이더라도, 김지녀의 시가 근원적인 결락과 균열 속에서도 일목요연한 맥락을 갖는 것은 이 점에 기인한다. 말하자면 '얼굴'을 갖지 못한 자의 (불가능한) 자기정체성의 기술(技術/記述)은 대략 다음과 같이 압축된다. '나'는 "당신이 읽어 낼 수 없는 나의 여백"(「이 말을 당신의 의자에 앉아 쓰고 있다」)이고, "당신의 뒤 혹은 앞"(「뒤혹은 앞」)이며, "나로 추정되는 나에게" "조금 더 큰 소리로 말하고 있"(「마이크」)는 자이다. 이렇게 '당신'과 '나', '나'와 '나로 추정되는 나'의 단절과 균열을 이야기하면서 김지녀가 열어놓는 것은, 같은 처지에 놓인 분열

---

2 서동욱 「안부를 묻고 사랑을 하고 슬픔을 어루만졌지」, 『시소의 감정』 해설, 민음사 2009, 111~21쪽 참조.

된 자들이 타자를 이해할 수 있는 역설적인 가능성이다. 그녀에게 단절과 균열은 소통과 화해의 대립항이 아닌, 필요조건이자 내적 요소를 의미하는 것이다.

> 나는 누군가의 사랑에 대해 얘기하는데
> 송화기에 대고 뜨거운 입김을 불어넣고 있는 것 같은데
> 우리의 귀는 고장 난 스피커처럼 매달려 있다
> 쿵쾅거리는 심장 소리가 들리지 않는다
> 우물이 말랐기 때문인가
> 나는 턱뼈를 움직여 또박또박 말하고 있다
>
> ─「마이크」 부분

> 손가락이 마비되도록
> 온몸의 근육 다발이 꼼짝 않도록
>
> ─「크로키로 완성된」 부분

사라진 한 개의 손가락은 이 열렬한 소통의 의지와 다시, 그리고 처음부터 관계를 맺고 있다. '없는 얼굴'과 '사라진 손가락'은 "쿵쾅거리는 심장 소리가 들리지 않"고 "우물이 말"라붙은 "세계의 밤"에 시인이 자신의 얼굴과 손가락을 들어 말하려는 그 순간, 비로소 없음과 사라짐을 드러내는 것이기 때문이다. '없는 얼굴'과 '사리진 손가락'은 우리의 세계 저 너머나 반대편에 있는 모험의 대상이 아니라, 이 불완전한 세계 자체를 떠받치는 동시에 와해시키는, 우리의 존재와 삶의 일부이다. 그러니 '없는 얼굴'과 '사라진 손가락'에 대해 ('크로키'의 형태로나마) 말하지 않으면서, 우리의 존재와 삶과 세계에 대해 말할 수 있는 방법은 별로 없다. 김지녀의 (불가능한) 자기정체성의 기술은 '없는 얼굴'과 '사라진 손가락'을

여전히 소유하고 있는, 그러한 "정직한 종족"(「콰가얼룩말의 웃음소리」)의 방식을 따른다.

——『세계의문학』 2009년 겨울호

담백한 이념의 뭉게구름쏘스

이덕규의 시세계

　이덕규(李德圭)의 첫시집 『다국적 구름공장 안을 엿보다』(문학동네 2003)는 다양한 내용물이 담긴 무거운 중량의 시집이다. 시집의 무게는, 삶의 부조리에서 자아의 내적 갈등, 자본주의의 문제점, 노동의 소외, 농촌의 피폐한 실상, 몸과 기억 속에 저장된 오래된 삶의 감각 등에 이르는 이덕규의 다채로운 관심사로 인해 배가되었다. 여기에 현실에 대한 치열한 고민, 삶의 다양한 굴곡들과 적막한 풍경, 모던과 토속, 다의와 직설, 울혈과 침묵이 혼재된 언어들이 시집의 함량을 더하는 데 한몫했다.

　바꾸어 말하면, 이덕규의 시는 하나의 주제의식이나 경향으로 뚜렷이 응집되지 않는 특징을 갖고 있다. 기존의 분류체계를 가로질러 시의 영토의 '다국적'을 획득하는 것이 그의 시가 추구해온 독특한 정체성이리고 할 수 있다. 이러한 면모는 이덕규가 의식적으로 지향한 것이라기보다는 그의 기질에 따른 자연스러운 귀결로 보인다. 이덕규는 몇단어로 간명하게 요약되는 특정한 시 경향에 얽매이지 않으며, 여유롭게 열린 시선으로 시 자체와 삶 자체에 깊숙이 개입하고자 한다. 그는 시란 이러이러해야 한다는 암묵적인 합의나 시단의 동향 등을 의식하는 데 대체로 무심하고 태만한 편이다. 이덕규의 시작업의 초점은 어떻게 쓸 것인가의 전략에 앞서, 하고 싶은 말을 얼마나 적확하고 밀도있게, 팽팽하게 써낼 수 있는가의 시쓰기의 가능성에 있는 까닭이다.

당연한 사실이지만, 시의 내용과 전략은 완전히 분리될 수 없으며 때로 엄밀하게 구별하기도 어렵다. 이를 감안하더라도, 이덕규의 시의식과 창작과정 속에서 무게중심은 둘 중 전자에 놓이는 것으로 보인다. 이를테면 이덕규에게 시는 삶의 반영과 가공을 넘어 삶 자체의 연장(延長)을 의미한다. 시는 시의 논리로 접근해야 할 대상인 동시에, 그 차원을 넘어 시의 논리를 깊숙이 내장하고 있는 삶의 논리로 접근해야 할 무엇이다. 실상 시의 논리란 삶의 논리 앞에서 허약하고 무용한 것이 될 때가 적지 않다. 그러나 바로 이 점으로 인해 시는 삶에 관해 계속 새롭게 말할 수 있으며, 또 새롭게 말해야만 한다. 시는, 시의 한계를 끊임없이 경계하고 성찰하는 자리에서 다시 처음처럼 씌어져야 하는 것이다. 이덕규의 시는 바로 이러한 자리, 삶의 전모를 시의 경계들로 한정하지 않으려는 느슨하고 넉넉한 공간에 자리잡고 있다. 그 터를 일러 '시골'이라 해도 좋겠고, 이름없는 공터라고 불러도 좋겠다. "담백한 이념의 뭉게구름소스"가 뿌려진 "허공에 빛나는 만년제국"(「어떤 후일담」)이라고 해도 어울리지 않을 이유는 없다.

시의 경향과 전략에 대한 중압감이 적은 것이 이덕규의 시적 기질이라고 할 때, 그의 첫시집의 다양한 지형에는 최소한 세 가지의 영토가 공존하고 있다. 첫째는 삶의 모순과 고통을 감내해온 자기 자신과의 내적 분쟁, 둘째는 자본주의 현실에 대한 각성과 비판, 셋째는 전통 삶의 원리에 대한 애정과 그 현재적·내면적 활용이 그것이다. 각각의 편린들을 다음의 예들을 통해 볼 수 있다.

　독이란 독은 모두 마셔버리고 싶어

—「白蛇」 부분

한때 나는 그 달콤한 구름을 타고 다닌 적이 있었는데 (…)

　　결국 지상으로 돌아온 나는 生의 半을 외곽도로 공사현장에서 보냈는
데 날마다 삽을 쥐고 그 적자뿐인 손익계산서를 쓸 때, 가끔 시커멓게 몰
려가는 먹구름 사이 손바닥만하게 열린 하늘 안쪽에서 누군가 벌겋게
달궈진 부젓가락을 휘두르며 큰 소리로 심하게 다투는 소리를 들었다.
　　　　　　　　　　　　　　　　　　　──「다국적 구름공장 안을 엿보다」 부분

　　(…) 그저 죽은 나무에나 하찮은 돌에도 다 혼령이 있어 종내는 우리
도 모두 다 귀신이 된다고 믿으며 그저 귀신들 속에 사람이 살고 사람
들 속에 귀신이 깃들여 사는 것이니 또 그들이 세상사 다 꿰뚫어보시는
삼신할미 재량으로 운행되느니, 해야 할 일 해서는 안될 일 반드시 가
려 해야 좋은 귀신이 된다며 또, 또 그것을 찰떡같이 믿으라는, 오 美信!
　　　　　　　　　　　　　　　　──「우리집 식구 중에는 귀신이 더 많다」 부분

　　"독이란 독은 모두 마셔버리고 싶"다는 광적인 자기 충전과 파열의 열
망, 어떤 대상에 대한 살의의 욕망까지를 머금은 이 열망은 이덕규가 자
신과 세계에 대해 갖고 있는 불화(不和)의 강도를 단면화한다. 아마도 그
는 지나온 삶에서 어떤 극단의 체험들을 통해 끝내 해소될 수 없는 고통
과 분노를 경험했던 듯하다. 그 고통과 분노를 이덕규는 최대한 자신의
내적 싸움의 에너지로 전환하기 위해 분투한다. '존재의 내적 분쟁'으로
이름붙일 수 있는 이 일련의 싸움은 이덕규가 내적 균열을 터뜨리고 다
스리고 잠재우는 과정에서 다채롭게 전개된다.「독(毒)」「칼끝에 맺힌 마지
막 눈물」「회오리바람」「장물(臟物)」「사소한 균열의 끝」 등의 시들은 그
폭발과 다스림의 과정이 얼마나 처절한 것인가를 생생히 느끼게 해준다.

"生의 半을 외곽도로 공사현장에서 보냈"던 이덕규는 "적자뿐인 손익계산서를" 쓰는 일에도 오래 단련되어왔다. '적자(赤字)의 삶'에 대한 비극적인 단련은 그에게 자연스럽게 자본주의의 모순과 횡포에 대한 비판정신을 갖게 만들었다. 모든 인간을, 각 개인의 힘으로는 이길 가망이 없는 폭력적인 씨스템 속으로 몰아넣는 것은 윤리와 고통을 모르는 자본의 본성이다. '달콤한 구름'은 자본주의 현실 속에서 인간이 발효시킨 행복하고 풍족한 삶에 대한 꿈이자, 자본의 공장들이 제조한 갖가지 허상과 실체 없는 욕망을 뜻한다. '달콤한 구름'이 지닌 교묘하게 이중적인 의미와 마찬가지로, '다국적 구름공장'의 상징적 의미 역시 중의적이다. '다국적 구름공장'은 행복과 비상을 꿈꾸는 인간의 '꿈의 공장'이자, 국적과 전통 등의 모든 고유성을 해체하고 자본의 단일한 질서로 세계를 평정하려는 자본주의의 '물(物)의 공장'이기도 하다. 이 둘은 완전히 구별되지 않지만, 그렇다고 완전히 일치하지도 않는다. 이미 우리의 세계에서 개인과 체계, 자유와 속박, 노동과 착취, 꿈과 욕망, 지배와 피지배의 경계선은 교묘하게 흐려져 있다. 이러한 조건에서는 '달콤한 구름'이 순식간에 시커먼 '먹구름'으로 변하는 일이 도처에서 수시로 일어난다. 자본주의의 대기권에서 두 개의 구름은 별개의 독립된 존재가 아닌 까닭이다. 「구름궁전의 뜨락을 산책하는 김씨」「우주복」「허공의 사무원들」 등의 시들이 이 방면을 탐구한 작품들로, 『다국적 구름공장 안을 엿보다』의 가장 인상적인 부분을 형성하고 있다.

이덕규의 첫시집의 세번째 영토는 「우리집 식구 중에는 귀신이 더 많다」처럼 전통 생활세계의 삶의 방식과 정서로 이루어져 있다. 이 계열의 시들에는 한국의 토속적인 삶에 깊은 애정을 지닌 이덕규의 가치관과 정서가 흠씬 배어 있다. 이와 함께, 현실적으로 경기도 화성에서 농사를 지으며 살고 있는 농사꾼/시인으로서 그의 생활체험이 사실적인 필치와 유정(有情)한 상상력을 통해 정감있게 그려져 있다. 「걱정이 같은 수상한 날에「어떤 우물」「별들」「무지렁이」등이 대표적인 작품으로,「흙의 조직을 와해시키다」「양수기」등의 농사체험을 노래한 시들도 같은 맥락을 구성하고 있다.

말할 것도 없이 이 세 영토는 뚜렷이 분할될 성격의 것이 아니다. 자본주의의 현실과 농사꾼의 삶의 경험은 긴밀히 연결되어 있으며, 이 둘은 다시 이덕규의 내면의 일들과도 시시각각 조응하며 밀착되어 있다. 그러나 도식성의 위험을 잊지 않는 선에서라면, 이 분류체계는 이덕규 시의 흐름과 변화를 살펴보는 데 꽤 유용한 척도가 될 수 있다. 한마디로 말하면, 이덕규의 두번째 시집『밥그릇 경전』(실천문학사 2009)은 첫시집의 두번째 계열이 후경화되고, 첫번째와 세번째 계열이 전경화되는 양상을 보여준다. 이 시집은 자본주의에 대한 직접적인 비판을 자제하면서, 내면세계 및 전통·농촌·자연의 세계를 천착하는 데 열중한다. 현실의 구체적인 사건과 체험을 직접적으로 서술하기보다는 자연물이나 사물에 기대 우회적으로 형상화하거나, 과거의 경험을 반추하며 내면의 자양분으로 삼는 것이다. 시세계의 변화는 이덕규 시의 핵심 상징인 '구름'의 의미 변주를 통해서도 여실히 드러난다.

뽀얗게 살이 오른 구름과 구름이 허공에서 서로 몸을 섞는다
부드럽게 한 몸이
한 몸 속으로 또 한 몸이
한 몸 속으로 오래 천천히 미끄러져 들어가다
덜그럭거리지 않는다
성난 것 없이
텅 빈 듯 헐렁하게
그러나 빈틈없이 서로의 몸 깊숙한 곳에 제 자리인 듯
남의 살들이 들어가 다만

뭉게뭉게 조용하다

서늘한 초가을 하늘 뒤편에서 누군가
스삭 스삭, 풀 먹인 이불 홑청에 맨 살갗 스치는 소리를 낸다
　　　　　　　　　　　　　　　　　　　　　　—「합체」 전문

　　이 시에서 '구름'은 자본주의 세계가 양산한 헛된 꿈과 욕망의 공허한
상징이 아니다. '합체(合體)' 전과 후의 '구름'은 '몸'과 존재 자체를 암유
한다. "구름과 구름이 허공에서 서로 몸을 섞"으며 "한 몸 속으로 오래 천
천히 미끄러져 들어가"는 풍경은, 욕망의 '다국적 구름공장'의 풍경과는
전혀 다른 경지를 펼쳐 보인다. "텅 빈 듯 헐렁하게/그러나 빈틈없이 서로
의 몸 깊숙한 곳에 제 자리인 듯" 자리잡은 '구름'은 자본주의의 텅 빈 기
표나 창백한 외상(trauma)을 환기하지 않는다. 이 구름은 하나의 몸/존재
가 다른 몸/존재와 더불어 살아가는 윤리적이고 아름다운 섭리를 현시한
다. 이런 차원에서, 가령 "누가 또 마음 단속을 잘 못하여" "말 못할 그 무
슨 설움 같은/먹장구름이 울컥,/흐린 마음을 빠져나와 실없이 안부나 묻
자고/저기, 저렇게 들판 가득 자욱이 몰려오"(「소낙비 안부」)는 일은 이덕규
에게는 가슴시린 존재론적 사건이 된다. 어쩌면 '먹장구름'은 누군가의
"뼈마저 녹아버린 통증의 멍울이 검게/솟구쳐 고인 것"(「낙지」)일지도 모
른다. 구름 한 장에서 알지도 못하는 타자의 상처를 상상해내고 자신의
것처럼 아파하는 마음의 순연성. "여기서부터 다시 멀고 험하다네"(「머나
먼 돌맹이」). 이덕규의 담담한 진술이 비장한 맹세나 막막한 신음처럼 들리
는 이유가 여기에 있다. '구름'을 존재론적 차원으로 재규정하면서 이덕
규는 누구의 것인가를 굳이 따질 필요가 없는, 혹은 여러개로 분열된 내
면의 목소리로 발화한다. 「강 건너 불빛」에서 도무지 다른 존재로 생각하
기 어려운 심층의 '나'와 표층의 '그'처럼 말이다.

가까스로 도망쳐온 듯하다
쫓기고 쫓기다 간신히 강을 건너
주저앉은 짐승처럼 잔뜩 웅크려 엎드린
앞산, 중턱 옆구리께
외딴 불빛 새어나온다
사납게 물어뜯긴 자리,
벌겋게 농익어 번져가는 신열처럼
욱신거린다 저 덧난 상처의
중심에 깊게 박힌 심 넓게 짚어
꾹 짜 올리면 앞산이 움찔
강물이 잠깐 멈췄다가 출렁 흘러가고
(…)
참 뻐근하게도 곪아서
씀먹 씀먹, 밤마다
잠 못 이루는 통증처럼 거기, 그가 산다

—「강 건너 불빛」부분

　"덧난 상처의 중심에 깊게 박힌 심"을 '앞산'과 '강물'로 변주하는 활달한 상상력의 이 시는 이덕규의 내면의 풍경화를 감각적으로 그려낸다. 잔혹하고 어두운 내면의 풍경은 『밥그릇 경전』에서 '꽃'의 은유로 응집된다. '꽃'은 덧난 상처와 울혈을 의미하는바, '만개한 꽃밭'은 "몸속의 울혈덩어리들 곪아 터"진 상처의 난장을 가리킨다. 끔찍하면서도 적막한 '나'만의 꽃밭, 혹은 "내 안엔 내가 너무도 많"은 '나'라는 꽃밭이 "곪아 터지듯" 만개해 있는 곳이 현재 이덕규의 자아의 현장이라고 할 수 있다.

꿈속에서 활짝 핀 꽃을 보면
다음날 몸에 상처 입었네
갈수록 사나워지는 몸속의
울혈덩어리들 곪아 터지듯 꿈에
만개한 꽃밭 자주 보였는데

——「꽃꿈」 부분

내 안엔 내가 너무도 많아!

어두운 화분 위로 솟은 가는 꽃 대궁 속에서
누군가 감쪽같이 제 손으로 제 목을 조이며 파르르 떨고 있다

——「꽃이 꽃 속으로 들어가」 부분

　그러나 '꽃'의 풍경이 불행하고 부정적인 양상으로만 나타나는 것은
아니다. "맑은 독 머금은 채/머리를 꼿꼿이 쳐들고 울긋불긋 피어난 꽃들
이/어둔 허공에 화—아 향기를 뿜으며 조용히 흔들리던 밤"(「죄, 1977」)처
럼 순화와 정제의 이미지를 지닌 풍경들도 있다. "혼절했던 어둔 짐승이
문득 깨어나 제 상처를 들여다보며 지르는 외마디 비명 같은/눈 더미, 깊
은 어둠속에 숨어 금서에 발라먹던 형설(螢雪)! 그 담백한 이념의 뭉게구
름소스 같은"(「어떤 후일담」), 승화된 꽃으로서 순결한 '눈'의 정경도 공존
한다. 꽃과 눈으로 빚은 '담백한 이념의 뭉게구름쏘스'는 이덕규가 삶의
혹독한 상처를 부드럽게 요리하는 비법의 재료인 셈이다.
　이덕규는 자신의 상처에 타자와 세계의 상처를 포개어놓고, 내면의 비
가시적 차원과 생계의 현실적 차원을 아우르면서 '밥'을 탐구의 중심에
놓는다. 그는 "저승법보다 무서운 밥!"(「한판 밥을 놀다」)의 위력에 경의를
표하면서 '밥의 존재론'을 전개한다. 이덕규에 따르면, 현상적으로는 사

람이 밥을 먹는 것이지만, 본질적으로는 "사람은 모두 밥에게 먹"히는 것이다. 같은 맥락에서 '단식'은 그저 곡기를 끊는 일이 아니라, "지금껏 폭식하는 마음이 비육해온 몸을 생짜로 조금씩 뜯어먹는" 일이다. 이덕규의 '밥의 존재론'은 먹는 주체를 사람에게서 밥에게로 이양하는 데 머물지 않는다. 그는 '밥'이 사람의 삶을 규정하는 이기적이고 냉혹한 측면을 직시하는 한편으로, 이타적이고 따뜻한 측면들에 대해서도 균형있는 시선을 보낸다. '어머니'가 부엌에서 "자르고 썰고 족닥이고 생선대가리를/아무 생각 없이 뎅경뎅경 날려 칼집을 내고 저녁상을 차리는" 것은 후자의 대표적인 예이다. 어떤 맹목의 폭력이나 밥의 준엄한 권력이 개입되어 있다 해도, 어머니가 밥상을 차리는 일은 그 자체로 숭고한 사랑의 행위임을 부정할 수 없다.

> 결국 사람은 모두 밥에게 먹힌다
> 인정사정 봐주지 않는 빈 밥통의 떨림
>
> ——「뚝딱, 한 그릇의 밥을 죽이다」 부분

> 아, 지금껏 폭식하는 마음이 비육해온 몸을 생짜로 조금씩 뜯어먹는 단식의 몽롱한 포만감이여!
>
> ——「선암사 5박 6일」 부분

> 어머니는 우리집에서 칼을 제일 많이 쓰는 사람, 칼을 가상 능숙하게 잘 쓰는 사람
> 자르고 썰고 족닥이고 생선대가리를
> 아무 생각 없이 뎅경뎅경 날려 칼집을 내고 저녁상을 차리는 어머니
>
> ——「칼과 어머니」 부분

이덕규의 '밥의 존재론'은 그가 경험한 다양한 사람들에게로 확대되면서 사회·역사적 맥락을 획득한다. 이덕규는 고달프게 생계를 꾸려가는 소외된 사람들의 삶에 주목하면서, "결국 사람은 모두 밥에게 먹힌다"는 서글픈 법칙을 우리 사회의 그늘진 곳에서 지속적으로 확인한다. 이덕규가 주시하는 사람들은 전근대적 삶의 세계에서 근대적 삶의 주변부로 편입되거나 편입되지 못하면서/않으면서 두 세계의 간극에서 몰락하는 사람들이다. 선하고 성실하거나, 좋은 의미에서 비합리적이고 악의없는, 그러나 바로 그 순정하고 소박한 윤리성 때문에 현대 자본주의 사회의 패자가 되어버린 사람들에 관해 이덕규는 때로는 익살스럽고 유머러스한 화법으로, 때로는 비극적이고 격앙된 어조로 노래한다. 「지르박 권」「찰떡궁합」「복상사」「여덟 번째 결혼식」「맹물주사—명의열전」 등은 전자에, 「간발의 차이」「까치 누이」「쾌랑리 시편」 등은 후자에 해당하는 작품들이다. 이 시들에는 공히 이덕규가 전통적/전근대적/비자본주의적 세계의 가치와 사람들에 대해 갖고 있는 진한 애정이 스며 있다.

찍었다
숙련된 몸놀림으로
전국 방방곡곡 어디든 찍고 돌았다
한때는 중동사막을 찍고 모래바람 속을 떠돌며
월세에서 전세를 찍고
다시 전세에서 임대 아파트를 찍고 마지막으로 작은 점포 하나 찍고
돌아보니
싹도 안 튼 호박씨를 물고
물 찬 제비처럼 날아간 아내,
뒤통수를 찍혔다

—「지르박 권」 부분

밤낮으로 전국 공사장을 떠돌던 그가 피곤한 발목 하나를 터널 굴착
현장에 빠뜨려 잃어버렸다
사는 게 무슨 쇼트트랙 경기라고, 쓰러질 듯
쓰러질 듯 아슬하게 원심력을 견디며 뺑뺑이 돌다가 작두날 같은 생
의 결승선에
그렇게 다급하게 한 발을 쓰윽 밀어넣었나

　　　　　　　　　　　　　　　　　　　　　—「간발의 차이」 부분

서낭 모퉁이가 헐려나가고 길이 났다
(…)

이윽고 밤마다 동네 어른들 꿈속이 어지럽다는 그 허물어진 서낭 앞
에 굿판이 벌어지고
(…)
그 옛날 처음 이 고장에 자리 잡은 터줏대감 불러내어 오로지 내 땅
만 다시 내놓으라 하는데,

밤새도록 황구지천 비릿한 안개가 사설처럼 뒷산을 휘휘 감아도는 밤
　변변한 족보도 혈통도 없는 색색의 꼬마 알전구들이 껌벅이며 유혹
하는 지방도 변으로
　줄지어 늘어선 가든이며 주유소며 러브호텔 넓은 주차장 마당가에는
　변두리로 밀리고 밀리어 발붙일 두어 평 자투리땅을 찾아 핀 질경이
꽃들이,
　아직 여물지 않은 겉보리알 같은 그 질경이 꽃들이
　더이상 한 치의 땅도 내줄 수 없다는 듯 초병처럼 빛나게 눈알을 굴

리고 있다

　　　　　　　　　　　　　　　　　　　　──「괘랑리 시편」부분

　"전국 방방곡곡 어디든 찍고 돌았"던 '지르박 권'은 월세, 전세, 임대 아파트, 작은 점포를 정신없이 찍은 끝에, 도망간 아내에게 "뒤통수를 찍"히고 만다. 지르박 권의 '지르박'은 그가 가족을 부양하기 위해 가파른 생계전선에서 행한 비루한 노동에 대한 위트 어린 비유이다. 그의 힘든 노동과 삶의 댓가는 아이러니하게도 상실과 배신인데, '지르박 권'이라는 재기 넘치는 별명은 쓸쓸한 웃음을 자아내면서 노동과 선의만으로는 현실을 개선하기 힘든 약자들의 삶을 돌아보게 만든다.「간발의 차이」에서 "밤낮으로 전국 공사장을 떠돌"다가 터널 굴착 현장에서 발목이 잘린 '그' 역시 지르박 권과 비슷한 삶을 살아간다. '그'는 지금 "남은 한 발로" "더이상 내디딜 발이 없는" '극지'에, "외발로만 설 수 있는 칼날 정상"에 서 있다. 실제이든 상징이든 '그'는 현재 우리 사회에서 단수가 아닌 복수, 그것도 상당수의 사람들을 포함한다. 이덕규가 '먹장구름'과 '담백한 이념의 뭉게구름쏘스'를 통해 내면화해온 '그'(의 상처)와 '나'(의 상처)가 다시 한번 중첩되는 순간이다. 이 시 역시 부러 희화적인 수사를 사용하지만, 그 표현들은 오히려 비극성을 강화하는 역할을 한다.

　「간발의 차이」와 더불어「괘랑리 시편」은 이덕규의 시에서 가장 빛나는 수작이다. "서낭 모퉁이가 헐려나가고 길이" 나면서 한 마을이 쑥대밭이 되는 과정을 다룬 이 시는 서사적 스케일과 함께 이덕규의 여러 문제의식이 융합되는 장면을 보여준다. "가든이며 주유소며 러브호텔"로 대변되는 자본의 전투적인 확장성에 대한 비판의식, '굿'으로 상징되는 전통/토속적 세계의 가치들, '질경이 꽃들'로 환유된 자연/생태적 삶의 당위성 등이 어우러져 강력한 시적 발언을 구성하고 있는 것이다. 이덕규가 지닌 노동자로서의 삶의 체험과 시인으로서의 삶의 비전이 서로 상승작용을 일으키며 행복하게 결합된 예라고 할 수 있다. 이덕규의 시가 앞으로 더욱 줄기차게 뻗어나갈 방향을 이 부분에서 헤아려볼 수도 있다. "정상에서 더이상 내려갈 곳 없는 바닥까지/삶과 죽음에 양다리 걸치고 사는 그는 이제 살아서 죽어서 가보지 않은 곳이 없다"(「간발의 차이」). 살아서/죽어서 뼈아픈 극한을 경험한 '그'의, 그리하여 '나'의 내면의 말들을 화두처럼 붙들고 이덕규의 시가 또 어떤 '담백한 이념의 뭉게구름쏘스'가 되어 세상을 물들일지 천천히 지켜볼 일이다.

—『밥그릇 경전』(2009) 해설

3 부

장미와 바람의 보존법
조정인 시집 『장미의 내용』

1

이 시집에서는 사과향이 난다. 에덴동산에서 이브가 처음 따먹은 사과와 그로부터 줄기차게 번성하여온 사과들. 금기의 맛이자 금기를 깨뜨리는 맛의 이중성을 지닌, 욕망 충족의 환희와 허망의 분열적인 경험을 안겨주는, 인간이 신의 낙원에서 추방당한 최초의 트라우마를 새콤달콤하게 반추토록 하는 사과들의 향.

'사과'는 인간 역사의 기원과 형성(균열이기도 한)에 대한 상징이자, 욕망의 기원과 충족(좌절이기도 한)에 대한 상징이며, 일탈과 처벌로 가시화된 여성의 주체적 행위의 기원과 성장(파열이기도 한)에 대한 상상이다. 신과 분열된 인간의 역사, 충족 및 승화와 분열된 욕망의 역사, 자기 자신과 분열된 여성의 역사에 대한 상징. 더불어 그에 관한 생생한 증거물. 이 사과를 집어들 때 조정인(曹晶仁)은 그러므로, "의혹투성이 미제 사건에 손을 대듯" 긴장할 수밖에 없다고 말한다. 사과를 한입 베어무는 일은 "지상에 흘린 에덴의 풍문을 한입 베어"(「사과 따기」, 『장미의 내용』, 창비

2011, 이하 같은 책)무는 것과 같기 때문이다. 조정인을 포함한 이브의 후예들이 모든 매혹의 순간들에 "가슴속 사과가 와르르 몰렸다가 제자리를 찾는"(「난감」) 사태로 전율하는 것 역시 최초의 경험을 반복하는 관성적인 행위에 속한다.

이 사과는 "고물대는 우주를 물고 있"으며, 지나온 "시간의 질감이 역력히 남"은, 그러나 "알 수 없는 흔적들이 지워질 듯 어른거"(「홍옥」)리는 비의의 형상을 하고 있다. '씨앗'과 '유적'과 '미궁'의 복합적 면모를 지닌 사과는 우주의 생명-존재의 비밀이 농축된 결정체로서 지금-여기에 현존한다. "미량의 크로뮴을 품은 돌", "투명한 돌멩이의 구심에서 외곽까지 구석구석 원소의 메아리가 쟁쟁"(「홍옥(紅玉)」)한 여실(如實)한 생물. 만지고 깨물고 삼킬 수는 있지만, 끝내 닿을 수는 없는 실재인 그것. 인간의 몸과 내면에 축적되고 유전하여왔으나, 인간이 완전히 규명하고 제어할 수 없는 본질이기도 한 그것. 인간이 행하고 이룩하여왔으나, 인간 스스로 투명하게 해명하기 어려운 모든 행위들의 환유이기도 한 그것.

이 오래된, 현전(現傳/現前)하는 우주적 배경을 지닌 인간의 존재론에 관해 조정인은 이렇게 읊조린다. "우리는 얼마나 먼 데서 흘러온 시간들일까? 곁에 있으나/닿을 수 없는"(「낮은 웃음소리가 들려왔다」). 그리하여 사과는 또한 인간이 세계/우주 및 타자와 맺고 있는 근원적인 관계와 그 관계의 빈 구멍들을 상징한다. 이 존재론적이며 관계론적인 빈 구멍들은 인간의 고뇌와 고통이 생성하고 분출하는 수원(水源)이자, 인간이 망각해온 신성에 대한 갈망을 꽃피우는 통로가 된다. 조정인은 이 빈 구멍에서 희미해진 신성의 대리물 혹은 근사치로서 여성성을 발견한다. 그녀가 비속한 세계의 여러 시공간에서 고통받는 존재들에게 손을 내밀어 그들의 고통을 육화할 때, 여성성은 신성의 유의어 혹은 계열어가 된다. 조정인의 시가 태초와 이후의 시간들을 아우르고 종교와 과학을 넘나들며 수많은 타자들의 삶에 참여하는 광대한 스케일을 갖춘 내력은 이러하다. 조정인의 시를 읽으며 현실과 현실 너머, 역사와 초(超)역사, 일상과 심연, 논리의 언어와 열정의 언어 등이 폭주하는 어떤 과잉의 사태에 곤혹스러웠거나 즐거웠다면, 그 상당부분은 조정인의 여성적 문제의식의 남다른 스케일에서 연원한 것이라고 할 수 있다.

비슷한 맥락에서 사과는 인간에 의한 인간적인 삶의 출발을 '금기'로 예비한 "하느님의 붉은 혁명"을 상징한다. 치명적인 분리의 기억을 환기하는 사과는 아이러니하게도 인간의 능동적인 자생력을 표징하는 중의적인 의미를 갖는다. 파열-생성의 가능성으로 충만한 "어마어마한 씨앗창고"인 "사과창고는 사실 서쪽 하늘에 있"(「서쪽을 불러들이다」)지만, 그 열매들이 인간의 척박한 땅에서 자라고 수확되는 일은 그래서 가능해진다. 다르게 말하면, 신에 대한 분리의 과정과 불안 없이 인간은 자신의 역사를 창조할 수 없었으며, 그 역사 속에서 끊임없이 신을 그리워하거나 망각함으로써 자신의 결핍과 자족(의 불가능)성을 증언해왔다. 이 증언의 시간들이야말로 인간이 살아내온 폭력과 성화(聖化), "킬러와 천사"(「목격」), 분열과 화합, 죽음과 삶, 두려움과 사랑 등이 넘실거리는 인간의 역사 자체인바, 조정인의 시가 개입하고 자생하는 자리는 바로 여기이다.

2

나무는 그해의 잘 익은 태양을 이고 있고 신의 의중은 뿌리 밑에 스며 있다 그의 의중이 재채기처럼 튀어나가 주렁주렁 나무의 문전성시를 이루었다

(…)

지난여름 낙뢰, 그 환한 샛길로 사과밭의 환영이 지나갔다 몽상과 예감의 거친 파도가 쓸고 간 하늘 아래, 꿈처럼 재현된 과수원에서 사과

를 땄다 그 붉은 필름에 바람의 소용돌이와 구름의 정처가 인화돼 있다
—「사과 따기」 부분

 '신의 의중'이 주렁주렁 '문전성시를 이룬' '사과밭'은 왜 '환영'의 형
태로 다가오는가. 사과밭에 켜켜이 쌓인 신화적 시간의 두께가 그 이유일
터이다. 사과밭의 가시적 형상은 저 보이지 않는 실재의 기미들로 은성
(殷盛)한 신의 손길을 현시한다. 지금 사과를 따는 곳은 '신이 있음'(God
is)이 다시 한번 "꿈처럼 재현된 과수원"이며, 사과를 따는 '나'는 신의 의
중을 "몽상과 예감"의 초이성적이며 초자아적인 감각기관-능력으로 감
지하는 자이다(조정인의 시에 '맹인'과 '시력 상실' 이미지가 자주 등장
하는 것은 이와 관련된다). 하여 사과의 "붉은 필름"에는 과수원에서 생
긴 모든 존재와 행위와 사건의 흔적, 예컨대 "바람의 소용돌이와 구름의
정처가 인화돼 있다". 혹은 사과는 "꽃을 쪼던 찌르레기 부리 끝 비린 향
기와 쓸쓸쓸 쓰르라미 울음소리"에서부터 "머지않아/폭설을 몰고 올 당
신이라는 별"에 이르기까지 "그 많은 겹을 입혀 구워낸/붉은 종, 9월의 캐
럴"(「홍옥」)이며, 퇴근길에 넘어져 "영원 같은 순간을" "세상의 바깥으로/
고요하게 휘돌아나"가면서 "지구 자전에 스텝을 맞"추며 "뉴턴의 사과"
로 화한 "3개월짜리 계약직"인 '나' 자신이기도 하다(「내 무릎 속 사과」). 이
목록은 얼마든지 계속될 수 있다.
 '신의 의중'과 우주와 인간의 역사가 새겨진 "정교한 비문(秘文)"(「먼지
야, 그때 너 왜 울었니?」)으로서 사과. 이 사과들의 향이 진동하는 곳은 우리가
살고 있는 세계이며, 더 구체적으로는—조정인이 첫시집에 명시해놓은
것처럼—"한 생애가 고인 삼엄한 현장"(「노을과 장미 2」, 『그리움이라는 짐승이
사는 움막』, 천년의시작 2004)이다. 한 생애는 누대로부터 첩첩 쌓여온 수많은
생애의 집적물이기도 한 것이어서, 한 생애가 고인 삼엄한 현장이란 존재
와 시간의 중첩과 펼쳐짐, 응축과 확산이 수시로 일어나는 곳이 된다. 광

대무변한 이 삶의 현장은 특정 시공간과 개체의 경계를 넘어 다른 시공간 및 존재들과 자유로이 접속하고 연대한다. "종(種)의 경계가 얼마나 부질없는 것인가를"(「고양이는 간간 상황 너머에 있다」) 실감하는 일쯤은 이곳에서는 한낱 예사로운 일이다. 조정인은 다양한 생의 현장을 종횡무진 누비면서 전우주와 지구의 역사를 망라하고, 타자의 먼 생애를 속속들이 살아내며, "사물의 심연으로 내려가/개별적인 진동, 소리내지 않는 음악을 듣"(「붉어진 공기」)는다. 어떻게 이런 일이 가능할 수 있을까? 조정인에 따르면, 그때-저곳에서 지금-여기까지 우리의 삶의 현장은 변함없이 "영(靈)의 통일성이 점유하는 세계"이기 때문이다.

꿈은 마을과 마을을 유전한다 머리 위로 원반처럼 날아다니는 초월의 힘을 나는 믿는다 그러므로 내가 종종 샤갈의 밤하늘을 가지는 건 이상할 게 못된다 영(靈)의 통일성이 점유하는 세계가 아니라면 내가 어떻게 그의 양탄자를 타고 밤하늘을 날겠는가 (…)

어떤 사람이 꿈에 에덴동산에 갔다가 그 증표로 꽃을 받았는데 꿈에서 깨어보니 꽃이 정말 손에 쥐어져 있더라는, 「콜리지의 꽃」에 부쳐 나는 쓴다 (…)

새벽녘 나는 붉은 장미성체를 혀 위에 받는 꿈을 꾸었다 사제 몰래 손바닥에 뱉어 확인한 꽃잎의 은유, 누가 꽃을 따서 내 입에 넣었니? 이천여년 저쪽 노을 비낀 해골산, 로마 병사의 창에 찔린 나사렛 남자의 옆구리에서 뚝, 뚝, 뚝, 듣던 핏방울 그 혈흔이 내게 관여한 꿈! 우리는 참 많은 씨앗의 여지를 잠 속에 묻어두었다 잠, 그 따뜻한 무풍의 나라 통증이 멎는 나라에

—「성체」 부분

(…) 깜깜한 진흙반죽으로부터 고대인을 통과하여 영원히 인간게놈 정중부에 꽂히는 빛의 화살촉 신성은 자신의 관성으로 인간과 인간, 사물과 사물을 관통하며 시제는 현재다

—「숲」 부분

꿈속 에덴동산에서 받은 증표인 '꽃'이 깨어난 후에도 손에 남아 있는 것. 이천여년 전 나사렛 남자가 흘린 '혈흔'이 내 (무)의식의 '씨앗'으로 유전하는 것. 깜깜한 진흙반죽으로부터 시작된 '빛의 화살촉'이 고대인을 통과해 인간의 유전자에 각인되어 있는 것. 초월의 힘, 영의 통일성 등으로 설명되는 '신성'이 "인간과 인간, 사물과 사물을 관통"한 증거는 도처에 가득하다. 인간의 세계를 만들고 움직이는 원리는 신성(의 관성)인바, 신성의 "시제는 현재"이다. "불현듯 눈이 멀어 전신이 눈이 되는, 신성의 얼굴과 마주한 백열상태"(「숲」)는 조정인에게는 명백한 현재의 사건이다.

신성(의 관성)이 이룩한 세계에서 조정인은 크게 두 가지 작업을 수행한다. 먼저, 신성의 맥락에서 자신의 정체성을 규정하고 재구성하기. 이 과정에서 조정인은 신성과 인간(특히 자신)의 본성 사이의 균열을 체감한다. "이 풍성한 외로움의 배후는 당신이라는 저편"(「아무 일 없이」)이며, 우리의 세계에서 "영혼의 어떤 거리는 여전히 비어 있"(「날개에 바치다」)는 까닭에 조정인의 정체성 규정 작업은 지난한 여정이 된다. 가령 '나'는 "신의 꿈속"일지도 모르는 세상에서 "꿈속의 일곱 겹 꿈"이고, '심장이 사라진 흰 늑대'이며, 마침내 "그 모든 무질서의 총계"이다. 규정될 수 없는 자신의 본질을 규정하려는 불가능한 열망은 조정인의 시를 지배하는 뜨거운 낭만적 열정과 방황의 정조들에 고스란히 이입된다.

꽃나무와 여자들이 주술에 드는 4월, 가수는 노래하네—세상은 신

의 꿈속이 아닐까

　꿈속의 일곱 겹 꿈인 당신을 사랑하는 나는, 당신의 아홉 겹 슬픔을
품은 거대한 밤바다
—「초신성」 부분

　그런데 나는 왜 심장이 사라지나 흰 늑대가 되어 눈보라처럼 하늘 복
판을 펄럭이나
—「장미의 내용」 부분

　나는 숨쉬는 진흙덩이, 욕망이라는 사과 한 개, 필연을 품고 날아가
는 화살촉, 죽은 자들이 필자인 기나긴 연재, 태어나지 못한 메아리들의
무덤, 탄흔으로 얼룩진 성전 내벽에 걸린 인류의 파편, 한 뭉치 열패감
그리고 구토, 그 모든 무질서의 총계
—「장미와 바람은 다 어떻게 보존되나」 부분

　다음으로, 같거나 다른 시공간 속의 타자들의 삶을 자신의 것으로 상
상하고 전유하기. 신성과 인간성 사이의 간극을 좁히는 이 작업은 신성을
닮은 여성성이 발현하는 결정적인 토양이 된다. 신성을 지향하는 여성성,
신성으로 수렴되는 여성성으로 요약될 수 있는 조정인의 시적 체제 속에
서 과거와 현재, 기억과 상상, 현실과 비현실/초현실 등의 구별은 기볍게
무화된다. 이 신성-여성성의 시적 주체는 지금-여기에서 한 발짝도 움직
이지 않고서도 무수한 타자들을 윤회한다.

　저물 무렵, 쥐스킨트 1가 향수의 거리에서 나는 향기 진한 자두와 장
식 깃털을 팔다가 그를 보았다 치마를 털고 일어나 뒤를 쫓았으나 사람

장미와 바람의 보존법　247

들 사이 놓치고 말았다 그를 찾아 몇세기를 헤매는 중 기억하느니 한때
나는 맹인이었다

―「날개에 바치다」 부분

　비단, "그를 찾아 몇세기를 헤매는 중" 한때 '나'의 화신(化身)이었던
'맹인'뿐만이 아니다.『장미의 내용』의 상당부분은 이 윤회의 기록을 위
해 바쳐진다. 중세의 시민광장에서 화형당하는 불륜의 마녀(「불꽃에 관한 한
인상」), 백년을 보폭으로 바다를 건너오는, 지구의 어느 곤고한 시절 굶어
죽은 "은발을 풀어헤친 혼령들"(「눈보라는 어디에 잠드나」), 짐승의 혼들이 밤
하늘의 별이 되던 원시시대의 사냥꾼 쿤(「화공」), 거울 앞에서 불현듯 깨
어나는 내 안의 네안데르탈인(「히아씬스와 나와 네안데르탈인의 원반던지기」), 천
년 전 전란이 있던 해 바위섬 외딴집에 깃들어 산 부부(「낮은 웃음소리가 들려
왔다」), 한국전쟁의 격전지에서 55년 된 물이 담긴 수통과 함께 발견된 무
명 전사자(「수통 속의 천사」), 자신을 납치한 무장혁명군 간부와 사랑에 빠
져 정글에서 부엌칼 시술로 아이를 낳은 꼴롬비아의 여성변호사(「한 장 모
포」), 지하철에서 구걸하는 장애인들(「느리게 흐르는 책」), 집 나가는 엄마에
게 가지 말라고 다급하게 외치는 아이(「유리」) 등. 기억과 상상, 공감의 형
식을 띤 수많은 타자들로의 시적 윤회는 조정인이 자신에게 내재된 '초
월의 힘'과 '영의 통일성'을 발휘하는 방식이자 그 산물이다. 한편 타자들
로의 윤회는 다음과 같은, 타자를 착취하는 인간 존재의 본성을 정반대의
형태로 실천하는 일이기도 하다. "당신과 내가 갉아먹은 것은 서로의 슬픔,
(…) 우리는 일생 타자의 슬픔을 헐어 제 공복을 채운다"(「고구마를 깎다」).
　타자에 대한 일방적인 '착취'를 반대방향의 '증여'와 '존중', 쌍방향의
'순환'으로 돌려놓는 것 ― 이 또한 인간의 본성이다 ―, 그것을 우리는
'사랑'이라고 부른다. 이제, "네 사랑을 펴봐"(「먼지야, 그때 너 왜 울었니?」)야
할 시간. 사랑의 시간은 타자의 슬픔과 나의 슬픔이 뒤섞이(지 못하)는 가

운데 문득 도래한다.

　내 안의 뭔가가 함부로 휘저어질 때, 자신의 침묵에서 떠오른 아름다운
섬, 당신이 있었어 (…)

　달빛 번진 해수면의 반짝거림, 되새떼 목청의 떨기, 백합조개에 걸쳐진
수평선에까지 바람은 발산과 수렴, 증식과 소거의 파도를 그리는데
내 사랑의 촘촘한 연산이 적힌 석판은 어디에 있나
　　　　　　　　　　　　　　　　　　　　　　　—「축제」 부분

　멀고 쓸쓸한 극지에서 태어난, 그보다 훨씬 먼 행성에서 날아온 씨앗에서 움튼
사랑해,라는 말에는 얼마나 자주 마음이 다녀가는지

　당신과 내가 투숙하는 이쪽과 저쪽, 극지와 극지 사이 아득하게 레일이 놓였고
하루치 쓸쓸한 비람을 직새한 그날의 화물열차가 협곡을 지나간다
　　　　　　　　　　　　　　　　　　　　　　　—「말들의 크레바스」 부분

　끊임없이 "발산과 수렴, 증식과 소거의 파도를 그리는" 바람으로, "멀고 쓸쓸한 극지에서 태어난" 씨앗으로, 당신과 내가 투숙하는 "극지와 극지 사이" 협곡의 바람으로, 기타 등등으로 "내 사랑의 촘촘한 연산"은 진행된다. 조정인의 시가 편력해온 거대한 스케일의 우주가 실은 '사랑의 우주'였음이 드러나는 순간이다. "그대가 보지 않는다고 해서, 그대의 감

긴 눈이 볼 능력을 잃었다고 해서 사랑의 우주가 멈춰서지는 않는다"(개리 레너드 『우주가 사라지다』, 정신세계사 2010)는 말은 조정인의 시에 적절히 들어맞는다. 사랑의 반대말은 미움이나 무관심이 아닌 두려움이라는 말 역시 그러하다. 조정인은 규정되고 설명될 수 없는 자신의 실재/실체에 대한 두려움(만지고 깨물고 삼킬 수는 있지만, 닿을/다다를 수 없는 '사과'를 다시 떠올리자)을 넘어 타자에 대한 사랑으로 나아간다. 이 도약이 신성을 갈망하는 여성성에 의해 이루어졌음은 앞서 살펴본 바와 같다.

> 세상에는 다다를 수 없는 것만이 공법인 검법이 있다 당신께 쓰는
> 내 문장은 급소를 모르나 필생의 화염 속에 있다면
> 그것으로 전부다
>
> ──「검객」부분

이제 조정인 시에 대한 가장 중요한 진술을 할 시점에 이르렀다. 조정인 시의 잉태와 발화의 주체는 사후적으로 감각하고 사유하는 개별적인 '자아'가 아닌, 선험적으로 몽상하고 예감하고 직관하는 '영혼'이다('영혼'의 의미를 조정인의 시에 깔린 가톨릭의 종교적 테두리로 한정하지는 말자). 개체를 초월하고 시공마저 가볍게 초월해 다른 영혼들과 소통하는 영혼이 체험하고 증언하는 시. "영혼에게도 뼈가 있어서, 영혼이 뼈를 앓아누웠다"(「바람벽화」)는 조정인의 말은 조금도 과장이 아니다. 조정인은 자신의 영혼을 시쓰기의 주체로 하여, 그 쓰는 일로써 '장미와 바람' 즉 인간의 능력으로 보존할 수 없는 것들을 보존하고자 한다. '장미와 바람'을 담아 사랑하는 "당신께 쓰는" 시는 "필생의 화염"(「검객」)을 토해내는 "내 고유한 화형식"으로 점철된다. 조정인의 말처럼, 이 사랑하는/쓰는 일에는 뚜렷한 기원이나 정처가 없다. 그러니 '나'를 불사르며 그저 쓰고 또 쓸 뿐. 사랑하고 또 사랑할 뿐, 다른 방법이 없다.

시야 가득 지펴지는 말들의 불꽃으로 치르는 내 고유한 화형식 손끝을 빠져나가는 그림자를 지면으로 흘리며 나는 묻지 기록이 흘리는 검은 피, 쓴다는 일은 어디서 오며 정처는 어디인가

　　　　　　　　　　　　　—「장미와 바람은 다 어떻게 보존되나」 부분

　　　　　　　　　　　　　　　　　　—『장미의 내용』(2011) 해설

빛의 번식력을 모방하다

천수호 시집 『아주 붉은 현기증』

천수호(千壽鎬)의 시에서 먼저 눈에 띄는 것은 감각적 상상력이 빚어내는 회화적 풍경들이다. 천수호는 감각을 통해 상상력을 배양하고, 다시 그 상상력을 통해 감각을 확장한다. 이 과정에서 감각은 상상력을 통해 보고 만질 수 있는 것 이상의 형태를 얻고, 상상력은 감각을 통해 "맨살에 와닿는 뭉커덩한 느낌"(「도시, 도무지」, 『아주 붉은 현기증』, 민음사 2009, 이하 같은 책)의 실감나는 풍경으로 현현한다. 천수호에게 감각과 상상력은 서로에게 물과 바람의 역할을 하며 무성해지는 하나의 숲과 같다. 주목할 것은 감각과 상상력이 서로 견인하는 과정에서 시에 이야기성이 곁들여진다는 점이다. 그 서사적 정황들은 우화적이거나 알레고리적인 특징을 지니는데, 이는 천수호의 감각적 상상력이 작동하는 방식과 그러한 감각적 상상력으로 새롭게 만들어낸 비유체계의 현실적인 함의들에 의해 촉발된다.

예를 들어 천수호의 비유 사전에서 아파트 놀이터의 '등나무숲'은 '이구아나'를 의미한다. 아파트 놀이터에서 등나무숲＝이구아나가 먹이를 먹으며 살아가는 모습은 삭막한 도시에 생명을 불어넣는 인공자연의 풍경을 알레고리화한다. 아파트의 인공자연이, 어딘가 친근하면서도 낯선 괴물의 이미지를 지닌 '이구아나'로 변환되는 맥락은 자연스럽고도 독특하다. 비유가 기존의 상징체계에 대한 (부분) 재설정으로서의 '덮어쓰기'라고 할 때, 천수호는 독창적인 발상을 통해 현실세계에 대한 비유=덮어쓰기를 실행한다.

> 한 마리 이구아나다
> 10층 베란다에서 내려다본 등나무숲
> 미끄럼틀이 밀어낸 아이가 말려들어간다
> 발끝에 시달리던 빨간 공이 밟혀들어가고
> 뒷골목 그늘을 씹던 도둑고양이도 빨려들어간다
> 우툴두툴 잔비늘 세우는 이구아나는 잡식성이다
>
> 삼킨 먹이들 통통히 살쪄 걸어나온다
> 이구아나 뱃속에서 알을 꺼내고
> 감쪽같이 꿰매놓는다는 인디오들처럼
> 등나무가 보듬는 그늘은
> 훔쳐도 다시 자라는 이구아나 알이다
> 얼기설기 꿰매어진 배 어루만지는 넝쿨
> 알을 찾는 것인지
> 세상 온갖 것들 다 품어보고 있다
>
> ─「그늘」 부분

'이구아나'는 '아이'와 '빨간 공'과 '도둑고양이' 등의 '먹이들'을 닥치는 대로 삼키는 잡식성의 맹수이다. 동시에 이구아나는 그렇게 "삼킨 먹이들"을 자신의 뱃속에서 "통통히 살쪄 걸어나"오게 하는, "세상 온갖 것들 다 품"고 있는 모성성의 화신이기도 하다. 이구아나의 가히 폭력적인

식욕은 아파트 등나무숲이 도시의 삶에 제공하는 편안한 '그늘'의 역할을 암시한다. 이구아나는 도시의 일상공간 속에 장식적으로 구획·배치되어 있는 인공자연의 생명력을 뜻하는 감각적 오브제인 것이다. 더불어, "이구아나 뱃속에서 알을 꺼내고/감쪽같이 꿰매놓는다는 인디오들"은 도시 곳곳에 파편적으로 배치된, 그러나 여전히 풍요로운 생명력을 발휘하는 자연에 의존하며 사는 도시인의 상징이다. 「그늘」은 도시에서 자연의 생명력이 어떻게 지속되는가에 대한 우화적 스케치이자, 그 모성적 생명력이 어떻게 도시의 인간을 계속 부양하는가에 대한 회화적 에피쏘드이기도 하다. 그 증거로, 등나무숲=이구아나가 자연의 생명력을 발현하는 방식은 아이를 품은 '어미'의 그것과 흡사하다. 등나무숲의 '넝쿨'과 어미의 '뼛속까지 파고든 실뿌리'의 형질과 본성은 동일하다. "세상 온갖 것들 다 품어보고 있"는 등나무숲과 "열매를 위해 두 손 다 들어주는" 어미의 자세가 정확히 닮은 것은 우연이 아니다.

> 뱃속 아이가 자랄수록 터진 실금에서
> 찐득찐득한 어미냄새 흘러나왔다
> 뼛속까지 파고든 실뿌리가
> 아이를 집요하게 움켜쥐었던 것
> 내가 쉬이 엎드리지 못함은
> 이미 내 몸 어디쯤
> 가지가 뻗었기 때문일 게다
> 접고 꺾는 무르팍이 없는 가지의 마음이
> 하늘 쪽으로 뻗어가
> 열매를 위해 두 손 다 들어주는 것이다
>
> ─「그 뿌리를 갖고 있네」 부분

비유와 알레고리를 통해 비로소 '안심'하고 대상에 접근하는 우회적인 방법론은 천수호가 타자와 세상을 대하는 겸허하고도 자립적인 '탈피'(「탈피하다」)의 자세에 기인한다. 천수호는 자신이 맞닥뜨린 세계, 그녀의 시적 대상들 앞에서 정중한 자세를 유지하면서도 그들과 자신 사이에 놓인 크고작은 거리를 인식하는 일을 멈추지 않는다. 그렇다고 천수호가 대상에 대해 차가운 태도로 일관하거나, 반대로 대상에 대한 자기화의 열망에 사로잡혀 있는 것은 아니다. 그녀는 "겹눈으로 보는 시각의 오랜 습관"(「빨간 잠」)을 갖고 있으며, 세계의 배후를 보는 '백미러'의 '무거운 안구'(「미래 미러(mirror)」)를 소유하고 있기도 하다. "자불자불 눈꼬리 풀어지게 하는/검은 수실 끝 더듬어"(「오래된 부채」) 시간과 공간, 존재의 경계를 넘어 '나'에게 끝내 비의(秘意)로 남을 수밖에 없는 세계를 탐색하는 시선 또한 보유하고 있다.

타자와 세계를 향해 다양한 형태와 각도의 시선들을 발산하는 가운데 천수호는, "저쪽 끝에서 다시 팽팽히 당기는 당신"(「어둠 휘늘어진 곳에서 보내다」)의 반동(反動)의 힘과 시선을 예민하게 느낀다. '나'와 '당신(들)'의, 그리하여 모든 존재들의 "마주보는 두 길이 다르다"(「저수지 속으로 난 길」)는 것을 천수호는 깊이 이해하고 있는 까닭이다. 이 '두 길'은 수많은 존재들간의 일 대 다의 관계 속에서 무한 증식하며 갈수록 복잡다단해진다.

한마디로 말하면, 천수호의 시는 삶의 도처에 깔려 있는 '나'와 '당신(들)' 사이의 무수한/무한한 길들을 '겹눈'과 '무거운 안구'와 '자불자불 풀어지는 눈꼬리'로 발견하고 따라가며 끝내 사랑한 여정의 산물이라고 할 수 있다. 천지사방 복잡하고 굽은 길들을 어둠속에서도 손에 잡힐 듯 생생한 감각과 상상력으로 따라가는 일, 이것이 천수호의 시쓰기 작업이다. 천수호에게 감각과 상상력이란 마음의 다른 이름인바, 그녀는 마음의 촉각을 한껏 높여 세계의 벽지를 여행하면서 세계에 가득한 무수한/무한한 '당신(들)'에게로 부드럽게 흩어져간다. 당신과 세상을 향한 흩어짐은 천수호의 상상의 방식이자 사랑의 방식이며, "이쪽 어둠에서 저쪽 새벽으로 걸어가는" '탈피'의 방식이다. 눈앞의 세계를 벗어나는 '흩어짐'의 사랑/상상의 여정 속에서 그녀는 "달나라 땅 한 평" 같은 기묘한 곳에 도달하기도 한다.

> 저리 깜깜한 어둠 속에 뛰어나가면
> 뭐가 제일 먼저 발에 밟힐까
> 비워둔 어둠에 빗물이 고였겠구나
> 나선형 계단이 문을 닫아 걸었겠구나
> 밤꽃이 허벅지를 깨물었겠구나
> 절절 끓는 비탈이 국물을 쏟았겠구나
> 찰방찰방한 바람이 뺨을 때리겠구나
> 뭉클거리던 것이 딱딱해졌겠구나
> (…)
> 어둠의 육질
> 드러내는 검은 건물들
> 저 뭉클한 땅, 눈에 밟히는 달나라 땅 한 평
>
> 달나라 땅장사가
> 이쪽 어둠에서 저쪽 새벽으로 걸어가는 길은
> 참 비뚤비뚤하구나
> 수십 가닥의 오랏줄이 새끼를 꼬았구나
> 우툴두툴하구나
>
> ──「도시, 도무지」 부분

　도시의 "검은 건물들" 사이로 "뭉클"하게 "눈에 밟히는 달나라 땅 한

평”은 말할 것도 없이 '달'의 제유이다. 천수호는 “이쪽 어둠에서 저쪽 새벽으로 걸어가는” 달의 길을 좇아 세상의 이곳저곳을 편력한다. 나선형 계단과 절절 끓는 비탈과 찰방찰방한 바람 등이 공존하는 그 길은 비뚤비뚤하고 우툴두툴하다. 수십 가닥의 오랏줄이 새끼를 꼬아놓은 듯 도무지 요령부득이기도 하다. 달의 길을 이처럼 어지럽고 고단하게 만드는 것은 무엇인가? '검은 건물들'로 뒤덮인 세상의 도시가 그 답이다. 이 시의 제목인 '도시, 도무지'에서 '도시'는 '도시(都市)'와 '도무지'의 중의적 의미를 지닌다. 천수호의 눈에 비친 도시의 세상은 무질서하고 난해한 '도무지'의 세계라고 할 수 있다. 외형으로는 자연물과 사물의 가시적인 풍경을 노래하는 듯 보이는 천수호의 시에는 이처럼 현실의 부정성에 대한 반성적 인식이 깔려 있다. 그 반성적 인식의 어떤 순간들은 어두운 세계를 향해 “빛살을 터뜨리”는 행복한 시간으로 이루어진다. 시 「한 순간」은 어둠속에서 지푸라기만한 햇살을 물고 날아오르는 새를 통해 '도무지'의 '블랙홀'의 도시가 어떻게 환한 '빛'의 세상이 되는가를 그려낸다.

어둠을 탁, 놓아버리면
그 탄력으로 오래 빙글거리다가
서서히 가라앉는 침전물
아파트와 나무와
사람,이라는 결정체가 드러난다

바닥을 내보이는 골목
더는 휘젓지 말아야 한다
빙글빙글 도는 밤의 블랙홀에
다시 빠지지 말아야 한다

도시는 단지 희멀게진 윗물

새벽하늘 위로
까치 한 마리
번지지 않고 날아오른다
부리 끝에 물고 있는
지푸라기만한 햇살이
한 순간, 빛살을 터뜨린다
저 놀라운 빛의 번식력

—「한 순간」전문

비록 짧은 순간이지만, 빛은 도시의 어둠을 제압한다. 그때 "도시는 단지 희멀게진 윗물"로 변한 것에 불과하더라도, 도시의 어둠은 바닥에 가라앉은 '침전물'만큼 희석되어 있다. 이 사실은 중요하다. 천수호는 도시를 포용하고 정화하는 자연의 역할에 깊은 신뢰를 보내면서도 자연의 권능에 대한 경외나 예찬에 쉽게 함몰되지 않는다. 동일한 맥락에서 도시와 도시적 삶의 부정성에 강박적으로 경도되지도 않는다. 천수호의 관심은 자연과 자연적인 것이 황량한 무채색의 도시에 어떻게 여전히 생명력을 공급하는가에 있다. 역으로는, 도시가 결코 완전히 축출할 수 없을 자연에 어떻게 계속 의존하며 발전(?)하는가에 있다. 이런 맥락에서 천수호가 생각하는 시란, 도시의 어둠을 순간순간 흩뜨리는 "지푸라기만한 햇살" 같은 것이라고 말할 수 있다. 세계에 전면적인 변화를 일으키지는 못한다고 해도, 그 가녀린 빛살의 번식력은 감탄할 만한 수준의 것이다. 천수호의 시가 기필코 모방하려는 대상이 있다면 그것은 바로 자연이 지닌 "저 놀라운 빛의 번식력"이라고 할 것이다.

이렇게 말할 수 있겠다. 천수호의 시(가 되고자 하는 바)는 세상 온갖 것들을 품은 한 마리의 이구아나거나 그 이구아나의 알이다. 혹은 도시의 어둠을 뚫고 새벽하늘 위로 햇살을 물고 날아오르는 '까치 한 마리'이다. 또 다르게는 '나'와 '당신(들)'의 팽팽한 긴장 속에서 불균형과 균형의 끊임없는 흔들림 가운데 탄생하는 '씨앗'이거나 '씨방'(「요긴한 가방」)이다. 천수호가 보기에 이 자연의 사물과 이치 들은 실물과 비유의 차원 모두에서 도시의 삶에 다각도로 뿌리를 내리고 있다. 이를테면 자정이 넘은 지하철 안에서 피곤에 지쳐 잠든 사람들은 "들썩거리는 봄 씨앗"이며, 시인의 '안태고향 대구'는 그녀의 신체 일부인 '배꼽'을 당기고 감는 존재론적 근원의 장소이다.

씨앗도 아니면서
들썩거리는 봄 씨앗같이 입 헤 벌리고
잠에 취한 사람들,
자정이 넘은 지하철 안은 헐렁헐렁하다
씨앗마다 흔들리는
가방 하나씩 품었다

—「요긴한 가방」부분

배꼽이 당기기 시작한다
안태고향 대구가 가까워진다는 것
시속 300킬로미터의 KTX열차가
음속으로 당겨진다
배꼽을 단단히 감아넣고 배에다 힘을 준다
이것은 요가동작이다
배꼽을 중심으로 풀고 감는,

—「배꼽을 감아라」부분

잠에 취해 흔들리는 지하철 승객들이 곧 피어나려는 '봄 씨앗'이라면, 그들이 하나씩 품은 가방은 씨앗을 둘러싼 '씨방'이다. 힘겨운 일상에 지친 도시인들을 금방이라도 꽃을 피울 듯한 '봄 씨앗'의 생동하는 자연물로 전유하는 장면은 세계를 생명체의 활기찬 터전으로 이해하는 천수호의 시적 인식을 보여준다. 그 인식이 따뜻하고 풍요로운 모성성을 근간으로 하는 것임은 앞서 이야기한 바와 같다. 「배꼽을 감아라」에서 보듯, 고향에 KTX열차를 타고 가는 상황을 "배꼽을 중심으로 풀고 감는" 요가동작으로 전환하는 솜씨에도 세계를 생명의 리듬으로 읽어내는 시선이 담겨 있다. 귀향열차의 남은 거리와 속도를 배꼽으로 고스란히 느끼는 사람이란 대단히 섬세한 감각을 지닌 존재론적 몸-주체가 아닐 수 없다. 그래서일까. 천수호가 그려내는 생명의 현장은 구체적이고 감각적이며, 생의 깊은 비의들을 응축하는 경우가 많다. 다른 예로, "얼떨결에 뽑은 송곳니를 들고" "바르르 떠는" '딸아이'를 보며 그녀는 딸아이가 "아직도 제 몸의 일부인 듯/쉽게 던져버리지 못하는 송곳니"처럼 "저렇게 놓았다 쥐었다 하면서/평생을 보낼 것"(「송곳니」)을 예감한다. 송곳니 하나에서 삶의 저변을 단숨에 간파하는 독법은 삶을 관념으로 사유하는 자가 아닌, 몸으로 감각하는 자의 것이다. 깊은 인상을 남기는 작품 중 하나인 「나는 기형이에요」는 부모가 죽고 홀로 남은 아이의 주먹(몸)에 삶이 어떻게 새겨지고 내면화되는지를 강렬한 풍경과 이미지로 형상화한다.

아이 주먹에 붉은 꽃이 피었다
근친간 사랑은 이렇게
몸에다 꽃을 피운다
꽃이 몸을 가질 때는
내밀한 근친의 비밀이 씨방에 묻히는 것

(…)

갖춘꽃이 난장을 트는 봉오리 속

혀를 빼문 어미가 죽고

징글징글해진 아비가 죽고

홀로 남은 아이는 어쩔 수 없어

두 주먹 불끈 쥐고 필사적으로 꽃잎 벌린다

꽃과 잎과 줄기들

웃을 때마다 안간힘으로 뒤틀린다

—「나는 기형이에요」 부분

　어미와 아비를 여의고 홀로 남은 아이의 주먹에는 "근친간 사랑"이 '붉은 꽃'으로 피어난다. 죽음에 의해 단절된 근친간 사랑(자세한 내막은 알 수 없으나, '근친'의 어감과는 무관한 육친간 사랑으로도 해석할 수 있다) 이 아이의 몸에 피운 '꽃'은 "웃을 때마다 안간힘으로 뒤틀"리는 '기형'의 증상을 앓고 있다. 그런데 천수호가 예리하게 발견하였듯이, "꽃이 몸을 가질 때는/내밀한 근친의 비밀이 씨방에 묻히는 것"이어서, 아이는 '기형'의 상처를 필사적으로 육화함으로써 자신만의 '씨방'을 갖게 된다. 새로운 생명을 잉태하고 출생케 하는 모성의 능력은 어머니만의 특별한 자질이 아닌, 가 생명체가 내장하고 있는 고유한 본성인 것이다. '기형'을 불사하면서도 새로운 씨방을 키워내고 있는, 더 정확히는 스스로 단단한 씨방이 되어 자라고 있는 아이는 아파트 등나무숲과 까치와 지하철 승객들과 같은 혈통을 지닌 동족이다. 이들은 한결같이 다른 존재나 자기 자신에게 생명력을 불어넣는 중이다. 우리의 세계와 삶을 생동하게 하는 숨결의 진원지가 바로 이들이다.

　천수호는 복잡하게 굽은 세상의 모든 길들이 실은 어떤 형태로든 생명이 흐르는 길임을 조용히 역설한다. 모성이 특수한 자질이 아니라, 모든 생명체의 내재적 능력이며 이타적 본성이라는 견해. 그녀가 오랜 시간에 걸쳐 이룩한 시적 발견은 이렇게 요약된다. 바꾸어 말하면 천수호의 시들은 현대사회의 '생명(/존재)의 생태학'을 염두에 두며 씌어진다. 그 생태학의 주체는 천수호 시의 실질적 주어인 '몸'이다. 천수호가 도심과 고향, 사하라 사막과 아틀라스 산맥의 오지와 이름모를 저수지를 넘나들며 지나온 삶의 길들은 어김없이 그녀의 '몸'에 흘러들어 쌓인다. 더 정확히는 그녀 '몸'의 일부분이 된다.

아틀라스 산맥의 우마이카단 마을 사람들이 집을 지을 때 쓰는 돌인 '에주룩'에 천수호가 각별히 매료된 것은 '주룩주룩'과 흡사한 '에주룩'의 어감이 돌을 '흘러드는' 것으로 느끼게 하기 때문이다. 흘러드는 돌은, 지금까지 지나온 모든 길들이 흘러들어 쌓인 '몸'의 과거를 짐작하게 하면서 미래 또한 감지하게 한다. 몸은 세상의 다른 몸(들)에 흘러들어 쌓이는 길/돌이 될 것이다. 「저수지 속으로 난 길」에서 천수호는 몸에 쌓인 '길'과 '돌'이 다르면서도 같은 이형동질의 존재임을 분명히 밝힌다. 천수호의 시문법에서 몸속으로 하나의 길이 흘러든다는 것은 몸속에 돌이 하나 떨어지는 것과 같다.

> 흙의 주먹 에주룩이 쌓은
> 움츠린 두꺼비도 기어들어가는 붉은 집채들
> 언덕에서 내려다보면 이내 흙과 뒤섞여버린다
> 겨울 두꺼비 땅속으로 파고들듯
> 헌집새집 가리는 내 몸집도 지금
> 흙으로 주룩주룩 흘러드는 중이다
>
> ─「에주룩」 부분

떡갈나무 갈참나무 졸참나무가 뒤섞여 길을 이루고 있다 떨어진 잎

들이 제 이름을 찾지 못한 채 저수지로 흘러든다 길을 끊는 저수지에
나는 다시 돌을 던진다 온몸으로 돌을 받는 저수지, 내 몸속으로 돌이
하나 떨어진다

—「저수지 속으로 난 길」 부분

흐르는 '길'과 응고된 '돌', 열려 있는 '길'과 부동(不動)하는 '돌', 외부
지향적인 '길'과 내부 지향적인 '돌'의 이 오묘한 호환관계를 무엇이라 부
르면 좋을까. '길'과 '돌'을 한꺼번에 품고 있는 '몸'이야말로 둘의 호환관
계를 가능하게 하는 동력이라는 점은 일단 분명해 보인다. 천수호의 시가
이 둘 사이에서 흔들리며 곧 만개할 "들썩거리는 봄 씨앗"이라는 점도 짐
작할 수 있다. '길'과 '돌'을 몸에 육화한 '씨앗'이 만들어낼, 곧 도래할 미
지의 풍성하고 드넓은 숲과 그늘을 기대해도 좋겠다. 그 숲과 그늘은 한
없이 고적하고 깊은 세계일 수도 있겠다. 천수호가 그린 풍경들을 참조하
면, '길'과 '돌'이 하나가 되는 지점에는 가령 '외딴집'과 "외딴보다 한 굽
이 더 돌아가는 나"의 "홀로 캄캄하고 홀로 다 보이지 않는" 세상이 있다.

외딴,이라는 말이 따돌린
그 언덕은 참 또박하여 절대 흐린 날이 없다
절대 어둔 날도 없다
오도카니 그 모습 다 드러내거나
제 속 환히 들키는 불빛 품은 말
외딴보다 한 굽이 더 돌아가는 나는
홀로 캄캄하고 홀로 다 보이지 않는다

—「외딴집」 부분

어쩌면 천수호는 "외딴,이라는 말이 따돌린", 외딴보다 더 외딴 세계를

있는 그대로 노래하기 위해 시인이 된 것인지도 모른다. "외딴보다 한 굽이 더 돌아가는 나"는, 천수호의 단정한 첫시집이 타자와 세계를 향한 부지런한 걸음들로 가득해지기까지 그 최초의 출발점이라고 할 수 있다. 그러니 천수호를 통해 외딴보다 더 외딴 것들이 비로소 형체와 이름을 얻게 되기를, 천수호가 "오도카니 그 모습 다 드러"낼 수 있기를 기대해볼 일이다. 그 적막하고도 따뜻한 축복의 몫을 천수호가 기꺼이 자임하고 있으니, 그녀에 대한 믿음은 이제 독자들의 몫이다.

—『아주 붉은 현기증』(2009) 해설

서정시가 파닥거린다!

문동만 시집 『그네』

　어떤 의미에서 2000년대는 서정시의 무력증이 알게 모르게 감지된 시대였다. 무력하다는 것은 절망이나 분노, 고통에 사로잡힌 것보다 더 난감한 상태라고 할 수 있다. 심신에 힘이 빠지는 무력증은 존재의 일부나 전체의 공황상태를 의미하기 때문이다. 무력증을 앓는 존재는 능력과 의욕을 상실(당)하고, 타자와 세계를 향한 행위를 중단(당)한 상태에 있다. 자신의 본래 능력과는 별개로, 무력증에 걸린 존재는 모종의 불가항력적인 불능의 증상을 앓는다. 그것은 말 그대로 '증상'이다. 무력증은 자신 및 타자·세계와 불화하는 존재가 그 불화를 자신의 내부에 고립시켜 응축할 때 발생한다. 무력증은 존재의 내적 문제로 보일 수 있지만, 존재와 세계가 맺는 '관계'의 독특한 양상의 문제에 해당한다.

　서정시에서 무력증이 감지된다는 것은 서정시의 본질적인 속성이나 위력과는 무관한 일이다. 이는 서정시가 세계 및 현실과 맺는 관계의 문제이기 때문이다. 근래 '서정(시)'에 관해 행해진 비평적 논쟁에는 '본질'과 '관계' 두 차원에 대한 혼란이 들어 있는 것으로 보인다. 오늘날 서정시가 보여주는 다른/새로운 양상과 증상 들을, 즉 오늘날 서정시가 세계와 맺는 다른/새로운 관계의 문제를, '서정(시)'의 본질에 대한 문제와 종종 혼동하고 있는 것이다.

서정시의 무력증은, 가치판단의 시선을 배제하고 하나의 '증상'으로 볼 때, 가령 이런 현상들을 가리킨다. 서정시가 무엇을 할 수 있는가라는 오래된 회의가 시의 역설적인 추진력이 되지 못하고 무력하게 공회전하거나 시인 자신과 삶에 대한 자괴감으로 변질된 상태. 세계와 현실에 대한 시와 시인의 역할이 상당부분 축소되었다는 괴로운 짐작 혹은 상상. 언어와 존재, 세계의 기반이 와해된 분열의 시대에 동일성의 미학에 근거한 종래의 서정시는 효용이 약화되었다는 분위기. 기존의 시의 언어와 미학, 시적 발상법과 화법 등에 대한 필요 이상의 거부감. 이와 연동된, 새로운 시도들에 대한 막연한 두려움과 피로감 등.

엄밀히 말하면 무력증을 앓고 있는 주체는 서정시가 아니라 서정시인과 서정시의 독자들, 그리고 비평가들이라고 할 수 있다. 그런데 여기, 서정시를 주어이자 주체로 하여 "서정시가 파닥거린다"고 열과 성을 다해 노래하는/증언하는 시인이 있다. 서정시 자체를 서정시의 주어이자 내용물로 삼은 이 재귀적인 진술은 신예 시인 문동만(文東萬)의 독특한 발상법에 의한 것이다. 이러한 낯선 화법과 음색은 근래 서정시가 무력해진 증상들에 관한 시인의 문제의식의 소산으로 볼 수 있다. 서정시에 대한 종래의 정의에 균열이 일어난 상황에서 문동만은 서정시의 본질과 역할에 대한 성찰을 통해 자신의 입지를 구축한다. '서정시가 파닥거린다'는 발견은 그가 '서정시의 배후'에 대한 탐구의 결과로 얻은 것인데, 이는 정적인 서정시 혹은 서정시의 정적인 면모들에 대한 경계를 바탕으로 한다.

직관의 부리를 앞으로 앞으로 밀며
활공하는 기러기떼

어둠이 갈라지고 꽁지 끝에서 다시 어둠이 모인다

끼루룩대는 저녁의 신호
아직 터지지 않은 말이 이미 터진 말을 감싸며
터진다

생기발랄한 부리들이 뒤처진 날개를
힘껏 부른다

서정시가 파닥거린다
— 「배후」(『그네』, 창비 2009, 이하 같은 책) 전문

　문동만에 따르면, 서정시의 배후에는 '직관'과 '어둠', '아직 터지지 않은 말'들과 '뒤처진 날개'가 있다. 세계의 깊고 어두운 심연으로부터 "아직 터지지 않은 말이 이미 터진 말을 감싸며 터"지는 순간이 바로 서정시가 파닥거리며 탄생하는 순간이고, 세상을 향해 날갯짓을 시작하는 순간이다. 두번째 시집을 내는 젊은 시인이 이처럼 서정시의 본령에 대한 고전적인 탐구를 감각적으로 시화하는 장면은 흥미로울 뿐 아니라 이채롭다. 그 이채로움은 익숙한 것을 낯선 것으로 묘사하는 언어의 묘미에서 비롯한다. "서정시가 파닥거린다"니! 이 문장은 서정시를 갓 태어난, 부동(不動)과 무기력의 상태에서 깨어난, 생동하는, 조그마한 힘을 지닌, 안간힘을 다하는, 연민을 느끼게 하는 존재로 묘사한다. 사실 이 묘사문은 서정시에 대한 기존의 관점들을 그대로 함축하고 있다. 그럼에도 '파닥거린다'라는 앙증맞고 생생한 술어가, 서정시가 지금 눈앞에서 생동하며 날아가는 듯한 각별한 느낌을 갖게 하는 것이다. 이 시집의 앞부분에 실린 「낮

설지 마라」는 마치 이러한 독자의 반응에 대해 시인이 준비해둔 사전지침이나 명령처럼 들린다.

> 한 아이가 골목에서 생라면 까먹다 부스러기를 흘린다
> 가난한 날의 주전부리나 주눅들어 주저앉았던 담벼락
> 내 오래된 상징, 낯설었지
>
> 작업복을 빨아 널며 나는 옆집 빨랫줄을 쳐다보네
> (…)
> 오, 어떤 세월 그대여 낯설지 마라
>
> ──「낯설지 마라」 부분

문동만이 '그대'(독자)에게 내리는 '낯설지 마라'라는 명령은 진짜 낯선 것들을 겨냥한 것은 아니다. 너무도 익숙하다가, 우리의 존재와 삶의 일부이다가, 혹은 여전히 우리의 일부임에도 온당치 않게 불편하고 낯설어진 것들을 향한다. 이를테면 가난과 노역에 찌든 삶, 영혼과 내면을 말살하는 노동, 소외되고 황폐해진 내면, 불행한 가족사와 성장기, 고통받는 이웃들, 사회의 구조적 모순 등이 그것이다. 이들을 모두 포괄하고 현재화하는, 혹은 이들이 현재의 사건들임을 역설하는 지점에 바로 '뒤처진 날개를 힘껏' 들어올려 파닥거리는 문동만의 시가 자리하고 있다. 그의 시가 세상을 향해 힘겹게 파닥거릴 때, "욕을 먹어야 밥이 나"오는 그의 '업'도(「물에 에인 날들」), "여기 오는 동안/무한대의 굴절과 저항을 견디며/그렇게 흔들렸던 세월/흔들리며 발열하는 사랑"도(「그네」), 비좁은 방에서 "자면서도 입 벌린" 식구들도(「자면서도 입 벌린 것들」), "오로지 가볍고 질긴 장력으로/살았던" 사람들과 그들이 "발바닥으로 부르는 노동가"도(「어떤 음계에서」), 농성장에서 94일을 굶은 끝에 투신한 여인(「지게」)들도 함께 하나

의 대열을 이루어 세상 속으로 전진하는 것이다. 어딘가 생경하고도 끝내 익숙한 모습으로.

'낯설지 마라'는 명령과 함께 귀환하는 문동만의 '오래된 상징'들과 '세월'은 언뜻 보기에 전통적인 서정시의 외형을 갖추고 있다. 그러나 문동만이 구사하는 어법과 수사장치, 상상력은 전통적이라고 하기에는 충분하지 않은 면이 있다. 시의 파급효과라는 면에서는 더욱 그러하다. 문동만은 공동의 사안이 되어야 할 세상의 일들을 일종의 윤리적 소명감을 갖고 시화하면서도 자신의 일방적인 관점만을 고집하지 않는다. 어떤 대상이 타자에게 체험되고 받아들여지는 방식을 함께 고려하는 것이다. "그대여 낯설지 마라"라는 명령문의 경우, 발화의 주체는 '그대'에게 가난한 세상을 낯설어하지 말아야 할 주체와, 가난한 세상에 의해 낯설게 느껴지지 말아야 할 대상의 이중적 위치를 부여한다. 이러한 복합적 위치에 초대된 '그대'(독자)는 주체·대상의 동시성을 누리는 가운데 문동만의 시와 거기 투영된 세상을 좀더 열린 상태로 경험하게 되는 것이다.

문동만 시의 가장 중요한 기원이자 탐구 주제는 '가난'과 '노동'이다. 이 둘은 '생계'라는 한 가지 문제에 뿌리를 두고 있다. 문동만은 유년기부터 힘겨운 가난을 겪어온 것으로 보이는데, 그래서 가난은 그의 시적 지반이자 끈질긴 싸움의 대상으로 자리잡고 있다. 그는 내내 "가난이 그치지 않는 성에서"(『가난한 성에서』) 살면서 고통스러웠고, 가난 때문에 고통받는 가족으로 인해 더욱 고통스러웠다. 어린시절 그는 아버지와 형의 중노동에도 불구하고 떨쳐버릴 수 없는 지독한 가난을 가족과 함께 감내해야 했다. 가장이 된 현재의 그 또한 아무리 열심히 일을 해도 여전히 가난에서 탈출하지 못한 채 아내와 해결책 없는 싸움을 반복하며 답답한 현실을 견디고 있다.

　가시던 날 온 방 안이 밥알로 보인다는 아버지께

어머니는 유언 같은 밥 두 숟가락을 억지로 떠먹이셨다

　　　　　　　　　　　　　　　　　　　　　　　──「주꾸미 알」 부분

형은 자석이었다

가난 뭉텅이를 잡철처럼 붙이고 살았다

열일곱살 때 가구공장에서 삼만오천원을 받고

열여섯 시간을 일하고

니스 냄새 때문에 중이염을 앓던 귀에

고름이 더 차더라고 편지를 썼다

(…)

녹슨 못이 빠져나오던 우리집은 형의 피고름으로 견뎠다

　　　　　　　　　　　　　　　　　　　　　　　──「자석과 겨울나비」 부분

사는 게 어려운 날엔 늘 벌금이나 세금이 나왔고

깊이 잠들지 못했다, 다시는 가지 않을 술집을 전전했다

그러니 아내는 말라가며 나에게 저항했던 게다

　　　　　　　　　　　　　　　　　　　　　　　──「낙화」 부분

　문동만이 갖고 있는 가족에 대한 기억은 대부분 참혹한 가난과 분리되지 못한 상태에 있다. 아버지의 임종이 그 비극적인, 대표적인 예다. "저울질 하나로 품삯을 벌어오던"(「저울에게 듣다」), "가시던 날 온 방 안이 밥알로 보인다"던 그의 아버지에게 어머니는 "유언 같은 밥 두 숟가락을 억지로 떠먹이셨다". 이 장면 하나만으로도 이들 가족이 겪은 극심한 가난과 한을 고스란히 유추하고도 남음이 있다. 아버지의 죽음에 따른 여파인지는 정확히 알기 어렵지만, 형은 십대의 어린 나이에 공장 노동자가 되었다. 가구공장과 자석공장에서 열몇시간을 일한 "형의 피고름으로 견"딘

가족의 삶이란 더없이 참담하고 처절한 것이었음이 분명하다. 가난은 질기고 또 질긴 것이어서 가족의 내력이 되고 삶 자체가 되며 관계가 되고 내면이 된다. 한 예로, 얕은 잠과 술집과 부부싸움을 오가는 현재의 '나'에게 비쩍 말라가며 저항하는 '아내'는 '나'의 무능과 죄책감을 증거하는 징표와도 같다. "내 마음 마르고 습한 노래들 그치지 않는"(「미안하다 봄」) 날들이 계속되는 것은 이상한 일이 아니다. 능력 없는 가장인 '나'는 존재의 가장 내밀하고 자유로운 감정이자 행위인 '사랑'에 대해서마저 자조적인 심정을 토로하기도 한다. "음습한 내 기운 시절을 가리지 않았으니/무슨 사랑이 나의 책임이 되었단 말인가/나 같은 것의 책임이 되었단 말인가"(「자면서도 입 벌린 것들」).

문동만은 가난의 폭력에 시달리는 가족의 고통스러운 삶, 힘없는 가장이자 노동자로서 자신의 고뇌에 찬 생활을 그려내는 한편으로, 더 고통스러운 현실을 견디는 타자들 앞에서 자신과 자신의 삶에 대한 객관적인 성찰의 거리를 확보한다. 시집의 후반부에 주로 배치된, 가혹한 노동의 현장과 노동자의 목숨을 건 투쟁을 그린 시들, 즉 「어제의 사내」「지하계급」「지게」「창원에서 죽다」 등이 그 계기이다. 특히 「직립의 뼈들」은 노동 현장에 대한 문제의식을 담아내면서 이를 시인 자신의 삶에 대한 반성으로 절실하게 내면화한 점에서 눈길을 끈다.

> 등 굽은 사내들은 축구공을 꿰맸다 골무를 끼고 기마자세로
> 한땀 한땀 육각형의 소가죽을 붙여 공을 꿰맸다
> 가끔 경마장을 찾아 일당을 날리고 두 갑의 담배를
> 재로 날리고 깊은 기침을 뱉어냈다
> (…)
> 나는 그때 도넛이 되어 올라가는 담배연기의 허무와
> 묵음을 이해하지 못했다 공을 꿰매지 않아도 되는

세계를 다 안다고 겁없이 말했던 것이다
그들의 등을 공처럼 차버리면 공처럼 굴러갈까
그들은 평생을 싸우는 사람들의 바깥에 살았고
살기 위해 비교적 비겁했다 둥근 품새로 견뎠다
나는 그들의 바깥에 살았던가 그래서 잘살았던가
내 등도 굽어간다 이 지상에 어떤 뼈들이 온전히 곧겠는가
하지만 휜 등뼈가 뼈의 전부가 아닌 것처럼
나도 당신들도 모든 뼈들을 보지 못했다
잠복한 직립의 뼈들을

—「직립의 뼈들」 부분

　가난의 현실에도, 노동의 수고에도, 고통을 견디는 일에도 말하자면 등급이 있는 것이다. 직립의 몸에 맞는 수직의 '등뼈'가 허락되지 않는 '등굽은 사내들'은 그 최저등급의 삶을 지속하는 사람들에 속한다. "한땀 한땀 육각형의 소가죽을 붙여 공을 꿰"매는 사내들의 몸은 "그들이 만드는 공처럼 오그라들"어 있다. 노동은 몸에 각인되어 몸의 본래 형태를 변형시키고, '수직의 뼈'의 생물학적 존재기반을 둥글게 굽은 뼈의 그것으로 바꾸어놓았다. 오로지 "살기 위해 비교적 비겁"하게 견딘 날들이 이같은 엄청난 결과를 초래한 것이다. "공을 꿰매지 않아도 되는/세계를 다 안다고 겁없이 말했던' '나'로서는 충격적인 사태가 아닐 수 없다.
　폭력적이고 비인간적인 노동은 인간의 몸의 중추인 "직립의 뼈들"을 "둥근 품새"의 비정상적인 형상으로 탈바꿈시킨다. 이는 현대문명이 자연의 곡선을 배반하고 "직선의 운동력"과 기계들을 대량생산하는 것과 동일한 전략에 의거한다. 그러나 양자는 정반대의 변화과정을 보여준다. 현대문명과 사회체계는 자연의 순리에 역행해 인간의 원형인 직선의 뼈를 곡선으로, 자연의 원형인 곡선의 동력을 직선으로 강제 변형하는 것이

다. "수직으로 운동하지만 동력은 회전체"인 엘리베이터는 후자의 단적인 사례이다. 여기서 더 나아가 문동만은 엘리베이터를 모델로 삼아 현대 문명의 미래에 대한 묵시록적 예측을 제시한다. 그는 엘리베이터의 "팽팽한 쇠줄들이 죽은 땅을 끌어올리다/끝내 버티지 못하고 버릴 때가 있을 것"이며, "곡선이 죽으면 후레자식이었던 직선들이/따라 죽게 될 것"(「수직의 배반자」)이라고 단언한다. 문동만의 곡선과 직선의 사유체계는 노동자의 '몸'에서 출발해 현대사회와 문명의 폐부를 관통하면서 부정의 어법으로 미래의 전망을 수행하고 있는 것이다.

그런데 문동만이 궁극적으로 강조하고자 하는 것은 둥글게 굽은 뼈가 아닌, 그 굽은 뼈들에 '잠복'되어 있는 '직립의 뼈들'이다. 둥근 뼈가 왜곡된 노동과 사회구조, 문명의 부산물을 뜻하는 데 반해, 직립의 뼈는 인간 본연의 실체이자 그에 대한 상징을 의미한다. 이 '직립의 뼈들'에서 한 인간이 "숨어서 우는 습한 노래와 마른 사랑"이 울려나오고, 그 "사이에/내 마음 있어서//이 맨바닥에 돌을 던져다오//수렁같이 빨아먹으련다"(「은둔기」)라고 선포하는 시인의 각오가 터져나오는 것일 터이다.

'직립의 뼈들'은 문동만의 존재론적 근거이자, 삶의 방식과 시적 지향성의 상징이라고 할 수 있다. '직립의 뼈들'은 문동만의 시의 기저에 흐르는 윤리적 선택과 결행의지의 다른 이름이다. 문동만은 비루한 생계와 일상을 직나라하게 이야기하면서도 속물성에 대한 강박적인 비판이나 자기 합리화에 기울지 않는다. 노동의 모순과 정치·사회적 억압을 성토하면서도 애써 강인한 주장과 자세를 고수하지도 않는다. "아직은 저항의 나이"라고 문동만이 결심하듯 말할 때, 그의 소박하고 꾸밈없는 말에서 감지되는 것은 부드럽고 연약해 보이는 서정시의 파닥거림 같은 것이다. 그 파닥거림이 비상의 첫단계라는 것은 모두가 알고 있는 사실이다. 실물의 경험과 사유로 꽉 차 있는 문동만의 시집 『그네』는 우리를 비상의 가능성으로 다시 처음인 듯 설레게 한다.

초월하지도 못했네 순응하지도 않았네
아, 아직은 저항의 나이
내가 쓴 길도 내가 지운 길도
덮고야 마는 단호한 눈발이여
앞선 발자국 하나 없이 내 흔적을 남겨서
당신에게 가야 하네

　　　　　　　　　　　　　　　　—「아직은 저항의 나이」 부분

　　　　　　　　　　　　　　　　—『그네』(2009) 해설

현실의 균열들 속에 존재-부재하기

윤성택 시집 『리트머스』

　현실에, 세계에, 당신과 나 사이의 허공에 스트로우를 꽂아 오렌지주스처럼 들이마시는 시인이 있다. 혹은 일상의 여기저기에 흡수력 좋은 리트머스지를 대고 감추어진 본질의 색을 선명하게 물들여내는 시인이 있다. 첫시집 『리트머스』(문학동네 2006)를 펴낸 윤성택(尹性澤)이 그 주인공이다. 윤성택은 시적 대상을 정지된 풍경으로 재현하거나 자기충족적인 미학으로 변용하는 데 관심을 두지 않는다. 윤성택은 현실세계의 갖가지 균열이 형태와 배후를 유지한 채 실재의 어둠속에서 언어의 조명 아래 유유히 모습을 드러내기를 바란다. 윤성택이 사용하는 스트로우와 리트머스지는 그 은밀한 차원 이동의 도구인바, 그의 시는 대상에 흠집을 내지 않으면서 언어를 통해 대상을 전유하려는 열망으로 강렬하면서도 투명하나. 삭도를 달리해 말하면, 윤성택은 잘 빚어진 시에 대한 고전적인 예술 지향과 언어에 대한 외경심을 깊이 간직한, 최근 시단의 '비주류'의 영토를 진중하게 답파하는 젊은 시인이다.

　윤성택은 시의 스트로우와 리트머스지를 현실의 심층과 환부에 깊숙이 드리워놓는다. 그렇게 시추한 현실의 내부는 "실뿌리처럼 금이" 간 채

"미로같이 얽혀"(「산동네의 밤」) 있으며, "저마다 까칠한 영혼의 뒷면"(「스테이플러」)을 지닌 자들의 '울음'(「울음 바늘」)으로 흠뻑 젖어 있다. 미로같이 얽힌 이 세계의 존재들, 사람·사물·시간·공간 들의 균열과 울음은 타자에게로 끊임없이 번져나간다. 예를 들면 이런 모습으로. "정류장 푯말은 정차하는 풍경에 스트로우를 꽂는다 그때마다 몇몇이 앞문으로 빨려들어온다"(「장마 이전」), "미술학원 창가, 젖은 스케치북 밑그림 밖으로 봄꽃들이 번져나온다"(「꽃이 피다」), "비의 뼈들이 투과되는 창문에는 어김없이 번개가 내리친다"(「환절기」), "빽빽하게 들어찬 어둠을 솎아내느라/형광등 불빛은 가늘게 떨고 있다/그 경계를 잘라내는 환풍기는/울음이 엉겨 잘 돌아가지 않는다"(「대학병원 지하주차장」) 등등. 이리하여 윤성택의 시에서 사람과 사람, 사물과 사물, 내부와 외부, 전생과 현생, "행복하지도 불행하지도 않은 날들"(「버려진 인형」)과 "틈만 나면 살고 싶었"(「홀씨의 나날」)던 날들은 가깝거나 먼 거리에서 일방향 또는 쌍방향으로 흐르거나 역류한다.

스트로우와 리트머스는 윤성택이 자의적으로 만든 시적 장치가 아니라, 이 세계에 존재하는 것들이 내면화하고 있는 삶의 원리의 환유이자 은유이다. 스트로우와 리트머스지는 대상과 차원의 제약 없이 세계의 도처에서 기능을 발휘한다. 스트로우는 입체형의 리트머스지이며, 리트머스지는 평면형의 스트로우라고 할 수도 있다. 윤성택의 시에서 이러한 경계 와해는 은유와 환유의 통합이라는 수사적 특징으로 가시화된다.

> (…) 바다는 구름을 향해 빨대를 꽂는 것이네 빗줄기 꽂히면 꽂힐수록 구름이 삼켜지네 기울인 유리잔에서 빗소리 들려, 나 울컥인 적이 있었네 누군가 내 안까지 잠겨와 하루 종일 비가 내리네
> ―「스트로」 부분

늦은 밤 공중전화부스에 사내가 들어 있다

꾹꾹 눌러낸 다이얼은 서른 번을 넘긴다

타국으로 젖어드는 신호음 저편

그리움이라는 색깔로 반응하는 목소리,

부스 안은 리트머스 시험지 같다

(…)

아득히 먼 곳에서도 색이 뚜렷하다

—「리트머스」부분

첫번째 시에서 '구름'에 빨대를 꽂아 빗줄기를 삼키는 유리잔의 '바다'은 누군가 잠겨와 울컥이고 있는 '내 안'의 환유이자 은유다. 주스를 마시는 나의 내면이 유리잔에 전이되었다가 다시 역투사된 결과 이중적인 수사가 형성되었다. 두번째 시에서 '리트머스 시험지'로 비유된 '공중전화부스'는 외국인 노동자로 짐작되는 '사내'의 고달픈 타국생활과 그리움을 "아득히 먼 곳"까지 "색이 뚜렷하"게 전송하는, 은유의 기능이 장착된 환유다. 은유와 환유의 습합 현상은 윤성택의 시세계 전반에 걸쳐 빈번히 나타난다. 노숙자로 전락한 남자의 하루를 그린 「검은 비닐 가방」의 '단단한 가방', 아파트가 건설되면서 외곽으로 밀려난 '나'가 서술하는 「아파트나무」의 '아직 꽃피지 않은 아파트'와 '아파트가 자라지 않는 외곽' 등이 단적인 예이다. 아근한 여자의 퇴근길을 스케치한 「구두로 말하길」에서 야근을 마친 계단, 여자의 뎅뎅뎅 물방울무늬 블라우스, 수선집 처마를 박음질하는 빗소리, 쫙 벌린 구두 등도 은유-환유의 집합적 연쇄의 뚜렷한 예들이다.

스트로우와 리트머스의 시학, 그에 따른 은유와 환유의 스밈 현상은 윤성택의 시가 씌어지고 세계와 마주치는 발생학적 지점을 암시한다. 윤성택은 현실세계를 편견 없이 실사(實寫)하려는 열망을 갖고 있으며, 더불어 그것이 자신의 "생을 분해해 조립하지 않는 한 불가능한 일"(「루빅스 큐

현실의 균열들 속에 존재-부재하기 277

브,)임을 간파하고 있다. 현실세계와 주체는 어떤 식으로든 연결된 공모관계에 있음을 이해하고 있는 까닭이다. 고달픈 생계와 전락의 경험, 살인사건 등의 현대의 참상(慘狀/眞相)을 세밀히 기록하는 윤성택의 시선은 냉정하면서도 겸허하다. 윤성택의 시적 주체는 세계를 드러내기 위해 텍스트의 외곽이나 저변으로 물러나앉으며, 역설적이게도 그러한 방식으로 자신의 시각과 목소리를 명료하게 표출한다. 가능한 한 세계를 간과하거나 오독하지 않으면서 최대한 세계에 대해 증언하고 발언하는 것, 이것이 윤성택이 자신이 속한 세계와 현실을 살고 사랑하고 교정하는 방식이다.

구체적으로 말하면, 윤성택은「장안상가」「담배연기」「한밤의 제우스」「마지막 도피」「후회의 방식」「지하에서의 실종」등 현대사회의 심층=환부를 묘파한 인상적인 시편들에서 그러한 의지를 다져 보인다. 이 시들은 김기택의 문제의식과 스타일을 떠올리게 하는데, 자본주의의 물화된 실상에 물리학적·해부학적 관찰의 기계적 시선으로 대응한 김기택과 달리, 윤성택은 감정의 노출을 억제하는 가운데 정서적 교감과 해석적 통찰의 인간적 시선을 끝까지 견지하고자 한다. 이 점에서 윤성택의 시는 김기택의 시보다 (긍정적인 의미에서) 더 계몽적인 성격을 지닌다고 할 수 있다.

  그는 폐쇄된 벽과 벽을 스멀스멀 더듬는다
  이 집요한 취향을 틀어막을 길이 없다
  허나 강력한 후각이 미행해오면
  서둘러 방충망으로 빠져나가기도 한다
  그는 항상 주위의 빈틈으로 출몰해 폐를 끼친다
  구석진 곳 그의 배후는 손아귀로 불빛을 숨긴다
  두 손가락을 입에 대고 볼이 움푹 패어 있는 누군가

그 몽롱하고 정지된 순간, 그는 가장 자유롭다

—「담배연기」 부분

옥상 균열은 눕고 싶은 건물의 표정이었다
(…)
야근을 마친 충혈된 눈에서도 균열의 뿌리가
내려왔다 여름이 끝나갈 무렵,
지하창고 툭툭 불거져나온 철근들이
가로수 잎맥처럼 녹슬기 시작했다 구청 직원은
딱지를 붙이며 건물이 헐릴 것을 예고했다
건물주가 풍으로 쓰러진 건 실핏줄 때문이었다

—「장안상가」 부분

흰 천에 덮인 당신이 거실로 옮겨지고
비닐에서 피 묻은 칼을 꺼낸 감식반은
출입금지 테이프를 마저 철거한다
삐끗한 발목으로 창을 넘는
손이 떨린다 당신의 가슴에서 칼을 뽑자
턱에 맺힌 눈물이 뺨을 다올라 눈에 스민다
천천히 몸을 일으키는 창백한 얼굴,
당신에게 어떻게 용서될 수 있나
기차의 굉음이 레일에서 급히 멈춰섰다
돌이킬 수 없는 시간이 다가온다
나는 마지막으로 공중에서
허공을 찢는 호각 소리를 듣는다

—「후회의 방식」 부분

윤성택은 세계의 현현을 시적 주체의 발현보다 우선시하거나, 적어도 둘의 위상을 동등하게 배분하고자 한다. 시적 주체의 전횡을 제어하면서 좀더 민주적인 발화의 공간을 열어놓기 위해서이다. 윤성택이 환유와 은유를 자주 겹쳐놓으며 그 경계를 휘발시키는 것은 세계와 시적 주체의 균형을 유지하기 위한 배려의 전략이다. 예시한 「담배연기」에서 '담배연기'는 일차적으로는 근심 많은 '누군가'의 환유이다. 그런데 양자가 모두 '그'라는 대명사로 중의적으로 지칭되면서, 환유관계의 '담배연기'와 '누군가'는 은유적 일체감을 덧입게 된다. 마찬가지로, 「장안상가」에서 '옥상 균열'은 "야근을 마친 충혈된 눈"과 풍으로 쓰러진 '건물주'를 환유하지만, 이 셋은 '균열'과 '뿌리'와 '실핏줄'의 형태적 유사성을 바탕으로 안으로 허물어지는 도시의 인간과 공간을 은유하기도 한다. 인용한 부분에는 충분히 드러나 있지 않지만, 「후회의 방식」은 이러한 수사적 통합 혹은 미분화의 전략을 시적 주체의 다초점의 서술방식으로 확대한다. 피살자인 '당신'의 사체 감식 장면과 살해자인 '나'의 자살을 그린 이 시의 발화 주체는 '나'이면서 '나'가 아니다. '내'가 직접 보지 못한 '당신'의 시체 감식 장면에 관해 이야기할 때, 그 목소리는 멀리 텍스트의 바깥으로부터 온다. '나' 아닌 '나'의 목소리가 울려오는 텍스트의 바깥은, 어떤 이유에 의해 '당신'을 칼로 찔러 죽이고 죄책감에 자살하는 '나'가 평생 속하였으나 지금은 추방당한 장소이다. 윤성택의 시는 현대사회의 삶의 공간이 도도한 일상의 흐름 가운데 어떻게 파열하고, 그렇게 균열된 공간에서 인간이 어떻게 사라지는가를 증언한다. 세계에 뚫린 작고 빈 구멍이 된 '내'가 세계에 관해 이야기할 때, 아이러니하게도 '나'는 '부재하는 목소리'로 말하는 '부재의 존재'가 된다. 이 목소리는 독자들에게 누구의 것도 아닌 동시에 우리 모두의 것으로 각인된다.

줄여 말하면, 윤성택 시의 주체 '나'는 외부의 다른 지점의 목소리를 자신의 내부에 누적해가는 분열과 다초점의 '나'이며, 그의 시적 공간은 변화하는 미정형의 '나'가 가까스로 부재에서 존재로 이동중인 불안한 장소이다. 외래(外來)의 유동하는 '나'를 통해 윤성택은 그 자신, 존재하면서 부재하는 현실의 장소들과, 그 속에서 일어나는 비정하면서도 가벼운 사건들을 서술한다. 윤성택은 현대세계에서 성업중인 전략의 현장을 '스트로우와 리트머스'의 흡인력으로 실사(實寫/實査)하는바, 이러한 지향은 시적 주체 '나'의 정체성에도 고스란히 내장되어 있다. 즉 윤성택의 시는 현대사회에서 자기동일성 수립의 구조적 불가능성을 자각한 '나'가 부단히 자신을 성찰하면서 세계의 균열의 실상을 탐사한 기록이다. 윤성택의 시적 재능은 이 두 작업이 같은 맥락에 있음을 인식하고, 그것을 수사와 발화의 형식적 차원에서부터 전폭적으로 밀고나간 점에 있다. 이러한 결행은 '나'의 실재와 실체를 탐구한 시들에서 내면의 고뇌와 결합해 좀더 직설적인 문제의식으로 형상화된다. 해당 계열의 시들은 아날로그와 디지털, 온라인과 오프라인, 실재와 가상 사이에서 실종된 '나'를 찾는 가망 없는 수사(捜査)의 과정을 담고 있다. 수사 결과 윤성택은, "밤마다 모니터 불빛으로도 뿌리가 뻗는 우리는/외롭고 파리했으나 결백했다"(「꽃 피는 시절―커뮤니티」)고 나/우리의 무죄를 주장한다. 그런데 "영화의 잔상효과처럼/이곳을 주시하며 좌석에 앉아 있는/또다른 내가 있을지도 모른다"(「언제나 영화처럼」)는 예감이 급습해올 때, 분제의 핵심은 '나'의 행위의 정당성이 아닌 '나'라는 존재 자체의 유무가 된다.

　　어디에도 있는 나를
　　어디에도 없게 하는 로그아웃,
　　나는 태연하게 다른 곳으로 로그인된다

―「로그인」 부분

가끔씩 나를 잊는 건 운명이 아니다
사각형에 갇힌 최초의 나는 다른 사각형 속 나를 알아본다
나를 나로 젖게 만드는 의식은 옷감처럼
가로세로의 촘촘한 배열에서 번져온다
나는 가상현실처럼 시뮬레이션된다
(⋯)
여럿의 그가 나를 실시간으로 설정한다
나는 끝까지 결연하다

―「시간의 이면 1」 부분

그러나 두려운 것은 내가 죽었는지도 모른다는 것
(⋯)
녹화 테이프가 수없이 되돌려 재생되고 있는
CCTV 안, 나는 아직 살아 있다

―「지하에서의 실종」 부분

'나'는 어디에나 있으면서 어디에도 없고, 언제 어디서든 다른 곳으로 로그인된다. 심지어 '나'는 "나를 실시간으로 설정"하는 '여럿의 그'에 의해 "가상현실처럼 시뮬레이션"되기도 한다. "나는 끝까지 결연하다"고 "각오하듯"(「그리운 목련」) 말해보지만, 이 쓸쓸한 독백은 '나'의 증발에 따른 무력감을 역으로 돌출시킬 뿐이다. 그리하여 윤성택의 시에서 '나'의 폭발적인 이합집산을 바라보며 시적 주체 '나'로 최종 수렴되기를 원하는, 끊임없이 출현하고 사라지는 '나'들은 서로를 균열내고 위반하면서 혹은 그렇게 무수히 생성되는 듯이 보일 뿐 "수없이 되돌려 재생되"면서, "결연하"게, "아직 살아 있다"(이 문장이 앞뒤로 서로 착종되어 진술될 수밖에 없는 것도 같은 이유에서다). "이곳은 감당할 수 없는/블랙홀로 진

화되어가는지도 모르"(「창고 속 우주」)는 중인 것이다.

그러나 "나는 아직 살아 있다"는 간절한 발견은, 그 속에 밴 허허로움과 쓸쓸함과는 별개로, 윤성택이 앞으로 쓸 시들을 위해 예비해둔 새로운 시작(詩作/始作)의 출발점으로 읽힌다. 글자 하나하나마다 방점을 찍으며 쓰고 말해야 할 이 문장, "나는 아직 살아 있다"는 자기선언은 현실의 수많은 균열과 그 균열 속에 존재/부재하는 '나'들을 일시에 무력화시키며 또다른 삶의 가능성을 꿈꾸게 하기 때문이다. 그 가능성을 향해 윤성택은 오늘도 부지런히 "속력을 내면서 무게의 심지를 박는" '스테이플러'(「스테이플러」)의 주법으로 '어디에도 있는 나'와 '어디에도 없는 나', 삶과 죽음, 행복과 불행, '당신'과 '나'의 점이지대를 꼼꼼히 편력하고 있다. 21세기 우리 시에 보다 생생하고 정교한 '현실'의 표지판을 달아주면서.

—『리트머스』(2006) 해설

역동하는 삶의 공간,
'박물관'에서 '옷수선집'까지
이사라 시집 『가족박물관』

삶이 어떻게 흘러가고 묵묵히 쌓이는지, 어떻게 다시 펼쳐지고 사라지는지 아픈 듯 아무렇지 않은 듯 낮게 노래하는 시집이 있다. 굳이 노래이기를 바라지 않는 이 노래는 반주 없이 부르는 자작(自作)의 즉흥곡과 같아서, '지금 이 순간'의 감흥을 별다른 기교 없이 탄주해낸다. 삶의 실체를 '시간'을 통해 느끼고 사유하는 시인에게 시는 이렇듯, '시간의 노래' 혹은 '노래의 시간'이 태어나는 반가운 사건으로 지면(紙面)에 부조된다.

직설법으로 말하면, 이사라의 다섯번째 시집 『가족박물관』(문학동네 2008)은 그녀가 지금까지 펴낸 시집들 중 가장 강한 응집력과 울림을 갖고 있다. 뚜렷한 주제의식과 간결한 구성을 지닌 이 시집은 전체의 완성도를 위해 부피와 무게를 많이 줄인 흔적을 감지하게 한다. 어쩌면 그것은 시집 제목에 활용된 '박물관'의 전시 체재를 따라 시를 엄선한 결과일 수도 있다. 『시간이 지나간 시간』(문학동네 2002)과 6년의 시간차를 두고 발간된 『가족박물관』은 앞으로 이사라의 시가 나아갈 길을 헤아리게 하는 전망대 역할을 할 것으로 기대된다.

『가족박물관』의 핵심 오브제인 '박물관'은 지금까지 이사라가 줄기차게 탐구해온 시간, 특히 이전 시집에서 공들여 천착한 '무형의 시간'에 '실체'의 차원을 덧붙인 상징에 해당한다. 일반적으로, '시간'은 '박물관'에서 갖가지 유물과 박물(博物)들을 통해 실체화되고, 전시의 독특한 체재와 장소 및 다양한 선들을 통해 공간화된다. 시간은 박물관에서 유한한 존재인 인간이 당대의 한계를 초월해 향유하는 감각적인 경험의 대상, 즉 볼 수 있고 만질 수 있는 실체가 되며, 걸어다니고 머물 수 있는 공간이 된다. 이것이 박물관의 보편적인 속성이라면, 이사라의 박물관은 이러한 차원을 넘어선 곳(space)/것(thing)으로 새롭게 리모델링된다. 이사라의 박물관은 특정한 장소에 특정한 이름으로 지어진 건축물이 아니다. 개개의 존재들이, 어떤 장소와 사물들이, 경험의 다채로운 흔적들이, 그리하여 우리가 살고 있는 지금-여기의 세계가 이사라에게는 모두 제각기 하나의 박물관이다. 이사라의 박물관은 태생적으로 복수(複數)의 속성을 갖고 있으며, 살아 있고, 끊임없이 변모하며, 지금 이 순간에도 쉬임없이 증축되는 중이다. 예를 들어, 이끼, 겨울, 사람, 관(棺), 가족, 집, 고궁, 밤의 편의점, 가회동 북촌, 새싹문방구, 앙꼬르왓 등은 모두 저마다의 내력과 개성을 지닌 이사라의 박물관들이다. 세계의 누적과 압축의 결과물로서 이사라의 박물관들은 어떤 방식으로 계속 증식할 수 있는 것일까?

> 오늘 내가 만지는 세상
> 오늘 내가 보는 세상
> 또 하나의
> 지붕을 덮으면
> 세상은 내일의 박물관이 된다
>
> ──「박물관, 그늘──오래된 미래 4」 부분

"지붕을 덮"음으로써 '세상'을 '내일의 박물관'으로 축조하는 것은 '시간'이다. 이 '지붕'은 오늘과 내일의 경계를 가르는 시간의 지붕이자, '시간이 낳은 시간'(「이끼 박물관」)의 무수한 경계이자 이음새들, 즉 나이테들이기도 하다. 시간의 흐름을 통해 출생 시간과 산지가 서로 다른 천태만상의 박물들은 거의 무한히 증식 가능한 '세상'이라는 이름의 '내일의 박물관'의 내용물이 되어 그 안에 배치되고 전시된다. 이 복잡한 배치와 전시의 형태는 수시로 예고 없이 바뀐다. 이사라가 공들여 응시하고 관찰하는 것은 바로 이 배치와 전시의 변화하는 양태들과, 그러한 변화 속에서도 바뀌지 않는 항상적인 질서들이다. '세상'이라는 박물관의 관람자이자 전시물인 인간의, 시대를 초월해 거듭되는 맹목적이고 기계적인 존재방식이 그 질서의 한 예이다.

> 다시, 또, 언제나
> 옛날을 사는 당신의 어린 후손
> 언제나 빙하기인 그들의 세상
> 당신 곤한 잠 속에 잠길 사랑스런 화석들
> 당신 몸속에서 자꾸 꺼내야 하는 저 어린 후손의 후손들
> 마지막 남김없이
>
> —「가을이 깊어지면 당신」 부분

이는 인간을 넘어 모든 생명체에 적용되는 법칙이지만, 인간을 주체로 하여 말할 때는 유독 공허하고 쓸쓸한 것이 된다. 세대와 세대를 넘어 이어지는 인간의 삶이 본질적으로 같은, "언제나 빙하기인 그들의 세상"을 사는 일이라면 각 인간 존재에게 '다른 삶'의 가능성은 존재할 수 없기 때문이다. 이 점에서, "다시, 또, 언제나/옛날을 사는 당신의 어린 후손"은 우리 자신과 모든 인간을 의미한다. '다시, 또, 언제나'의 맹렬하고 기계적인 반복은 누구도 예외일 수 없는 인간 존재의 보편적인 삶의 법칙이며,

거대한 박물관인 이 세상이 운영되는 지배적 법칙이다.

　인간 존재를 세상이라는 박물관의 한 구성물로 보면, 인간과 인간의 역사에 대한 신화적 시각은 상당부분 힘을 잃게 된다. 사실, 과거의 역사를 갖가지 유물을 통해 가시적인 실체로 전시하는 박물관은 대체로 역사—특히 아득히 먼 과거의 역사—에 드리워진 신화적 아우라의 휘장을 걷어버리는 장소가 된다. 시공간의 질서를 허물고 흩뜨린 박물관의 전시와 배치의 체재는 지나간 과거로부터 입체성과 각각의 고유한 좌표들을 빼앗는다. 나아가 그 시간과 산물 들을 쉽게 이동과 병치 가능한 평면적인 것으로 만들어버린다. 이사라가 통찰한 바에 따르면, "16세기 시간이 14세기 시간 옆에서/기원전 3세기 시간이 일련 번호 2222 시간 옆에서/이집트 조각상은 모나리자 옆에서/중국 도자기는 페르시아 유물 옆에서/분노할 줄 모르는 시간이 되어 있"(「그날, 박물관에서」)는 것은 이런 이유에서다.

　"다시, 또, 언제나 옛날을 사는" 인간의 반복되는 역사와, 생기를 잃은 '분노할 줄 모르는 시간'이 저장되어 있는 박물관에는 단 한 가지 전시될 수 없는 것이 있다. 고정된 형태로 제한된 장소에 배치해놓을 수 없는 것, 그것은 바로 '현재'다.

　　다만 저장된 시간들이 넘쳐서
　　현재를 향해 역류하는데
　　박물관에서는 현재가 살지 못한다
　　마감 시간에 쫓겨 문밖으로 튕겨져나오는
　　내가 오늘 혼잣말하고 있다

　　　　　　　　　　　　　　　　　　—「그날, 박물관에서」 부분

　박물관이 관람자인 현재의 인간에게 타전하는 중요한 전언은, 박물관에 저장된 시간들이 온통 "현재를 향해 역류하는데"도, 정작 "박물관에서는 현재가 살지 못한다"는 아이러니한 사실이다. 박물관은 모든 현재를 철저히, 즉각적으로 과거로 귀속시키면서, 과거가 얼마나 압도적인 속도와 힘으로 순간순간의 현재를 삼키며 질주하는가를 보여준다. 이사라가 날카롭게 꿰뚫어보는 박물관의 위력 혹은 폭력은 바로 이 점에 있다. 이사라의 박물관이 우리가 살고 있는 세상 자체임을 다시 상기할 필요도 이 부분에 있다. 우리의 세상을 '현재'가 살지 못하는 박물관으로 형상화하는 이사라의 시들에는 세상에 대한 긍정이나 부정의 차원을 넘어선, 도저한 허무의식과 차가운 리얼리즘의 시선이 내재해 있다. 화석화된 시간과 유물들이 세상=박물관에 차례로 보관되는 것이 아니라, 현재의 시간과 존재들이 세상=박물관에 편입되는 즉시 화석화되는 것이다. 박물관은 아무리 오래된 것이라도 현재형으로 존재하는 것을 곧바로 과거형으로 바꾸어놓는다. 앞의 시가 묘사하는 것처럼 박물관에서 현재형이, 그중에서도 미래를 내장한 현재진행형이 "문밖으로 튕겨져나오"는 것이 그 증거다.

끝없이 진행되는 시간의 양적 누적에는 질적인 변화가 수반된다. 양적으로 쌓인 시간은 다양한 계기들과 상호작용에 의해 질적인 차원으로 전이되고 변환된다. 특정한 공간과 존재 안에 여러 시간대가 혼존하고, 그 시간들이 상호 가역적이거나 화학적으로 결합하면서 대상의 본질을 변화시키는 일은 이렇게 하여 일어난다. 이 지점에서 이사라의 시는 두 가지의 다른 방향을 동시에 탐색하며 나아간다. 『가족박물관』에는 이 두 개의 다른 방향을 한눈에 볼 수 있는 시야를 확보해가는 과정이 담겨 있다. 이분법적으로 말하면, 그 방향의 하나는 시간의 기계적 반복과 화석화가 진행되는 과정을 집요하게 관찰하고 증언하는 것이며, 다른 하나는 화석화되는 시간에 저항하며 반복되는 시간 속에서 부단히 새로운 시간을 발견하고 능동적으로 살아내는 것이다.

이사라가 「오래된 미래」 연작과 또다른 많은 시편들을 통해 탐구하는

'오래된 미래'의 의미는 이 두 가지의 존재와 삶의 방향을 모두 포함한다. 먼저, 전자의 경우. 한순간도 멈추지 않고 진행되는 시간의 화석화, 그리하여 누구도 예외없이 "다시, 또, 언제나 옛날을 사는" 것은 "저 어린 후손의 후손들"에게까지 예정되어 있는 답답하고 서글픈 '오래된 미래'이다. 이 '오래된 미래'는 공회전에 가까운 반복으로 지속되는 평면적인 속성을 지닌다. 어느 시간대에 태어나도 인간은 "바람과 한 번쯤 손잡고 한소끔 춤으로 끓어올랐다가 다음 순간 순순히 무덤이 되어/소리 없는 능선이 되고 말/인생"(「뜨거운 인생」)을 산 후, 결국 "긴 길을 걸어온/시간 한 점"(「독보(獨步)」)으로 환원될 운명을 피할 수 없다. 신화적 아우라가 탈색된 과거의 무용한 반복은 세상이 본질적으로 하나의 박물관으로 존재하게 하는 핵심 동력이다. 이사라는 시집의 표제작인 「가족박물관」에서, "오래도록 꽃이 피었다가 지면/가족은 가족사진이 되고/액자 유리에 납작해진 가족은/드디어 조화가 된다"고 진술하면서, 실체와 비유가 한몸이 된 상태에서 '박물관'의 유물이 탄생하는 과정을 실감나게 그려낸다. 누적된 시간의 양이 압축을 통해 시간의 질적 변환을 유발하는 과정은 '가족'이 '가족사진'을 거쳐 '조화(弔花/造花)'가 된 상황을 통해 선명한 이미지로 구현된다. 우리시대의 가족은 이렇게 시간의 흐름을 거쳐 완벽한 '조화(造化)' 상태에 도달한다. 이때 삶의 주체는 개개의 인간이 아니라 시간이라고 말해야 옳다.

그러나 이사라가 응시하는 세상에는, "몸 바꾸기까지/스스로 삭혀가는 시간을 조용한 침묵으로 기다리는 또다른 시간이 있"(「열정 ―오래된 미래 9」)다. "불빛 새어나오던 기억도/그때 그 몸도/움막도 사라져버린 뒤에도//햇볕 여전히 들고/사람도 드나드는 지금 여기"(「지금 여기」)는 우리 앞에 엄연히 현존한다. '가족'이 '가족사진'이 된 세상의 박물관 안에는 죽은 시간만이 있는 것이 아니라, "신화를 쪼고 있는 부리 단단한 새도/잠들지 못하는 밤"(「가족박물관」)이 함께 있는 것이다. 이사라는 반복을 통해 반복을 넘어서온 과거의 역사 속에서 '오래된 미래'의 또다른 의미를 찾는다. 그 역사란 여성이 '자궁'과 '숟가락'을 통해 전승해온 생명과 일상의 역사를 말한다. 이사라에 따르면, "몸 바꾸기까지 스스로 삭혀가는 시간을 조용한 침묵으로 기다리는 또다른 시간"으로서의 '오래된 미래'는 여성성/모성성을 강력한 모태로 하여 이어진다. 이사라가, "왜 시간이 아름다운지/오래도록 몸으로 뭉그러지면 안다"(「유적(遺跡)」)고 자신있게 말하는 이유는 그녀 자신이 죽음과 삶이 하나로 맞물린, 그래서 "아예 해탈인/봉긋한 무덤 속/한 자루 자궁"의 역사를 자신의 몸 자체로 전수받은 여성이기 때문이다. 또한 그녀 자신이 여성성과 모성성을 일상의 삶에서 구체적이고 지속적으로 살아내는, "숟가락으로 식구를 퍼나르는 여인/숟가락으로 우주를 퍼나르는 여인"이기 때문이다.

데린쿠유, 카파도기아의
슬픈 구멍 속으로
멀고 먼 시간 물어물어 내려갔더니
250년 동안의 묵언(默言)이 시간의 탯줄이어서
구멍 속의 작은 구멍들
뻥 뚫린, 눈의 흔적으로 나를 쳐다보는데
멀리서 보니 뽀얀 눈물이고
더 멀리서 보니 아예 해탈인
봉긋한 무덤 속
한 자루 자궁이었다

——「두 개의 구멍 —오래된 미래 5」 부분

숟가락으로 식구를 퍼나르는 여인
숟가락으로 우주를 퍼나르는 여인

시간과 교전을 하며

달력에 숟가락을 심는 여인

(…)

마침내

모르는 계곡이라는 이름의 계곡이 보이고

계곡에서 멈추면

얼마든지 있을 수 있는 모르는 일들도 멈추고

맞붙어서 싸우는 가족도 국가도 월드컵도

멈추고

—「숟가락 여인」 부분

　이사라의 '오래된 미래'는 과거와 현재, 반복되는 시간과 새로운 시간의 이분법을 성립시키는 동시에 그것을 무너뜨리며 진행되는 삶의 시간이다. "시간이 시간을 업고/몸들이 다른 몸들을 섞어 살았던 흔적 사이로" "돌을 뚫고 벽을 넘어"(「앙코르왓에서의 한낮」), 같으면서 다른 삶에 도달하게 되는 비밀은 놀랍게도 유한한 시간에 결박된 존재인 우리의 몸 안에 있다. 여기에 이르면, 이사라가 노래하는 '오래된 미래'가 세상을 과거의 박물관으로 만드는 한편, 그 박물관에서 현재의 세상을 끊임없이 '튕겨져 나오'게 하는 이중의 방향을 지닌 시간임을 알게 된다. 구경하고 걸어다니는 박물관을 일하고 머무는 삶의 공간으로 만드는 것은 삶의 주체인 인간이다. 어떠한 저항에도 막힘없이 흐르는 시간이 세상과 인간을 지배하는 것은 부정할 수 없는 사실이다. 그러나 인간은 그 시간 사이에 길을 내고 집을 만든다. 밥을 먹고 일을 하며, 사랑을 하고 아이를 낳는다. "시간과 교전을 하"(「숟가락 여인」)면서 죽음을 향해 가는가 하면, "시간을 늘이고 줄이고 꿰매"(「함승현 옷 수선집」)면서 삶을 향해 필사적으로 귀환한다. 박물관은 인간이 만든 길과 집 사이에 있고, 그 사이에는 무수한 형태의 다양한 삶의 공간이 있다. 이를테면, '함승현 옷 수선집'이 그중 하나이다.

달콤한 것들은 늘 배경으로 물러서 있고
뽀얀 국물 한 그릇이 눈물보다 진한
그곳을
사람의 냄새로 당신이 다가간다면
자기 이름을 건 옷 고치는 집
함승현 옷 수선집의
무수한 실밥들이
이팝나무에서 떨어지는 꽃뭉치처럼
한바탕 골목을 뒤흔드는 걸 보게 될 것이다

오래 쓴 도시락이 창가에서 졸고
외짝 문 앞에서 흠뻑 물 먹어 탐스러운
작은 화분 몇개가 나른하고
가끔씩 그 사람마저 조는 오후라 해도
사람 마음마저 수선하면서
이제는 버릴 것들 과감히 버리라는 조용한 충고도 듣게 될 것이다

한 평 반의 실낙원에서
혼자 된 몸으로 오랫동안 효녀였던
돋보기 쓴 사람 하나가
신의 이름을 빌려
시간을 늘이고 줄이고 꿰매고 있는 걸 알게 될 것이다

—「함승현 옷 수선집」 부분

이사라의 귀띔에 따르면, '함승현 옷 수선집'에 가면 '당신'은 "뽀얀 국물 한 그릇이 눈물보다 진한" 삶의 농도와 "이팝나무에서 떨어지는 꽃뭉치" 같은 "무수한 실밥들"을 통해 이어지는 생계의 실상을 만날 수 있다. 이 시집에서 가장 감동적이고 아름다운 시편에 속하는 이 시는 오랜 시간의 중력에 압착되어 '관념'과 '추상'의 단계에 진입한 '박물관'의 유물들이 삶의 구체적인 현장으로 다시금 편입되는 장면을 따뜻하고도 눈물겹게 그려 보인다. 그와 함께 여성이 일상과 삶의 주체로서 살아온 방식의 하나를, 우리로 하여금 오래된 아름다운 풍경으로 목격하게 한다. 이 풍경의 주체인, "혼자 된 몸으로 오랫동안 효녀였던/돋보기 쓴" '함승현 옷 수선집'의 주인은 '오랫동안' "시간을 늘이고 줄이고 꿰매"는 일을 반복해 왔다. 이 반복의 과정은 그녀의 고달픈 생계의 시간을 가득 채우고, 옷을 고치러 오는 사람들의 "마음마저 수선하면서" 그녀의 삶 자체가 되었다.

이번 시집에서 이사라가 '박물관'에서 '함승현 옷 수선집'까지 삶의 공간들을 편력하며 마침내 발견해낸 것은 자신이 경험한 시간을 '몸'에 저장하며 몸과 삶을 하나로 운행하는 사람들이다. 세상을 생기없는 '박물관'으로 화하게 하거나, "사람 마음마저 수선하"는 따뜻한 일터로 만드는 것은 시간도 신(神)도 아닌, 한 사람 한 사람의 인간인 것이다. 이렇게 하여 시간에 대한 이사라의 오랜 탐구의 여정은 '인간'과 '사람'으로 되돌아온다. 이사라 시의 주어가 무형의 시간에서, 그 시간을 '삶'으로 변주하는 사람으로 이동하면서 생긴 변화들은 소박하지만 의미심장한 것이다. '함승현 옷 수선집' 앞에 놓인, "흠뻑 물 먹어 탐스러운 작은 화분 몇개"처럼 그것은 가슴에 잔잔하지만 깊은 파문을 남긴다. 수선집을 나와 집으로 향하는 순간, 어쩌면 우리는 '가족박물관'이 사람의 온기와 삶의 기억을 회복하고 "한바탕 골목을 뒤흔드는 걸 보게 될"지도 모른다.

—『가족박물관』(2008) 해설

'반복의 생리'를 휘젓는 '별별 상상력'의 세계

이규리 시집 『뒷모습』

삶은 늘 실제 상황이다. 이 상황의 현재성 앞에 모든 사람은 평등하며, 제각기 혼자다. '지금 여기'의 실제 상황인 삶은 누구도 임의로 건너뛰거나 연장할 수 없고, 홀로 예외적인 특권을 누릴 수도 없다. 모든 상황을 누군가와 완벽히 공유할 수도, 스스로에게조차 상황의 전모를 완전히 설명할 수도 없다. 혼란과 의문 속에 또다른 상황에 발을 들여놓는 일로 삶은 이어진다. 삶은 모호하고 돌발적인 진행방식을 선호한다고 할 수도 있겠다. 이 과정에서 옳고 그름, 합리와 불합리, 당위와 필연 등의 인간이 만든 많은 규준과 질서는 맥없이 증발하기 십상이다. 삶의 실제 상황들은 그때마다 특유의 논리를 발생시키기 때문이다. 물론 각각의 상황의 논리를 읽어내고 승인하거나 거부하는 것은 그에 처한 개별자들의 몫이다. 각 개별자들이 상황에 대응하는 방식은 매우 다양하면서도 몇가지로 축약되는 경우 또한 흔하다. 우리가 흔히 '보편성'이라는 이름으로 부르는 것은 이 몇가지 유형을 통칭한 것에 해당한다.

이규리의 두번째 시집 『뒷모습』(랜덤하우스중앙 2006)은 삶의 실제 상황들을 다채롭게 운집해놓은 만물상 같다. 때로는 진중한 잠언의 분위기로,

때로는 수다와 농담의 형태로 이규리가 펼쳐놓는 시의 만물상에는 그녀가 "하루도 쉼없이 바닥을 지나"(「발지도」)며 수집한 각양각색의 삶의 편린들이 넘쳐난다. 먹다 만 고등어, 삼거리 매점에서 산 판피린 한 병, 병원의 국물 냄새, 상투적인 연속극, 젊고 유능한 한의사, 사랑하는 사람의 침묵, 조산원, 지하철 사물함에 버려진 신생아, (스)님짜장, 간이식당에서 "낮술을 비트"는 "느슨한 넥타이"의 남자, 꼬리 길이가 몸의 열 배쯤 되는 새, 평생 홀로 오르내린 능선과 골짜기 등이 계획 없이 부려놓은 듯 시집의 공간을 가득 메우고 있는 것이다. 그러나 언뜻 무질서해 보이는 이 시적 물품들은 이규리에 의해 개별적인 사물·존재·사건에서 '만물의 상(相)'으로 편입되면서 삶의 본질의 단면으로서 동등한 지위를 얻는다. 이규리는 몇갈래로 뭉뚱그릴 수 없는 삶의 무수한 품목과 방만한 현장을 눈 밝혀, 고른 비중으로 포착하고 있는 것이다. 더 정확히 말하면, 이규리는 저마다의 사연으로 내파(內波)되어 있는 삶의 실제 상황들을 차마 몇갈래로 뭉뚱그리지 못하며, 않는다.

현재의 삶을 이루는 모든 것들에 온유하고 공정한 시선을 행사하려는 이규리의 시적 지향은 그래서 '보편성'에 대한 은밀한 저항으로 느껴지기도 한다. 삶의 구석으로 파고들며 비루하고 사소한 것들에 공평무사한 시선을 발휘하는 이규리는 삶을 반복되며 끊임없이 변화하는 개별성의 난분분한 장으로 여긴다. 때문에, "말하면 다 비슷비슷해지는 이름"이지만, 함부로 그것들의 "이름을 말하지 말"(「천천 2리」)아야 하는 것이다. 이규리의 심중은 이렇게 서술될 수 있다. 삶에는 어떤 중심이나 보편을 향해 수렴되거나 환원되지 않는 것들이 있다. 더 엄밀하게는, 삶의 모든 순간과 경험과 감정 들은 다른 것에 종속될 수 없는 단독의 정부이며 개체들이다. 한 예로, 지나온 시간과 결별하면서 자신이 경험한 그 모호한 삶을 '환(幻)'이라고밖에는 부를 수 없어 입이 미어지도록 상추쌈을 쑤셔넣으며 눈물 흘리는 순간이 있는 것이다. 이규리는 그런 순간을 "넌지시 또렷하게", 있는 그대로 기록하는 데 몰두한다.

먹어도 배부르지 않고
굶어도 배고프지 않은 그런 때가 있다
뭔가 휙, 지나가버린 때
주방 구석에 앉아 상추쌈 먹으며 울었다
쑥갓 두어 잎 얹어 먹으며 울었다
푸성귀처럼 퍼렇게 살아 있으리라 믿지는 않았지만
지나갔다,
막막해서 입 미어지도록 상추쌈 쑤셔넣었다
혀를 깨물었다 허가 씹혔다
(…)
내가 먹은 게 너였나
너가 먹은 건 나였나
가부좌 틀고 앉아 들었다났다한 너,
잘 가라, 幻
속치마 레이스 같은 幻을 걷어내면 문득
실핏줄 아른아른 비치는 늙음이 바싹 다가와 있을 거다
여기서부터 가파르다
단물 빠진 거친 밥상 위
이제부터 제대로 맛을 아는 때라고
깊은 맛은 씹은 뒤에 안다고
넌지시 또렷하게 말하는,

—「잘 가라, 幻」 부분

"뭔가 휙, 지나가버린 때"를 발로로 한 이 시는 그 지나감이 너무 "막막해서” 어쩔 줄 모르는 시인의 번민과 절망을 기록한다. 번민과 절망은 주방 구석에 앉아 울며 입에 상추쌈을 우겨넣는 행위로 마침내 폭발(?)한다. 비루하고 처절한 이 ‘먹음’의 행위는 바로 다음의, “혀를 깨물었다. 혀가 씹혔다”는 행을 통과하면서 일약 삶의 방식 전체에 대한 환유로 전환된다. ‘혀’에서 ‘허’로, 음의 유사성에 기대어 이루어진 환유적 도약은 다시 ‘환(幻)’으로 이행하며 삶의 헛되고 부박한 실상을 생생히 드러낸다. “내가 먹은 게 너였나/너가 먹은 건 나였나”에서 보듯, 먹는 행위는 ‘사랑’과 ‘관계’의 속성도 함께 포괄한다. 울며 상추쌈을 먹는 순간에 만개한 이규리의 ‘허(虛)와 환(幻)의 인생론’은 그러나 여기에서 종결되지 않는다. “속치마 레이스 같은 幻을 걷어내면 문득/실핏줄 아른아른 비치는 늙음이 바싹 다가와 있을 거다”라고 말하며 이규리는 환의 배후 또는 이후에 놓인 ‘늙음’의 숙명을 통찰하는 것이다. 이규리는 자신을 향해 “여기서부터 가파르다”고 경고하는 것도 잊지 않는다. 허(虛)를 씹으며 환(幻)을 걷어낸 자리에서 시작되는 가파른 늙음의 미래는 “휙, 지나가버린” 과거의 시간보다 훨씬 막막하고 허허로운 것이다. 그것은 “여기서부터” ‘나’를 서서히 와해시켜갈 요령부득의 타자이다. 그러니 무엇이든 손에 잡히는 대로 생기와 실감을 지닌 실물(實物)에 의탁해, 즉 “퍼렇게 살아 있”는 ‘상추쌈’이라도 씹어삼키며 허기진 생과 내면을 달래야 하는 것이다. 한 가지 위로받을 일이 있다면, “이제부터 제대로 맛을 아는 때”라는 점이다. 이규리의 공허하면서도 ‘필사적(必死的)’인 삶의 방법론에 따르면 적어도 그렇다.

　이규리의 시는 삶의 거대한 허기(虛飢/虛氣)와 빈약한 생기(生氣)의 어긋난 지점에서 빚어진다. 짐작할 수 있듯이, 그 간극에서 발생하는 수많은 상황들이 평온하고 행복한 것일 리는 없다. 이규리는 “바닥을 지나”온 참담한 경험을 즐거이 시의 제일 자산으로 삼는다. 삶의 역동성과 실감이 비극의 현장에서 더욱 증폭되는 것처럼, 이규리 시의 역동성과 실감 역시 고통의 순간들에 더 뜨거운 형상을 갖춘다.

질척거리는 땅바닥
가려 딛다 비틀하는 동안
오른발이 빠졌다
(…)
서른 개의 골목과 골목
마흔 개의 밤과 낮이
하루도 쉼없이 바닥을 지나갔을까
더러 동행이 있거나 수런거리는 잡담도 있었겠지만
결국 홀로 오르내렸던 능선과 골짜기에는
등정보다 실족의 기록뿐이다

—「발지도」 부분

위급에도 약간의 등급은 있어
자지러지는 냄새, 의식불명의 냄새, 장기체류의 냄새가
각기 높낮이를 가지고 일렁이지만,
냄새만큼 공평한 것도 없다
한쪽에는 절대절명의 시간이 있고
다른 한쪽에선 민망해하며 송구해하며 돌아앉아
얼른 한술 떠먹었던 김치나 콩나물의 시간이 있다
그때 빠져나온 냄새들이 천천히
드나드는 사람들 염려와 위로에 푹 스미는데,
국물 냄새다,
바로 속 깊은 삶의 냄새다

그 곁에서 아픈 숨결이나

무겁게 가라앉아 그렁이는 맥박에도

그 냄새는 닿는다

국물 냄새야말로 또다른 주사약이나 수혈액이 아닐까

역겹다는 생각은

간절함이나 안타까움이 이내 접수해버리는 것,

소독약 냄새를 밀어낸 국물 냄새의 힘이

뻐근한 시간들을 견디게 할 것이다

살고 싶게 할 것이다

──「국물 냄새」 부분

앞의 시들에서 고통의 주체는 각기 시적 주체와 불특정 타자이다. 첫번째 시에서 시적 주체의 고통은 삶의 방식 전체에 관한 것으로, 시인의 내면을 붕괴시키면서 형성하는 아이러니의 산물이다. 반면, 두번째 시에서 불특정 타자의 고통은 생명의 존립에 관한 것으로, 그들을 위급하게 하는 동시에 살고 싶게 만드는 역설의 결정체다. "결국 홀로 오르내렸던 능선과 골짜기에는/등정보다 실족의 기록뿐"이라는 전자의 결론이 단독자인 인간의 고독한 숙명을 강조한다면, "얼른 한술 떠먹었던 김치나 콩나물의 시간"에서 "빠져나온 냄새들이" (병자들을) "견디게 할 것이다/살고 싶게 할 것이다"라는 후자의 결론은 인간이 단독자의 숙명 속에서도 어떤 형태로든 연대하며 삶을 공유하는 타자 지향성을 확인하게 한다. 이규리는 이 양자를 함께 끌어안으며 그 사이에, 동시에 그 바깥에 난 무수한 길을 쉼없이 지나가고 오르내린다. 행여 "등정보다 실족의 기록뿐"이었을지라도, 이규리가 평생에 걸쳐 만든 '발지도'는 그녀의 삶의 길이자 시의 길이었던 것이다. 이규리가 삶의 다채로운 지형들, 즉 숭고한 사랑과 매일의 일상과 우연의 해프닝 등을 모두 소중히 여기는 것도 이런 연유에서

다. 지도 위의 영토가 모두 대등한 가치를 지닌 것처럼, 이규리는 석유 냄새도 오해가 빚은 '님짜장'도 쌈박질과 식은밥 한술도 생략하거나 축약할 수 없는 삶의 지형의 한 부분으로 간주한다.

냄새를 내보낼 수 있는 사람은 없다
보내려 하기에 못 보내는 것이다
난로가 달았다 식었다 반복하는 동안
우리 몸에 난 요철의 길로
알게 모르게 냄새는 자리잡는다
나에게 온 너도 그러했다

——「석유 냄새 때문에」 부분

쌈박질은 꿈에서 현실로 내려오기 위해 필요한
사닥다리 같은 것
소리치지 마세요
우리는 결국 적응하잖아요
파티에서 돌아와 퍼질러 앉은 채
통통 부은 발 주무르며 대뜸
식은밥 한술에 신김치 걸쳐 뚝딱해내는
늦은 밤,
끄윽, 트림으로 퍼지는 밤인 걸요

——「파티, 좋아하나요」 부분

운문사 가는 길, 동곡 지날 때쯤
짜장면집 있다
입구 작은 입간판에 님짜장이라 적혀 있는데

(…)
호기심 반 설레임 반으로 식당 안에 들어서는 순간
님짜장이란 다름 아닌
스님짜장의 머리글자가 지워진 걸 알게 되는데,
그 짧은 순간에 구성한 별별 상상력이 객쩍어
급히 떠올린 님을 슬그머니 내려놓는데,

―「님짜장」 부분

'만물상'이자 '발지도'로서의 이규리의 시는 인간 내면의 은밀한 곳에
서 작동하는 삶의 불수의근(不隨意筋)을 간파한다. 우리 몸의 일부이지만
마음대로 움직일 수 없는 불수의근처럼, 삶에도 우리의 의지대로 사용할
수 없는 근육이 있는 것이다. 밖으로 내보낼 수 없는, 어느새 안에 깊이 스
민 '냄새'는 바로 각자의 삶의 통제 불가능한(본성적이며 무의식적인) 영
역의 매우 적확한 상징이다. "나에게 온 너" 즉 사랑이 그렇고, 앞서 보았
듯이 병원의 위급한 냄새들 속에 피어나는 "김치나 콩나물" 등속의 "속
깊은 삶의 냄새"가 그렇다. 때로 이 '속 깊은 삶의 냄새'는, "아깝다고 먹
었던 건 결국 비린내였나/등푸른 환상이었나"(「그 비린내」)라는 의심과 회
오를 동반하기도 한다. 어느 쪽이든, "우리 몸에 난 요철의 길로/알게 모
르게" 스며든 이 본원적 질료들은 발생에서부터 이미 우리의 확실한 통제
대상이 아니다(맥락에는 차이가 있지만, 이러한 인식의 강렬한 전사(前
史) 하나를 상기해두기로 하자. 일찍이 서정주(徐廷柱)는 죽음과 얼굴을
맞댄 자리에서도 발산되는 환희에 찬 생명력이 인간의 의지 바깥의 영역
임을 선언한 바 있다. "오늘도 굳이 닫힌 前程의 石門 앞에서 마음대로는
처리할 수 없는 내 생의 환희를 이해할 따름인 것이다"(「무슨 꽃으로 문지르
는 가슴이기에 나는 이리도 살고 싶은가」)). 그러므로 인간의 가장 막강한 본성인
먹는 행위가 이규리 시에서 고통과 절망의 해결책 아닌 해결책으로서 심

심찮게 등장하는 데에는 까닭이 있었다. '먹는 행위'를 촉발하는 우리 몸의 불수의근(본성)은 '파티'(일상의 판타지)에서 '현실'(일상의 환멸)로 추락하는 '쌈박질' 후에도 난데없이 그리고 어김없이 작동한다. "대뜸 식은밥 한술에 신김치 걸쳐 뚝딱해내"자 "끄윽, 트림으로 퍼지는" 생명력과 자정능력은 이처럼 불수의(不隨意)의 방식으로 우리 내부에서 분출해 우리 자신과 삶을 견인하는 것이다. 이것을 발견하고 시화하는 이규리의 시선은 절망과 희망의 변증법이나, 삶의 긍정적인 비전 확보의 당위성의 차원을 넘어선 곳에 있다. 혹은 그러한 구분법과 통합법의 기율 이전에 존재한다. 이규리가 시종 담담하고 담백한 화법을 구사하는 것도 이런 배경과 관련이 있다.

세번째로 인용한 「님짜장」은 두 가지 점에서 흥미로운 시이다. 첫째는 소재가 특이하기 때문이며, 둘째는 이규리가 여느 사람들과는 다른 삶의 불수의근을 하나 더 갖고 있음을 암시하기 때문이다. 이규리가 지닌 또 하나의 불수의근은 시인인 그녀의 본성이며 감각이다. 머리글자 '스'가 지워진 '님짜장'이라는 단어의 파편을 보고 그녀가 발동시킨 '별별 객쩍은 상상력'이 그 예증이다. '별별 상상력'은 실용의 각도로 보면 불필요한 잉여이지만, 불가해하며 비가시적인 내면의 관점으로 보면 삶의 비의를 읽어내는 탁월한 장치가 된다. "사랑하는 사람이 침묵할 때/그 때의 침묵은 소음"(「알고 보면」)이고, "몸이 말을 잃을수록/염색은 더 독한 때깔"(「말은 안으로 한다」)이 되는 이치를 알아차리는 것도 이 '별별 상상력'에 의해서이다. 이규리는 언어의 형식은 언어의 재료로만 이루어지는 것이 아님을, 침묵과 때깔과 상상의 음향도 언어의 훌륭한 형식의 하나임을 이야기한다. 시인 이규리의 여분의 불수의근이 예민하게 작동하는 것은 각별히 이러한 순간에서다.

내가 다니는 한의원의 의사는 젊다 새파란 사람이 알면 얼마나 알겠

냐고 말들 하지만 나는 뽀얀 그 얼굴만 봐도 반쯤은 낫고, 주책없이 설레는 마음으로 또 반을 건진다

진료실 책상 위에 놓인 인체요해도, 주근깨 다닥다닥 붙은 자리가 경혈과 경락이다 바깥은 멀쩡해도 몸속엔 발 달린 벌레가 기어가다 죽어 말라붙은 곳,

내가 그 나무처럼 사지를 뻗고 누우면, 그는 뿌리와 가지와 잎을 거치며 손끝으로 죽은 곳을 눌러 벌레소리를 꺼낸다 그동안 그 무슨 성감대인 양 몸이 잠깐 저 혼자 수런거리고,

건반 어디에서 병 깊은 소리가 나는지 저 새파란 의사가 듣게 되는 건 발가락이 다 뭉개진 비둘기 울음일 텐데, 철없는 참새 모양 그 잠시 마음 분주했다 비둘기든 기러기든 기왕이면 젊은 의사가 좋지만, 글쎄, 이제 그 병원 못 가겠다

— 「젊은 의사가 좋긴 한데」 전문

이 생각/상상의 외피를, 새파란 한의사에 대한 "주책없이 설레는 마음"이 유머러스하게 감싸면서 독특한 풍미를 자아낸다. 하지만 이 시의 초점은 "주책없"는 중년여성의 가벼운 연정이 아니라, 늙어가며 쇠잔해지는 몸을 지닌 인간(⊃여성)의 자기연민에 있다. 다시 언급하건대, 글의 서두에서 말한, "단물 빠진 거친 밥상 위"에 놓여 "여기서부터 가파르"(「잘 가라, 幻」)게 치달을 존재는 무엇보다 이규리 자신인 것이다. 물론 이는 이규리만이 아닌, 그녀를 포함한 "분홍색 몸을 가진 것"(「뒷모습」)들의 피할 수 없는 운명이다. 다르게 말하면, 『뒷모습』은 삶의 불수의근(늙음, 사랑, 고독 등)과 시의 불수의근(별별 상상력) 사이의 치열한 암투의 장이다. 그 암투에서 전자가 우세할 때 이규리는,

어찌 견디라고

저 시퍼런 것 왜 자꾸 쫓아오나

엎어지고 자빠지는 일생이 저 반복의 생리이다

—「발목을 잡는다고」부분

와 같이 가파른 육성을 그대로 표출하며, 후자가 우세할 때는

어느덧 말라버린 무화과꼭지처럼, 살이 쏙 내린 잔뼈로 이름만 얽어
놓은 그곳, 닿을 수 없는

—「우듬지」부분

과 같이 밀도 높은 수사와 시적 풍경을 구축한다. 사랑, 고독, 늙음 등의 '삶의 불수의근' 가운데 현재 이규리를 가장 강하게 사로잡고 있는 것은 '늙음'이다. '늙음'은 이규리의 여성적 자의식을 통과하면서 자연스럽게 '어머니'에 대한 연민과 동일시로 귀결된다. 이 시집에 실린 '어머니'에 관한 시편들은 그 딸인 이규리의 '가파른 미래'를 묘사하고 있는 것이다.

집안의 틈 모두 막아내다가 생고무 같던 어머니의 막이 너덜해졌다
모로 누운 저 축축한 잠이 가파르고, 아무도 막아주지 못한 생애의 저
음부, 수고는 꼭 따뜻하게 되돌아오는 것만은 아니다 어머니 숨어 기저
귀 차다가 화들짝 놀란다 나, 저 물컹한 자리 닿지 않았음 좋겠다 짓무
른 아랫도리처럼 눈가가 불그레한 어머니, 혼자 오래 젖는다

—「젖는다」부분

물론, "사타구니 불안을 영 마감할 수 없는/여자 이야기,/참 길고 질긴 이야기"(「와리바시라는 이름」)는 '늙음'의 문제에만 한정되지 않는다. 짓무르고 불그레하게 젖은 '어머니'의 과거와 현재와 미래는, 저마다 다른 시간

을 통과하고 있는 이 땅의 수많은 여성들의 실제 상황을 통해 동시에 전개되고 있기 때문이다. 이들은 하나같이 삶이 강제하는 '반복의 생리'에서 자유로울 수 없겠지만, 그렇다 하여도 이규리는 그들의 속을 헤집어 "아무도 막아주지 못한 생애의 저음부"(低音部)를 들추어내는 일을 멈추지 않는다. 스스로 통제할 수 없는, 반대로 오히려 스스로 독려하는 이규리의 "별별 상상력"이 '생애의 저음부'에 도달하는 순간 이제껏 발성하지 못한 몸과 사물과 사건 들이, 만물들이 활짝 기지개를 켜고 쿵쾅거리며 소리를 내기 시작한다. 이 시집은 그 충실한 녹취의 기록이다. '반복의 생리'를 휘젓는 '별별 상상력'의 세계가 저음부를 중심으로 천천히 재생된다. 마음먹고 귀기울이는 순간, "이제부터 가파르다"……(「잘 가라, 삷」)

—『뒷모습』(2006) 해설

쓸 수 있거나 쓸 수 없는

초판 1쇄 발행 / 2011년 8월 31일

지은이 / 김수이
펴낸이 / 고세현
책임편집 / 전성이
펴낸곳 / (주)창비
등록 / 1986년 8월 5일 제85호
주소 / 413-756 경기도 파주시 교하읍 문발리 513-11
전화 / 031-955-3333
팩시밀리 / 영업 031-955-3399 편집 031-955-3400
홈페이지 / www.changbi.com
전자우편 / literat@changbi.com
인쇄 / 상지사P&B

＊ 이 책은 서울문화재단의 2008년도 문학창작지원금을 받았습니다.